파
아
란

이소미
장편소설

# 파아란

바른북스

**목차**

**미르의 편지**
6

**학창시절이란**
10

**용이 강에 빠지다**
26

**학교의 주인**
126

**완전한 하늘**
152

**발걸음을 맞춘다는 것은**
214

**파묻힌 타임캡슐의 소망**
242

**영원한 하늘**
326

**가야 할 길**
392

# 미르의 편지

오늘이 무슨 날인 줄 알고 있을까? 아주 먼 곳까지 소식이 퍼져나갈 정도로 중요한 날이야. 아마 이미 바람을 타고 너에게 가고 있을지도 모르겠네. 네가 생각해도 참 신기하지? 10년 전만 해도 마음 하나 표현 못 해 어찌할 줄 모르던 우리가, 아니 그 애라고 해야 될까? 아무튼, 그런 그 애한테 벌써 그런 일이 생기다니. 다들 어색해서 뭘 해야 할지 모르는 모양이야. 오늘 애들이 삐걱대는 거 진짜 웃겼는데. 너도 다 봤지? 특히 최우빈. 평온한 척하더니 잔뜩 긴장해서 손이 땀으로 푹 젖은 거 알아? 손이 어찌나 축축하던지 계속 허리춤에 손을 문대더라. 그걸 주고 오고 난 후에는 그나마 괜찮아 보였어. 어떤 반응일지 몰라서 많이 긴장했나 봐. 오히려 박성민이 제일 익숙해 했어. 역시 경력직은 다르다니까.

다른 건 다 둘째 치고 무사히 끝나서 참 다행이야. 애들 상태 보고 걱정했거든. 나는 중간에 나와서 어떻게 됐는지는 잘 모르는데 물어보니까 반응이 좋더라고. 끝까지 보고 올 걸 그랬

나. 근데 내가 끝까지 있어 봤자 뭐 하겠어. 이게 잘한 걸 거야. 그렇지?

  그건 그렇고 이것보다 더 중요한 게 하나 있어. 방금까지 말한 건 아무것도 아닐 정도로 중요해. 그러니까 잘 들어! 딴청 피울 생각하지 말고. 드디어 완성됐어. 네가 기다리고 있을 그거 말이야. 다들 머리를 쥐어 짜내서 만든 거야. 몇 날 며칠 밤을 새워서 만든 거니까 꼼꼼히 보고 후기도 알려줘야 돼? 애들이 이건 꼭 네가 봐야 한다고 해서 이렇게 보내.

  이것만 주기에는 좀 그래서 편지도 써봤어. 어때? 나름 괜찮지 않아? 내 편지. 부모님한테도 안 쓰던 거라 많이 어색하네. 그래도 너는 웃으면서 잘 봐줄 거잖아. 이 편지 가지고 네가 1년 동안 놀릴 거 생각하니까 벌써부터 머리가 아프다.

  밥은 잘 먹고 다녀? 네가 좋아하던 책은 잔뜩 읽고 있지?

  평소 같으면 찾아가서 네 얼굴을 봐야 안심했을 텐데. 너 혼자 너무 멀리 갔잖아. 너 하나 보려고 차 타고 3시간이나 가야 한다는 게 말이 되냐? 양심이 있으면 네가 내 얼굴 좀 보러와. 최근에 퇴사해서 시간이 아주 널널하거든. 이거 읽고 나한테 안부나 전해줘. 보고 싶다.


                    파아란 하늘이 예쁜 겨울날. 김미르가.

# 학창시절이란

오늘의 아침은 평소보다 조금 소란스럽다. 창문 밖 나뭇가지에 걸쳐 앉은 새들은 이전보다 이른 아침을 알렸고 서서히 불어오던 산들바람은 두 뺨을 가볍게 스쳤다. 집에선 밥 짓는 소리가 들려오고 창문 밖에서 넘어올 듯 말 듯 서서히 기울고 있는 햇빛이 미르의 눈을 살며시 꼬집었다. 미르는 온기를 가져다 주던 부드러운 이불을 살며시 걷어내고 작은 소리를 키워가던 알람을 신경질적으로 껐다. 그는 엉켜버린 머리를 손으로 대충 빗은 채 하얀 벽을 응시하며 잠과의 사투를 벌이고 있었다.
"미르야, 슬슬 일어나야지."
평온한 엄마의 목소리가 들려왔다. 미르는 감겨오는 눈을 세게 비비고 몸을 벌떡 일으켜 바닥에 끌리는 이불을 들어 침대 위에 대충 걸쳐놓았다. 느리지만 조급한 걸음으로 거울에 다가갔다. 미르는 거울에 비친 자신의 모습을 한참 동안 빤히 쳐다봤다.
"그냥 모자 쓰고 갈까?"

미르는 벽에 다 구겨진 채로 걸려 있던 새빨간 모자를 집어 들었다. 빨간 모자를 머리에 살포시 올려놓은 채로 거울을 이리저리 살펴본 미르는 이윽고 짧게 탄식했다.

"그래도 개학인데 머리조차 안 감고 가면 내가 사람이 아니지."

미르는 무거운 몸을 질질 끌며 욕실로 걸어 들어갔다. 오늘은 찬물 샤워를 해야 되겠다고 생각했다.

"오빠! 내 티셔츠 못 봤어?"

날카로운 목소리가 천장을 울렸다.

"난 네 티셔츠의 위치를 다 기억하고 있을 만큼 섬세한 사람이 아니야."

"아니, 오빠가 어제 편의점 간다고 입고 갔잖아!"

"기억이 잘 안 나네-"

"진짜 왜 그렇게 살아?"

미르는 차가운 물을 맞으며 미연의 신경질적인 말들을 최선을 다해 무시했다. 그럼에도 소용이 없자 부디 미연의 목소리가 가라앉길 바라며 수도꼭지를 과감하게 비틀었다.

"아, 차가워!"

너무 돌린 탓인가 얼음장 같은 물이 솟아 나왔다. 미르는 샤워기의 물을 간신히 피해 수도꼭지를 반대편으로 살짝 비틀었다. 눈에 샴푸가 들어가 따끔거렸다. 그는 한 손으로 물의 온도를 확인하며 반대편 손으로는 눈에 물을 끼얹었다.

"오빠, 그거 벌 받은 거야!"

미연의 재수 없는 목소리가 귀에 개미만 한 소리로 들려왔다.

미르는 조금 따뜻해진 물을 맞으며 욕실 세면대 쪽 거울에 붙어있는 시계를 몸을 기울여 확인해 보려고 노력했다. 눈을 찌푸리자 물보다 차가운 시간이 망막에 새겨졌다.

미르는 빠르게 샴푸를 씻어낸 다음 수건으로 몸을 대충 닦고 가져온 옷을 입었다. 물기 때문에 옷을 입기가 한층 더 버거웠지만 시간을 얼마 남기지 않은 채로 욕실을 나올 수 있었다.

"미르야 저것 좀 보렴, 참새 7마리가 나란히 나뭇가지에 앉아 있어. 너무 예쁘지 않니?"

미르는 엄마의 말을 무시한 채 방 안으로 뛰어 들어갔다. 엄마가 뭐라고 중얼거리는 동안 구석에 박혀있던 드라이기를 꺼내 머리를 털며 말리기 시작했다.

"아 맞다, 트리트먼트를 안 했네!"

미르는 엉킨 머리카락을 간신히 풀어가며 머리를 말렸다. 다 말리고 보니 한쪽 손에 뽑힌 머리카락이 한가득 남아 있었다. 미르는 바닥을 향해 대충 손을 털어 머리카락을 떼어냈다. 그러고는 정성을 다해 고데기를 하고 있는 미연의 방으로 향해 고데기의 전원코드를 뽑아버렸다.

"이게 뭐하는 짓이야!"

미연이 소리를 지르며 미르를 바라보았다. 미르는 가볍게 고함소리를 무시하고 한 마리의 원숭이가 날뛰는 꼴을 보는 듯이 동생을 하찮게 바라보았다.
"김미르, 김미연! 아침부터 시끄럽게 싸우지 마!"
엄마의 단호한 목소리가 온 집 안에 울려 퍼졌다. 미르는 미연의 방을 나와 전날에 싸둔 가방을 챙긴 뒤 식탁으로 향했다. 바람이 솔솔 불어오는 거실 창문을 열어 엄마가 말한 나무를 찾아보았다. 커다란 나무에는 오직 6마리의 새만 앉아 있었다.
"7마리라면서, 6마리밖에 없는데?"
식탁에서 반찬을 나르고 있는 엄마에게 물었다. 된장찌개가 담긴 작은 냄비를 내려놓던 엄마는 미르를 따라 창문 앞 나무를 바라보았다.
"저런, 날아갔나 보네."

"미르야, 밥 조금이라도 먹고 가."
"나 이하늘이랑 만나서 가기로 해서 지금 나가야 돼."
미르는 새로 산 신발을 구겨 신으며 말했다. 엄마가 현관문 앞으로 뛰어와 김을 밥에 싸서 입에 하나 넣어주었다. 크기가 커 씹기 힘들었다.
"오늘 학교 잘 가고, 엄마는 4시 40분에 데리러 가면 되는 거지?"
"굳이 안 와도 된다니까…."
"엄마가 창피해?"
"아니야!"

미르는 고개를 저으며 특유의 장난스러운 미소를 지었다. 비스듬하게 올라간 한쪽 입꼬리 옆에 보조개가 푹 파였다. 반달처럼 접힌 눈동자에 비친 싱그러운 태양빛은 미르의 넘치는 자신감을 표현하기에는 부족했다.

"야~ 이하늘!"

미르는 맑은 걸음걸이를 뽐내며 시간이 무한한 사람이라도 되는 양 여유롭게 주위 풍경을 감상한 채로 하늘을 향해 오고 있었다. 아마 하늘이 먼저 미르를 쳐다보지 않았더라면 미르는 그대로 하늘을 지나쳐 갔을지도 몰랐다.

"지금 안 뛰고 뭐 하는 거야? 네 덕분에 새 학기부터 아주 좋은 인상 남기겠다-"

미르는 태연하게 웃으며 넘어가려던 자신의 계획이 들키자 상당히 뻘쭘해진 모양이었다. 당황한 듯 연신 머리를 긁적이더니 머지않아 특유의 긍정적인 면모를 되찾았다.

"그래도 하루는 봐주시지 않을까?"

아무래도 하늘에겐 통하지 않는 모양이었다.

미르는 머리 위로 손을 올려 모자의 챙을 잡고 돌리려다 이윽고 자신의 머리에 모자가 없다는 사실을 알아차렸다. 매일같이 모자를 착용했던 미르였다. 모자가 없는 허전함은 느껴본 적도 없었다. 어린 날부터 써왔던 안경을 벗은 사람처럼 의미 없는 손짓만 되풀이하다 겨우 손을 내려놓은 미르는 주머니 속 깊숙이 박혀 있을 핸드폰을 찾아 손을 휘적거렸다. 핸드폰 케이스에 있을 카드를 꺼내기 위해 노력했으나 손에 잡히는 건 주머니 끝자락에 있던 먼지뿐이었다.

"너 하는 짓을 보니까 하루는 봐줄 수 있을 정도의 지각이 아닐 것 같은데?"

하늘은 짧게 한숨을 쉬며 자신의 교통카드를 꺼냈다.

"진짜 오늘까지야."

단호하게 말한 하늘은 나중에 갚으라며 미르의 어깨를 툭 쳤다.

"당연하지, 내가 안 갚겠어?"

라며 손사래를 친 미르는 머지않아 도착한 버스에 익숙하게 올라타 대롱대롱 매달려 있는 손잡이를 잡았다.

"아니, 왜 우리 학교는 개학식에 7교시를 하는 거야."

"우리도 이제 고1이잖아. 2학기라고 기강 잡나 보지."

"반에 들어갔더니 다 공부만 하고 있는 거 아니야?"

"박성민은 끝까지 안 할 듯."

"참 여러 의미로 든든하다."

미르와 하늘은 여유롭게 흘러가는 구름을 보며 버스에서 조잘대었다. 사람이 많아 꽉 끼긴 했지만 나쁘지 않은 등굣길이었다.

미르는 버스에서 내리자마자 사람에 치여 납작해진 가방을 원래대로 돌려놓기 위해 애를 썼다. 가방은 살짝 펴지긴 했으나 금방 다시 납작해지고 말았다. 미르는 너덜너덜해진 가방을 한쪽 어깨에 걸친 채 짧고도 먼 학교의 정문을 향해 하늘과 걸어갔다.

하늘은 개학을 싫어하지 않았다. 집에만 있으면 무기력해지고 축 처지기 때문에 일찍 일어나도 활동을 할 수 있는 학교를 좋아했다. 그러나 미르는 정반대였다. 잠이 많아서 그런지 그는 일찍 일어나는 것을 무척 힘들어했다. 그래서 개학이 너무 싫었다. 매번 돌아오는 개학이었지만 미르는 그 개학들을 전부 감당해 내지 못했다. 유난히 이번 개학의 발걸음이 더 무겁게 느껴졌다. 이제는 고등학교 생활의 진짜 시작이라는 생각 때문인지도 모른다. 미르는 정문을 통과하는 그 순간까지도 원래라면 집에서 자고 있을 자신을 생각했다. 이 순간만큼은 집에서 편히 쉬고 있을 고양이 한 마리가 죽도록 부러웠다.

"김미르, 빨리 와."

미르는 자신을 부드럽게 재촉하는 오랜 친구를 바라보았다. 그 아이는 파아란 하늘처럼 순수하게 웃었다. 성큼성큼 걷는 하늘의 발걸음에 맞추기 위해 미르도 크게 다리를 벌려 걷기 시작했다. 적당히 즐겁고 적당히 지루한 학교생활이었다. 그래도 하늘과 함께라면 조금은 더 재밌을지도 모른다고 생각했다.

개학 첫날부터 모든 것이 순조롭게 흘러가지는 못했다. 넥타이를 차고 오지 않은 미르의 필사적인 몸부림이 지도 선생님의 손길에 허무하게 드러나 버린 것이 시작이었다. 어찌나 큰 소리로 미르에게 호통을 치시던지, 양 귀가 먹먹할 지경이었다.

느긋한 하늘과는 달리 상당히 조급해진 미르는 복도 안을 미끄러지듯 걸어갔다. 미르의 격한 발걸음 소리는 그의 심정을 대변해주기라도 하는 듯 거세게 복도 안을 울렸다. 이윽고 그의 눈앞에 익숙한 풍경이 자리 잡았다. 1학년 4반이라고 쓰여진 작은 표지판은 미르의 발걸음을 가로막았다. 그 어전함에 작게 손을 떤 미르는 언제 그랬냐는 듯 아슬아슬하게 삐거덕대는 나무문을 거칠게 열어젖혔다. 빽빽한 나무문을 열자 보이는 교실은 적막 속에 가려져 있었다. 희뿌연 교실의 모습이 생생하게 눈에 들어오는 것은 여간 힘든 일이 아니었지만 미르는 합성한 듯 교실의 풍경과 어울리지 않는 몇 명을 찾아볼 수 있었다. 그들은 마치 어제 본 것처럼 아주 생생했다.

한 명은 책상에 걸터앉은 채 화면도 켜져 있지 않은 핸드폰을 만지작거리고 있었고 다른 한 명은 눈에 들어오지도 않는 책을 억지로 펼쳐 의미 없는 밑줄이나 치고 있었다. 미르는 그들을 본 뒤 올라가는 입꼬리를 주체하지 못했다. 답이 없는 모래밭 속에서 빛을 반사하며 빛나는 조개껍질 2개를 간신히 발견한 거 같았다.

"최우빈! 박성민!"

미르가 이를 드러내며 웃자 그들의 시선이 한곳에 집중되었다. 우빈은 어린아이처럼 웃는 미르를 보고 웃음을 터트렸다. 성민은 두 눈을 동그랗게 뜨며 미르와 하늘을 번갈아 바라보았다.

"뭐야? 김미르, 살아 있었어?"

성민은 단추 같은 두 눈을 자랑하듯 크게 떠 보였다.

"와, 김미르 진짜 오랜만에 보네."

우빈은 태연하게 다가와 미르의 무거운 가방을 들어주었다. '넌 뭘 이렇게 많이 챙겼어'라며 자신의 뒷자리에 미르의 가방을 걸쳐놓은 우빈은 형광펜 자국이 가득한 성민의 책을 손가락으로 가리켰다.

"쟤 봐라, 이제 와서 공부하겠다고 난리야."

우빈은 기가 찬다는 듯이 중얼거렸다.

하늘은 북 치는 원숭이를 보듯이 성민을 흥미롭게 바라보았다. 그런 하늘의 시선을 느낀 성민이 '뭘 쳐다봐'라며 하늘의 시선 끝에 고여 있던 책을 가방 속으로 대충 구겨 넣었다.

"사람이 안 할 짓을 하면 죽을 때가 된 거래."

하늘의 진지한 말을 조롱으로 받아들인 성민이 홍시처럼 붉어진 얼굴을 옆으로 돌린 채,

"나도 이제 진짜 공부할 거야!"

라며 으름장을 놓았다.

"…할 줄 아는 게 아무것도 없으니까, 공부라도 열심히 해 봐야지."

성민은 고개를 숙이며 평소와는 다르게 조금 풀이 죽은 모습을 보였다.

"평범한 건 좋은 거야."

하늘은 누군가를 위로하는 말투가 아닌 진심을 담아 충고하듯 말했다. 성민은 그런 하늘을 이해 못 하는 듯 고개를 갸우뚱거렸다.

"야, 이제 곧 쌤 오겠다. 폰 넣자."

우빈은 교탁 앞에서 책상을 치며 반 전체가 들을 수 있도록 큰 목소리로 말했다. 빈 아이들은 엉금엉금 기어 나와 줄을 지어 핸드폰을 제출하였다. 다들 잠이 안 깬 모양이다.

"뭐야 최우빈, 이제 반장도 아니잖아."

"아, 그렇네. 반장 노릇이 너무 익숙해져 있었어."

하늘은 은근슬쩍 우빈이 더 이상 반장이 아니라는 점을 강조하며 평소처럼 의미 모를 미소를 지어보였다. 그 태도에 묘한 위기감을 느낀 우빈은 태연하게 대답하며 하늘의 속내를 파악하려 눈을 굴렸다.

하늘과 우빈이 투닥거리고 있을 때 성민이 자리로 가려는 미르의 옷깃을 붙잡았다.

"뭐 하는 거야?"

미르가 신경질적으로 말하자 성민은 잡은 옷깃을 놓아주었다.

"아니, 그건 그렇고 우리 솔직히 여름방학 때 너무 안 만난 거 아니야?"

"…그랬나?"

미르는 찔리는 양심을 뒤로하고 아무것도 모르는 아이처럼 되물었다. 방학만 되면 축 처지는 미르였다. 약속도 잡기 싫었고 움직이기도 싫었던 미르는 성민과 우빈은 물론 하늘까지 잘 만나지 않았다. 그래서 교실 안에 앉아 있던 둘을 발견했을 때 유난히 반가워했기도 했다.

"너도 내 성격 알잖아."

미르가 생글생글 억지로 웃으며 성민의 기분을 풀기 위해 노력했다. 성민은 집에만 있는 것을 못 견디는 아이였다. 노는 것을 좋아하는 그가 미르를 어찌나 귀찮게 굴었는지, 생각만 해도 머리가 아파올 지경이었다.

"그건 그렇고 너 교과서 챙겼어? 우리 학교는 무슨 첫날부터 7교시를 한다냐."

미르가 말을 돌리며 한숨을 내뱉었다. 그의 말에는 진심이 어느 정도 섞여 있었다. 미르의 말을 뒷받침하듯 미르의 자리에 걸려 있는 가방은 그의 어깨가 진심으로 걱정될 정도로 늘어져 있었다. 당장 앞에 걸려 있는 우빈의 가방을 보더라도 그 차이가 명확하게 보일 정도였다.

"무슨 교과서? …너 설마 오늘 7교시 하는 줄 알았어?"

잠시 후 성민은 깔깔대며 미르를 대놓고 비웃었다. 미르는 이유를 알지 못한 채 기분 나쁜 비웃음만 받게 되었다.

"오늘 7시 40분쯤인가 알림 다시 왔잖아 수업 없이 4교시 한다고."

성민은 미르를 툭툭 치며 어서 자리로 돌아가라 손짓했다. 미르는 억울한 대역 죄인이라도 된 듯 성민을 바라보다 자리에 털썩 주저앉았다. 집에서 일찍 일어나 책 여러 권을 들고 힘겹게 걸어 다녔던 자신의 모습이 주마등처럼 스쳐 지나갔다. 억울함이 분노로 변질되었다.

"야, 이하늘 오늘 4교시래! 수업 안 해!"

"뭐라고? 난 너 믿고 책 다 가져왔는데!"

하늘이 두 손으로 이마를 쓸어내리며 몸을 뒤로 젖혔다.

"와, 책을 챙긴 애가 우리 반에 있었어? 바보 아니야?"

특유의 재수 없는 미소를 지은 우빈은 자신의 가벼운 가방과 미르의 무거운 가방을 저울질하며 미르를 놀려댔다. 미르는 큰 손으로 얼굴을 가리며 우빈에게서 자신의 가방을 빼앗아 갔다. 그의 귀는 전보다 더 붉어져 있었다. 그때였다. 나무문이 요란한 소리를 내며 움직였다. 우빈은 그 소리를 듣자마자 얄밉게 자세를 바로잡았다. 성실하고 단정한 반장의 자세였다.

1학기 때와 다름없이 단정한 담임선생님은 구두소리를 내며 교실로 들어왔다. 반 아이들 모두에게 미소를 지어 보인 담임선생님은 교탁 앞에서 예전과 같은 모습으로 인사했다.

"세상에, 너희 왜 이렇게 조용해졌니? 이제 2학기라고 공부하는 거야?"

담임선생님은 조용해진 교실 분위기를 보고 놀란 듯했다. 1학기에는 시끄러웠던 4반이었다. 시끄러운 만큼 공부도 그다지 잘하지는 못했지만 나름 그 활기찬 분위기가 좋았던 걸로 기억한다. 1학기 때 시험을 망쳐도 하루 울고 털어내던 아이들은 2학기가 되었다고 달라진 모습을 보여주고 싶었나 보다. 반에서 제일 시끄러웠던 몇 명도 영어 단어장을 지니고 있었다. 저들은 끝까지 공부를 안 할 거라고 생각했건만, 미르는 살짝 조급해지기 시작했다.

"선생님, 김미르 바보같이 오늘 책 들고 왔어요!"

성민이 손을 들고 크게 외치자 반 아이들 몇 명의 웃음소리가 귀에 새겨졌다. 미르는 성민을 죽일 듯이 노려보았다. 선생님은 아이들과 같이 웃으며 미르의 축 처진 가방을 바라보았다.

"미르야, 아침에 공지 못 봤어?"

"아니 안 그래도 바쁜데 어떻게 봐요!"

미르가 억울하게 소리치자 우빈은 어찌 됐든 네 탓이라며 미르를 몰아갔다. 미르는 진정으로 개학이 찾아왔음을 뼈저리게 느꼈다. 아이들의 웃음소리와 자신을 갈구는 우빈의 말이 너무나도 생생했기 때문이다.

뭔가 이번에는 조금 다를 것 같다고 생각했다. 아침에 교통카드를 두고 온 것도, 실수로 미련하게 책 여러 권을 들고 온 것도, 미묘하게 달랐다. 평소와 미세하게 다른 균열 하나하나를 좋아하는 미르는 이 균열이 더욱 심해졌으면 좋겠다고 생각했다. 그는 자신의 지루한 삶을 재미있게 만들어 줄 무언가를 기다려 왔다.

분노, 슬픔, 사랑. 미르는 이러한 강한 감정들을 크게 느끼지 못하였다. 감정이 결여되어 있는 게 아니었다. 그저 남들보다 조금 더 둔할 뿐이었다. 소중한 것도 잘 알지 못하였다. 그래서 미르는 자극적인 것을 원했다. 시시한 것을 싫어했고 친구들도 매번 갈아치웠다. 총소리가 울려 퍼지는 폭력적인 게임도 좋아했다.

그러나 연애는 하지 않았다. 미르는 이상하리만큼 이성에게 관심이 없었다. 고백을 받아 몇 번 사귀어 본 적은 있으나 너무 시시했다. 상대방이 져주기만 하는 연애는 재미가 없었다. 그런 것을 할 바에는 자기 자신을 더욱 신경 쓰는 것이 미르의 삶이었고 규칙이었다.

미르는 이러한 틀에서 사소하게 빗겨나가는 삶을 사랑했다. 매일매일 바뀌는 아침밥과 학교수업들, 조금씩 자라 있는 식물들과 변덕을 부리는 날씨까지. 모든 것이 그대로가 아니었다. 모든 것이 바뀌어 가고 있었다. 미르는 이런 변화하지만 무료한 일상이 영원함을 향했으면 좋겠다고 생각했다. 그 생각은 아무리 시간이 지나도 변하지 않았다.

미르는 오늘의 일상을 그릴 수 있었다. 기본적인 틀은 언제나 변하지 않으니 세부적인 것들만 조금씩 바꾸어 가면 됐다. 이번 2학기도 여느 때와 똑같이 흘러갈 것이다.

"김미르, 오늘 놀 거야?"

"당연하지, 오랜만에 다시 뭉쳐볼까."

학교가 끝난 뒤 미르와 친구들은 삼삼오오 모여 학교 정문을 빠져나왔다. 수업이 끝났다는 후련함과 내일부터 진짜 시작이라는 두려움이 마음에서부터 뒤섞였다. 그러나 그들은 현재를 생각했다. 그들에게 미래라는 것은 아주 먼 일이었다.

　맑게 웃는 아이들은 학교를 지나 큰 도로를 걸어갔다. 여러 명이 각자의 모습대로 같은 길을 걸어 나섰다. 서로 다른 자세를 취하며 느긋하게 불어오는 바람을 맞는 그들은 그 나이대에 걸맞은 싱그러운 학생들처럼 보였다.

　이 4명의 아이들은 아무리 센 바람이 불어와도 꺾이지 않았다. 작은 흔들림조차 당연하게 받아들일 수 있는 유일한 나이일 때이기도 했다. 그러나 이들은 아주 사소한 것에서 무너졌다. 들으면 어이없을 이유로 싸우고 경쟁했다. 그것이 우리가 그토록 그리워하던 청춘이었다.

# 용이 강에 빠지다

"그때는 어렸지."

미르가 잔을 기울이며 말했다.

"뭐야, 갑자기 너 취했어?"

우빈이 황당하다는 듯이 말했다.

"아니, 갑자기 옛날 일이 생각나서 그때는 미래를 생각 안 하고 오로지 지금만 바라봤잖아."

"그건 맞긴 해. 그런데 지금은 미래만 바라보는 철없는 어른이 되었지. 어떻게 생각해?"

우빈이 미르의 잔에 남은 술을 따라주며 말했다. 미르는 의자에 걸터앉으며 희미하게 떠오르는 기억의 파편을 더듬었다. 만지면 베일 것처럼 날카롭지만 부드러운 조각들은 떠올릴수록 더욱 흐려져만 갔다.

"지금도 너무 어린 것 같아. 내 정신연령은 고등학생 때보다 아주 조금 성숙해진 것 같다고."

미르는 미묘하게 피곤해 보이는 자신의 안색을 핸드폰 화면으로 비추어 보았다. 생기 있는 눈은 어두워진 지 오래였다. 아무리 휴식을 취해도 야근한 직장인이라는 느낌을 지울 수 없었다.

"그래도 네가 나보다 나아. 나는 대학까지 졸업했다가 진로를 바꿔버렸잖아. 부모님이 난리 치시던 게 아직도 생생해."

우빈은 손사래를 치며 질색하였다. 우빈은 그런 자신의 모습을 철없다고 생각하는 듯했다. 그러나 미르의 생각은 달랐다. 늦게라도 자신이 하고 싶은 일을 선택한 우빈이 멋져 보였다. 오히려 현실에 굴복하고 적당한 일을 찾아 헤매는 사람들이 바보 같아 보였다. 그런 의미로 미르 자신도 바보라 생각했다. 현실에 져버린 나약한 인간과 다를 게 하나도 없었.

미르는 시계를 보았다. 시간이 한 자릿수를 넘어가고 있었다. 밖은 캄캄해진 지 오래, 미르는 더 이상 고등학생 때와 같이 늦게까지 놀지 못했다. 다음날 자신이 책임져야 할 많은 것들이 두려웠기 때문이다.

"이제 슬슬 가자. 이대로라면 나 내일 죽어."

"알겠어, 난 프리랜서라 걱정 없지만 널 위해 가줄게."

우빈이 자리에서 일어나 핸드폰 계산기를 켰다.

"…가만있어 봐. 안 나누어지는데… 내가 60원 더 낼게."

"너무 고맙다. 정말-"

꽤 깐깐하게 계산을 마친 둘은 차가운 바람이 부는 거리를 걸었다. 미르는 양손으로 겉옷을 부여잡았다. 얇게 입고 나온 것이 후회스러웠다. 어린 시절 겉옷 하나 걸치지 않은 채 무엇을 믿고 그리 돌아다녔는지 도무지 이해할 수 없었다. 미르는 두 눈을 찌푸리며 고개를 떨구었다. 길게 늘어뜨려진 그림자 하나가 보였다. 그림자를 뒤덮는 바람이 심상치 않았다. 곧 가을이 오려나 보다.

"너 오른쪽으로 꺾어서 가지?"

"어."

"나 왼쪽으로 가야 돼, 잘 가."

우빈이 미련 없이 앞으로 직진했다. 미르도 어두컴컴한 골목길을 향해 들어갔다. 혼자였지만 어린 시절 경악을 금치 못했던 귀신 따위는 무섭지 않았다. 최근에 우연히 접하게 된 칼부림 뉴스가 훨씬 무서웠다. 미르는 얇은 겉옷을 쥔 채 성큼성큼 걸어갔다.

둘은 비슷한 모습으로 다른 길을 걸어갔다. 이것을 어른이라고 하나 보다. 옛날의 개성 있는 모습들은 사회에 물들어 변해 갔다. 결국에는 전부 다 비슷한 인간들로 남게 되었다. 이도 저도 아닌 애매한 위치로.

미르는 그나마 자신이 예전과 비슷한 모습을 가졌다고 생각했다. 그러나 그는 이제 하루하루를 사랑하지 않았다. 미묘하게 바뀌는 하루는 저문 지 오래, 그는 매일 똑같은 하루를 살아갔다. 연애는 할 시간이 없어서 못 했다. 나 하나 관리하기도 힘든 지금 남에게 감정을 쏟는 것은 정신적 소모가 컸다. 그런 말들이 전부 다 핑계일 뿐이라며 비웃던 예전의 미르가 무색해질 정도였다.

미르는 가끔씩 의문이 들었다. 정말 이대로 살아가는 것이 정상인가 하는 의문이었다. 그러나 주위에는 나보다 힘든 사람이 참 많다고 했다. 나만큼 힘든 사람은 차고 넘친다고 했다. 그래서 미르는 자신이 힘들지 않다고 생각하기로 했다. 나만큼 힘든 사람은 너무나 많으니까 이것이 당연한 거고 바꿀 수 없다고 생각하기로 했다. 그게 미르의 삶이었고 규칙이었다.

미르는 꽤 불쾌한 아침을 맞았다. 하늘에는 해가 뜬 지 오래였고 바람은 미르를 깨우려 애를 쓰는 듯 커튼을 날리고 있었다. 새들이 참 늦게도 지저귄다고 생각한 미르는 고요한 적막 속에 갇혀버린 집을 둘러보았다. 아무도 없었다. 자신에게 짜증을 내는 동생도 아침은 꼭 먹어야 한다며 입에 잘 들어가지도 않는 밥을 밀어 넣는 엄마도.

언젠가는 익숙해질 거라 생각했지만 아무도 없는 집만큼은 죽어도 익숙해지지 않았다. 외로움이란 걸 타본 적도 없지만 서서히 알게 되는 미르였다. 외로움보다는 공허함이 들었다. 그래도 학교에 다닐 때는 친구들을 만나 이런 감정이 덜했던 것 같은데 직장은 백날 천날 가봤자 마음 놓고 말할 수 있는 사람은 아무도 없으니 거의 혼자 고립된 채라고 말할 수 있었다.

미르는 비틀거리며 일어나 냉장고에서 꺼낸 찬물을 따라 마셨다. 엉킨 머리를 손으로 풀고 소파에 주저앉아 티브이를 틀었다. 죄다 복잡하고 어려운 정치 이야기들뿐이었다. 미르는 티브이를 끄고 검은 화면 속에 비친 자신을 뚫어져라 쳐다보았다.

"내가 언제부터 다크서클이 심해졌더라?"

미르는 자신이 이렇게 빨리 늙어간다는 사실이 신기했다. 영원한 젊음을 누릴 것만 같던 시절은 먼 과거가 되어 있었다. 주위 사람들은 전부 다 취업을 했고 빠르면 한 가정의 가장이나 어머니가 되어 있었다. '아직은 젊지'라는 말은 지금 상황을 회피하는 것과 같은 말이 되어버렸다. 참 애매한 나이였다. 몇몇은 아직 철이 없을 나이라며 어린 사람 취급했고 몇몇은 이젠 알 걸 다 안다며 완벽한 어른 취급했다. 미르는 그사이에 껴 양쪽의 입장을 모두 고려해야 했다. 미르는 자신이 아직 완벽한 어른이 되지 않았다고 생각했다. 애초에 어른이라는 게 무엇인지도 잘 모르겠다. 나잇대가 있는 주위 사람들만 보아도 어른이란 개념에 대해 다시 생각하게 되었다.

미르는 소파에서 일어났다. 아무것도 안 하니 몸은 더 무기력해져만 갔다. 창문에 걸린 해는 미르에게 눈부신 세상을 잠시나마 보여주는 듯했다. 적당히 시원한 바람이 살결을 타고 흘러 어두운 집 안 모서리 끝까지 훑고 지나갔다. 미르는 창문을 활짝 열었다. 끼익하는 뻑뻑한 창문은 쉽게 틈을 내어주지 않았지만 쏟아져 나오는 빛은 좁디좁은 틈 사이로도 강렬하게 휘몰아쳤다.

 미르가 밖에 나가고 싶다는 생각을 한 것은 아주 오랜만이었다. 꿈자리 때문인지도 몰랐다. 아주 어릴 적에도 몇 번 꾸어보지 못했던 꿈이 뒤늦게 머릿속을 타고 지나갔다. 어린 시절의 뜨문뜨문한 기억 몇 가지가 번갈아 가며 나왔다. 하얀 안개기 뒤덮어 잘 보이지는 않았지만 미르는 항상 꿈속의 주인공을 알았다. 햇빛을 비추어 나까지 빛나게 만드는 것만 같은 그 아이의 눈동자가 미르가 아는 그 사람이라는 것을 증명했다. 밤이 되면 묻혀 사라질 것만 같은 허리까지 오는 길고 새카만 머리카락이 미르가 잊고 살았던 그 사람이라는 것을 확신시켰다. 쌍꺼풀이 짙어 매력적인 눈매와 세상 모든 것을 직접 느껴보지 못하는 모습이 미르가 기억하는 그 사람이라는 것을 알게 했다. 미르는 이와 같은 꿈에 아주 오랫동안 시달렸다. 아침에 일어나면 기분이 좋지 않았다. 소설에 쓰이고 드라마로 만들어지는 청춘처럼 아름답기만 한 기억은 아니었기 때문이다. 몸이 축 처지고 가슴이 울렁거리며 요동치는 이 감정에 한 번 빠졌다간 다시 돌아오기 힘들어질 거라는 것을 알던 미르는 자신의 내면과 반대인 세상을 마주하기로 결심했다.

 따뜻한 물로 몸이 녹아내릴 듯 샤워한 미르는 수건으로 머리를 털며 핸드폰으로 일기예보를 꼼꼼히 확인하였다. 추운 것보단 더운 것을 선호하는 미르였기에 옷을 껴입었다. 이제는 부를 사람도 신나게 놀 장소도 없었지만 미르는 맑은 하늘 아래서 있을 수 있다는 것만으로 만족하기로 했다.

 차가운 바람은 피부를 거칠게 만들었다. 미르는 손끝으로 자신의 피부를 쓸어보았다. 가뭄이 일어난 듯 거칠었다. 오늘의 날씨는 그리 춥지 않았지만 사람을 너무나 건조하게 했다.
 미르는 어정쩡한 위치에서 입이 귀에 걸린 채 웃고 있는 사람들 하나하나를 바라보았다. 어떤 사람은 가족들과 같이 여유로운 산책을 즐기고 있었고 어떤 사람은 친구와 조잘대며 짧은 산책로를 아주 오랫동안 걷고 있었다. 그들의 눈에는 빛이 보였다.
 미르는 그들이 정말 인간답다고 생각했다. 물론 자신도 인간이었지만 그들과 어딘가 다른 모습이었다. 미르에게는 무언가가 없었다. 사람들의 눈을 태워 반짝이게 만드는 연료와도 같은 무언가가 없었다.
 그 무언가를 아직 찾지 못했지만 미르는 대강 알 수 있었다. 저들은 모두 사람이 있었다. 내 편이고 나를 지지해 주는 누군가. 미르도 사람이 있었다. 그러나 그들은 각자의 삶을 살기에도 벅찼고 서로를 돌볼 시간은 남아돌지 않았다. 이제 와서 가족에게 어리광을 부리고 싶진 않았다. 어른이니까 남들에게 기대고 싶지 않았다. 그러나 기대고 싶었다. 자신도 알지 못하는 심리였다. 미르는 지끈거리는 머리를 꾹 누르고 푸르른 공원을 바라보며 멍을 때렸다. 유유히 나부끼는 나뭇잎들이 미르의 시야를 어지럽혔다. 풀이 무성한 공원 사이로 일렁이며 춤추는 작은 인영이 보였다. 한 아이가 엄마로 보이는 여자의 손을 놓은 채 풀이 무성한 공원의 바깥쪽으로 뛰쳐나가고 있었다. 그 아이는 입을 크게 벌리며 웃고 있었지만 혹시라도 넘어지지 않을까 하고 걱정하는 여자의 표정은 냉정하지 못했다. 여러 곳을 탐험하듯 뛰어다니던 아이가 미르의 앞에서 멈춰섰다.

"아저씨는 왜 구석에 서 있어요?"

분홍색 치마를 입은 작은 아이는 손에 나뭇잎 하나를 들고 있었다. 아이의 몸에선 어릴 적 맡아본 달달한 사탕 냄새가 나는 듯했다. 반짝이는 가로등이 아이의 몸을 비추었다. 미르의 두 눈에 과거가 비친다.

"아무리 그래도 아저씨라니, 너 내 나이가 몇 살인 줄 알고 그러는 거야?"

미르가 허탈하게 웃자 아이는 덩달아 같이 웃었다. 배시시 웃는 아이의 모습이 잔잔한 물결처럼 드리웠다. 미르는 그 모습을 오랫동안 바라보았다. 미르의 앞을 차지한 작은 소녀는 그의 맑은 눈동자에 빠져들 듯 입을 벌렸다.

"아저씨 눈이 파래요!"

아이가 미르의 두 눈을 가리켰다. 햇살을 머금은 그의 두 눈은 잘게 조각난 보석 같았다.

"예쁘다!"

아이의 말을 가만히 들어주던 미르가 작은 웃음을 뱉었다. 눈이 완전히 접히자 드러난 그의 얼굴은 어린 소년처럼 아름다웠다. 선선한 바람이 아이의 양 볼을 스쳤다. 아이의 두 뺨에 작은 사과나무가 열렸다.

"정말? 내 생각엔 네 눈이 더 예쁜 것 같은데?"

아이의 단추같이 동그란 눈동자가 사르르 접혔다. 아이는 미르를 따라하듯 몇 번 웃어보았다. 아이가 미르의 주위를 빙그르르 돌며 뛰어다닌다. 무엇이 그리 즐거울까. 미르의 입가에 온화한 미소가 피어오른다.

"가온아, 이만 가자."

한 여성이 아이를 불러세웠다. 그녀는 초조하게 미르 주위를 맴돌고 있었다.

"엄마가 걱정하셔, 예쁘게 걸어 다녀야지."

아이는 미르를 빤히 바라보다 고개를 끄떡였다. 인형같이 동그란 눈이 꽤 귀여운 아이였다.

미르를 유심히 보던 여자는 아이를 건네받고 고개를 숙여 인사했다. 엄마라고 하기엔 조금 젊어 보였다. 아이는 방긋 웃으며 미르에게 작은 손을 빠르게 흔들어 주었다. 갈대처럼 연약했지만 사자만큼 당찬 손이 미르의 눈앞을 왔다 갔다 했다. 미르는 그 모습을 흐뭇하게 바라보며 똑같이 손을 흔들어 주었다.

아이와 여자가 점점 멀어져 갔다. 미르는 그 풍경을 가만히 바라보았다. 화목한 가족의 모습이었다. 멀리서 아이의 아버지로 보이는 사람의 형태가 보였다. 그 남자의 키는 주위 사람에 비하여 큰 편이었고 공원에 울리는 경쾌한 웃음소리가 다른 사람의 기분도 좋아지게 만들 만큼 호탕했다. 그 웃음이 누군가와 닮아 있었다. 그러나 기억이 나지 않았다. 새카만 기억은 부끄럼이라도 타는 듯 미르에게서 도망쳐 이리저리 조각나 흐려져 가 결국 아무것도 보이지 않게 되었다. 텅 빈 몸뚱어리는 그런 미르를 재촉하듯 심장박동을 서서히 높였다. 미르의 목 뒤로 차가운 바람에 식어버린 땀이 흘렀다.

공원 주위를 둘러싸고 있는 풀의 싱그러움을 지닌 그 남자 또한 미르를 바라보는 듯했다. 남자의 눈은 멀리서 보아도 한눈에 각인될 만큼 선명했다. 그의 눈이 동그랬다. 작은 조약돌처럼 빛났다.

그의 아내가 그의 귓가에 무엇을 속삭이더니 아이와 손을 잡고 공원을 나선다. 그 남자는 조심스럽지만 빠르게 미르의 곁으로 다가왔다. 미르는 확신했다. 그 아이였다. 특출난 구석이 없지만 그 평범함조차 매력으로 소화하는 모습이 예전과 다를 것 없었다. 책을 온통 형광펜으로 그어버리는 엉뚱한 모습조차 보이는 듯했다.

"김미르!"

남자는 자신을 한 번에 알아보았다. 미르는 자신의 마음 깊은 곳이 차오르는 것을 느꼈다. 사막에서 빛을 받으며 반짝이는 오아시스를 발견한 것 같았다. 그때와 같았다. 삐거덕거리는 나무문을 열 때와 같았다. 둘은 아주 많이 변했지만 그대로였다. 서로가 그렇게 생각했고 실제로도 그랬다.

"박성민!"

성민이었다. 미르는 실감 나지 않았다. 둘이 마지막으로 서로를 본 것은 성민의 결혼식 때였다. 같은 공원을 다닐 정도로 집이 가까웠지만 서로를 발견하지 못했다는 것이 바보같이 느껴졌다. 여태까지 한 번도 만나지 않았다는 것이 의심스러웠다. 그렇게 친했었는데 우정 또한 추억으로 남아버린 뒤였다.

"너 여기 근처에 살았어? 아니, 그건 그렇고 진짜 오랜만이다. 우리 안 만난 지 진짜 오래됐지? 마지막이 내 결혼식 때였으니까, 좀 만나자고 하지. 그건 그렇고 너 최우빈이랑은 연락해? 일단 네 집이 어디야?"

성민은 여태까지 못 했던 말을 전부 쏟아내었다. 주제가 빠르게 바뀌어 따라잡기 힘들었다.

성민은 자연스럽게 미르를 벤치로 이끌고 갔다. 미르는 벤치에 앉아 성민의 말을 더듬어 보았다. 성민은 미르를 빤히 쳐다보았다. 다시 말해줄 생각은 미르의 발밑을 힘겹게 지나가고 있는 개미만큼도 없어 보였다.

"나 이 공원 근처에 살아. 편의점 옆에 회색 건물 알아?"

"아- 거기구나! 놀러 가도 되지? 지금 말고 나중에, 나는 거기 살아, 카페랑 학원들 몰려 있는 곳 알지? 거기 근처 높은 아파트!"

성민은 점점 조용해져 가는 미르를 보고 자신의 말이 많이 빨랐다는 것을 깨달았다. 그는 어색하게 웃으며 사과했다. 오랜만에 친구를 만나니 말을 조절할 수 없다고 했다. 그러나 딱히 싫진 않았다. 옛날 생각도 나고 좋았다. 오랜만에 느낀 시끄러움이었다. 소음이 아닌 사람의 말소리로 인한 시끄러움.

"그건 그렇고 너는 옛날이랑 똑같다. 너는 연애해? 아, 내가 괜한 걸 물었나…."

"무슨 10년 전 일을 아직까지 신경 쓰고 있어? 나 진짜 괜찮아. 멀쩡해."

미르가 자신을 가리키며 어색하게 웃어보았다. 그 웃음 속에 담긴 미묘한 균열은 사라지지 않고 잔상처럼 남아 성민의 눈앞을 어지럽혔다.

잠시 동안 침묵이 이어졌다. 성민이 무언가를 말하려는 듯 여러 번 입을 달싹였지만 그의 목소리가 흘러나오는 일은 없었다. 오랜만에 만나도 어색함 없이 잘 어울리던 그들이었지만 아직까지 '그날'의 이야기를 담기에는 그들의 그릇이 너무 작았다. 정확히 말하자면 미르가 준비가 되어 있지 않았다. 미르는 옛날이야기를 꺼내는 것을 좋아하지 않았다.

"나는 굳이 잊으려 할 필요는 없다고 생각해."

침묵을 견디지 못하는 성민이 자신의 발등을 응시하던 미르에게 스쳐 가는 바람처럼 속삭였다. 미르가 소리를 따라 성민을 올려다보았다.

"아니, 그냥… 네가 너무 신경 쓰는 것 같아서. 그게 나쁘다는 말은 아닌데 그 일이 네 인생보다 중요한 건 아니잖아?"

미르의 표정이 굳어지는 것을 느낀 성민이 다급하게 말을 이어 붙였다.

"그러니까 그게…."

"알아."

미르의 말은 전혀 차갑게 느껴지지 않았다. 그러나 너무나도 고요해서 차가운 울림을 주었다. 성민은 식은땀을 흘리며 눈을 흘겨 미르의 표정을 파악하기 위해 애썼다.

"나도 알아. 당연히 지금 살아가기 바쁘지. 계속해서 과거에 매여 있을 수는 없잖아?"

미르가 상냥하게 웃으며 무거웠던 분위기를 풀어냈다. 단단히 엉킨 실이 풀리자 안도한 성민은 땀이 흐른 자국이 선명한 이마를 한 손으로 쓸어내리며 짧은 한숨을 쉬었다.

미르와 성민은 아주 오래전에 이야기들을 꺼내기 시작했다. 얘기를 못 해서 죽은 사람처럼 조잘거렸다. 말을 하는 게 아니라 쏟아내는 거 같았다. 그런 모습에 웃음이 났다. 어색함은 없었다. 그렇게 시간이 지났는데도 바람이 솔솔 불어오는 교실 안으로 돌아간 것 같았다. 성민은 교복을 입고 있던 순간처럼 미르와 눈을 맞추었다. 미르는 성민의 말을 가만히 들어주었다. 미르는 성민과 대화하고 있는 이 순간만큼은 그 어떤 걱정이나 고민도 하지 않았다. 그 시절처럼 현재만 보고 사는 사람이 된 것같이 지금의 대화에 집중했다. 그들의 대화는 그리 심오하지 않았다. 어린아이의 대화와 비슷했다. 시험 기간에 같이 공부한 이야기, 학교 축제에서 미르가 삑사리를 내 놀림 받은 이야기, 넥타이 매는 걸 잊어버려 매번 복장 불량으로 벌점을 받아 부모님에게 크게 혼이 났던 이야기, 자주 갔던 분식집에 대한 이야기 등을 해가 기울어 가는 순간까지 떠들었다. 그땐 그랬지 라는 말을 참 많이 했다. 모두 지금은 할 수 없는 일이었으니까.

주황빛 노을이 성민의 눈에 담겼다. 바람은 점점 서늘해졌고 하늘은 진한 색감을 자랑했다.

"슬슬 가야 할 것 같은데?"

성민은 급격히 노래진 하늘을 보고 자리에서 일어났다. 책가방의 무게에 눌려 구부정하게 등교하던 성민의 어깨는 이제 반듯하게 펴져 있었다. 그의 어깨에는 가방보다 더 무거운 책임감이 올라가 있었지만 그러면 분명히 그 무게에 눌려버리지 않을 것이란 확신이 들었다.

"그건 그렇고 딸이 있었는지는 몰랐네."

미르가 말하자 성민은 눈을 크게 떴다. 그는 고개를 강하게 저으며 부정했다. 다시 생각해도 눈이 정말 큰 것 같았다. 학창시절에도 비슷한 생각을 했었다.

"나 결혼한 지 2년밖에 안 됐어! 저렇게 큰 애가 어디서 나와?"

성민은 황당해하다 크게 웃었다. 나뭇가지에 있던 새들이 웃음소리에 놀라 하늘로 빠르게 날아가 버렸다. 조카라며 해명한 성민은 아직은 아이 계획이 없다고 덧붙였다. 아이는 뒤로하고 배우자와 함께 여러 곳으로 여행을 다니고 싶다던 성민의 꿈은 예전과 변함없었다.

미르는 자신의 주위 사람들이 전부 꿈을 향해 나아간다는 사실이 신기했다. 자신만 아무런 꿈도 없는 것 같았다. 꿈 없는 삶이 과연 의미가 있을까 하는 생각도 들었다.

"나만 아무런 꿈도 없는 것 같아."

미르는 주황색으로 빛나는 노을빛에 자신을 숨기려는 듯 파고들었다. 따뜻하지만 차가운 바람이 몸의 온기를 서서히 식혔다. 미르는 꿈을 가진 사람들이 부러웠다. 그들은 그것을 이룰 수 없다며 원통해했지만 미르는 원통해할 이유도 의미도 없었다. 차라리 그 이유나 의미라도 있으면 좋을 텐데 미르는 아무것도 알지 못했다. 그래서 더 억울했다. 미르는 학창시절조차도 무언가를 하고 싶다는 느낌을 받은 적이 없다. 딱 하나 있었지만 미약한 의지로 그것마저 놓아버린 지 오래였다. 다시 시작하기에는 시간이 너무 많이 지나버린 뒤였다.

"만들면 되지."

그는 어린아이에게 1 더하기 1은 2라는 것을 말하듯 대답했다. 그의 말은 확신으로 가득 차 있었기에 미르는 그 말의 근거가 궁금해졌다. 성민은 벤치에 다시 앉아 미르를 빤히 쳐다보앉다. 그의 눈망울은 동화책을 읽으며 꿈을 부풀려 가던 작은 아이처럼 맑게 빛나고 있었다.

"꿈이 쉽게 나오는 건 아니지. 근데 그게 꼭 웅장해야 돼? 작은 거부터 만들라고, 작은 거. 예를 들면 오늘은 꼭 쾌변하기 같은 거 말이야."

"너무 사소한 거 아니야?"

"그걸 네가 어떻게 알아. 나 같은 변비인한테는 엄청난 소원이야."

성민은 꽤 진지해 보였다. 미르는 픽 웃어버렸다. 성민은 미르를 참 쉽게 웃겼다.

"지금 한 번 만들어 봐"

성민은 너무 과하지 않은 아주 사소한 것을 고르라고 했다. 미르는 내일 있을 일들을 미리 생각해 보았다. 어릴 때부터 하던 습관이었다. 미리 생각해 두어야 마음이 편안했다. 나쁜 일을 겪어도 마음의 준비를 할 수 있었고 좋은 일은 더욱 기대되었다. 내일은 월요일이다. 벌써부터 기분이 살짝 안 좋아졌지만 미르는 사소한 일상 속에서 자신이 격하게 원하는 단 한 가지를 찾을 수 있었다. 미르의 입장에서는 나름 간절한 소원이었다. 그러나 꿈이라고 하기엔 작고 하찮은 것이었다.

"내일 야근 안 하기!"

"뭐야, 깊게 고민하길래 굉장히 철학적인 내용을 담고 있을 줄 알았는데."

성민은 미르가 진지하게 고민하는 모습을 보고 잔뜩 기대했던 모양이었다.

"그래도 좋네, 나도 내일 야근 안 했으면 좋겠다."

성민이 씁쓸하게 웃으며 미르의 어깨에 팔을 걸쳤다. 옛날에 복도를 거닐던 모습 그대로였다.

"내 연락처 줄 테니까 저장해. 나 최근에 연락처 바꿨거든."

"최우빈한테 전해줘도 돼? 걔는 너 만나면 엄청 좋아할 거야. 크게 준비하는 게 하나 있거든."

"크게 준비하는 거? 그게 뭐야?"

"자세한 건 나중에 본인한테 들어봐."

미르가 한쪽 입꼬리를 끌어올렸다. 보조개가 피어난 그의 얼굴 위로 10년 전 소년의 얼굴이 덧씌워졌다.

"그래, 뭔지는 몰라도 기대된다."

핸드폰을 건네주자 성민이 연락처를 찍어주었다. 다시 돌아온 핸드폰에는 그의 연락처가 선명히 적혀 있었다. 그의 맑은 미소도 함께 선명해져 가는 오후였다.

"어제 괜히 나갔어…."

작게 중얼거린 미르는 자동차의 핸들을 세게 쥐었다. 성민과 헤어지고 나서 미르는 늦게까지 잠들지 못했다. 머릿속을 뒤덮는 옛 추억들이 너무나 아름다웠기 때문이다. 미르는 파도처럼 덮쳐오는 예쁜 조약돌 같은 기억들을 전부 담아가고 싶었다.

미르에게 기억이란 아주 중요했다. 쓸데없는 일조차 일기장에 전부 기록해 온 미르였다. 그 일기장을 펴본 적은 아직 없지만 꽤 재밌을 거라고 자부했다. 어릴 때부터 적어온 일기장은 아주 세세한 일들까지 전부 적혀 있을 것이다. 거의 매일 적었으니 분량 또한 엄청나겠지, 학교 축제에 대한 이야기와 시험 기간에 세웠던 공부 계획 등 미르는 펜을 꼭 쥐고 글씨를 꾹꾹 눌러가며 매일을 기록했다. 지금의 행복이 미래의 자신에게까지 전해지길 바랐던 귀여운 소망이었다.

미르는 졸음을 쫓기 위해 박하향이 강한 껌을 씹으며 차를 몰았다. 차가 꽤 막혀 잘못하면 지각할 수도 있을 것 같았다. 미르는 초초하게 예상도착시간을 몇 번이나 들여다보았다. 간신히 지각하지 않을 정도로 아슬아슬했던 시간은 어느새 점점 늘어나 충격적인 숫자로 바뀌어 있었다. 미르는 재생되고 있는 노래를 빠른 비트의 노동요로 바꾸었다. 빠르게 도로를 질주할 때 종종 틀어놓던 음악이었다. 미르는 평소에도 차를 험하게 몰고 다녔다. 차에 대 한 애착이 크게 없었고 굴러가기만 하면 좋다는 생각을 가지고 있었기에 가능한 일이었다. 노래를 바꾸어 봤자 꽉 막힌 도로를 향해 평소처럼 속도를 올릴 수는 없었지만 미르의 마음만은 더욱 빨라진 것 같았다.

"김미르 왔어?"

지훈이 미르를 보고 손을 흔들어 주었다. 미르는 고개를 끄덕인 뒤 가방을 소파에 던지고 자신의 의자에 걸터앉았다. 생각보다 훨씬 피곤한 몸 상태를 느낀 미르는 오늘 일을 할 수 있을 것인가에 대해 머릿속으로 진지한 토론을 펼쳤다.

"오는 길에 차 막혀서 지각할 뻔했잖아."

미르가 지훈 쪽으로 고개를 돌려 말했다. 돌아간 고개는 오래 유지되지 못했다. 힘없이 풀어진 미르는 골골대며 멍하니 자리에 반쯤 누워 있었다.

"너는 한 번 정도는 지각해도 되는데, 우린 이미 세 번씩은 지각했어."

"나는 나름 성실한 편이라 지각 안 해."

"네가 성실하다고?"

지훈이 처음 들어보는 이야기라며 조롱했다. 그러나 미르는 진심이었다. 자신이 조금은 성실하다고 생각했다. 최소한 게으른 팀원 몇몇보다는 성실했다.

"얘들아 조용히 하고 일이나 해. 우리 곧 마감이야."

현우는 손뼉을 치며 유치원 선생님처럼 말했다. 그는 이 중에서 나이가 제일 많은 탓에 의도치 않게 팀장 노릇을 하고 있었다. 팀원들은 스트레칭을 하며 특이한 괴성을 질렀다. 다들 몸이 많이 뻐근한 모양이다. 쉽사리 엉덩이를 떼지 못하던 팀원들은 현우의 날카로운 시선이 자신들을 베일 듯 노려보자 각자의 자리로 가 본격적으로 일을 시작했다. 처음에만 하기 싫지 막상 하다 보면 재미있는 면도 있었다.

미르는 작곡 팀에 소속되어 있었다. 음악 쪽으로 진로를 정하고 싶어 대학까지 갔지만 막상 무슨 일을 해야 할지 몰라 방황했었다. 그러다 우연히 지금의 동료들을 만났고 5명이서 이 팀을 만들게 되었다. 유명하지는 않지만 그렇다고 무명은 아닌 팀이었다. 먹고 살 만큼 벌 수는 있지만 명성은 얻을 수 없는 정도였다. 미르는 이런 생활에 만족했다. 유명해지면 짊어져야 할 책임감만 늘어갔다. 동료들과 소박하게 꾸려나가는 지금의 팀이 좋았다.

"가사는 어떻게 됐어?"

현우가 날카롭게 묻자 승현은 주춤하며 노트북을 닫아버렸다.

"조금만 기다려, 아직 그럴듯한 게 안 써진다고."

승현이 현우를 반대편으로 밀어 보내버렸다. 현우는 재촉하지 않았지만 승현을 빤히 쳐다보았다. 결코 좋은 표정은 아니었다. 현우는 작은 작업실을 빙글빙글 돌아다녔다. 팀원들이 뼈를 갈아 써내려가는 작품들을 하나하나 눈에 새겨 넣었다. 각자의 테이블 위에는 수많은 에너지 드링크가 쌓여 있었다. 미르도 본인이 저걸 다 비워냈다는 사실이 신기했다. 저렇게 쌓아놓으면 항상 현우가 잔소리해서 매번 빼놓기 마련인데, 다들 정신이 없는지 벌레가 꼬인 캔에는 눈길조차 주지 않았다.

조용하던 작업실은 여러 가지 음악소리와 타자소리로 꽉 채워졌다.

"제발 헤드셋 좀 끼고 해."

가사를 쓰기 위해 머리를 쥐어짜던 승현이 자신의 작업물에 심취해 있는 지훈에게 소리쳤다.

"나 헤드셋 잃어버린 지 오래야."

지훈은 최대한 스피커 소리를 낮추며 날카롭게 자신을 쏘아보는 승현에게 어색하게 웃어주었다.

미르는 주위 분위기에 휩쓸리지 않고 자신의 일에 집중했다. 미르의 집중력은 팀원들조차 부러워할 만큼 대단했다. 미르는 자신이 흥미 있는 일이라면 주위 소리가 들리지 않았다. 오로지 그것만 눈에 보였고 들렸다. 그러나 싫어하는 것이라면 정반대였다. 그래서 학창시절에 성적이 그리 좋지 않았다. 성적표에 적힌 숫자들을 보며 엄마가 거품을 물고 쓰러질 듯 굴었던 것이 선명하게 눈앞에 새겨졌다. 그때의 미르는 뻘쭘하게 머리를 긁적이고 있었다.

고개를 가볍게 흔들어 과거의 기억을 뿌리친 미르는 애써 자기 자신을 합리화했다. 좋아하는 일이라도 잘하는 게 다행이었다. 그러니 지금 자신이 일을 할 수 있는 게 아니겠는가.

잠시 동안 다른 생각을 하던 미르의 눈앞에 누군가의 손이 위아래로 왔다 갔다 하며 존재감을 뿜어냈다. 미르는 가까스로 정신을 차리며 자신의 앞에 선 키 큰 남자 한 명을 바라보았다. 긴 그림자를 늘어트리며 팀원들을 압도하던 그는 현우였다. 그는 날카로운 눈매를 빛내며 쓰고 있던 안경을 치켜올렸다.

현우 또한 미르만큼, 어쩌면 그 이상으로 집중해 일을 빠르게 해치웠다. 재능이었다. 현우는 가장 빠르게 일을 처리한 뒤 팀원들 주위를 맴돌며 고쳐야 할 부분을 짚어주고 막히는 부분에 대해 토론했다. 직업상 슬럼프가 올 경우 일에 손도 대지 못할 때가 있었다. 그때는 정말 현우 같은 동료들이 있어서 다행이라고 생각했다. 같이 고민할 대상이 있다는 것은 큰 위안이 되었다.

처음에는 몇 마디를 나눌 정도로 여유를 갖던 팀원들이 하나 둘 조용해져 갔다. 마감기한이 급박하게 다가와 오늘은 야근을 해야 할지도 몰랐다. 아마 미르의 꿈은 이뤄질 수 없을 것 같았다.

"잠깐 쉬는 시간 좀 가지자. 적당히 다 한 애들은 좀 쉬어, 최승현은 쉴 생각 하지 말고."

몇 시간을 불태운 팀원들은 녹초가 되어 있었다. 창작이라는 것이 이렇게나 큰 고통이었다. 팀원들 중 한 명이 슬럼프가 온다면 작업시간이 훨씬 길어졌다. 그날의 컨디션 또한 영향을 크게 미쳤다. 미르는 우빈의 마음을 조금 이해할 수 있었다. 둘 다 창작을 하는 업계에서 일하다 보니 통하는 것이 많았다. 그러고 보니 우빈도 슬슬 다시 작업에 들어간다고 하던데, 어떤 작품이 탄생할지 궁금했다.

"야, 김미르 이것 좀 봐. 내가 진짜 좋아하는 작가인데 신작 준비 중이야!"

하은은 미르에게 기사 하나를 보여주고 깔깔대며 웃었다. 요란스러운 웃음소리가 작업실을 울렸다. 지나가던 지훈이 웃음소리에 놀라 커피를 쏟을 뻔했다. 하은은 그런 것도 모른 채 신작에 대해 더 깊이 탐색하기 시작했다. 그렇다. 하은이 좋아하는 작가는 우빈이었다. 우빈은 작가로 활동하고 있었고 꽤 유명했다. 모든 사람이 알지는 못해도 책을 좋아하는 사람이라면 한 번쯤은 들어보게 되는 작가였다. 하은이 우빈의 작품을 좋아한다는 사실을 안 지는 꽤 오래되었다. 1년 전에 처음으로 들은 것 같다. 미르는 굳이 자신의 친구가 우빈이라는 사실을 말하지 않았다. 귀찮게 굴 게 뻔했기 때문이다.

질릴 정도로 하던 작품 얘기도 시간이 지나면 줄어들 거라 생각했다. 그러나 이 정도로 좋아하는지는 몰랐다. 우빈에게 부탁해 사인이라도 한 장 받아와야 할 것 같았다.

"무슨 작품인데?"

"그걸 내가 어떻게 알아."

하은은 정색하며 대답했다. 하은은 작가가 작품 하나를 완성하는 데 얼마나 많은 시간을 투자하는지에 대해서 떠들었다. 그녀는 기다리는 시간이 너무 길다고 투덜거렸지만 완성도 있는 작품을 위해서라면 충분히 기다릴 수 있다는, 의도를 모르겠는 소리를 했다.

"와, 나 방금 우리 할머니 만나고 왔어."

"너 할머니 안 계시잖아."

"…말이 좀 그렇다? 죽을 뻔했다고."

승현은 소파에 몸을 누이며 하은이 보고 있는 핸드폰을 뺏었다. 그는 기사를 보고 '나도 이 작가를 안다'며 알고 있는 작품 몇 개를 꺼냈다. 3개 중의 2개는 우빈과 아무런 연관이 없는 작품이긴 했지만 그는 당당했다.

"너 자꾸 여기서 농땡이 피우면 현우 오빠한테 이른다!"

"걔 요즘 연애한다고 난리잖아. 신경도 안 쓸걸?"

승현이 비아냥거렸다.

하은이 승현에게서 핸드폰을 다시 가져왔다. 승현은 너무하다며 중얼거렸지만 하은의 귀에는 들어가지 않았다.

"나 진짜 5분 뒤에 쓸 거야."

그가 비장하게 말했으나 안타깝게도 쉬는 시간은 3분 뒤에 끝날 예정이었다. 지훈은 그런 승현을 못마땅하게 쳐다보고 다시 작업에 들어가기 위한 준비를 하기 시작했다. 미르도 슬슬 자리에서 일어나 기지개를 켜고 냉장고에서 커피 하나를 빼갔다. 꽉 차 있던 냉장고는 금세 텅텅 비어버렸다. 전에 하은이 사온 디저트를 누가 먹어버린 탓에 냉장고 안 음식들과 음료들에는 메모지가 붙어 있었다. 공용음식과 개인 음식으로 분류되어 있는 메모지는 색상이 전부 달라 보는 맛이 있었다. 그중에 하은의 메모지에는 살벌한 글씨체로 '먹지 마'라고 적혀 있어 쉽게 손을 댈 수 없었다. 다른 메모지에는 각자의 이름이 삐뚤빼뚤하게 적혀 있었다. 미르는 메모지를 바라보다 냉장고에서 경고음이 울려 급하게 문을 닫았다.

"미르야, 빨리 와서 이것 좀 봐줘."

"알겠어."

미르는 다시 작업실로 뛰어 들어갔다.

오늘은 암묵적으로 야근 확정이었다. 퇴근시간이 되어도 아무도 나가지 않았다. 정확하게는 나가지 '못했다.' 미르는 거의 졸면서 작업하는 승현의 눈앞에서 박수를 쳐 그를 깨웠다. 졸면서 가사를 쓰던 그의 화면은 같은 글자가 무한으로 반복되어 있었다. 승현은 자신의 두 눈을 감싸며 미르를 쳐다보았다. 지훈은 그 모습이 속이 시원하다는 듯이 바라보고 있었다. 그렇게 세게 친 것도 아니었지만 조금은 미안했다.

미르는 깊은 잠을 깨운 대가로 시원한 음료를 승현에게 가져다주고는 다시 자리에 앉았다. 오랜 시간 같은 자세로 앉아 있다 보니 허리가 뻐근했다. 급하게 노트북을 켜 허리디스크의 증상에 대해 검색해 보던 미르는 이어지는 답변에 자신이 디스크까지는 아니라는 사실을 알고 안심했다.

노트북을 덮으려 손짓하던 미르는 조용하던 노트북에 알림이 와 있던 것을 확인했다. 미르는 알림을 쌓아두는 것을 싫어했다. 문자 앱을 눌러 확인해 보았다. 광고일 것이라 생각했지만 성민에게서 온 것이었다.

- 꿈은 이루었어?

꿈이란… 어제 정했던 야근하지 않기를 말하는 것 같았다. 미르는 첫 꿈을 이루지 못했다. 아쉽게도 당분간은 절대 불가능할 것 같았다.

- 아니, 당분간 불가능할 것 같아.

미르가 보낸 답장은 빠르게 읽혔다. 성민이 꽤 심심했던 모양이었다.

- ㅋㅋㅋㅋㅋ

- 웃지 마, 나는 진짜 힘들다고.

- 너 무슨 일 하는데?

미르는 살짝 고민했다. 자신의 일을 말하면 돌아오는 반응이 꽤 귀찮았기 때문이다.

- 나 작곡 일.

미르가 자신이 하는 일을 남에게 말하는 것이 참 오랜만이었다. 겉으로 듣기에는 웅장해 보이는 일이었지만 미르는 별거 아니라고 생각했다. 그렇게 유명한 팀도 아니었으니까.

- 대박, 너 작곡가였어? 나 주위에 자랑해도 돼?

- 그렇게 유명하진 않아. 그리고 난 팀에 소속되어 있는 거라 내 이름으로 활동 안 해.

- 그래도 대단하지. 팀 이름 뭐야? 알려줘.

- 들어도 모를걸.

- 상관없으니까 말해봐.

미르는 성민이 꽤 끈질기다고 느꼈다. 학창시절에도 나름 끈기 있는 애라고 생각했는데 커가면서 그 특유의 성격이 더욱 심해졌나 보다. 우빈이 작가라는 것을 알면 기절할지도 몰랐다. 성민이 아니라 우빈이. 아마 성민은 왜 여태까지 말하지 않았냐며 서운해할 테고 작품 이름을 전부 말하라며 괴롭힐 테니까. 우빈은 그런 것을 질색했다. 미르 또한 우빈처럼 지금은 자신이 쓴 곡을 남들에게 말하고 싶지 않았다. 호기심 많고 말하는 걸 좋아하는 성민의 성격상 말해줬다간 모든 곡들을 다 찾아본 뒤 동네에 소문을 낼 것이 분명했다. 그리고 제일 중요한 이유는….

"김미르, 우리 팀의 규칙 중 네 번째로 중요한 게 뭐였지?"

현우가 미르의 노트북을 닫으며 말했다.

"…그게 뭔데…?"

"첫 번째는 사이좋게 지내기, 두 번째는 자신의 일은 최선을 다하기. 세 번째는 냉장고 음식 훔쳐 먹지 말기… 그리고 네 번째는 일하는 중에 농땡이 피우지 말기!"

현우는 미르의 어깨를 몇 번 치고 잘하라고 말하며 가버렸다. 미르는 현우가 말한 규칙들을 3년 동안 일하면서 처음 들어보았다. 그건 다른 팀원들도 마찬가지인 것 같았다.

"진짜 늦게 끝났네."

미르가 핸드폰에 쓰인 시간을 확인하며 말했다. 미르는 차를 운전하며 야경을 바라보았다. 질리도록 보는 풍경이었지만 매번 색다르게 느껴졌다. 차들이 각각 노란색 불빛을 내며 나아갔고 미묘하게 다른 색의 전등이 켜져 있는 여러 건물들이 창가를 스치며 빠르게 지나갔다. 아침과는 다르게 적어진 사람들이 분위기를 차분해지게 만들었다.

미르는 깊은 푸르름에 잠긴 세상을 바라보았다. 특유의 조용함이 미르의 마음을 편안하게 만들었다. 미르는 편안해지는 마음을 느끼며 세상의 소리에 귀를 기울였다. 적당한 크기의 소음들이 반복되었다. 차 소리가 거슬리지 않는 순간은 지금이 유일했다. 미르는 야근을 죽도록 싫어했으나 퇴근하는 과정만큼은 즐거워했다. 그는 차를 타고 드라이브하는 것을 즐겼다. 창문을 열면 시원한 바람이 불어오는 것과 잔잔한 음악을 들으며 아무 생각 없이 달릴 수 있다는 점이 좋았다. 비슷한 이유로 걸어 다니는 것도 좋아했다. 비교적 집과 학교 사이에 거리가 가까웠던 중학교 때까지는 무조건 걸어서 등교했다. 하늘은 미르에게

'왜 버스를 놔두고 걸어 다니냐.'

라며 투덜거렸지만 걸어서 등교했던 기억은 아직도 예쁜 추억으로 다듬어져 살아 숨 쉬고 있었다.

미르는 이제 아무렇지 않게 옛날 생각을 할 수 있었다. 고통스럽지 않다고 하면 거짓말이었지만 성민을 만난 뒤로 예전보다 쉽게 기억할 수 있었다. 학창시절에 사귀었던 친구들은 생각보다 큰 의미로 다가왔다. 지금은 만나지 않는 경우가 대부분이었지만 미르는 아직도 고등학생 때 만난 7명의 친구들을 기억했다. 절연한 것은 아니었지만 우빈과 성민을 제외하고는 연락이 뜸해진 것은 사실이었다. 성민도 최근에 연락처를 주고

받았고.

　미르는 자신의 처참해진 인간관계에 대해서 생각해 보았다. 시간이 지날수록 친구가 사라져 가는 것은 어쩌면 당연할지도 모른다. 미르는 그것이 불만스럽진 않았다. 진정한 친구 한 명만 있더라도 나름 성공한 인생이라고 할 수 있었다.

　어느덧 집 근처에 가까워진 미르는 차 안에 안개처럼 퍼져나가던 노래를 끄고 주차할 곳을 찾았다. 미르는 면허를 따고 한 달 동안 주차를 굉장히 어려워했다. 면허를 딴 지 가장 오래되었던 지훈이 기를 써가며 미르를 도와주었지만 나아지지 않았다. 결국 미르는 시간에 자신의 실력을 맡겨버렸다. 시간이 약이긴 한가 보다. 정말로 시간이 지날수록 처참했던 주차실력이 늘어갔다. 다른 것도 다 똑같았다. 기억도, 상처도, 사랑도 전부 시간이 지날수록 희미해져 갔다. 미르는 이제 주차를 똑바르게 할 수 있었다. 그것에 매여 시간을 오래 소모하지 않았다.

　차에서 내린 미르는 딱 좋은 날씨에 감탄했다. 적당히 선선하고 따뜻한 날씨는 미르의 기분을 좋게 만들었다. 그러나 아까 전부터 느껴지는 묘한 배고픔이 거슬렸다. 밥을 해 먹는 것이 너무나 귀찮았던 미르는 이왕 밖에 있는 김에 무언가를 사 가려고 했다. 미르는 자신의 집 근처에서 얇은 숨결처럼 꺼질 듯 깜빡거리고 있는 불빛을 발견했다. 분식집이었다. 오랜만에 분식도 나쁘지 않다고 생각했다. 미르는 어릴 때와 같은 걸음으로 분식집으로 향했다. 그의 얼굴에는 그때와 같은 웃음이 피었다.

"할머니 이거 얼마예요?"

"천 원."

미르는 따뜻한 어묵 꼬치를 호호 불었다. 뜨거운 것을 잘 못 먹던 그는 양 볼을 스치는 차가운 바람이 어묵을 미지근하게 식혀버릴 때까지 발을 동동 구르며 기다렸다. 미르는 어묵이 온기를 잃고 차가워질 때가 되어서야 겨우 한입 베어 물었다. 미르의 입꼬리가 올라갔다. 비싼 음식은 아니었지만 이런 사소함이 그를 웃음 짓게 했다.

"너 간장 안 찍어 먹어?"

우빈이 앞에 놓인 간장통을 거들떠보지도 않는 미르를 보며 도저히 이해할 수 없다는 표정을 지었다.

"간장을 왜 찍어?"

"원래 어묵은 간장 맛으로 먹는 거 아니야?"

"짠 거 많이 먹으면 죽어."

미르는 우빈의 말을 무시하며 어묵 국물을 호호 불었다. 미르를 살짝 흘겨보던 우빈은 간장통을 열어 국물이 뚝뚝 떨어지는 어묵에 꼼꼼히 묻히기 시작했다. 빈틈없이 붓질하고 나서야 만족했다는 듯이 한입 베어 물었다. 우빈의 한입은 정말 컸다. 체감상 미르의 2배였다.

"얘들아 우리 좀 들어가서 먹자. 이게 뭐하는 짓이냐."

하늘이 따뜻한 가게가 비치는 낡은 문 하나 열 생각도 하지 않던 어리석은 친구들을 향해 조심스럽게 읊조렸다.

"일단 떡볶이를 주문하고 들어가야지. 아주머니! 여기 떡볶이… 우리 몇 인분 시킬 거야?"

성민은 아주 익숙하게 주문을 자처하였다. 매번 주문은 성민의 담당이었다.

"4인분 주세요."

우빈이 대신 답하였다.

"4인분 부족하지 않아?"

"여기 양 개많아."

어묵 국물을 마신 뒤 데일 뻔한 혀를 살짝 내밀며 식히고 있던 미르가 알아들을 수 없는 발음으로 내뱉었다. 간신히 그 말을 알아들은 성민만이 미르의 말에 고개를 끄덕이며 납득했다.

"들어가서 주문하면 되잖아. 추워 죽겠어, 진짜."

추위를 많이 타던 하늘이 먼저 가게 안으로 달아나 버렸다. 반팔과 반바지를 입은 그는 고작 여름의 끝을 보이는 바람결 하나 견디지 못했다. 그 모습을 의아하게 바라본 우빈이 다 먹은 어묵 꼬치를 입에 물며 삐거덕대는 문을 당겨 열기 위해 문고리를 잡았다. 그가 힘껏 문을 밀어냈다. 그러나 세월의 흔적을 이겨내지 못하던 문은 이상하게도 움직이지 않았다. 미르와 성민이 믿을 수 없다는 표정으로 그를 멀뚱멀뚱 바라보았다.

"야, 저거 봐라. '미세요'가 아니라 '당기세요'네."

우빈이 다급하게 외치며 추위를 피해 도망쳤다. 정말 그 이유가 추위 때문인지는 알 수 없었다. 우빈의 흔적이 전부 사라질 때까지 자리를 지키던 미르와 성민도 슬슬 들어가기 위해 걸음을 옮겼다. 미르는 어묵 꼬치를 입안에서 이리저리 굴러가며 씹다 세월이 얼마나 지났을지 모를 낡은 문을 당겼다.

그때였다. 일정하던 속도의 걸음걸이가 점점 빨라져 올 때쯤엔 미르도 대강 그 존재를 눈치채고 있었다. 성민은 동그란 눈을 얇게 뜨며 자신의 앞, 정확히는 미르의 앞으로 뛰지도 걷지도 않는 오늘의 날씨와 같은 애매한 걸음걸이를 뽐내며 다가오는 그 소녀의 얼굴을 확인하려 애썼다. 자세히 보니 한 명이 아니었다.

"김미르!"

소녀가 밝게 웃으며 아예 뛰기 시작했다. 그 소녀를 앞으로 밀어주듯 바람이 세차게 불어왔다.

"뭐야 얘는 왜 여기 있어?"

성민이 소녀를 손가락질하며 미르에게 말했다. 그 모습을 잠시 바라보던 미르는 피로감이 쌓인 얼굴을 쓸며 문을 열던 손을 멈추지 않았다. 신나게 뛰어오던 소녀는 멈칫하며 성민에게로 고개를 돌렸다. 성민은 그들을 기다려 주었다.

"너희도 개학 기념으로 온 거야?"

소녀가 새초롬하게 물었다. 뾰족한 나뭇잎같이 울리는 목소리는 성민의 살갗을 긁었다.

"개학이 기념할 일이었어? 지나간 방학을 추모하러 온 거지."

성민 또한 그녀와 같이 까칠하게 답하며 웃었다. 소녀는 성민이 자신의 말투를 따라 하고 있다는 사실을 눈치챘다. 그의 말투는 지나가는 돌멩이조차 알 수 있을 만큼 과장되어 있었다. 소녀는 입꼬리를 내리며 자신을 놀리는 성민을 쏘아보았다. 성민은 유치원 졸업장조차 받지 못한 철없는 사람처럼 웅얼대며 혜인의 발끝에 자리 잡은 고요한 분노를 끌어올렸다.

"혜인아, 우리 빨리 자리 잡아서 먹고 가자. 내일 학교 가야 하잖아."

소녀, 정확히는 혜인의 뒤를 살며시 따라오던 다훤이 나긋나긋한 목소리를 자랑했다. 자장가를 노래하듯 재잘거리던 다훤은 특유의 사랑스러운 웃음을 지었다. 레이스가 가득 달린 분홍빛 침대에 놓인 인형같이 귀여운 미소였다. 그녀의 얼굴은 지나가는 사람조차 멈춰 서게 만들었다. 다훤은 사르르 저무는 하늘 아래에서 수줍은 고개를 들어 올린 꽃처럼 나부꼈다.

"야, 박성민 안 들어와?"

하늘이 고개를 빼꼼 내밀며 오랜 시간 밖에 머물러 있던 성민을 재촉하였다. 성민이 옆으로 고개를 까딱거리자 그의 눈은 성민의 옆에 있는 두 사람에게로 향했다. 그제야 이해한 듯 하늘은 더 이상 말을 꺼내지 않았다.

"하늘아, 오랜만이다!"

다횐이 하늘의 눈을 똑바로 마주치며 말했다. 하늘은 싱그러운 미소로 답해주었다.

추워 죽겠다며 제일 먼저 안으로 뛰어 들어갔던 하늘은 그런 면모와는 상반되게 문을 열고 나와 3명의 앞으로 자리를 옮겼다. 차가운 두 팔을 껴안은 그는 목적 없이 떠도는 여행사처럼 3명의 근처를 이리저리 돌아다녔다.

"너희 둘이 온 거면 테이블 합치자."

하늘이 무심하게 툭 던진 말을 들은 성민은 의외라는 듯 그를 바라보았다. 하늘은 평온하게 웃고 있었다.

"나쁘지 않은데?"

혜인이 하늘의 의견을 긍정적으로 받아들였다. 다횐은 아무 말도 하지 않았지만 그녀의 표정은 생략된 말을 대신하기에 충분했다.

하늘은 지금쯤 자리에 앉아 실신한 듯 멍 때리고 있을 2명에게 말을 전하기 위해 가게의 문을 열었다.

"야, 강혜인이랑 다횐이 왔는데 테이블 합쳐도 되지? 알겠다고? 알았어."

미르와 우빈의 말은 듣지도 않은 하늘이 다시 문을 닫아 태연하게 걸어왔다. 성민은 그 모습을 보고 익숙하다는 듯이 어색하게 웃었다.

주문을 마친 2명은 드디어 가게 안으로 들어왔다. 아주 간단한 주문이었다. 떡볶이 2인분에 튀김세트 하나. 성민은 가게 문을 열고 들어가는 내내 어떻게 해야 둘의 튀김을 빼앗아 먹을 수 있을지 곰곰이 생각해 보았다.

"아니, 이하늘은 도대체 왜 춥다고 한 거야? 밖에 따뜻해."

"레알 이하늘 약골임."

차가운 시체처럼 늘어져 있던 우빈이 비키라며 손짓하는 성민을 보고 옆으로 굴러가 주었다. 한 $1mm$ 정도 움직인 것 같다.

"약골은 너겠지 최우빈. 고작 몇십 분 걸은 거 가지고 그러냐."

핸드폰을 들여다보던 미르가 모두가 자리에 앉은 것을 확인하자 핸드폰을 책상 위에 덮어놓았다. 핸드폰을 내리자 드러난 그의 표정은 적의 정곡을 찔러낸 승자처럼 여유로웠다. 우빈은 반박할 말을 찾지 못한 것 같다.

"얘들아~ 여기 떡볶이."

주인아주머니가 7인분 같은 떡볶이를 대야같이 큰 그릇에 담아주었다. 이미 이 정도의 양을 예상한 3명은 당황하지 않았지만 성민의 눈은 그릇처럼 거대해졌다.

"미친 거 아니야? 이 정도면 10인분이야!"

성민은 카메라를 들어 각도를 이리저리 바꾸어 가며 사진을 찍었다.

"야, 사진을 찍지 말고 눈에 열심히 담아. 사진으로 찍어봤자 전부 담기지 못해."

미르가 책에 적혀 있는 명언을 낭독하듯이 어울리지 않는 모습으로 성민의 핸드폰을 잡으며 말했다.
 "남는 건 사진밖에 없더라. 나, 전에 동물원 간 것도 사진 없으면 하나도 기억 못 해."
 이때다 싶던 우빈은 미르의 말에 반박하며 성민의 카메라를 다시 원래대로 돌려놓았다. 성민은 고래 싸움에 터져버린 자신의 가녀린 등을 쓸어내렸다. 아마 저 둘은 10년이 지난다 해도 한결같은 모습을 유지할 것 같았다.
 "얘들아 유치하게 굴지 말고 좀 먹어라."
 하늘이 성민이 마음에만 품고 있던 한 마디를 정확하게 집어 말해주었다. 성민의 마음은 사이다를 들이부은 것처럼 시원해졌다. 그러나 둘의 싸움 아닌 싸움은 끝나지 않았다. 유난히 매운 것을 못 먹던 우빈이 물을 여러 번 들이킨 것이 시작이었다. 미르가 우빈을 비웃으며 손가락질했다. 이에 화가 난 우빈이 가게 안이 떠나가라 미르와 말싸움을 시작했다. 성민은 쭈그려 앉아 귀를 막았다. 다휜 또한 같았다. 혜인은 얼굴이 빨개질 때까지 웃으며 둘의 말을 경청했다. 그녀가 이 일에 부정적이지 않은 유일한 사람이었다. 이 중에서 그나마 적극적이던 하늘은 둘의 사이를 중재하는 것을 포기했다. 둘이 어떻게든 서로의 꼬투리를 잡으려 노력하는 모습이 꽤 재미있기도 했다.
 "야, 너희 그거 알아? 우리 반에 전학생 온대."
 미르와 우빈의 언성이 잦아들자 혜인이 자신의 테이블 앞에 있는 떡볶이의 사진을 찍으며 말했다. 혜인의 관심이 다른 곳으로 쏠린 것을 틈타 성민이 조심스럽게 튀김 하나를 가져가기 위해 젓가락을 움직였다. 그의 얍삽한 행동을 눈감아 주는 다휘과는 다르게 혜인은 젓가락으로 성민의 손을 튕겨내며 으르렁거렸다. 기가 죽은 성민은 눈을 옆으로 굴리며 입을 꾹 닫았다.

"전학생? 예쁜 여자애가 오면 좋겠다!"

다휘은 두 손을 모으며 기대감에 찬 눈을 빛냈다. 눈동자가 큰 다휘의 눈은 어떻게 보면 살짝 무섭기도 했다. 인형같이 사랑스러웠으나 안광 없이 서늘했다.

그 눈동자를 뒷받침하듯 실제로 그녀의 성격 또한 마냥 무해하다고 할 수 없었다. 다휘은 은근 자신의 생각이 확고했다. 그것을 부정하는 이가 제 발로 살아나온 꼴을 아직까지 한 번도 보지 못했다.

"제발 운동 잘하는 남자애 와라."

미르는 다휘의 기대와는 반대되는 말을 했다.

"남자는 무슨 남자야! 안 그래도 지금 너희한테 둘러싸여서 고생하고 있는데!"

전과는 180도 달라진 그녀의 표정에 위기의식을 느낀 미르가 무의식적으로 몸을 뒤로 끌어당겼다. 다휘 또한 예상보다 강하게 나간 말에 당황하며 입을 틀어막았다.

"우와, 이런 면도 있었구나."

"그, 우리 전학생은 언제 오지?"

하늘이 흥미로운 실험체를 관찰하듯 중얼거렸지만 다횐에게는 꽤 큰 의미로 다가온 듯했다. 다횐은 급하게 주제를 바꾸어 버렸다. 미르가 틈만 나면 사용하던 얕은 수법이었다. 미르와 같이 다니는 일이 많아지니 화법 또한 비슷해진 모양이었다. 다횐은 이유 모를 치욕감을 느끼며 눈을 내리깔았다. 하필이면 물들어도 김미르한테 물들다니, 그녀의 두 눈이 절망으로 가득 찼다.

"우와, 너 방금 좀 김미르 같았다."

아무 생각도 없던 성민이 다횐을 보며 알맹이 없는 말을 던졌다. 다횐은 억지로 하하하 웃으며 입안에 떡볶이를 욱여넣었다. 꾸밈없이 대놓고 끔찍해하는 다횐을 보던 미르는 이유 모르게 기분이 나빠져 가는 것을 느끼며 물을 들이켰다.

"언제 올지는 모르겠지만 참 안됐네. 어떻게 우리 학교에 전학 오냐."

이야기가 산으로 갈 것을 염려한 우빈이 다시 틀을 잡아주었다. 혜인은 그것을 덥석 물며 환하게 웃었다.

"잘하면 내일 올 것 같은데?"

혜인이 떡볶이 2개를 젓가락으로 집어 밀어 넣으며 말했다. 혜인은 학교가 어떤 식으로 굴러가는지 잘 알고 있었다. 이처럼 전학생이 오는 사실도, 학교의 누군가가 싸운 이야기도, 행사가 언제인지도. 혜인은 소식들을 빠르게 물어 전해주었다. 그녀는 여러 의미로 도움이 되는 친구였다.

우빈은 학교의 분위기를 분석하는 것을 좋아했다. 그는 빠른 눈치 덕에 과분한 자리에도 올라가 봤고 지금은 당당히 학생회의 일원으로 들어가게 되었다. 우빈의 인생이 마냥 이렇게 흘러가기만 한 것은 아니었다. 당장 그가 중학교에 입학했을 때만 해도 적응을 하지 못해 이리저리 맴돌며 떠돌았었다. 끝나고 무엇을 사 먹어야 할지에 대한 생각으로 기뻐하던 어린 날과 달리 나뭇잎 하나가 떨어질수록 아이들은 점차 피곤함을 자처해서 살아가는 것 같았다. 뭐가 그리 조급하고 불안한지. 서로를 못 건드려서 안달이 난 아이들이 우스워 보이기도 했지만 어쩔 수 없었다. 우빈 또한 결국 그들과 같은 사람이었다. 두꺼운 가면 하나를 평생 안고 가는 삶. 그것이 우빈이 여태까지 몸담고 있는 세상이었다.

혜인은 별생각 없이 소문 말하기를 좋아해서 뿌리고 다니는 것 같긴 했지만, 혜인 덕분에 잡을 수 있었던 기회를 생각하면 우빈은 혜인이 없어서는 안 될 존재라 생각했다. 우빈은 아직 진실한 친구의 개념을 몰랐다. 다들 필요에 의해서 친해지고 잘 보이려 노력하는 것 아닌가. 그것이 우빈의 삶의 방식이고 규칙이었다.

우빈이 미르를 마음에 들어 하는 것도 비슷한 이유 때문이었다. 적당히 가식적이고 남에게 은근히 무관심한 미르가 마음에 들었다. 그래서 가까이했다. 우빈은 미르와 다른 아이들을 좋아하지 않았으나 싫어하지도 않았다. 적당한 반 친구. 그 이상도 이하도 아니었다.

"전학생 빨리 왔으면 좋겠다!"

다휜은 새어 나오는 기대감을 막지 못했다.

"좀 웃긴 애가 와서 반 분위기 좀 띄워주면 좋겠어. 우리 반 공부한다고 너무 우중충해."

성민이 투덜거렸다.

"너 공부한다고 난리 칠 때는 언제고 이제 와서 그러냐."

"다시 생각해 보니까 공부가 그리 중요하진 않은 것 같아."

자신을 날카롭게 바라보는 미르의 시선을 느낀 성민이 다급하게 그럴듯한 핑곗거리를 꺼내놓았다. 미르는 그럴 줄 알았다는 듯이 피식 웃으며 성민의 말을 한 귀로 듣고 한 귀로 흘렸다.

"초능력자 전학생은 안 오나? 영화 보면 몰래 학교 다니다가 정체 들켜서 곤란해지고 그러던데."

혜인이 진지하게 고개를 앞으로 숙이며 속삭였다. 비밀 작전에 대해 이야기라도 하는 요원이 된 것 같았다.

"너무 현실에서 벗어났잖아."

우빈이 고개를 내저었다.

"근데 나는 초능력자보다는 국정원 같은 게 더 매력 있더라."

다휜이 생글생글 웃으며 떡볶이를 집던 젓가락을 내려놓았다. 성민은 그 의견에 동의한다는 듯 고개를 빠르게 끄덕였다.

"그런 것보다는 공포 느낌으로 사실은 전학생이 귀신이었다는 이야기로 가는 거지. 어때, 재밌을 것 같지 않아?"

미르가 엉뚱한 이야기를 하며 핸드폰 불빛을 얼굴 아래에 갖다 댔다. 아이들은 미르의 모습에 기겁하며 소리를 질렀다.

그 뒤로도 5명의 아이들은 각각 자신들이 원하는 전학생에 대해 떠들기 시작했다. 전부 다 우빈을 바람 빠진 풍선같이 피식거리게 만드는 허무맹랑한 소리였지만 우빈은 이 평화가 좋았다. 가을에 절여진 단풍잎 하나가 떨어질 때쯤엔 5명에게 정을 주게 될지도 모른다는 생각이 들었다.

미르는 오늘 꽤 일찍 일어났다. 평소 같으면 늦게까지 기를 쓰고 버텼겠지만 오늘은 전학생이 올지도 모르니 학교에 미리가 있어 전학생을 깜짝 놀라게 해줄 작정이었다. 그러나 너무 일찍 일어나 버린 탓일까. 얼마 지나지 않아 미르는 다시 잠들어 버렸다. '잠깐 뒤척이다 일어나야지'라는 다짐의 잠깐은 미르가 모르는 사이 어느새 2시간이 되어가고 있었다.

미르는 일어나자마자 비명을 질렀다. 이렇게 늦게 일어나 본 적은 오랜만이었고 아무도 자신을 깨워주지 않았다는 사실이 조금 서러웠다. 미르의 아침은 평소와 비교도 할 수 없이 분주했다. 미르의 우당탕거리는 소리를 감지해 도망치는 새들만큼 빠르게 움직이던 미르는 준비하기는커녕 자신의 속도에 감탄하며 마음속으로 자화자찬하고 있었다. 이런 식으로만 간다면 늦지 않을 수 있었다. 밥을 입에 대충 욱여넣은 미르는 자신의 새빨간 모자를 집어 들었다. 오늘은 반강제로 모자를 쓰고 가야 했다. 미르는 모자의 챙을 이리저리 돌려보며 자신과 완벽하게 어울리는 각도를 찾고 있었다. 그 사이에도 시간은 기다려 주지 않는다는 것을 망각한 모양이었다. 오랜 기다림 끝에 평소와 다름없이 딱 들어맞는 모습을 간신히 찾아낸 미르는 거울 앞에서 개구쟁이 같은 표정을 지어보았다. 입가에 깊은 보조개가 파였다. 준비를 마친 그는 재빠르게 눈을 굴려 시간을 확인했다. 정신이 나갈 만큼 차가운 시간이었다.

"다녀오겠습니다!"

미르가 신발을 구겨 신고 문을 열었다. 인내심이 한계에 다다랐을 하늘을 생각하니 등골이 오싹해졌다. 거리를 가로질러 뛰어나가던 미르는 균형이 잡히지 않아 한쪽으로 쏠리는 가방을 제자리에 갖다 두려 애를 썼다. 가방끈을 조절하는 것을 까먹은 모양이다. 가방 하나도 제대로 간수 못 하는 자신이 살짝 한심해 보였다. 지금 미르의 모습은 엉망이었다. 씻지도 못했고 교복은 잔뜩 흐트러져 있었다. 그는 혹시라도 누군가 자신을 알아볼까 걱정하며 모자를 푹 눌러써 얼굴을 가렸다. 이곳을 벗어나기 위해 빠르게 다리를 움직였다. 골목길에 들어선 미르는 턱 끝까지 차올랐던 숨을 몰아쉬었다. 이제 곧 하늘과 만나기로 약속한 버스정류장에 도착할 수 있었다. 미르는 가방을 품 안으로 밀어 넣어 좁은 골목길을 지났다. 미르는 이곳을 웬만하면 지나지 않았다. 이 지름길은 워낙 좁기도 했고 지날 때마다 여러 쓰레기들이 발을 더럽혔기 때문이다. 그러나 그는 그런 것을 신경 쓰지 못할 정도로 늦은 상태였다. 미르는 자신의 모습이 어떨지가 너무 궁금해졌다. 이럴 거면 아예 거지 컨셉을 잡아 등교할 걸 그랬나 보다.

저 멀리서 하늘이 보였다. 표정을 보지 않아도 그의 기분을 느낄 수 있었다. 미르는 길게 울려오는 핸드폰을 애써 무시하였다. 보지 않아도 전화를 걸고 있는 상대가 누구인지 짐작할 수 있었다. 숨이 차 얼굴이 새빨개진 미르는 골목길을 벗어나자마자 하늘에게로 뛰어갔다. 그에게 가까이 다가갈수록 딱딱한 돌처럼 굳어진 하늘의 표정이 선명해졌다. 미르는 어색하게 손을 흔들며 그에게 미소 지어 보였다.

"야, 김미르 너 꼴이 왜 그래?"

화를 내려 감정을 다잡던 하늘이 중간에 말투를 바꾸었다. 미르가 생각하는 것 이상으로 자신의 모습이 엉망인 것 같았다. 하늘은 웃음기가 빠진 얼굴로 평소와 많이 다른 모습인 미르를 걱정스럽게 바라보았다. 어디 가서 싸움이라도 벌이고 온 줄 착각한 모양이었다.

"늦게 일어나서 그런 거니까 걱정하지 마."

미르는 차오르는 숨을 억누르며 말했다. 다급한 미르의 말을 들은 하늘은 안심하고 참아왔던 웃음을 터트렸다. 걱정할 거면 걱정만 하지 끝까지 자신을 비웃는 하늘이 미르의 신경을 긁었다. 그러나 늦은 주제에 그를 향해 분노를 표출할 수는 없었다.

결론적으로 하늘과 미르는 무사히 버스에 탔다. 그러나 미르의 얼굴은 그라는 사실을 알아볼 수 없을 정도로 엉망진창이었다. 다행히 지각은 면한 그들은 차분해진 마음으로 덜컹거리는 버스에 몸을 기대었다. 평소와 미묘하게 달라진 등굣길이었다.

"김미르, 이하늘, 왜 이렇게 늦었어?"
우빈이 교탁 앞에서 말했다. 우빈은 아직까지 뽑히지 않은 반장을 대신하고 있었다. 우빈이 핸드폰 수거함을 가리켰다. 미르는 느린 걸음걸이로 핸드폰을 냈다.
"김미르 얼굴 실화냐."
가까이서 미르의 얼굴을 바라보던 우빈이 깔깔대며 말했다. 미르는 넣었던 핸드폰을 다시 꺼내 우빈에게 휘둘렀다. 약 오르게도 우빈은 정말 잘 피했다.
"야, 최우빈 너 이제 반장 노릇 그만해야 할 때가 온 것 같다."
하늘이 천천히 걸어오며 비장하게 말했다.
"너 반장선거 나가게?"
"응, 한번 나가보게."
"그래, 열심히 해 봐. 나는 다시는 안 할 거야."
우빈은 질린다는 듯이 얼굴을 찌푸렸다.
하늘이 반장선거를 나간다는 것은 꽤 의외이지만 이미 잘 알고 있는 사실이었다. 귀찮은 일은 하기 싫다던 하늘은 1학기가 끝나갈 무렵부터 계속 반장선거 이야기를 질리도록 우빈에게 하고 있었다. 우빈은 하늘이 자신에게 무슨 이야기를 꺼내려 하면 그것이 반장선거에 관한 이야기라는 것을 직감적으로 알 수 있었다. 그럼에도 그는 처음 듣는 이야기처럼 궁금해하며 들어주었다. 드디어 계속되는 질문과 도발이 끝난다고 생각하자 약간은 후련해지는 우빈이었다. 우빈은 하늘을 격려해 주었다. 반장을 다시는 안 할 것이라는 우빈의 말은 전부 진심이었다. 학생회 일과 반장 일을 둘 다 하기에는 많이 벅찼다.

"오올~ 이제부터 이하늘이 반장 하는 거야?"

아침부터 앉아서 어제와 같이 의미 없는 형광펜을 치던 성민은 책을 덮어 가방에 넣으며 말했다. 정말 공부하고는 하나도 안 맞아 보이는 사람이었다.

"좋은 애가 오면 좋겠다!"

잔뜩 기대하고 있던 다횐이 대화의 흐름과는 상관없는 이야기를 꺼냈다.

하늘은 그런 다횐을 보며 웃었다. 그의 맑은 미소는 웬만하면 볼 수 없는 진귀한 광경이었다. 보랏빛 꽃처럼 피어나는 그에게서 달콤 쌉싸름한 레몬 향기가 퍼져 창문 너머 불어오는 바람을 타고 들어와 살결을 간지럽혔다. 미르의 눈동자에 새하얀 구름을 품은 하늘이 비춰졌다.

"좋은 아침이야~"

모든 반 아이들의 시선이 낡은 초록색 칠판을 향해 모였다. 반의 공기가 순식간에 뒤바뀌며 선생님의 묵직한 구두소리를 담아 울렸다. 멀끔한 차림의 선생님은 평소와 같은 모습으로 교탁에서 들고 온 서류를 탁탁 쳐 가지런히 정리했다. 뒤따라 오는 이는 없었다. 따라 들어온 의미 없는 바람만이 휑한 교실 사이를 비집고 빠져나갔다. 선생님만이 교실에 들어오자 한순간에 조용해졌던 아이들은 다시 시끄러워졌다. 아마 다른 아이들도 전학생이 온다는 사실을 어디에선가 주워들은 것 같았다.

"선생님, 전학생은요?"

유난히 큰 목소리를 자랑하는 혜인이 손을 번쩍 들고서 질문했다. 혜인의 몸은 앞으로 튀어 나갈 정도로 기울어져 있었다.

"전학생? 선생님은 아무 말도 못 들었는데?"

선생님은 장난기 없는 말투로 어깨를 으쓱했다. 진짜로 들은 것이 아무것도 없어 보였다. 처음에는 단순한 장난인 줄 알았던 아이들도 선생님의 당황스러운 눈빛을 보자 실망스러운 기색이 역력한 얼굴로 소리쳤다.

"야, 내가 안 온다고 했지!"

반 아이들 중 한 명이 소리쳤다.

'역시 뜬소문이었나.'

속으로 작게 탄식한 미르는 이윽고 아쉬운 기색을 얼굴에서 지웠다. 와도 그만, 안 와도 그만. 미르는 딱히 수수께끼에 둘러싸인 전학생에게 온 신경을 쏟을 마음이 없었다. 미르는 아이들의 목소리가 거슬려 견딜 수 없다는 듯 두 귀를 막았다. 그의 기다란 손가락을 타고 들어온 소리들은 미르의 몸 안으로 들어와 그를 잠시 동안 뒤흔들어 놓았다.

　아이들의 소리가 조금 잦아들자 그는 담장 너머 장미 향기가 풍겨오는 창문 옆자리에서 책상 서랍에 구겨놓았던 교과서를 꺼내 수업을 준비했다. 앞자리에 앉은 우빈이 그 모습을 신기하다는 듯이 바라보았다.

　"얘들아, 진정해. 너희가 시끄럽게 굴면 전학생이 계속 밖에서 기다려야 된다고."

　아이들을 잠잠히 바라보던 선생님이 은근한 미소를 지은 채 출석부로 교탁을 치며 말했다. 잠시 조용해졌던 아이들은 선생님의 말을 이해하자마자 환호했다. 전학생 한 명이 오는 게 그렇게 좋은지 이해가 잘 가지 않았지만 미르 또한 뜬구름처럼 진부한 분위기에 동참해 주었다.

　"그래, 얘들아 진정해. 우리 최대한 좋은 첫인상을 남겨야지. 그렇게 소리 지르면 안 들여보낸다?"

　아이들은 선생님의 말씀에 따라 침묵을 유지했다가 다시 시끄러워졌다. 선생님은 능숙하게 아이들을 진정시키고 문을 열었다. 이때만큼은 칠판을 보며 멍 때리던 성민도 문 쪽으로 시선을 고정시켰다. 우빈 또한 앞문을 빤히 바라보고 있었고 하늘은 흥미로운 듯 웃고 있었다. 다휜은 넘치는 기대감을 주체하지 못했고 혜인은 아이들에게 조용히 하라며 소리치고 있었다. 정말, 그녀다운 처신이었다. 결국 혜인은 "네가 제일 시끄러워."라는 말을 듣고 나서야 기가 죽은 듯 조용해졌다. 턱을 괴고 창문을 바라보던 미르도 아이들의 시선을 따라 앞문을 바라보았다. 잠시 정적만이 교실을 채웠다. 개학식으로 돌아간 것 같았다. 시간이 지나도 사람이 들어오지 않자 아이들은 수군거렸다. 선생님께서 일부러 시간을 끌고 계신 것 같았다.

미르가 흥미를 잃고 다시 고개를 숙일 무렵 물 위를 걸어 다니는 듯 청량한 발걸음 소리가 미르의 눈을 돌리게 했다. 미르는 칠판 쪽을 바라보았다. 반 아이들이 침묵에 잠긴 순간이었다. 정적 속에 잠긴 교실을 한 아이가 다시 깨어나게 했다.

"안녕, 나는 윤가람이야."

아나운서처럼 또박또박 단정히 간단한 자기소개를 한 그 아이는 반 전체를 고개를 돌려가며 느긋하게 바라보았다. 중간중간 눈이 마주친 아이들에게 화사한 미소를 지어주던 그녀의 따뜻한 갈색빛 눈동자가 반짝였다. 아이들은 그 모습에 넋을 잃었다. 그녀의 얼굴은 따분해 죽을 사람처럼 굴던 미르의 시선을 끌어당길 만큼 강렬하게 소용돌이쳤다.

그 아이에게서는 달콤한 꽃향기가 났다. 미르가 헛웃음이 나올 만큼 짧은 생을 살아오면서 느껴본 적 없는 독특한 향기였다. 미르의 몸 안으로 들어오는 강한 향이 미르의 입을 틀어막게 했다. 미르는 머리가 어지러워지는 것을 느꼈다. 그는 그조차도 알아들을 수 없을 만큼 작은 탄식을 내뱉었다.

그 목소리에 답하듯 연분홍빛 입술로 부드러운 말을 내뱉던 가람의 얼굴은 잘게 조각난 유리파편같이 빛났고 허리까지 늘어트린 긴 머리카락은 여름 밤하늘처럼 싱그러웠다. 그 아이는 말을 끝내자 눈 부신 태양 같은 미소를 지어 보였다. 짙게 드리운 쌍꺼풀이 접히며 기울어졌다. 매력적으로 드러나는 양 볼은 간지러운 복숭아 껍질처럼 반질반질했다. 자로 잰 것처럼 반듯하게 움직이는 표정들은 인형 같았다.

반 아이들이 모두 전학생 윤가람을 바라보았다. 그 아이는 이름과 같이 강물처럼 밀려 들어왔다.

"자, 가람이는 빈자리에 가서 앉자. 저기 모자 쓴 남자애 보이지? 그 옆으로 가면 돼."

선생님이 미르의 엉망인 꼴을 보며 잠깐 멈칫했다. 미르는 그 시선에 새빨간 모자를 깊이 눌러썼다.

미르는 인생 또한 뻔한 드라마처럼 흘러간다는 생각을 했다. 어쩌면 오늘 일어났던 모든 일들이 우연이 아닐 수도 있었다. 미르는 점점 선명해지는 발걸음 소리를 들으며 말라비틀어질 것 같은 목을 축였다. 가람은 묘한 분위기를 풍겼다. 특유의 분위기가 사람을 깊이 빠져들게 했다.

"안녕? 이름이… 미르구나!"

가람이 미르의 삐뚤어진 명찰을 바라보며 말했다. 미르는 당황하며 자신의 명찰을 바라보았다. 새하얀 명찰은 그새 얼룩진 채 자신의 이름조차 가리고 있었다. 미르의 바보 같은 행동을 바라보던 그녀가 작게 웃었다. 그 미소는 맑은 물처럼 투명하고 반짝였다.

미르는 자신의 두 뺨이 주체할 수 없이 붉어지고 있다는 사실을 알아차렸다. 지금 자신의 뺨은 담장 너머에 피어난 장미보다 붉어졌을 테였다. 아이들은 그 모습을 신기하게 바라보았다. 초롱초롱한 눈망울들이 미르에게 쏠렸다. 미르는 자신의 얼굴을 큰 손바닥으로 가렸다. 손바닥조차 연한 장밋빛으로 물들어 물에 가라앉아 동동 떠다녔다. 딱 소문나기 좋은 행동을 해버렸다. 그러나 정신을 차리지 않으면 저 아이의 목소리에 온몸이 녹아버릴 것만 같았다.

미르는 이 감정의 원인을 몰랐다. 한 번도 담아내 본 적 없는 달콤한 사탕이 미르의 입에서 굴려지며 그의 입을 틀어막았다. 잠시 동안 미르의 앞을 가로막아 선 가람이 고개를 갸웃하며 가방을 내려놓았다. 미르는 입을 작게 달싹였다. 끈질기게 끈적이며 달라붙는 사탕을 떼어내고 싶었다. 그러나 불행하게도, 거대한 강물처럼 밀려 들어오는 그 아이는 교실 밖 담장에 피어난 꽃의 이름을 알지 못했다.

"김미르 뭐냐? 진짜야?"

성민은 선생님이 조회를 끝내자마자 다른 아이들을 제치고 미르의 앞자리인 우빈을 밀쳐버려 자리를 차지했다. 고개를 내밀며 말하는 성민의 눈은 과학시간에 사용했던 지구본만큼 동그랗게 변해 있었다. 미르는 그 눈에서 성민의 끈질기고 호기심 많은 성격을 느낄 수 있었다. 아마 1학년이 끝나갈 때까지 성민은 이 일을 가지고 물고 늘어질 것이었다. 근심을 담은 한숨이 차가운 에어컨 바람처럼 길게 삐져나왔다.

자리에서 쫓겨나 바닥으로 주저앉은 우빈은 웬일로 성민의 멱살을 잡지 않고 미르의 대답이 돌아오길 기다리고 있었다. 근처에서 물을 마시고 있던 하늘도 움직이던 손을 멈추고 미르를 바라보았다. 모두의 시선이 미르에게로 쏠렸다. 예쁘다고 소문난 전학생을 보기 위해 까치발을 들며 창문으로 고개를 기웃거리던 다른 반 학생들도 순간 조용해졌다.

관심받는 것을 좋아하는 미르였지만 이 상황만큼은 굉장히 부담스러워 어찌할 줄을 몰랐다. 미르는 잠시 동안 눈을 굴려 자신의 옆자리인 가람을 흘겨보았다. 가람은 자신의 옆자리에서 아무렇지도 않게 1교시를 준비하고 있었다. 책들은 그녀의 손을 지나 네모난 책상에 놓였다. 물결처럼 부드러운 움직임이었다.

"대답하라고 김미르! 평소에 쓸데없는 말이나 주절거리던 애가 왜 벙어리가 된 거야!"

가만히 입을 다물고 상황을 지켜보던 우빈이 답답하다는 듯이 소리쳤다. 우빈의 소리의 놀라 물을 쏟아버릴 뻔한 하늘은 그런 우빈의 입을 막아버렸다. 우빈은 버둥거리며 손을 빼려 하더니 미르가 입을 작게 뻐끔거리자 배터리가 다 소모되어 작동하지 않는 로봇처럼 그대로 멈추었다. 꽤 추한 모습이었지만 아이들의 관심은 우빈을 향하지 않았다. 모두가 미르의 입

모양만을 쳐다보았다.

"…하라고…."

미르가 교실에 기어 다니는 벌레만도 못한 소리로 중얼거렸다.

"뭐라고?"

기어코 손을 떼어버린 우빈이 자신의 자리를 차지한 성민을 밀며 반문했다.

"…그만하라고!"

미르는 빨갛게 물들어 가는 얼굴을 손으로 가리며 자리에서 일어났다. 많은 이들이 숨을 헉 들이켜며 입을 닫았다. 단어장을 바라보던 아이들조차 폭풍처럼 들이친 소란에 이쪽을 기웃거렸다. 평정심을 유지하던 가람은 갑자기 들려온 목소리에 고개를 돌려 옆을 바라보았다. 그녀의 옆에는 그리 좋은 꼴은 아니었지만 그것마저 드라마 속 풋풋한 주인공처럼 느껴지게 하는 소년이 병이라도 걸린 듯 붉은 얼굴을 빛내고 있었다. 가람은 그 얼굴을 한참 동안 바라보았다. 머리가 제대로 빗어지지 않아 엉킨 모습조차도 매력 있게 다가왔다.

침묵이 찾아오자 주춤하던 미르는 자신에게서 눈을 떼지 못하는 아이들을 뒤로한 채 아주 먼 곳으로 뛰쳐나갔다. 옛날 순정만화에서나 나올 것 같은 행동에 헛웃음이 나왔다. 미르가 나가자마자 아이들은 천장을 뚫을 듯 소리를 질러댔다. 2학기가 되고 나서야 터져버린 흥미로운 일에 대한 환호였다. 몇몇은 이제 막 전학 온 가람에게 친한 척을 하며 미르에 대해 조잘거렸다. 미르를 어떻게 생각하냐며 붙어오는 아이들을 대하는 가람의 얼굴은 작게 일그러져 있었다.

"툭 치면 울겠다, 아주."

미르가 앉았던 자리를 차지한 성민이 황당하다는 듯이 말했다. 미르와 가까운 친구들은 전과는 다른 그의 모습을 보고 많이 당황한 상태였다. 성민과 우빈, 혜인과 다휜은 갑자기 뛰쳐나간 미르를 보고 정신병이라도 온 것 아니냐며 걱정했다. 평소에 사람에게 관심이 없어 보이는 미르가 갑자기 달라진 것이 의문인 모양이었다.

하늘은 아이들의 말을 전부 다 받아주고 있는 가람을 바라보았다. 아이들은 전학 첫날부터 미르와 지독하게 엮여버린 그녀의 신세에 대한 애도를 표현하고 있었다. 그녀의 가방에 달린 작은 토끼인형이 보였다. 새하얀 토끼인형은 가람과 같이 미소 지으며 아이들의 말소리에 뒤덮여 갔다.

"김미르 언제 와? 지금 수업 시작 1분 전인데."

멋대로 뛰쳐나가 버린 그가 계속 오지 않자 우빈이 시계를 계속해서 바라보았다. 미르를 잔뜩 놀려주려고 작정했지만 그의 태도를 보니 도저히 건들 수가 없었다. 만약 거기서 더 몰아붙였더라면 우빈은 얼굴에 꽃처럼 피어난 멍을 달고 학교를 터덜터덜 나섰을지도 몰랐다. 그리 좋은 상황이라고 할 수 없었다. 우빈만이 아니라 다른 아이들도 그렇게 생각했을 것이다. 물론 이 상황이 매우 재미있다는 것은 부정할 수 없었지만 소중한 뺨을 잃고 싶지는 않았다.

  종이 쳐도 미르는 돌아오지 않았다. 반 아이들은 미르가 뛰쳐나가다 기절한 것이 아니냐며 걱정했다. 장난으로 시작했지만 걱정으로 끝나가는 상황이었다. 하늘은 설마 그러겠냐고 웃어넘기려 했지만 그의 머릿속에 아주 예전에 일어난 황당한 일이 스쳐 지나갔다. 하늘과 다른 친구 한 명이 미르의 등 뒤에 개구리를 넣었다가 개구리를 본 뒤 기절한 미르를 끌고 그대로 집으로 돌아간 기억이었다. 누군가에게 말한다면 그와 절교해 버릴 거라고 선포해 버린 미르의 인권을 위해 굳이 이야기를 꺼내지 않았으나 그는 표정을 잠시 굳히며 진지하게 그가 쓰러졌을 가능성에 대해 분석하기 시작했다. 급격하게 어두워진 하늘을 본 성민이 기겁하며 두 손으로 머리카락을 부여잡았다.

  "얘들아 좋은 아침이다."

  1교시는 수학 시간이었다. 선생님의 몇 마디에 소란스럽던 교실은 조용해졌다. 미르의 자리는 여전히 비어 있었다. 빈자리를 확인하던 선생님은 미르의 자리를 보고 출석부를 확인하였다. 미르는 오늘 결석하지 않았다.

  "김미르 어디 갔니?"

  선생님의 목소리가 교실을 울렸다.

  "선생님 김미르가···."

  우빈은 제일 먼저 손을 들고 자리에서 일어났다. 아마 조회가 끝나고 일어났던 일을 말하려던 모양이다.

"너 그거 말하면 내일부터 연락처 목록에 친구 한 명이 사라져 있을걸?"

하늘의 말을 들은 우빈은 올린 손을 조심히 내렸다. 선생님은 고작 학생 한 명 때문에 수업을 늦출 순 없다며 분필을 집었다. 칠판에 어지러운 숫자가 써지는 순간에도 반 아이들은 미르의 자리를 계속해서 훔쳐보았다. 여전히 비어 있는 자리는 언제 사람이 있었냐는 듯 평온하게 바람을 맞고 있었다.

칠판이 꽉 채워지고 미르의 자리가 온기를 잃어갈 때쯤 담임 선생님이 교실을 찾았다. 선생님은 미르의 자리에 걸려 있는 책가방을 가지고 빠른 걸음으로 이동했다.

"선생님 미르 어디 가요?"

"미르 조퇴해."

그 말을 들은 아이들의 반응은 여러 가지로 갈렸다. 깔깔대며 시끄럽게 웃는 아이들도 있었고 몇몇은 우리 반에도 드디어 봄이 찾아왔다며 서로의 어깨를 치며 소리를 질렀다. 미르와 친한 아이들은 이 상황이 꿈보다 못하다며 볼을 꼬집었다. 조용하던 교실이 각자 다른 소리를 내며 시끄러워지자 놀란 수학 선생님이 교탁을 치며 아이들을 제지했지만 소리는 잦아들지 않았다.

"김미르 내일 죽는 거 아니야?"

우빈의 한마디가 반 아이들의 마음을 하나로 모이게 만들었다. 아이들은 책상을 치며 웃었다. 조금씩 불어오는 바람이 이 상황을 청춘이라고 부를 수 있게 했다. 무리끼리 갈라지며 놀던 아이들은 이때만큼은 다 같이 웃고 떠들었다.

수업을 포기한 선생님이 아이들이 이 상황을 즐길 수 있게 해주었다. 모두가 수업 중인 학교에서는 4반만이 아이들의 웃음소리로 덮여가고 있었다.

"내가 미르였어도 차라리 조퇴했을 것 같긴 해."

반 아이들 중 한 명이 말했다. 하늘은 웃으며 동조하였다.

"솔직히 우리가 좀 많이 갈구긴 했다. 특히 너희가 제일 심했어."

성민은 우빈과 몇몇 아이들을 가리키며 말했다. 그 말에 아이들은 각자 서로를 가리키며 자신이 무고함을 증명하려 했다. 물론 그들의 수준은 거기서 거기였다.

"아니 근데 김미르 진짜 왜 저런 거야?"

혜인은 도저히 이해할 수 없다는 듯이 말했다. 그녀는 가람을 바라보았다. 전학 첫날부터 짝을 잃은 가람은 태연하게 교과서를 읽고 있었다. 전학생도 참 대단한 것 같았다. 꿋꿋이 자신의 할 일만을 하는 가람은 견고한 보석같이 빛났다.

"좋아하니까 그러겠지!"

미르의 마음을 확신한 우빈은 혜인의 말을 단칼에 잘랐다. 우빈은 무슨 당연한 소리를 하냐며 짜증을 냈다. 많이 답답한 모양이다.

"아니 전학생도 있는데 그걸 대놓고 말하면 어떡하냐. 부담스러워 하잖아."

성민이 우빈을 바라보며 말했다.

우빈은 입을 꾹 닫으며 의자에 걸터앉았다. 가람은 그런 둘을 번갈아 바라보았다. 큰 관심을 지닌 눈은 아니었다. 하늘은 가람의 눈이 미묘하게 미르와 닮아 있다고 생각했다. 우빈 또한 그것을 느꼈는지 가람을 빤히 바라보았다.

여자아이들은 각자 허무맹랑한 이야기를 꺼내고 있었다. 그들은 아침에 일어났던 일을 과장하며 소문을 퍼트렸다. 그들이 한 말을 모두 모은다면 세계에서 가장 긴 책 한 권이 쓰일 수도 있을 것만 같았다.

다횐은 전학생을 여러 번 흘겨보았다. 그러다 전학생을 보고 있던 하늘과 눈이 마주칠 때면 다횐은 곧장 밑으로 눈을 깔았다. 다횐은 교과서에 얼굴을 묻었다. 전학생과 친해지고 싶었지만 미묘하게 선을 긋는 태도에 다가가기 두려워졌다. 가람은 항상 친절했지만 그녀가 자신을 그리 좋아하지 않는 것 같다는 사실을 다횐은 뼈저리게 느끼고 있었다. 그런 가람을 보고 종이 치기 직전 혜인에게 달려가 도와달라며 그녀의 소매를 부여잡은 적이 있었다.

'네가 알아서 해.'

혜인의 답은 지난밤 씹어 삼켰던 얼음만큼 차가웠다. 다횐은 그녀의 태도에 작은 입을 커다랗게 벌리며 얼어붙었다. 아무리 생각에도 그녀에게 자신을 도울 생각은 교실 바닥 구석구석을 지나다니는 작은 먼지보다도 없어 보였다. 다휜은 다시 고개를 뻣뻣하게 세웠다. 이왕 이렇게 된 거 자신이 더욱 노력하여 혜인에게 전학생의 인상을 좋게 심어주어야겠다는 아이 같은 다짐을 한 그녀는 배시시 웃었다.

"미르야 몸은 좀 괜찮아?"
미르의 엄마가 걱정스럽게 물었다. 평소에 감기 한 번 안 걸리던 아들이 갑자기 열을 내며 조퇴하자 꽤 당황스러운 모양이었다. 엄마가 추궁하듯 열의 원인에 대해 물어왔지만 미르는 차마 말할 수 없었다.

교실을 뛰쳐나갔을 때까지는 알지 못했다. 온몸을 감도는 뜨거움이 언젠가는 식어버릴 것이라 생각했다. 미르는 자신의 몸이 한여름 땡볕에서 2시간 동안 축구를 하고 집으로 돌아갔을 때보다 훨씬 더 뜨겁다는 사실을 알았다. 덥다고 할 수 있는 날씨가 아니었지만 공기마저 미르의 몸을 감싸며 뜨겁게 데워졌다.

미르는 벽에 몸을 기대고 주저앉았다. 자신을 신기한 눈으로 바라보았던 아이들의 얼굴은 산산조각 나며 부서졌다. 그 아이의 얼굴만이 생생하게 남아 있었다. …윤가람이었던가. 햇빛을 가득 머금고 자란 싱그러운 과일처럼 빛났던 그 아이는 수줍게 올라간 입꼬리마저 사랑스러웠다. 미르는 그 아이를 한입 베어 먹고 싶다고 생각했다. 달콤한 향이 온몸을 감쌀 것만 같았다.

　윤가람, 윤가람, 윤가람….

　몇 번이고 되새겨지는 그 이름은 미르의 가슴속에 그 무엇보다 선명하게 새겨졌다. 작지만 빠르게 뛰어오는 심장이 미르가 살아 있음을 느끼게 했다. 너무나 고요해서 죽어버렸을지도 모른다 생각하게 했던 심장은 미르에게 그 무엇보다 확실한 방법으로 지금 느끼고 있는 감정에 대해 설명해 주었다. 그 아이가 처음이었다. 그 아이 앞에서 자신이 살아 있음을 느꼈다.

　떨림이라 생각했던 감각은 점점 고통으로 변해갔다. 심장이 터질 듯 아파져 오고 작은 머리에서는 찌르는 듯한 통증이 동반되었다. 미르는 자신이 고작 사람 하나 때문에 온몸을 제어할 수 없다는 사실이 한심하게 느껴졌다. 너무나 한심해서 자꾸 헛웃음이 나왔다. 도저히 이해가 되지 않아서 그 아이가 자꾸 생각났다.

　미르는 자신이 첫사랑을 마주한 어린 소년처럼 행동한다는 것이 매우 부끄러웠다. 쿵쿵 뛰는 가슴과 새빨간 얼굴의 이유를 멋대로 정해버린 그는 작게 신음하며 고개를 푹 숙였다. 아이처럼 웅크린 그의 모습이 처량하게 복도 한구석을 채웠다.

　복도 안에서 천천히 주저앉던 미르를 발견한 선생님은 당황하며 그를 부축해 주었다. 조퇴는 신속하게 진행돼 곤란한 상황이라고는 겪을 틈조차 없었다. 무거운 몸을 이끌며 학교를 나가는 길에 반 아이들의 시끄러운 비명소리를 들은 것도 같았지만 그는 별 신경을 쓰지 않았다.

미르가 이를 악물고 회피했던 관심들은 집에 오고 나서야 쏟아지며 미르를 괴롭혔다. 핸드폰에선 벨 소리가 끊이질 않았다. 덮어놓았던 핸드폰을 뒤집어 보니 수많은 부재중 전화와 메시지들이 미르의 핸드폰을 채워가고 있었다. 성민에게선 여러 개에 메시지가 와 있었고 우빈은 전화를 세 통이나 걸었다. 다휜은 간단한 메시지를 보내놓았고 평소 전화를 피하고 문자를 선호하던 혜인조차 전화를 한 통 걸어놓았다.

미르는 지금 벨 소리를 울리게 하고 있는 원흉을 바라보았다. 하늘이었다. 시계를 보니 하늘의 학원이 끝날 시간이었다. 미르는 핸드폰을 계속 만지작거렸다. 전화를 받을지 말지 꽤 오래 고민했다.

"왜…."

하늘은 힘이 쭉 빠진 미르의 말을 듣더니 피식 웃었다.

"왜라니? 너였다면 그런 일이 있고 전화를 안 걸겠냐?"

미르가 아무 말이 없자 하늘이 한숨을 쉬었다.

하늘은 미르의 몸 상태를 몇 번 묻더니 미르가 그다지 심각한 상황이 아니라는 것을 알자마자 미묘한 긴장을 풀었다.

"밖으로 나와, 네 집 근처야."

"나 나가려면 좀 걸릴 텐데."

미르가 싫지는 않은 듯 대답했다.

"그냥 모자 쓰고 나와라. 너 모자 좋아하잖아."

웃음기를 머금은 그의 목소리에 미르는 이를 악물었다.
"알겠어, 5분만 기다려."
"3분."
"…그래."

미르는 전화를 바로 끊어버린 하늘을 뒤로하고 침대에서 기지개를 켜며 일어났다. 몸은 살짝 굳어 있었지만 몇 번 움직이니 괜찮아졌다. 미르는 자신의 이마에 손을 대 보며 열을 체크했다. 열은 조금 가라앉아 있었다. 그는 잠옷에 대충 겉옷을 걸치고 모자를 썼다. 어차피 하늘과 만나는 것인데 굳이 멋을 부릴 필요가 없었다. 미르는 거실에서 드라마를 보던 엄마에게로 갔다. 엄마는 나갈 준비를 하는 미르를 보고 표정을 굳혔다.

"아니, 나 밖에 잠깐 나가려고…."

미르는 점점 작아지는 목소리를 애써 키우며 말했다.

"세상에 그러다가 내일 또 열나면 어쩌려고 그러니."

엄마는 손으로 입을 가리며 자리에서 일어났다. 미르는 그 모습을 보며 침을 꼴깍 삼켰다.

"이하늘이랑 보는 거야. 이하늘, 나 쓰러지면 걔가 119 불러 줄걸?"

오랜 친구인 하늘과 본다니 조금은 안심한 모양이었다. 잠시 고민하던 엄마는 끝내 고개를 끄덕여 주었다.


"왜 이렇게 춥냐."

미르는 겉옷을 여미며 거센 바람을 뚫고 지나갔다. 그는 신경이 몰린 듯 아찔해지는 머리를 한 손을 들어 감쌌다. 내일 무사히 학교에 갈 수 있을지에 대해 진지하게 고민하게 만드는 이마의 열기는 미르의 마음과 같이 활활 타올랐다. 이 지경인 미르를 이런 날씨에 불러내다니, 그는 자신을 보며 재수 없는 미소를 지을 비열한 남자에게 닿길 바라며 작게 주먹질했다. 미르의 주먹이 바람을 가르며 허공을 지났다.

붓질도 도화지에서 해야 하는 법이다. 미르는 의미 없는 손짓을 거두었다. 가만 생각해 보니 이 날씨에 자신을 계속해서 기다리고 있을 하늘이 조금 불쌍하기도 했다. 분명히 3분을 기약했던 얼마 전의 약속은 아침에 들었던 선생님의 조회 말씀처럼 사라진 지 오래였다.

그래, 애초에 3분이란 시간은 양말 한 짝을 신기에도 모자란 시간이었다. 그렇게 자신을 합리화한 미르는 집과 아주 가까운 놀이터로 사뿐히 걸어갔다. 둘은 암묵적으로 약속이 있을 때마다 그곳에서 만났다. 그 놀이터는 둘의 집 사이를 이어주는 통로 같은 곳이었다. 아마 그 놀이터에서 미르와 하늘이 보낸 모든 시간을 합친다면 이곳에서부터 멀리 떨어진 미르의 할머니네 집까지 최소 50번은 왕복할 수 있을 것이었다. 미르의 생각은 그런 알량한 자신감으로 가득 차 있었다.

미르가 눈을 가늘게 뜨자 멀리서 하늘이 보였다. 그는 그네에 앉아서 아이스크림을 물고 있었다. 미르는 하늘이 시야에 들어오자마자 서둘러 뛰는 척을 했다. 미르가 찍은 발자국들이 놀이터 모래사장 위에 진하게 남았다.

"너는 추위를 그렇게 잘 타면서 어떻게 아이스크림을 먹고 있냐."

미르가 자연스럽게 하늘에 옆 그네에 앉으며 말했다. 미르는 다시 한번 이마에 손을 대보았다. 열은 그대로였다.

"너 열 많이 나?"

하늘이 다 먹고 남은 아이스크림 막대를 씹으며 말했다. 막대는 형태를 알아보기 힘들게 작살나 있었다.

"내일 간신히 학교 갈 정도는 돼."

"다행이네, 반 애들은 네가 학교에 오기만을 기다릴걸?"

웃으며 말하던 하늘이 미르에게 아이스크림 하나를 쥐어주었다. 미르가 좋아하는 민트초코 막대 아이스크림이었다. 미르는 차가운 아이스크림을 세게 쥐었다. 몸의 열기가 빠져나가는 느낌이었다.

"너는 열나는 애한테 아이스크림을 주면 어떡해."

"열 식으라고 준 건데."

"너무 고맙네, 정말."

미르가 아이스크림의 포장지를 뜯었다. 쓰레기를 대충 바닥에 던진 미르는 차가운 아이스크림을 한입 베어 물었다. 민트초코의 시원함과 은은한 단맛이 순식간에 퍼져나갔다.

"진짜 민트초코 왜 먹는 거야?"

하늘은 고개를 반대로 돌리며 말했다. 그의 표정은 보지 않아도 알 수 있었다.

"시원한 게 좋잖아."

미르가 아이스크림을 베어 물며 말했다. 시원한 민트향이 하늘에게도 퍼져 나갔다. 그러나 하늘에게는 욕실에서 풍기는 치약 향으로 다가올 뿐이었다.

"너 오늘 조퇴했다며."

손을 휘휘 저으며 민트향을 날려 보내던 하늘이 잊고 있던 사실을 꺼내는 듯이 말했다. 그는 자신이 왜 미르를 불렀는지 까먹고 있던 모양이다.

"진짜 죽인다, 이하늘."

미르가 아이스크림 막대를 부러질 듯 잡으며 말했다. 그 모습에 하늘은

"나 아직 아무 말도 안 했는데."

라며 몸을 사렸다.

"아니 잘 생각해 봐, 네가 예전과는 좀 많이… 심각하게 달라진 모습을 보이니까 애들이 당연히 그렇게 반응하지."

하늘은 질겅질겅 씹던 나무막대를 바닥에 던져버렸다. 나무막대는 바닥을 구르며 모래에 감싸졌다. 미르는 데굴데굴 굴러가는 나무막대를 바라보다 하늘에게로 시선을 옮겼다. 하늘은 평소와 다름없는 태도를 유지했다. 그는 이 일에 관심이 없어 보였다. 그러나 관심이 없는 것이 아니었다. 그의 평온한 표정

이 미르를 헷갈리게 했다. 하늘은 이런 식으로 미르의 마음을 편하게 해 굳이 하지 않아도 될 말을 전부 쏟아내게 만들었다. 미르는 그런 하늘을 경계했다. 하늘이 이곳저곳에 소문을 내는 사람은 아니었지만 미르는 남에게 자신의 약점을 잡히는 것을 매우 싫어했다.

"나 걔 안 좋아해."

미르는 황당한 거짓말을 했다. 들킬 것을 뻔히 아는 데도 자연스럽게 거짓말이 앞섰다. 미르는 자신의 마음을 끝까지 인정하지 않았다. 미르의 강한 자존심이 그것을 끝내 용납하지 않았다. 특히 하늘에게는 들키고 싶지 않았다. 왠지 그에게는 미르의 물렁한 면모를 보이고 싶지 않았다.

"그렇구나."

하늘은 더 이상 질문하지 않았다. 그는 미르의 말에 수긍하며 미르에게서 시선을 떼고 구름이 끊임없이 흘러가고 있는 하늘을 바라보았다. 눈을 살며시 감았다 뜬 그의 표정은 역시나 아무 변화도 없었다. 유유히 구름을 실어 나르는 하늘처럼 고요했다.

미르는 그런 하늘이 참 멀게 느껴졌다. 하늘은 남에게 쉽게 웃어주며 마음을 편하게 해주면서도 그의 속내를 털어놓는 법이 없었다. 초등학생 때부터 눈물 콧물을 흘리며 같이 딱지치기를 하고 놀았던 미르에게도 마찬가지였다. 하늘은 하늘 같은 사람이었다. 가까워 보이지만 손을 뻗어도 닿을 수 없었다. 미르는 그런 하늘을 원망하지 않았다. 남에게 마음을 전부 주지 않는 것은 자신 또한 같았다.

"너는 하늘 같아."

그러나 미르는 아주 예전부터 말하고 싶었다. 하늘은 무작정 멀지 않았다. 닿을 것 같으나 닿질 않았다. 애가 타는 마음은 아주 오랜 시간이 지나도 잦아들지 않았다. 사소한 것이지만 말하기 껄끄러운 것을, 잘못하면 영원히 말하지 못할지도 모른다고 생각했던 것을 내뱉는 데에는 그리 오랜 시간이 걸리지 않았다. 아이스크림처럼 차가운 단어 하나하나가 미르의 목을 거쳐 꺼내졌다. 미르는 아이스크림을 입에 쑤셔 넣어 자신의 말을 막아버렸다. 또 쓸데없는 말을 하게 됐다.

하늘의 시선이 느릿하게 미르에게로 갔다. 미르는 하늘을 보던 눈을 데구루루 굴리며 위를 가리켰다. 푸른 하늘이 미르의 위로 넓게 펼쳐져 있었다. 잠시 미르의 눈동자를 바라보던 하늘은 천천히 고개를 뒤로 젖혀 하늘을 바라보았다. 그의 눈동자가 푸르름에 잠겼다. 조각 같은 얼굴에 거대한 그림자가 지며 높은 콧대 아래에 펼쳐지는 입술의 끝이 살며시 올라갔다. 파아란 빛을 받으며 눈을 감는 하늘의 모습은 안개가 낀 것처럼 흐릿했다. 미르는 이 모든 것이 꿈일지도 모른다고 생각했다. 자신의 앞을 일렁이며 반짝이는 이 모든 것들이, 전부 다.

"나는 하늘이 싫어."

하늘은 올렸던 고개를 숙이며 말했다. 그의 표정은 말과 다르게 매우 평온해 보였다. 미르는 꿈에서 깬 것처럼 정신이 매우 맑아지는 것을 느꼈다. 하늘이 한 말 때문일 수도 있고 자신이 아이스크림을 바닥에 떨어뜨렸기 때문일 수도 있었다. 미르는 하늘이 싫어한다는 것을 짐작할 수 없었다. 그는 자신의 말에 대한 아무런 이유도 붙이지 않았다.

미르는 고개를 숙여 떨어져 버린 아이스크림을 바라보았다. 금세 개미가 꼬여 아이스크림을 갉아먹기 시작했다.

찐득한 아이스크림을 밟은 미르는 신발을 모래바닥에 비벼 아이스크림 자국을 떼어냈다. 개미 몇 마리가 같이 딸려 와 죽어갔다. 하늘은 그 꼴을 인상을 쓰며 바라보았다. 당장이라도 일어날 듯 굴던 그는 그네에서 일어나 흙으로 개미 떼들을 덮어버렸다. 아이스크림도 개미도 보이지 않을 때까지. 하늘이 왜 그랬는지는 알지 못했다. 그러나 미르는 아주 오랜 시간이 흐른 뒤 그가 한 행동의 원인을 알 수 있을 것이라고 생각했다.

"모든 것을 이해한다는 듯이 포용하려는 게 싫어."

하늘이 미르를 바라보며 말했다. 그의 눈동자는 아주 선명하게 빛났다. 해가 지며 하늘이 검게 변해갔다. 하늘의 모습은 어두운 검은빛으로 번져갔다. 진하게 빛나던 눈동자는 어둠에 잡아먹혀 빛을 잃었다.

"제일 문제인 건 본인이면서, 안 그래?"

하늘은 환하게 웃으며 자신이 덮어버린 개미 떼들을 바라보았다.

드디어 붙여진 이유는 두루뭉술하게 흩어졌다. 하늘의 표정은 아주 밝아져 있었다. 그는 아침에 피어난 해처럼 환히 웃었다. 개학식 때 모습 그대로였다. 그러나 미르는 하늘이 무언가 달라졌다는 사실을 깨달았다. 아주 예전부터 변해버린 하늘을 미르가 알아채지 못한 걸 수도 있었다.

미르는 결국 속에서 웅어리진 이야기를 꺼내지 못했다.

미르가 입을 달싹거리자 그 모습을 본 하늘은 앞으로 천천히 걸어갔다. 하늘은 미르의 이야기를 듣지 않을 작정이었다. 그는 미르와 더욱 멀어져 갔다. 미르는 아직도 차가운 그네 위에 어정쩡한 자세로 앉아 있었다.

"이만 가자. 내일 학교 가야지."

하늘은 다정하게 웃었다.


미르는 어제 이후로 하늘이 미묘하게 꺼림칙했다. 다른 아이들과 같이 있을 때도 죄 없는 하늘을 째려보았고 하늘이 무슨 말이라도 꺼내면 의미심장한 눈초리로 태클을 걸기도 했다. 하늘이 싫어서 그러는 게 아니었다. 미르는 그저 하늘이 꽁꽁 숨겨놓은 아주 깊은 곳에 한 발짝 더 다가가고 싶었다. 미르는 하늘의 깊은 눈동자를 바라보았다. 그의 눈동자는 진솔했지만 아무것도 이야기해 주지 않았다.

"…미르."

미르가 하늘만을 바라보고 있을 때였다.

"…김미르…!"

미르는 깊은 잠에 빠진 채로 알람 소리를 들었을 때와 같이 자신을 부르는 이름조차 물속 깊은 곳에서 울리는 자그마한 소음 정도로 생각했다.

"김미르!"

자신을 부르는 우빈의 목소리가 한계에 다다라 귀에 바늘처럼 박혀왔을 때 미르는 모두의 시선이 자신을 향해 있다는 것을 알았다.

"아니 5번을 불러도 대답을 안 해! 너 윤가람 좋아한다더니 이제는 이하늘로 갈아탄 거냐?"

우빈은 하루 종일 하늘의 눈동자에서 빠져나오지 못하는 미르를 보며 소리쳤다. 그 말을 들은 하늘의 얼굴이 미묘하게 일그러졌다. 친구와 이런 식으로 엮이니 기분이 상당히 좋지 않은 모양이었다.

"지랄하지 마! 둘 다 존나 싫어!"

미르는 잘 하지도 않던 욕을 하며 쥐고 있던 샤프를 우빈의 얼굴 쪽으로 던졌다. 간신히 피한 우빈은 장난을 진심으로 받아들이는 미르를 황당하게 바라보았다. 미르의 얼굴은 허약한 환자가 온 힘을 다해 발악하는 것처럼 붉게 물들어 있었고 터져 나오는 숨은 날카롭게 찢어진 종잇조각처럼 거칠었다.

"그러면 난 빠져야 하나…?"

여리여리한 목소리가 끊어질 듯 연약했다. 미르는 그 목소리의 주인을 한참 동안 찾지 못했다. 예상하지도 못했다. 윤가람. 그녀가 미르의 책상 앞으로 천천히 다가와 고개를 갸우뚱했다. 다소 부담스러운 행동일 수도 있었지만 가람은 귀신같이 소화해 냈다.

미르의 눈이 가람만을 담아내자 초점이 흐려졌다. 미르는 어린 날 개구리가 몸에 집어넣어 졌을 때처럼 놀라며 의자 위로 쓰려졌다. 사람이 너무 놀라면 오히려 소리를 지르지 못한다고 하던가. 미르는 음소거를 당한 듯이 아무런 소리도 낼 수 없었다. 수치심에 물들어진 미르는 순간적으로 자신의 모습이 3인칭으로 보였다. 가람 앞에서만 항상 이렇게 추한 모습을 보이는 것 같았다.

"아니, 곧 시험이잖아. 다 같이 모여서 공부하면 재밌을 거 같지 않아?"

성민이 추하게 쓰러진 미르의 옷깃을 잡아 일으켜 주며 말했다. 성민은 미르를 안쓰러운 눈으로 바라보았다. 아마 지독한 짝사랑 때문에 많이 예민해졌다고 생각하는 것 같았다. 성민은 미르의 어깨를 두드리며 어쩌면 점수를 딸 기회라며 속삭였다. 미르는 그런 성민의 얼굴을 손으로 눌러 밀어냈다.

"아니, 중간고사 한참 남았잖아! …그렇다 쳐도… ㅈ, 쟤는 왜 같이 가는데?"

미르는 당당히 자신의 책상 앞을 차지한 가람을 양손으로 가리켰다. 가람은 뭐가 그리 좋은지 생글생글 웃고 있었다.

"너는 하루 종일 이하늘만 보고 있으니까 몰랐겠지. 우리 꽤 친해졌거든?"

다훤이 드디어 해냈다는 듯이 자랑스러운 말투로 미르에게 가람을 내보였다. 가람은 수줍게 웃으며 반응해 주었다. 우빈은 그 꼴을 보며 여자애들은 이상하다며 고개를 저었다. 미르는 우빈의 말을 들을 수 없었지만 대충 동조해 주었다. 지금 미르에게는 화제를 전환할 필요가 있었다.

"또 은근슬쩍 화제 전환하려 하지 말고 대답이나 해. 같이 갈 거야?"

혜인이 미르의 책상을 치며 재촉했다. 미르는 평소 눈치가 없고 다혈질이던 혜인이 이때만큼은 그리워졌다. 미르는 가람을 마주하고 싶지 않았다. 아니, 마주할 수 없었다. 가람의 곁에 있으면 자신도 모르는 새 의식하게 되었다. 그렇다고 안 간다고 말하기엔 너무 가람을 신경 쓰는 사람처럼 보일까 싫었다. 의식하는 것이 맞았지만 미르는 괜히 자존심을 부렸다. 가람을 전혀 신경 쓰지 않는 것처럼 굴었다. 그의 행동은 어느 정도 효과가 있었다. 미르가 끝까지 가람을 투명인간 취급하자 시끄럽게 떠들어 대던 아이들은 조용해졌다. 아이들은 더욱 자극적이고 확실한 소문을 찾아 몰려갔고 미르는 자신의 바람대로 소문을 잠재우는 데 성공했다. 가람이 옆자리라서 그런가 수업 시간에 짓궂은 장난을 치는 학생이 몇몇 있었으나 미르는 무관심으로 응대했다. 이마저도 시간이 지나면 곧 사라질 테였다. 미르는 잔잔한 인생을 원했다. 그러나 아주 큰 변수가 뚝 떨어져 미르를 괴롭혔다. 미르는 아무것도 모르는 듯이 자신을 바라보고 있는 가람에게로 눈을 굴렸다. 딱 한 번이다. 그 한 번만 견디고 다시는 엮이지 않을 생각이었다.

"…언제 갈 건데?"

조용히 미르의 대답을 기다리던 다휜은 계획대로라는 듯이 약속장소와 시간을 단숨에 읊어주었다. 미르는 빠르게 눈을 굴려 가며 다휜의 생생한 묘사를 감상하였다. 다휜은 무슨 말을 할 때마다 동작을 넣어서 표현하는 습관이 있었다. 누군가는 요란하다며 비난했지만 미르는 대화하는 데 지루함이 없어 오히려 좋아했다. 특히 하늘이 다휜이 하는 특유의 행동을 매우 재미있어했다. 그는 다휜이 이런 말을 할 때면 이런 행동을 한다며 자신이 외운 것들을 다휜 앞에서 똑같이 따라 하기도 했다. 그럴 때마다 얼굴을 찌푸리는 다휜의 반응은 평소 표정 변화가 거의 없는 하늘의 얼굴에 어린아이 같은 미소를 띠게 했다. 미르는 집에서 곰곰이 그 행동들을 떠올려 보았다. 좀 웃기긴 했지만 하늘과 같은 미소는 지어지지 않았다. 미르는 어느 날 우빈이 자신에게 스쳐 지나가듯 한 말을 떠올려 보았다.

'축제 때 조금 재미있어지겠어.'

미르는 흘려들었던 그 말의 의미를 드디어 알아낼 수 있었다. 미르는 그런 것들을 놓치지 않고 파악하는 우빈이 참 대단하다고 생각했다. 그의 말처럼 시험이 끝나고 다가올 학교 축제를 기대해 봐도 좋을 것 같았다.

다시 본래 이야기로 돌아가 보자, 미르는 중요한 것이 있으면 무조건 뒤로 미루는 습관이 있었다. 그건 약속도 마찬가지였다. 미르는 친구들, 그리고 가람과 같이 스터디 카페에 회의실을 잡아 공부하기로 한 것에 대해 전혀 신경 쓰지 않았다. '그때의 내가 알아서 하겠지'라는 심리로 떠오르는 걱정들을 애써 무시했다.

그랬던 미르는 오늘 아침에 일어나자마자 온몸이 무거워져 있는 것을 느끼며 일을 떠넘긴 과거의 자신을 원망했다. 귀찮게 자신을 괴롭히는 약속을 취소하기 위해 몇 번이나 메시지창을 열었지만 자존심이 용납하지 않았다. 결국 미르는 평소보다 훨씬 일찍 일어나 준비를 했다.

미르는 엉킨 머리를 신경질적으로 풀었다. 엄마를 닮아 곱슬거리는 머리카락은 빗질을 해주지 않으면 쉽게 엉망이 되곤 했다. 그 모습을 본 주위 사람들은 종종 해외의 유명한 래퍼 같다며 놀리곤 했다. 그 말을 5번 정도 듣고 나서는 그날처럼 머리를 빗지 못한 날은 꼭 모자를 써 머리를 가렸다. 그날이라, 그래, 그날은 가람이 전학 온 날이기도 하다. 하필이면 그런 꼴을 보였으니 자신을 어떻게 생각했을지는 뻔했다.

미르는 매일매일 가람에 대해 생각하지 않으려고 다짐했다. 그러나 바보 같은 머리는 시도 때도 없이 가람에 대해 떠올렸다. 미르는 자신의 머리가 고장 난 것이 틀림없다고 생각했다.

감정이 제어되지 않는 것도 힘들었으나 머리까지 이 모양이니, 슬슬 짜증이 나기 시작했다 엉켜버린 머리를 풀던 미르는 빗을 바닥에 내던져 버렸다. 안에 쌓여 있는 감정들은 무슨 짓을 해도 방출되지 않았다.

"미쳤어? 진짜 분노조절 장애도 아니고 왜 그래?"

동생 미연이 미르의 손에서 떨어져 나간 빗을 바라보았다. 평소 같으면 동생을 향해 주먹부터 날렸을 미르였지만 오늘은 그럴 기운조차 없었다. 미르가 아무런 반응도 없자 흥미가 떨어진 미연은 미르를 이상한 눈으로 보며 자신의 방으로 들어갔다.

미르는 떨어진 빗을 주워서 다시 책상 위로 올려놓았.

빗은 서 있지 못하고 자꾸만 쓰러졌다. 미르는 자신의 마음이 놀라울 정도로 침착해진 것을 느꼈다. 이제는 화도 나지 않았고 그 애 생각이 나지도 않았다. 미르는 바닥으로 천천히 주저앉았다. 그러고는 두 손으로 차가워진 얼굴을 쓸었다. 생각과는 다르게 움직이는 몸은 쓸데없이 뜨겁기만 했다. 침착해진 마음은 곧 우울감으로 바뀌었다.

"김미르, 웬일로 안 늦었어?"

벽에 기대어 핸드폰을 만지작거리던 혜인이 의아하다는 듯이 말했다. 혜인은 평소와 다르게 조용한 미르의 얼굴을 이리저리 살펴보았다. 미르는 고개를 돌려 피하는 것으로 대답을 대신했다. 발랄하던 혜인의 얼굴이 일시적으로 굳었다.

"아니 왜 나를 그렇게 귀찮아해?"

혜인이 미르가 보고 있던 핸드폰을 꺼버렸다. 그제야 미르는 혜인의 맑은 눈동자를 바라보았다.

"네가 귀찮게 구니까 귀찮아하지."

미르가 표정을 구기며 말했다. 미르는 혜인을 싫어하지 않았다. 그러나 혜인의 행동은 미르가 감당하기엔 너무나 벅찼다. 혜인은 질리지도 않는지 매일 미르에게 장난을 쳤고 미르의 반응을 재미있어했다. 혜인의 성격이 원래 그렇다곤 하나 계속해서 어울려 주었다가는 끝이 없었다.

미르가 혜인이 들고 있던 자신의 핸드폰을 다시 뺏어버리자 혜인은 삐쭉 튀어나온 입을 다시 집어넣으며 다흰에게로 가버렸다. 미르는 자신의 말이 조금 심했던 것이 아닌가 걱정했다.

"우리 다 모인 거 같은데 슬슬 들어갈까?"

다흰이 손뼉을 치며 분산되어 있던 시선들을 집중시켰다. 다흰은 고개를 돌려가며 인원수를 체크했다. 겨우겨우 시간에 맞춰 도착한 미르까지 총 6명이었다.

"잠깐만, 박성민 안 왔는데? 무슨 연락도 없이 늦어 죽을라고."

우빈이 핸드폰의 시간을 확인하며 말했다.

만나기로 한 시간은 한 시. 지금 시간은 1시 10분이 다 되어가고 있었다. 성민은 여태까지 단 한 번도 약속시간을 지킨 적이 없었다. 그런 성민 때문에 모두 암묵적으로 5분씩 늦게 나오는 규칙이 생기게 되었다. 그런데도 성민은 기상천외한 방법과 시간으로 매일매일 늦었다. 이유들은 죄다 황당했다. 어느 날은 햄스터 밥 주는 것을 까먹어 늦었다며 용서를 빌었고 또 어느 날은 공부하러 모였는데 책가방을 통째로 두고 와 다시 집으로 뛰어가느라 늦었다며 식은땀을 뻘뻘 흘렸다. 초반에는 화도 내보고 애원도 해보며 성민의 습관을 고치려 노력했으나 이제는 너무 익숙해져 화가 많은 우빈이 아니면 그냥 무시하고 넘기는 게 다수였다. 미르와 같은 친구들은 차라리 아무런 반응도 하지 않는 것이 정신건강에 더욱 이롭다고 판단했다.

"걔는 원래 그러잖아. 우리 먼저 들어가 있자."

다흰은 자신을 제외한 5명을 이끌며 스터디 카페로 향했다. 보통 약속을 잡으면 다흰이 거의 모든 것을 관리했다. 다들 계획적이지 않은 성격이라 그나마 꼼꼼한 성격인 다흰만이 매번 갈려나갔다. 다흰은 그나마 이번에 가람이 자신을 많이 도와주어 평소보다 빠르게 예약을 끝낼 수 있었다며 가람과 친해진 것이 다행이라 말했다. 다흰의 말에는 진심이 가득 담겨 있었다.

미르가 생각하기에도 다흰을 제외한 모두는 일이 어떻게 돌아가는지에 대해 궁금해하지 않았다. 단체 대화방에서도 아이들은 서로 다른 주제로 이야기하기 때문에 누군가가 멱살을 잡고 이끌어 나가지 않으면 약속이 성사되기가 쉽지 않은 구조였다. 평소 꼼꼼하고 계획적인 우빈도 약속을 잡는 것에 대해서는 유난히 관대했다. 다휜은 그런 우빈을 보고 제발 쓸데없는 소리만 하지 말고 자신 좀 도우라며 울분을 토한 적이 있었다. 우빈은 어떻게든 될 것이라며 다휜의 말을 대충 흘려넘겼다. 미르는 다크서클이 더욱 진해져 있는 다휜을 보며 다음에는 자신이라도 최소한 밥 먹을 식당 정도는 알아봐야겠다며 다짐했다.

"얘들아, 이 방이야!"

다휜이 문고리를 잡아 비틀어 문을 열었다. 다휜은 우쭐해하며 자신이 방 선택을 매우 잘한 것 같다고 조잘거렸다. 다휜의 말이 허언은 아니었다. 나름 깔끔하고 넓은 방은 집중하기 좋은 구조였다. 미르는 책상이나 의자 등을 만져보며 감탄했다. 무서울 정도로 깔끔해 빛이 날 지경이었다. 우빈은 이 방을 청소하기 위해 갈려나간 직원들을 애도하며 먼지 하나 나오지 않는 책상과 의자를 극찬했다. 우빈의 마음에 쏙 든 모양이었다.

거의 유일하게 진심으로 공부할 목적을 가지고 온 하늘은 맨 끝자리에서 짐을 풀며 자리를 잡았다. 무거운 가방을 내려놓은 하늘은 바로 공부할 준비를 하기 시작했다. 여러 문제집들이 하늘의 손에 의해 재빠르게 움직였다. 그가 필통까지 책상 위에 올려놓자 그 모습을 본 혜인이 발을 동동 굴렀다.

"거기 내가 앉으려 했는데!"

혜인은 원하는 것을 무슨 짓을 해서라도 손에 넣는 사람이었다. 그런 성격을 잘 아는 하늘은 혜인의 눈치를 보며 슬그머니

의자를 빼 자리를 비켜주었다. 자리에서 쫓겨난 하늘은 가방을 대충 아무 자리에나 던져두고 의자를 끌어 앉았다.

"그래, 공부하는데 자리가 무슨 영향을 미치겠어."

애써 태연한 척 문제집을 펼치던 하늘은 아나운서같이 올바른 발음으로 자리를 뺏긴 서러움을 토해냈다.

"아니 나 1학기 기말고사 때 옆자리가 코 골면서 자는 애였단 말이야. 내가 걔 때문에 시험을 망친 거야. 진짜 억울해 죽겠네! 자리빨이 은근 중요하다니까."

혜인이 헤어롤러로 앞머리를 말며 그때로 돌아간 듯 화를 냈다. 하늘은 그런 혜인의 눈조차 마주치지 않으며 영혼 없는 목소리로 어떡하냐며 공감해 주었다. 혜인은 하늘을 조금 째려볼 뿐 아무 말도 하지 않았다.

"여기가… 맞나?"

하늘과 혜인이 가벼운 말싸움을 하는 동안 문이 부드럽게 열리며 익숙한 모습이 드러났다. 성민은 무게가 많이 나가 축 늘어진 가방을 멘 채로 나타났다. 뛰어왔는지 성민의 얼굴에 땀이 맺혀 주르륵 흘러내리고 있었다. 평소에 늦으면 뛰어올 생각도 안 하던 애가 달라진 모습을 보이자 우빈은 기겁을 했다. 미르는 개학날 하늘이 말했던 것이 생각났다. 사람이 안 하던 짓을 하면 죽을 때가 된 것이라는 말이었다. 미르는 성민이 진심으로 걱정되기 시작했다.

"너 왜 이렇게 빨리 왔어?"

혜인이 헤어롤러를 다 말자마자 물었다.

"나 이제부터 열심히 살 거야. 예전에 내가 아니라고!"

성민이 당당하게 큰소리쳤다. 그러나 그것을 믿는 사람은 아무도 없었다. 성민의 예전 행실이 이미 너무 강하게 머릿속에 남아 있었다. 그런 모습에 질릴 대로 질려버린 다횐은 아예 성민의 말을 무시했다. 잠깐 지나가는 바람 같은 마음가짐이라 생각하는 듯했다. 반응이 싸하자 성민은 진심이라며 나중에 달라진 모습을 보여줄 것이라고 자부했다. 성민의 말을 듣던 미르는 성민이 나중에 어른이 된다 해도 지금과 달라지는 점이 없을 것이라고 확신했다.

"저기 얘들아… 우리 공부는 언제 해?"

이미 책상에 문제집과 필기구, 타이머까지 준비해 놓은 가람이 조심스럽게 말했다.

"아 맞다, 우리 공부하러 만났지."

그 짧은 시간에 젤리를 뜯어 입에 털어놓던 혜인이 그제야 가방을 뒤지기 시작했다. 젤리에서 떨어진 가루가 맞은편에 앉은 우빈의 자리로 넘어가자 우빈은 표정을 굳히며 책을 털어 묻은 가루를 털어냈다. 가루는 깨끗하게 빛나던 바닥을 더럽혔.

"아 진짜 젤리는 나가서 먹든가, 이게 뭐하는 짓이야!"

우빈이 열심히 털던 문제집을 그대로 혜인에게로 가져가며 말했다. 혜인은 자신의 머리 근처까지 휘둘러진 문제집을 식은 땀을 흘리며 바라보았다. 혜인은 곧바로 젤리를 가방 안으로 집어넣었다. 그 모습을 본 하늘이 고소하다며 웃었다.

"얘들아 제발, 우리 공부하자 공부!"

공부에 강세를 넣으며 다흰은 시끄럽게 구는 하늘과 우빈을 진정시켰다.

"나 그렇게 안 시끄러웠어. 여기서 최우빈이 제일 시끄러워."

하늘은 선생님에게 고자질하듯이 말했다.

"너희 둘 다 똑같아."

다흰이 샤프를 들어 두 명을 지목하며 말했다. 하늘은 시무룩해하며 문제집으로 고개를 숙였다. 우빈은 그 꼴을 보며 징그럽다고 소리쳤지만 옆자리인 미르에게 볼펜으로 머리를 맞고 조용해졌다. 고개를 숙인 하늘의 어깨가 조금씩 떨렸다. 혜인은 미르에게 잘했다며 박수를 쳐주었다.

미르는 옆에서 구시렁대는 우빈을 무시하고 문제집에 집중하기 위해 노력했지만, 옆에서 풍겨오는 달콤한 꽃향기가 미르의 머릿속을 어지럽혔다. 어쩌다 보니 가람의 옆자리에 앉게 된 미르는 평온한 겉모습과 달리 마음속에서는 여러 가지 생각이 오가고 있었다. 미르는 점점 빠르게 뛰어오는 심장소리가 들리진 않을까 걱정되었다. 턱 끝까지 차오른 숨을 가다듬은 그는 소리를 죽이며 가람의 옆모습을 살짝 흘겨보았다. 가람은 공부에 집중하고 있었다. 그녀의 인형 같은 옆모습이 미르의 마음을 뒤흔들었다. 아마 오늘 공부를 하기엔 그른 모양이다. 미르의 온 정신은 가람에게로 쏠려 있었다.

"얘들아 우리 슬슬 쉴까?"

꽤 오랜 시간 동안 머리를 박고 공부만 하던 성민이 자신의 집중력이 바닥이 난 것을 모두에게 표현하였다.

"쉴 거면 너 혼자 쉬든가."

하늘이 성민에게 따끔한 일침을 놓았다.

"아니, 뭔가 나 혼자 쉬면 뒤처질 거 같은 느낌이야."

"너 이미 뒤처질 대로 뒤처졌잖아. 더 뒤처질 수가 있어?"

혜인이 성민의 말을 듣고 어린아이처럼 물어보았다. 악의가 없이 순수한 질문이었지만 성민은 꽤 상처를 받은 모양인지 그대로 멈추어 한동안 아무 말도 하지 않았다.

"그럼 나가서 카페라도 갔다 올까? 나도 슬슬 집중이 안 된다."

다휜이 보고 있던 문제집을 시원하게 덮어버리며 말했다.

다휜은 눈을 초롱초롱하게 빛내며 나가자고 사정했다. 가방에 쑤셔 넣어진 문제집은 다휜의 상태를 잘 나타냈다.

"그럼 나갔다 오자. 정신도 맑아지고 좋겠네."

방금 전까지 성민의 의견에 차갑게 반대했던 하늘이 태연하게 의견을 바꾸었다. 물 흐르듯 자연스러운 그의 행동에 우빈이 그에게로 고개를 돌렸다.

"이하늘 바로 말 바꾸는 거 봐라."

우빈이 다휜과 같이 문제집을 덮으며 하늘을 음침한 미소로 쳐다보았다. 하늘은 우빈을 보고 정색하며 고개를 반대쪽으로 돌렸다.

"그럼 빨리 나갔다 오자."

혜인이 짱짱하게 고정된 헤어롤러를 풀며 말했다. 혜인은 자리에서 일어나며 누가 잡아가도 모를 정도로 곤히 자고 있는 미르를 깨우려 손을 뻗었다. 미르는 문제집에 고개를 박고 자고 있었다.

"그냥 그대로 둬. 걔는 남이 지 깨우는 거 개싫어해."

우빈이 혜인의 손을 막았다. 혜인은 손을 다시 거두었다.

"가람아 너는 안 갈 거야?"

혜인은 이런 소란스러운 상황에서도 자신의 일에 집중하고 있는 가람에게 말했다. 가람은 난처한 미소를 지으며 자신의 두꺼운 문제집을 가리켰다.

"난 해야 할 게 너무 많아서. 너희끼리 다녀와."

혜인은 가람을 잠시 동안 쳐다보다 밖으로 나가버렸다. 성민은 이미 누구보다 빠르게 밖으로 나간 뒤였다. 성민은 나오지 않는 친구들을 부르며 빨리 나가자고 재촉했다. 그는 폴짝폴짝 뛰며 굳어진 몸을 움직였다.

다휜은 가람에게 아쉬움을 표현하며 나중에 자신이 아는 맛있는 카페를 추천해 주겠다 약속했다. 그녀의 뒤를 쫓은 하늘이 자신에게 달라붙는 우빈을 떨치며 밖으로 나갔고 우빈은 그런 하늘을 쫓아갔다.

문 앞에서 들려오던 5명의 대화소리가 점점 멀어져 갔다. 그들의 웃음소리는 찰나의 허상처럼 흐릿해졌다. 언제 사람이 있었냐는 듯 방 안은 금세 어색한 공기가 흐르고 있었다.

가람은 조용해지는 방 안을 느끼며 몸을 뒤로 젖혔다. 의자가 삐걱거리는 소리를 냈다. 가람은 기지개를 켜고 문제집을 바라보았다. 솔직히 해야 할 것은 딱히 없었다. 그저 나가기 매우 귀찮았다. 그리고 아주 조금이지만 자신의 옆에서 깊은 잠에 빠져든 한 남자아이가 궁금하기도 했다. 가람은 뻣뻣하게 굳은 고개를 돌려 미르를 바라보았다. 미르는 아이같이 순한 얼굴로 자고 있었다. 새근새근 들려오는 작은 숨소리 하나가 그와 가람의 사이를 가로막았다. 그의 눈을 덮은 긴 속눈썹이 보였다. 그 안으로 숨어든 맑고 깨끗하게 빛나던 미르의 두 눈을 떠올린 가람은 자신이 미르에게 이유 모를 호기심을 느끼고 있다는 것을 순순히 인정했다. 미르는 가람이 여태까지 봐온 사람들과 달랐다. 가람은 그 사실을 당당하게 말할 수 있었다.

가람은 여러 번의 전학을 다녔다. 아버지가 군인이셔서 그녀는 전학을 가는 것이 일상이 되어 있었다. 그래서 남들보다 빠르게 학교생활에 적응할 수 있었고 나름 친구도 여럿 사귀었다.

그중에서 가람은 여러 번의 고백을 받아봤다. 번지르르한 말을 하며 다가오는 그들의 얼굴은 기억나지 않았지만 대강 무슨 말을 내뱉고 어떤 표정을 지었는지는 알 수 있었다. 그러나 가람은 그런 식으로 자신의 겉모습만을 보고서 다가오는 사람들이 매우 싫었다. 그녀에게 자신의 모든 바람과 이상을 불어넣던 사람들은 당연하게도 가람이 그 기대에 부응해줄 것이라

믿었다. 멋대로 다가오고 멋대로 실망한다. 가람은 매번 똑같이 흘러가는 인간관계에 질려 있었다.

  미르를 처음 봤을 때도 똑같았다. 가람은 미르 또한 자신의 겉모습만을 본채로 다가와 자신이 생각하는 가람의 모습을 끼워 맞추어 가며 가람에게 그렇게 될 것을 강요하는 그런 사람인 줄 알았다. 그 생각은 아직도 변함이 없었다. 그러나 저 아이는 자신의 앞에 서면 바보같이 빨개지는 얼굴을 가리지 못했다. 그는 오늘도 문제집을 쳐다보던 눈을 은밀하게 굴려 어두운 망막에 가람의 얼굴을 몇 번이나 새겨 넣었다. 미르의 얼굴은 고요한 강에 잠긴 듯 평온했으나 사춘기 소년처럼 붉어지는 두 뺨은 숨겨지지 않았다. 그는 온몸으로 자신을 덮쳐오는 물결을 만끽하고 있었다. 그러한 점이 매우 신선하게 다가왔다. 미르만이 가람을 신경 쓰는 것이 아니었다. 가람 또한 미르의 시선 때문에 평소보다 훨씬 느려진 손을 움직이는 데 온 힘을 써야 했다. 그 바보 같은 시선을 받아내며 그녀가 느낀 한 가지 특별한 사실이 있었다. 가람은 남들의 딱딱하고 날카로운 시선을 받는 것에 익숙해져 있었으나 미르의 시선만큼은 한 번도 따갑다고 느껴본 적이 없었다. 오히려 부드럽게 다가오는 그의 시선은 미묘하게 마음을 간지럽혔다. 가람은 미르가 남을 기분 좋게 만드는 데 아주 큰 소질이 있다고 생각했다. 그렇지 않다면 지루하고 갑갑한 시간 속에서 가람이 드러낸 특별한 변화에 대해 설명할 수 없었다. 가람은 자신의 앞에서 무조건

적으로 잘 보이려 하는 이들과 달리 어딘가 어설픈 구석이 드러나는 미르가 더욱 궁금해졌다.

가람은 미르의 얼굴을 빤히 바라보았다. 미르는 보고 있는 사람을 빠져들게 하는 매력을 지니고 있었다. 가람은 미르의 얼굴을 보고 있으면 시선을 떼기 어려워졌다. 그래서 일부러 보지 않았다. 평소에 자신을 없는 사람 취급했던 미르와 같이 가람 또한 미르를 없는 사람 취급했다. 그러나 미르의 무관심한 태도가 가람의 마음 한쪽을 움직이게 했다. 살면서 한 번도 관심을 받아보지 않은 적이 없는 가람이었다. 미르의 태도가 거슬릴 법도 했다.

가람은 미르의 얼굴을 한 손으로 쓸어보았다. 도대체 이 아이가 가진 무엇이 자신의 마음을 이토록 움직이게 하는지 확인하고 싶었다. 느릿한 가람의 손이 미르의 깊은 눈가를 지나 장미 같은 양 볼을 스쳤다. 오뚝하게 솟아난 콧대를 지나 붉은 입술까지… 미르의 얼굴을 탐색하듯 움직이던 가람의 따뜻한 온기가 느껴지는 손은 뾰족하게 솟아 있는 턱끝에서 멈추었다. 툭 하고 끊긴 가람의 손은 찰나 동안 허공에서 흩어졌다. 가람의 손길은 아주 빠르게 끝을 맺었다. 가람은 이유 모를 허무함을 느꼈다.

가람은 방금 전 자신의 행동이 매우 충동적이었음을 인정했다. 그러나 손을 타고 슬금슬금 올라오던 감촉이 너무나 선명하게 새겨져 가람은 미묘하게 금이 가기 시작한 무언가에 대해 생각하지 않을 수 있었다. 손에 잡히는 살결은 이불같이 보드라웠고 끊어질 듯 약하게 내쉬어지는 숨결은 기분 좋은 산들바람처럼 다가왔다.

가람은 어느새 뜨거워진 손을 완전히 거두려 했다. 미르의 온기가 전해져 와 불에 탄 듯 뜨거워진 팔이 다른 부품을 끼워 넣은 것처럼 어색했다.

탁-

가람은 문득 자신의 손이 멈춘 것을 느꼈다. 가람의 손목이 피가 통하지 않을 것처럼 세게 조여졌다. 아프지 않았으나 아팠다. 가람의 손목을 감싸고 있는 불덩이같이 뜨거운 손의 기다랗고 얇은 손가락들이 꼼지락대며 가람의 손을 간지럽혔다. 서서히 붉은빛으로 물들어 가는 손이 자신의 얼굴을 점점 선명하게 새겨가고 있는 눈을 지닌 소년의 두 뺨과 같은 색이 되어갔다. 둘의 시간은 이윽고 멈추었다. 아무도 먼저 입을 열지 않았다. 서로의 체온이 점차 같아지고 있다는 사실만이 그들의 유일한 소통이었다. 가람은 미르의 물기 어린 갈색빛 눈동자에 비친 자신의 형태를 바라보았다. 자신의 얼굴은 끝도 없이 이어지며 가람의 눈에 담긴 현실을 부정할 수 없게 했다.

"미안해, 먼지가 붙어 있어서."

가람은 황당한 거짓말을 했다. 들킬 것을 뻔히 아는 데도 자연스럽게 거짓말이 앞섰다. 미르는 동그란 눈으로 가람을 쳐다보다 시선을 깔았다. 주위를 둘러보던 미르는 이 방에 있는 사람이라곤 가람과 자신 둘 뿐이라는 사실을 늦게 깨달았다.

"다른 애들은?"

미르가 자면서 눌린 머리카락을 정리하며 말했다.

"카페 갔어, 잠깐 쉬고 온대."

미르는 가람의 말을 조용히 들었다. 부드러운 목소리가 울렸다. 아침에 지저귀는 새처럼 맑은 목소리는 시간이 지날수록 형태를 잃어갔다. 두 눈을 느리게 깜박이던 미르는 그 목소리를 녹음해서 하루 종일 들을 수 있다면 얼마나 좋을지에 대해 생각하고 있었다. 그러나 그는 얼마 안 가 로봇처럼 삐걱댔다. 생각해 보니 앞으로 최소 1시간 동안 가람과 단둘이 이 방에 남아 있어야 했다. 미르는 자신이 무슨 행동을 해야 할지 감을 잡을 수 없었다. 혹시 자는 동안 침이라도 흘렸을까 봐 죄 없는 문제집만 뚫어져라 쳐다보았다. 가람은 그 모습을 보며 살며시 웃었으나 경황이 없던 미르는 가람의 미소를 보지 못했다.

"어, 오늘 비 오네."

가람이 바라보던 핸드폰을 돌려 미르에게 보여주었다. 공부를 끝내고 집에 갈 때쯤이면 이미 폭우가 내리고 있을 것이다. 가람은 난처한 표정을 지었다. 아마 우산을 가져오지 않은 모양이다.

"너… 우산 안 가져왔어?"

미르는 자신이 고작 질문 하나 하는데 참 오랜 시간을 소모한다는 것을 느꼈다. 당차게 뱉은 말꼬리를 흐리며 흔들리는 꽃잎처럼 바스라진 목소리가 미르의 마음을 쿡쿡 쑤셨다. 미르는 속으로 소리를 질렀다. 가람은 신경 쓰지 않았지만 미르의 눈에는 모든 것이 다 아니꼬워 보였다.

"응, 오늘 비 맞고 가게 생겼네. 나랑 집 방향 같은 애가 있으려나."

"집이 어디 쪽인데?"

미르는 빠르게 기회를 물었다. 가람에게 잘 보이고 싶은 마음이 없다며 합리화하는 것도 그만두었다. 막상 가람과 대화를 하니 그런 마음은 따뜻하게 밀려들어 오는 물결에 녹아 사라져 버렸다.

"나, 우리 학교랑 좀 떨어져 있는 학원가 쪽이야."

가람이 웃으며 말했다. 가람이 말한 곳은 웬만하면 명운고등학교 학생들이 잘 살지 않는 곳이었다. 학교와 거리가 꽤 있어 보통 그곳에 살면 다른 고등학교를 가는 경우가 대부분이었다. 그러나 미르가 사는 지역이 대부분 학구열이 높은 곳이다 보니 내신을 따기 어려운 것에 대비해 일부러 명운고등학교를 1지망에 쓰는 아이들도 있었다. 그렇게 해서 명운고등학교에 들어간 사람이 바로 미르였다. 미르는 그때 자신이 샤프로 뚜렷하게 명운고등학교를 1지망으로 써내었던 것이 처음으로 매우 옳은 선택이었다고 느껴졌다. 물론 하늘도 미르와 집 방향이 같았지만 그것은 피어난 꽃에 흙탕물을 끼얹어 버리는 것과 같은 사실이었다.

"나도 그쪽이야, 내가 우산 빌려줄까?"

미르는 벅찬 마음을 들키지 않게 하려고 노력했지만 그의 말투 곳곳에서 숨길 수 없는 기쁨이 묻어나왔다. 그는 하늘을 날아다니는 어린 용처럼 어찌할 줄 모르는 두 손을 가만히 두지 못했다. 미르의 손이 가람의 복숭아 같은 두 뺨과 같이 반짝였다.

"나한테 우산 빌려주면 너는 비 다 맞고 가게?"

가람은 미르를 괴롭혀 주고 싶은 마음이 들었다. 미르가 계획하고 있는 것이 무엇인지 아주 잘 알고 있는 가람이었다. 그렇기 때문에 괜히 심술이 났다. 가람은 인형처럼 가만히 미르의 연극의 놀아날 생각이 없었다.

"…같이 쓰고 가면 되지. 내가 집 데려다줄게."

미르는 의외로 자신이 원하는 바를 쉽게 전달할 수 있었다. 목소리가 떨리지도 않았고 작아지지도 않았다. 조용하고 차분한 미르의 목소리가 듣기 좋은 음정으로 울렸다. 미르는 조용히 미소 지었다. 가람은 그런 미르를 보고 내심 그를 무시했던 자신을 반성하게 되었다. 미르는 가람의 생각만큼 호락호락한 상대가 아니었다.

"뭐야, 김미르 일어났네?"

잠깐 쉬고 들어온다던 다휘과 성민은 하늘과 우빈 그리고 혜인을 아주 오랜 시간 동안 붙잡아 두었다. 그들은 거의 2시간 동안 카페에 앉아 이야기하고 있었다고 한다. 이 방을 예약한 돈이 아깝게 느껴질 정도였다.

"아무튼, 우리 슬슬 갈까? 가람이 넌 할 거 다 했어?"

다흰은 은근슬쩍 집으로 가는 것이 어떻겠냐고 제안했다.

"야, 나는 왜 안 물어봐 줘?"

미르가 서운하다는 듯이 말했지만 다흰은 신경 쓰지 않았다.

"너는 침 흘리면서 자고 있었잖아. 네가 무슨 공부를 해."

다흰은 특유의 섬뜩한 눈동자를 빛내며 미르를 바라보았다. 미르는 저 눈동자가 꿈에 나올까 두려워질 정도로 무서웠다. 그는 특히 다흰과 하늘이 화를 낼 때가 제일 공포스러웠다. 나머지는 언성을 높이기라도 하지 그 둘은 화가 났을 때 티를 내지 않고 미묘하게 싸늘해졌기 때문이다. 그때 기분을 풀어주지 않으면 몇 개월 동안 생고생을 해야 했다. 그들은 자신의 사람이 아니라 판단되면 칼 같이 쳐내는 나름 잔혹한 사람들이었다.

"나는 할 거 다 했어…!"

분위기가 점점 차가워지는 것이 느껴지자 가람은 재빠르게 말하며 문제집을 집어넣었다. 미르도 자신의 문제집에 침이 묻지 않은 것을 재차 확인하며 대충 가방에 쑤셔 넣었다. 이 중에서 미르의 문제집이 제일 너덜너덜하다고 자부할 수 있을 만큼 미르는 교과서든 책이든 문제집이든 전부 다 소중히 대하지 않았다.

"그럼 슬슬 나가자!"

어느새 말끔해진 둘의 책상을 본 다흰은 활기차게 말하며 카운터로 토끼처럼 뛰어갔다. 정말 다흰의 목적이 공부였는지 다시 한번 묻고 싶어지는 후련한 모습이었다. 그러나 그녀가 잊어버린 아주 중요한 것이 하나 있었다. 쓸쓸한 회색빛으로 빛나는 다휜의 가방이 자리에 덩그러니 놓여 있었다.

"애는 뭘 이런 걸 안 챙기냐."

다휜이 뛰어갈 수 있었던 이유를 알게 된 혜인이 다휜의 가방을 들어 올리며 다휜을 쫓아가려 했다.

"너는 네 짐 챙겨. 내가 전해줄게."

하늘이 혜인을 막아서며 다휜의 가방을 빼앗아 갔다. 하늘의 손짓은 단호하면서도 결코 냉정하게 느껴지지 않았다. 혜인은 그런 하늘을 당황스럽게 바라보았다. 평소에 은근한 개인주의로 사람의 신경을 긁던 하늘이 안 하던 짓을 하고 있었다. 혜인의 따가운 시선을 받던 하늘은 매우 태연하게 무거운 2개의 가방을 든 채 밖으로 나갔다. 그의 표정은 평소와 같이 여유로웠다.

"야! 다휜이 내 친구야!"

이유 모를 위기감을 느낀 혜인은 괜히 하늘의 등 뒤로 소리쳤다. 하늘은 끝까지 뒤를 돌아보지 않았다. 성민은 혜인의 말을 이해할 수 없다는 듯이 머리를 긁적이며 자신의 가방을 챙기며 나가려 했다.

"야, 조금만 늦게 나가."

우빈이 성민의 옷자락을 잡았다.

"아니, 왜?"

성민이 몸을 비틀어 옷을 빼내려 하자 우빈이 갑자기 화를 냈다.

"넌 그냥 몰라도 돼!"

오늘도 이유 없이 우빈의 화를 받아주던 성민은 도저히 참을 수 없다는 듯 우빈과 똑같은 말투로 소리쳤다.

"아 진짜 왜 나한테만 그래!"

우빈은 성민의 말을 듣고 살짝 당황하더니 다 이유가 있다며 흥분한 성민을 달랬다. 성민이 화나면 일이 귀찮아질 것이 분명했다. 우빈은 1학기 때 성민을 화나게 했다가 반 전체가 뒤집힌 일을 아직도 기억하고 있었다. 은근 고집이 센 성민은 우빈이 사과를 했음에도 여러 이유를 대며 우빈을 놓아주지 않았다. 종이 치고 선생님이 들어왔음에도 이야기가 끝나지 않자 결국 둘은 교무실로 불려갔었다. 자칫 잘못하면 여기서 1시간 동안 말싸움이나 하고 앉아 있어야 할 수도 있었다.

"진정하고 일단 나가자."

우빈은 자연스럽게 성민을 밖으로 유도했다. 미르는 성민이 우빈의 말에 길들여지는 동물 같다고 생각했다. 성민은 남의 말에 잘 휘둘리는 경향이 있었다. 미르는 나중에 성민이 사기라도 당하는 것이 아닐까 걱정되었다. 성민의 성격은 미르와 맞는 점이 하나도 없었지만 중학교 1학년 내내 알고 지내서인지 어느새 미운 정이 들어버렸다. 그래서 미르는 웬만하면 성민이 무슨 짓을 하든 관대하게 봐 주는 편이었다. 그러나 우빈은 그러지 않았다. 평소에도 예민한 우빈은 성민이 조금이라도 눈치 없는 행동을 하면 화를 내는 것이 일상이었다. 미르가 굳이 둘 사이에 분쟁을 막지 않은 것은 솔직히 말하자면 단순히 재미있기 때문이었다. 그러나 매번 성민을 갈구는 우빈을 보면 성민이 조금 불쌍해지기도 했다.

"미르야 우리도 빨리 나가자."

무거운 가방을 간신히 들어 올린 가람은 미르의 등을 조심스럽게 툭툭 쳤다. 고개를 올려 미르를 바라보는 작고 동그란 얼굴은 사랑스러웠다. 입꼬리를 끌어올리며 미소 짓던 가람은 미르를 문밖으로 천천히 밀었다. 미르는 그 손길에 몸을 맡기며 끌려갈 수밖에 없었다. 미르는 어쩔 수 없이 깊은 강물에 뛰어든 한 마리의 어린 용일 뿐이었다.

"우리 이쯤에서 갈라져야겠다."

핸드폰으로 길을 찾으며 걸어가던 다휜이 한 버스정류장에서 멈추었다. 사방은 맨 앞에 서 있는 다휜이 플래시를 켜야 간신히 보일 정도로 매우 어두웠다. 핸드폰을 켜 플래시를 켜고 이리저리 움직여보던 다휜은 하늘을 뒤덮어 가는 빛깔들을 보며 당황했다. 다휜의 앞에는 끝이 보이지 않는 어둠이 길을 가로막고 있었다. 이 주위에는 신기할 정도로 아무것도 없었다. 근처에는 큰 차고지 하나가 떡하니 자리를 차지하고 있었고 그 옆에는 쌩쌩 달리는 차들이 빽빽하게 자리 잡은 큰 도로 몇 갈래가 끝이 보이지 않게 나열되어 있었다.

"아무리 시간이 늦었다고 해도 이건 좀….”

우빈이 주위를 둘러보며 몸을 사렸다. 평소에 귀신을 무서워하는 성격 때문인지 깊게 깔린 어둠을 두려워하는 모습을 보였다.

"걸어가는 게 무서우면 버스를 타고 가.”

혜인이 질긴 풍선껌을 불며 말했다. 집이 이곳에서부터 멀리 떨어진 혜인은 한쪽 손에 교통카드를 들고 있었다. 혜인이 말할 때마다 인공적인 딸기향이 났다. 그녀는 얼굴 크기만 한 풍선을 불더니 그 풍선을 가리키며 해석할 수 없는 옹알이를 했다.

"미르야 우리는 걸어가야지.”

미르는 걸어서 이동하는 것을 선호했다. 아무리 먼 거리라도 걸어보지 않으면 모른다는 말을 맨 처음 꺼냈던 사람은 미르였고 버스를 선호하는 하늘을 설득시켜 중학생 때까지 고집 있게 걸어서 등교하자 제안했던 것도 미르였다. 하지만 유독 오늘은 자신의 앞에서 걸어가자는 말을 꺼내는 하늘이 증오스럽게 느껴졌다. 미르는 인생이 달라질지도 모르는 기회를 손에 넣게 되었다. 그러나 빌어먹을 우정이 그 기회를 박살 내려 하고 있었다. 안 그래도 예상보다 조금 이르게 집에 가게 돼 매정한 하늘이 비를 쏟아주지 않아 서운했는데 아무런 생각도 없어 보이는 하늘이 태연하게 다가오자 미르는 그 웃는 얼굴을 한 대 치고 싶다고 생각했다.

"…야 이하늘, 넌 김다흰이랑 사이좋게 버스 타고 가라고.”

미르가 어금니를 꽉 깨물며 하늘의 귓속으로 속삭였다. 발음이 잔뜩 뭉개져 있어 웬만한 사람이라면 뜻을 헤아리기 어려웠을 테지만 하늘은 귀에 꽂히지 못하고 나뒹구는 말의 조각들을 간신히 조합해 볼 수 있었다. 하늘은 미르의 말이 부들부들 떨리자 그의 옆을 인형처럼 꼿꼿한 자세로 지키고 있던 가람을 바라보았다. 떨어져 나간 파편들이 맞추어졌다.

"너 윤가람 안 좋아한다며."

하늘이 눈을 빠르게 깜빡이며 미르와 시선을 맞추었다. 하늘의 눈동자 속에서 미르가 자신은 가람을 좋아하지 않는다며 떠벌리고 다녔던 과거의 모습들이 떠올랐다. 미르는 그 일들을 굳이 후회하지는 않았다. 아직까지 남들에게 표출하고 싶지 않은 감정이었다. 언젠가 자리를 잡게 된다면 그때 말해도 늦지 않을 것이라 생각했다.

"알잖아 이하늘, 나 자존심 센 거."

미르가 하늘의 어깨를 아프지 않을 정도의 힘으로 쳤다. 알싸하게 감겨오는 따가움은 미르의 손이 떨어져 나가자 언제 그랬냐는 듯 사라졌다.

"난 아무것도 모르는데?"

하늘이 입꼬리를 끌어당기며 웃었다. 그의 비뚤어진 미소가 드러났다. 미르는 그 웃음의 근원이 굉장히 이질적인 무언가라고 생각했다. 무엇인지 감조차 잡을 수 없었지만 그는 푸르른 하늘이 아니었다. 하늘의 표정을 보며 웃음을 거둔 미르는 미런 없이 뒤돌아 버스정류장으로 향하는 하늘을 향해 눈을 굴렸다. 그의 뒷모습이 조금 처량해 보였다. 하늘 옆에는 아무도 없었다. 그의 곁을 지나는 바람만이 텅 빈 공간을 채워줄 뿐이었다.

"슬슬 갈까?"

가람이 하늘을 향한 시선을 자신에게로 고정시켰다. 이윽고 미르의 맑은 눈동자는 오직 한 사람만을 바라보게 되었다. 미르는 자신의 눈동자를 꽉 채운 가람을 보자 여유롭던 심장소리가 점차 경쾌해져 가는 것을 느꼈다. 하루에 기분이 몇 번이나 오락가락했다. 단 한 사람 때문이었다. 차가운 바닥에 빗을 내던진 것도 따뜻한 강물에 몸을 내던진 것도.

가람과 미르는 끝이 보이지 않을 듯 길게 이어져 있는 어둠 속에 깔린 도로를 걸었다. 집은 이곳과 나름 가까웠다. 쭉 직진하다가 왼쪽으로 꺾으면 가람과 미르, 하늘의 집 근처였다. 미르는 어서 집에 가서 침대에 뛰어들고 싶다고 생각했다. 그것이 미르에겐 나름의 행복이었다. 다른 것들은 딱히 중요하게 여기지 않았다. 그는 모든 것을 지루해했고 귀찮아했다. 그러나 미르는 처음으로 자신의 옆에서 발랄한 걸음걸이로 길을 찾아 나서는 가람의 옆모습 또한 행복으로 느꼈다. 그녀의 얼굴에는 잔잔한 미소가 감돌고 있었다.

"어라, 이쪽 길이 아니었나?"

가람과 미르는 왼쪽으로 꺾어 들어가 이제 막 절반 정도를 지나고 있었다. 가람은 자신의 눈을 뒤덮은 낯선 풍경에 멈칫하더니 핸드폰을 꺼내어 길을 알아보기 시작했다. 미르는 주위를 둘러보며 이곳이 어디인지 대충 짐작해 보았다. 아마 조금 더 직진해야 했던 것을 성급하게 왼쪽으로 빠져버린 모양이다.

"그냥 빙 돌아서 가자. 산책하고 좋네."

이제 와 걸음을 번복하기 귀찮았던 미르는 뒤돌아서 있는 가람의 몸을 돌려 앞을 보게 했다. 가람은 눈을 빠르게 깜빡였다.

"그래도 옳은 길을 찾아야지."

가람은 다시 뒤돌아 핸드폰으로 길을 찾기 시작했다. 가람의 발걸음은 시간에 쫓기는 사람처럼 바쁘게 움직였다. 미르는 빠르게 자신을 앞질러 가는 가람의 앞을 가로막았다. 질질 끌리던 가람의 신발이 미르의 앞에서 멈추었다. 신발의 밑창은 전부 상해 있었다. 가람의 빠른 발걸음이 신발을 갉아가고 있었다.

미르는 가람의 핸드폰의 전원 버튼을 눌러 꺼버렸다. 이럴 생각은 아니었던 미르였지만 일은 순식간에 벌어졌다. 가람은 내려간 입꼬리를 끌어올리려 하며 미르를 바라보았다. 미르는 가람이 화났을 때에 모습이 다횐과 하늘이 화를 내는 모습과 비슷한 계열일 것이라고 생각했다.

"…이미 거의 절반을 걸어왔잖아."

미르는 눈을 아래로 깔며 작은 목소리로 중얼거렸다. 가람은 그 모습을 보며 한숨을 쉬었다.

"다시 돌아갈 수 있어."

가람은 미르의 손에 들린 핸드폰을 다시 가져갔다.

"우리가 시간이 없는 건 아니잖아. 데이터 낭비하지 말고 조금 돌아서 가자."

미르는 가람과 눈높이를 맞추며 애원했다. 자신의 의견을 굳이 고집하지 않던 미르였지만 오늘따라 알량한 마음가짐 하나가 자꾸 성화를 부렸다. 지금을 놓치면 아마 다시는 이런 시간이 찾아오지 않을 것 같았다.

입을 꾹 다물고 있던 가람은 의견을 끝까지 굽히지 않는 미르를 향해 눈을 가늘게 떴으나 통하지 않았다. 가람은 계속되는 침묵을 향해 백기를 들 수밖에 없었다. 가람은 고집이 센 편이었으나 굳이 이러한 일에 머리 아프게 에너지를 소비하고 싶지 않았다.

"그래, 돌아서 가자."

미르는 그 한마디만을 기다렸다는 듯 앞으로 빠르게 걸어갔다. 그는 감정에 쫓기고 있었다.

미르의 뒷모습 옆에는 아무도 없었으나 그는 외로워 보이지 않았다. 미르를 감싸는 바람조차 기분 좋게 몸을 쓰다듬었다. 가람은 성큼성큼 걸어가며 미르를 따라잡았다. 바닥에 긁혀가던 신발이 아주 잠깐이나마 휴식을 취했다. 가람은 자신의 속도에 맞추어 걸음을 늦추던 미르를 바라보았다. 그의 얼굴에는 은근한 미소가 감돌았다. 그들이 절반을 넘어서 끝을 향하고 있었다. 좁디좁은 골목은 그들의 몸집을 커 보이게 만들었다.

둘의 어깨에는 책이 가득 담긴 책가방이 걸려 있었지만 익숙한 무게를 견디며 휘청이지 않고 나아가는 둘은 올곧은 나무처럼 영원할 것 같았다. 골목에 끝에 다다라도 실감 나지 않았다. 그들은 자신들이 그렇게 멀어 보이던 기다란 길을 전부 지나왔다는 사실을 꽤 늦게 알아차렸다. 다시 뒤를 살짝 돌아보니 골목을 비추는 작은 가로등만이 위태롭게 길을 밝히고 있었다.

골목을 다 지나가고 나서야 뒤늦게 알게 된 사실이 하나 더 있었다. 좁은 골목과는 비교도 되지 않을 정도의 큰 강 하나가 도로 옆을 지키고 있었다. 불어오는 바람은 더욱 거세졌다. 약간의 추위가 느껴지기도 했다. 바닥이 보이지 않을 정도로 깊은 강은 바다만큼 웅장했고 계곡만큼 투명했다.

"나 이런 강은 처음 봐!"

미르가 눈을 반짝이며 높게 세워진 난간을 잡았다. 가람 또한 강에서 눈을 떼지 못하며 천천히 앞으로 걸어나갔다. 이 강 앞에서 그들은 아주 작은 먼지일 뿐이었다. 여기서 떨어진다면 깊은 강 안에 삼켜져 본연의 형태를 잃을 것이 분명했다.

"돌아서 가길 잘했다."

가람은 커다란 눈망울을 반달처럼 접으며 혼잣말처럼 중얼거렸다. 미르는 그 노랫소리에 취해 얼굴을 붉혔다.

"그러게, 너무 예쁘다."

미르가 처음으로 내뱉어 본 상대가 불확실한 말이었다.

# 학교의 주인

"진짜 크네."

미르는 커다란 강을 보며 감탄했다. 좁은 골목과는 비교도 되지 않는 강이 미르를 삼킬 듯한 존재감을 뿜어냈다. 아주 오랜 세월이 흘렀는데도 이 강을 지날 때면 감탄이 자동으로 흘러나왔다. 자주 지나지 않는 길이기 때문이라 더 그런 것 같았다. 미르가 그 시절 우연히 이 길을 발견하지 못했더라면 미르는 평생 동안 이 풍경을 모르고 살았을 것이다. 만약 그랬더라면 아주 사소한 부분들이 달라졌을지도 모른다. 그러나 미르는 수백 번 과거로 돌아간 다 해도 빙 돌아서 집으로 갔을 것이다. 자신의 옆에서 처음으로 진정한 미소를 보여준 그 아이를 생각하니 더욱 그랬다.

미르는 이 길을 지날 때면 해일처럼 밀려들어 오는 기억 속에 파묻혀졌다. 그는 옛날의 대담했던 자신을 떠올렸다. 그때는 못 하는 것이 없었다. 안될 것을 알고도 끈질기게 도전할 시간이 있었고 허무맹랑한 소리를 늘어놓을 용기가 있었다. 미르는 추억 속 그림자에 자신에 발걸음을 맞추어 가며 길을 걸었다. 우아한 왈츠를 추는 기분이었다. 미르가 오랜만에 이 길을 다시 찾은 건 우빈을 만나기 위해서였다. 우빈은 신작 작업이 진행 중이라며 미르에게 책의 내용을 검토해 줄 것을 부탁했다. 아마 미르가 책의 내용과 깊은 관련이 있어 그런 것 같았다.

'모든 것을 다 담고 싶어도 그게 안 되는 걸 알잖아.'

우빈이 책의 내용을 보여준다며 말을 꺼냈을 때 뒤따라 왔던 한 마디였다. 미르 또한 잘 알고 있는 사실이었다. 그래서 미르는 아주 오랜 시간 고민했다. 우빈과 자신이 아무것도 써지지 않은 흰 종이 몇 장을 채워나갈 여러 문구들에 대해서 같은 생각을 하고 있는지.

우빈은 이 이야기를 혼자서 쓰고 싶지 않다고 말했다. 우빈은 모두의 이야기를 들어보아야 한다며 흩어진 친구들을 찾기 위해 애를 썼다. 미르가 성민을 만났다던 소식을 듣자 우빈은 매우 기뻐했다. 그러나 우빈은 성민에게는 이야기를 조금 늦게 꺼내는 것이 어떻겠냐며 미르를 설득했다. 아마 감정적인 성민이 일에 대해 모든 것을 캐물어 가며 왜 여태까지 말하지 않았냐고 깽판을 칠 것 같다 확신한 모양이었다.

미르는 자신이 우빈의 집에 점점 가까워지는 것을 느끼며 핸드폰을 꺼내 시간을 보았다. 오후 9시 47분이었다. 약속시간은 10시였다. 왠지 손해를 본 기분이었다. 미르는 자신의 옆을 지키던 강이 서서히 끝나가는 것을 느꼈다. 미르의 옆에서 영원히 흐를 것만 같던 강도 끝이 있었다. 이제 강은 다른 곳을 향하고 있었다.

"아마 이쪽 근처였는데?"

우빈의 집은 강이 끝나는 지점에서 얼마 안 가 바로 나왔다. 집의 외관을 까먹어 길을 헤매었지만 창문에서 미르를 발견한 우빈이 손을 흔들어 주어 겨우 약속시간에 맞추어 집을 찾아갈 수 있었다.

"도대체 언제까지 길을 헤매려고 그러냐."

우빈은 앉아 있던 의자의 바퀴를 굴려 현관문 쪽으로 와 미르를 맞이해 주었다. 뻑뻑한 의자의 바퀴가 움직임을 뚝뚝 끊기게 했다.

"의자 좀 바꿔, 무슨 10년 전 의자를 아직도 쓰고 있어."

미르가 삐걱대는 우빈의 의자를 보고 한숨을 쉬었다. 우빈은 나름의 추억이라며 중간에 자꾸만 멈추는 의자를 이를 갈며 끌고 갔다. 바퀴에 의해 긁힌 바닥은 너덜너덜해졌다. 미르는 우빈이 낑낑대면서 의자를 끌고 가는 모습을 바라보다 우빈이 의자를 끌고 가던 속도의 2배만큼 빠르게 걸어가 넓은 식탁에 앉았다. 컵을 꺼내 물을 따라 먹는 모습은 집주인이라 해도 될 정도로 자연스러웠다.

"얼마큼 썼어?"

미르가 물컵을 식탁에 내려놓으며 말했다. 물방울이 조금 튀어져 나가 식탁에 떨어졌다. 미르는 옆에 있던 휴지를 뽑아 물자국을 닦아주었다. 우빈은 고작 물 몇 방울 흘린 것에 비해 휴지를 너무 많이 쓴다며 구박했지만 미르는 '내 휴지도 아닌데 뭐 어때'라며 우빈의 말문을 막히게 했다.

"한 100쪽 정도… 아 진짜 휴지 좀 그만 쓰라고!"

우빈은 미르의 옆에 있던 휴지를 밑으로 치워버렸다. 휴지의 무게는 많이 가벼워져 있었다. 미르는 사용했던 휴지를 쓰레기통에 버렸다. 우빈은 그 모습을 날카롭게 바라보더니 방에서 노트북을 가져온다며 자리를 비웠다.

"하여튼 요즘에 성질 좀 죽이고 사는 것 같더니 그대로야."

미르는 우빈이 들어간 방을 향해 고개를 들이밀며 말했다. 당연히 우빈이 들으라고 한 말이었다.

"내가 무슨 그대로야! 네가 휴지를 그따위로 쓰니까 그러지!"

예상대로 우빈은 미르의 말을 집중해서 듣고 있던 모양이었다. 미르는 바닥으로 내려간 휴지를 다시 원래 있던 곳으로 돌려놓으며 노트북을 가져오는 우빈을 바라보았다. 우빈은 어느새 탁자에 올라간 휴지를 보며 뭐라 뭐라 중얼거렸다. 그의 표정을 보아선 썩 유쾌한 말은 아닌 것 같았다.

"너 컴퓨터로 글 쓰지 않았어?"

미르가 처음 보는 노트북을 바라보며 말했다. 얼마나 열심히 닦았는지 노트북에서는 광이 났다.

"원래 컴퓨터를 썼는데 확실히 난 노트북이 편하더라. 10시간 동안 글만 써서 눈이 조금 뻑뻑한 것 빼고는 괜찮아."

우빈이 탁자 위에 둔탁한 소리를 내며 놓이는 노트북을 아기 다루듯이 만졌다. 아직 할부가 끝나지 않았다며 애지중지하는 모습에 미르는 어른이라는 게 정녕 이런 사람들을 말하는 것일까라는 의문이 들었다.

우빈은 노트북의 전원을 켜며 하나의 거대한 파일을 보여주었다. 가볍게 몇 쪽 읽다가 쉴 생각으로 온 미르는 이걸 전부 다 읽어봐야 한다는 우빈의 말에 고개를 들며 빽빽한 글자로 가득 채워져 있는 100쪽 분량의 파일을 바라보았다. 스크롤을 몇 번이나 내려도 끝이 나지 않았다.

"이거 100쪽 맞지? 1,000쪽이 아니라?"

미르는 눈에 전부 담기지도 않는 무수히 많은 글자들을 보며 우빈에게 말했다. 우빈은 뿌듯해하며 자신이 이 글을 쓰기 위해 얼마나 노력했는지에 대해 떠들기 시작했다. 화장실도 가지 않은 채 집중해서 썼다는 글은 담담한 글씨체로 아주 여러 이야기들을 하고 있었다. 우빈의 말을 듣던 미르는 오늘 이 글을 전부 읽으려면 밤새야 할 것이라는 생각밖에 들지 않았다.

"나 여기서 이거 읽고 가려면 밤새야 돼. 차라리 파일을 나한테 보내줘."

"그럴 생각이긴 했어. 그냥 맛보기로 보여준 거야. 근데 다 읽기는 해야 돼."

우빈은 그 자리에서 미르에게 파일을 보내주었다. 미르는 핸드폰을 켜며 잘 다운 받아지지도 않는 대용량의 파일을 간신히 다운받았다. 뒤에서 느껴지는 따가운 시선은 파일을 전부 다운로드했다는 표시가 나올 때까지 사그라들지 않았다.

"그럼 날 왜 부른 거야?"

미르는 책을 지금 읽게 하지도 않을 것인데 기어코 자신을 불러낸 우빈이 이해가 가지 않았다. 미르의 어리둥절한 얼굴을 빤히 바라보던 우빈은 의미심장한 미소를 지으며 입이 근질거려 죽겠다는 표정을 하고 있었다. 미르는 목구멍으로 넘어가려던 침을 꼴깍 삼켰다. 우빈이 저런 표정을 지을 때면 무언가 큰일이 생겼다는 징조였다.

"너 옛날 친구들 보고 싶지 않아?"

우빈이 미르의 어깨를 잡으며 말했다. 우빈의 눈동자에는 눈을 동그랗게 뜬 미르가 비쳤다. 미르는 자신만만한 표정의 우빈을 바라보며 고개를 살며시 끄덕였다. 그 모습에 우빈은 기다렸다는 듯이 노트북에 깔려 있던 앱에 들어가 한 초등학교를 검색하기 시작했다.

[광현초등학교]

우빈이 검색한 초등학교의 이름이었다. 이곳에서부터 차를 타고 한 시간을 가야 나오는 작은 초등학교였다. 미르는 그제야 우빈이 노트북을 가져온 진짜 이유를 알 수 있었다. 의아한 표정으로 고개를 갸우뚱하던 미르는 우빈의 말을 천천히 조합해 나가기 시작했다.

'옛날 친구, 초등학교⋯.'

미르는 어렵지 않게 한 명을 떠올릴 수 있었다. 그 아이는 매번 자신이 교사가 될 것이라 떠벌리고 다녔기 때문이었다.

'난 애들 좋아하거든, 커서 초등학교 교사나 해보려고.'

그 아이의 눈동자를 떠올리자 소름이 돋았다. 아주 먼 곳으로 흩어져 버린 기억의 조각들을 드디어 찾아 나갈 수 있다는 사실에 온몸에 전율이 돋았다.

'강혜인'

그 아이의 이름이었다.

"어떻게 알아낸 거야?"

미르는 재빠르게 고개를 돌리며 히죽대며 웃고 있는 우빈을 보았다. 우빈은 뿌듯한 미소를 지은 채로 모두 본인 덕분이라며 자신을 치켜세웠다.

"내가 마침 초등학교를 돌아다니며 아이들을 만나주는 활동을 하고 있었거든. 내가 쓴 책이 조금 유명해져서 말이야."

우빈은 혜인이 아이들의 담임선생님이었다고 덧붙였다. 미르는 교사가 되어 아이들을 지도하는 혜인의 모습을 상상할 수 없었다. 평소에 장난기 많고 징징거리던 혜인의 모습만이 눈앞에 그려질 뿐이었다.

"너 내일 쉰다며, 그러니까 나랑 같이 그 초등학교 좀 들러줘."

미르는 우빈의 말을 수락할 수밖에 없었다. 오랜만에 옛 친구를 만난다 하니 설레는 마음이 앞섰다.

"내일 오래 이동해야 하니까 빨리 집 가서 발 닦고 자라."

우빈은 의자에 앉아 있던 미르의 옷깃을 잡아 일으켜 주었다. 학창시절 성민이 많이 하던 행동이었다.

"박성민은?"

미르가 묻자 우빈은 난처하다는 듯이 고개를 저었다. 아마 성민은 그때 일이 있는 모양이었다.

"걔는 혜인이한테 지 근황이나 전해달라 하더라."

우빈은 아무리 생각해도 자신이 진로를 튼 것이 잘한 것이라 생각한다 말했다. 자신은 매일매일 회사를 가야 한다는 압박감이 너무나 싫었을 것이라며 성민이 이를 갈며 버티는 것을 경이로워했다.

"오랜만에 다 같이 만나면 좋았을 텐데."

미르가 쓸쓸한 미소를 머금었다. 실현이 불가능한 이야기라는 것을 알면서도 자꾸만 7명에서 좁은 골목길을 거닐던 모습이 떠올랐다. 이제는 낡은 종이 한 장처럼 바래져 갔지만 그때의 웃음소리만큼은 선명히 남아 귓가에 울렸다. 같은 길을 걷던 친구들이 이제는 각자 자신만의 길을 찾았다는 사실이 마음을 쓰리게 했다. 어쩌면 미르 혼자 끊긴 길 앞에서 이도 저도 못하고 있는 걸 수도 있었다.

미르는 익숙한 집에서조차 불편함을 느꼈다. 미르의 머릿속은 예전과 다름없는데 세상은 빛처럼 빠르게 번져나가 미르를 어지럽혔다. 미르는 어른이 된다면 모든 것이 자리를 잡게 될 것이라고 말하던 주위 사람들을 기억했다. 고등학교를 졸업하고 대학에 가는 것만이 삶의 이유인 듯 굴던 그들은 막상 오랜 목표를 이루자 무엇을 해야 할지 모르는 초등학생처럼 갈피를 잡지 못하고 방황했다. 미르 또한 그랬다. 이제는 무엇을 해야 할지 감을 잡을 수 없었다. 고등학교를 졸업하면 무언가는 이루게 될 것이라 생각했다. 대학교를 졸업하면 어떻게든 자리를 잡을 것이라고 생각했다. 그러나 미르는 그 무언가를 찾지 못했다. 이 나이를 먹고 대충 굴러가듯 살고 있던 미르는 자신을 불태우는 무언가가 사라졌음을 예전부터 느끼고 있었다.

"그런 건 어린 시절에 쓴 일기에나 적혀 있겠지."

미르는 무의식적으로 혼잣말을 중얼거렸다. 혼자 있는 경우가 많아지니 자연스럽게 혼잣말도 많아지게 되었다. 미르는 학생 때까지만 해도 혼잣말을 이해하지 못했다. 얼마나 말할 사람이 없으면 혼잣말까지 하게 되냐고 비웃기까지 했다. 지금의 미르와는 상당히 다른 모습이었다. 미르는 철이 든다는 것이 얼마나 무서운 일인지 잘 알고 있었다. 예전의 자신이 저지른 수많은 과오들을 정면으로 마주 봐야 한다는 것은 정신적으로 상당히 피로한 일이었다. 미르가 조금 자라고 나서는 혼잣말을 비웃는 일은 절대로 다시 찾아오지 않았다. 인생을 살아가며 내뱉는 모든 말들이 진솔함을 담지 못한 거짓들이라는 것을 알게 된 뒤로는 그런 말은 입에 담기조차 껄끄러워졌다.

미르는 소파에 누워 꼼짝도 못 하는 자신의 몸을 제어할 수 없다는 사실을 인정하고 편안히 받아들였다. 어서 일어나 씻어야 한다는 생각과 다르게 지친 몸은 휴식을 원했다. 미르는 살짝 든 고개조차 힘을 풀어 눕혔다. 감기는 눈을 억지로 떠가며 거짓 없이 진솔한 시계가 보여주는 비현실적인 숫자들을 바라보았다.

'일기장… 일기장… 일기장…?'

미르는 자신의 머리 위를 둥둥 떠다니는 단어들을 끊임없이 되새겼다. 시계에 쓰인 숫자가 점차 흐려져 갔다. 미르는 나약한 의지로 일으키지 못하던 몸을 한순간에 벌떡 일으켰다. 머리는 눌려 있었고 옷은 엉망이었다. 미르는 자신의 모습을 마주할 생각도 하지 못한 채 집 안에 꽁꽁 숨겨놓은 상자의 위치를 파악하기 시작했다. 미르는 예전의 자신이 모든 감정을 꾹꾹 눌러 담아 채워나갔던 일기장에서는 무언가를 찾을 수 있다고 생각했다. 마침 내일 혜인을 만나게 되니 그때 꺼낼 옛날 이야기 하나쯤 준비해 가는 것도 나쁘지 않았다. 미르는 빠른 걸음으로 먼지 쌓인 상자에게로 다가갔다. 위에 놓여 있는 여러 상자들의 무게로 인해 잔뜩 구겨져 있는 상자의 모습은 볼품없었다. 기침이 나올 정도의 먼지를 뿜어내는 상자는 세월의 흐름을 그대로 맞아가고 있었다. 미르는 마지막으로 일기를 쓴 것이 언제인지 곰곰이 생각해 보았다. 대략 적으로 계산해 봐도 10년 전이었다. 매번 꾸준히 일기를 적었던 미르는 10년 전

'그 일'이 있었던 뒤로 일기장을 펼쳐보지도 않았다. 불과 1~2년 전만 해도 이쪽은 쳐다도 보지 않던 미르였지만 상처가 옅어진 지금은 한 번쯤 펼쳐볼 만한 가치가 있었다. 미르는 빽빽하게 열리는 상자 안으로 손을 넣어 깊이 깔려 있는 일기장을 빼내려 휘저었다. 얼굴에 감싸지는 먼지 때문에 숨을 쉴 수가 없었다. 미르는 아무 일기장이나 잡아 빼낸 뒤 고개를 뒤로 젖혀 상자에서 빠져나왔다. 콜록콜록거리며 몇 번의 기침을 한 미르는 자신의 손에 꽉 잡혀 주름이 생긴 노란색의 일기장을 바라보았다.

[고등학교 1학년 2학기 김미르]

굵은 매직으로 삐뚤삐뚤하게 적은 글씨는 미르의 입가에 미소를 머금게 했다. 보조개가 파인 미르의 얼굴은 10년 전과 다름이 없었다. 미르는 눈을 살며시 감고 심호흡을 했다. 덜덜 떨리는 손을 멈추려 노력하며 온 힘을 다해 감았던 눈을 떴다. 자신의 손에 잡힌 일기장은 변함없이 노란색으로 빛나고 있었다. 미르는 땀으로 젖어가는 손을 들어 일기장을 펼쳤다. 10년 만에 마주하는 과거였다. 심장이 터질 듯 쿵쿵 뛰었다. 두려움과 기대감으로 휩싸인 마음은 섞이지 못하고 이리저리 뒤엉켜 갔다. 초점은 잡히지 못하고 아득히 멀어져 갔다. 미르는 눈에 힘을 주고 일기장 가까이 고개를 숙였다. 잔뜩 흐트러진 글씨가 천천히 눈에 들어왔다. 선명해진 글씨가 전등 빛을 받아 빛났다.

8월 25일 월요일

오늘 드디어 개학했다. 다시 일찍 일어나 학교에 가야 한다고 생각하니 벌써부터 머리가 아프다. 내 방학은 도대체 어딜 간 건지. 그건 그렇고 아직까지는 여름이어야 정상인데 유달리 너무 춥다. 친구들은 벌써 지금을 가을이라 한다. 일기예보를 안 보고 반팔, 반바지를 입고 등교했다가 얼어 죽을 뻔했다. 추위를 많이 타는 하늘은 저녁에 날씨가 쌀쌀해지자 거의 시체처럼 창백해졌다.

오늘 학교가 끝나고 놀다가 분식집을 갔는데 거기서 김다흰과 강혜인을 만났다. 혜인이 우리 학교에 전학생이 온다 했다. 다들 왜 그렇게 전학생을 좋아하는지 모르겠다. 전학생이 올 때마다 반이 너무 시끄러워져서 꽤 귀찮아진다. 그래도 오면 누구보다 잘해줄 자신은 있다. 아, 그리고 오늘 아침에 수업을 안 한다는 사실을 못 보고 교과서를 챙겨가 놀림을 받았다. 또 교통카드를 두고 와서 하늘이 없었으면 첫날부터 지각할 뻔했다. 개학날부터 소란스러운 일이 많아서 피곤하다. 시간이 지나면 자리를 잡아가겠지. 예전처럼.

미르는 입가에 번져가는 미소를 숨기지 못했다. 한 가지 주제를 잡지 못하고 매번 달라지는 일기장의 내용은 어린아이가 쓴 것처럼 뒤죽박죽 흐트러져 있었다. 그는 웃으며 10쪽 정도를 넘겼다. 손에 잡히는 대로 넘겨 가며 띄엄띄엄 일기장을 볼 생각이었다. 볼펜 자국이 선명하게 남아 뒷장에도 비춰졌다. 두 눈을 굴려 삐뚤삐뚤 쓰인 글자를 확인하던 미르는 넘겨진 일기장에 적힌 날짜를 보고 멈칫했다. 10월로 넘어간 일기장에서는 그날에 일어났던 일을 두루뭉술하게 품고 있었다.

**10월 10일 금요일**
 정말 아무것도 모르겠다. 그 아이가 무엇이었는지도 모르겠고 내가 누구인지조차 모르겠다. 항상 모든 것들은 내가 바라는 대로 흘러가지 않는다. 이번 축제 때도 마찬가지였다. 나는 동시에 2가지를 잃었다. 가장 소중하다고 할 수 있는 2가지를 잃었다. 가슴에 그어진 상처가 선명하다. 너무 아프다. 그럼에도 파아란 하늘은 아무것도 모르는 사람처럼 흘러간다. 이게 네가 원하던 것일까?

 미르는 끌어올렸던 입꼬리가 내려가는 것을 느꼈다. 아직 읽지 않은 이야기가 일기장 뒤편을 빼곡히 채우고 있었지만 미르는 일기장을 한 손으로 닫아버렸다. 분노를 눌러 담아 뒤에까지 자국이 새겨질 정도로 강렬했던 글씨체가 눈가에 남아 아른거렸다. 미르는 일기장을 탁자 위에 올려놓았다. 아주 오래전에 일어났던 일이지만 끝내 사라지지 않은 자그마한 유리파편같은 감정들이 미르를 쿡쿡 찔렀다.
 미르는 딱딱하고 차가운 침대에 누워서도 10년 전 10월 10일에 있었던 일을 떨치지 못했다. 이불을 머리끝까지 올려도 그때에 바늘처럼 날카롭게 파고들었던 말들이 귓가에 속삭여졌다. 지금의 미르에게는 거슬리는 돌멩이 하나가 피부를 긁는 느낌이었지만 예전의 미르에게는 강한 충격으로 다가왔었다.

미르는 아직까지 생생하게 느껴지는 추억 아닌 추억을 하나하나 풀어보았다. 풀어갈수록 진해지는 이야기들은 꿈에서조차 나오지 않는 바래진 기억들이었다.

"네가 늦지만 않았어도 딱 맞춰서 가는 건데!"
우빈이 자동차 핸들을 세게 잡으며 옆자리에 반쯤 쓰러져 있는 미르에게 소리쳤다. 우빈은 예상도착시간을 몇 번이나 확인해 가며 초조하게 다리를 떨었다.
"뭐 어때, 퇴근 시간에 딱 맞춰가고 좋겠네."
미르가 자동차의 속도를 점점 높여가는 우빈을 보고 안전벨트를 꼭 쥔 채 말했다.
"야! 1시간이야 1시간! 네가 늦은 시간이 1시간이나 된다고!"
우빈은 자동차들로 꽉 막혀있는 회색빛 도로에서 시선을 떼지 않으며 10년 전과 똑같은 목소리로 소리를 질렀다. 미르는 그 소리 덕분에 뿌옇던 정신이 맑아지는 것을 느꼈다. 별 타격을 입지 않은 미르는 자신의 옆에 있는 사탕이 가득 담긴 병에서 예쁜 과일 모양으로 쌓여 져 있는 작은 사탕 하나를 쏙 꺼내어 갔다. 입에 넣고 굴리자 새콤한 향이 코를 찔렀다.

"아오, 진짜 도움이 하나도 안 돼요-"

우빈이 혼잣말을 중얼거리며 창문을 열었다. 강한 바람이 미르와 우빈의 주의를 훑고 지나갔다. 미르는 눈을 찌푸리며 바람을 피했다. 바람이 눈을 찔러 시렸다. 우빈은 시원한 바람을 느끼며 속도를 조금씩 올렸다. 예상도착시간이 점점 줄어들고 있었다.

"사람은 바람 좀 쐬어야 한다니까."

우빈이 옆에 있던 미르를 바라보며 말했다. 해맑게 웃는 우빈의 웃음소리는 경쾌했다. 오랜만에 만나러 가는 친구에게 할 말이 가득하다는 표정을 지은 채 사탕을 꺼내 먹던 우빈은 미르의 붉어진 눈을 가볍게 무시했다. 미르는 뻑뻑해진 눈을 여러 번 깜빡였다.

"일기장을 봤어."

"웬 일기장?"

"고등학생 때 쓰던 거 있잖아, 그거 보느라 어제 새벽에 잠들었거든. 꽤 재미있더라."

우빈은 고개를 갸웃거리며 미르가 말한 일기장에 대해 떠올리려 노력했다. 이윽고 짧은 탄식을 내뱉은 우빈은 미르에게로 고개를 살짝 꺾어 조심스럽게 속삭였다.

"고등학교 1학년 때 쓰던 노란 색깔 일기장 맞지?"

미르는 고개를 끄덕였다. 우빈의 입가에 번진 희미한 미소는 이윽고 차 안을 울릴만한 조소로 바뀌었다. 미르는 영문을 모르겠다는 듯 구슬 같은 눈동자를 반짝이며 우빈을 바라보았다. 우빈은 순진한 미르의 표정을 보고 못 할 짓이라도 하는 것 같다며 웃었다.

"맞아, 그거 재밌어."

우빈은 미르의 갈색빛 눈동자 안에 비추어지는 자신의 모습을 바라보았다. 그는 싱그러운 웃음을 머금고 있었다.

"네가 그걸 어떻게 알아…?"

미르가 불길하다는 듯이 눈을 가늘게 떴다. 묵묵하게 자동차 핸들을 놓지 않던 우빈은 신호가 바뀌자 나아가는 자동차와 함께 미르에게 아주 충격적인 사실 하나를 고백했다.

"그 일기장 고등학생 때 애들이랑 돌려본 적 있어."

자동차가 나아가는 소리에 묻혀 잘 들리지도 않았고 웃음으로 일그러진 우빈의 발음은 엉망이었다. 그러나 미르는 굳이 되묻지 않고도 아주 생생하게 그 말에 의미를 느낄 수 있었다. 단어 하나하나가 미르에 귀를 통과하며 새겨지고 있었다.

우빈은 미르의 반응을 기대하듯 눈을 빤짝이며 입을 닫았다. 미르는 마네킹처럼 뻣뻣해진 목을 우빈 쪽으로 기울이며 텅 빈 눈으로 자신의 앞에서 뻔뻔하게 일기장의 재미 유무나 따지고 있는 비열한 남자를 바라보았다.

"아니 미친 거 아니야, 그걸 왜 봐?"

미르는 화를 내지도 않았다. 화를 내지 못했다고 하는 것이 옳았다. 미르는 황당함에 절여진 말투로 깔깔대며 웃고 있는 우빈의 시선을 자신에게로 돌려보려 애썼다. 그러나 우빈은 자신의 옆에서 처절하게 일기장의 소유권을 주장하는 미르를 왈왈대는 강아지의 짖음 정도로 생각하는 듯 무시했다. 미르는 다급하게 일기장에 쓰인 모든 단어들을 머릿속에서 펼쳐보았다. 혹시라도 평생 놀림거리가 될 내용은 없었는지 확인하기 위해 미르는 시험 때보다 2배 정도 머리를 더 굴려가며 어제 본 희미한 글자 하나하나를 떠올려 내야 했다.

작은 소동이 있었으나 다행히도 미르와 우빈은 예상도착시간보다 조금 더 빨리 초등학교에 도착할 수 있었다. 중간에 우빈이 과태료를 낼 뻔하기도 했지만 결론적으로 둘 다 사지가 멀쩡한 채로 이곳에 걸어 들어오게 되었으니 목표는 이룬 셈이었다.

미르와 우빈은 초등학교의 정문에 멈추어 서서 한참 동안이나 그 풍경들을 눈에 담았다. 꽤 넓은 학교였다. 어린 시절에 이 풍경을 봤더라면 세상의 전부라고도 느낄 수 있을 만큼 거대했다. 전부 눈에 담기에도 벅찼다. 그런 세상을 뛰어놀던 작은 소녀가 이 세상의 주인이 되어 있었다. 그 괴리감은 미르와 우빈의 마음을 이상하게 비틀어 놓았다.

"…일단 교무실로 가야 하나?"

미르가 어색하게 서 있던 몸을 움직이며 말했다.

"그래야겠지, 교무실 위치는 내가 대충 알아."

우빈이 정문에서 발을 떼 조심스럽게 딱딱한 바닥에 발을 올려놓았다. 미르는 엉성하게 교무실을 찾아 나서는 우빈을 뒤따랐다. 교무실 안은 생각보다 볼품없었다. 크기는 협소해 여러 책상들이 다닥다닥 붙어 있었고 큰 책상에서 감당하지 못할 양의 여러 서류들이 비쭉비쭉 튀어나와 서로의 자리를 침범하고 있었다. 맨 끝 가운데에 위치하고 있는 교감 선생의 자리만이 담담한 위압감을 풍기며 우뚝 서 있었다.

"혹시… 누구신지…?"

젊은 여선생 한 명이 어색하게 서 있는 둘을 향해 애매한 미소를 지었다. 번듯한 차림인 그녀의 구두는 광이 나도록 깔끔하게 닦여 있었다.

"어, 저… 여기서 선생님 한 분을 좀 뵙고 싶은데…."

우빈이 그럴듯한 말투로 진중하게 말하자 두 눈에 숨겨지지 않는 의심을 담고 있던 그녀가 교무실 맨 끝자리로 이동했다. 미르와 우빈은 이러지도 저러지도 못한 채 여선생의 구두소리가 끝에 다다르길 기다렸다.

얼마 지나지 않았다. 교무실의 풍경과 제일 어울리지 않는 한 사람이 조금은 빠른 걸음으로 그들에게 다가왔다. 몰라볼 정도로 달라진 그녀는 입이 귀에 걸리도록 찬란히 웃고 있었다.

"세상에 이게 얼마만이야?"

미르는 두 눈을 크게 뜨며 교무실을 나온 번듯한 선생님 한 명을 바라보았다. 단정하게 차려입은 그녀는 품에 두꺼운 출석부를 끼고 있었다. 그녀는 광이 나는 구두를 자랑하듯 걸음을 움직였다. 우빈과 미르는 그 모습에 굳게 닫혀 있던 입을 벌릴 수밖에 없었다. 교무실 옆에 붙어 있는 자리 배치도에 적혀 있는 그녀의 이름이 도무지 현실처럼 느껴지지 않았다. 그러나 새하얀 이를 드러내며 웃는 혜인의 얼굴만큼은 예전과 다름없었다. 미르는 그런 혜인을 보고 어색한 미소를 머금었다.

"일단 자리 좀 옮길까?"

10년의 시간이 지난 뒤 단정한 교사로 성장한 그녀는 허리를 꼿꼿이 펴며 외부인인 미르와 우빈을 안내했다. 그들이 각자 다른 걸음걸이로 걸어 들어간 곳은 하늘의 절반을 덮을 만한 크기의 나무 밑 그늘이었다. 운동장 오른쪽 끝에 위치한 나무는 신비한 분위기를 뽐내며 굳건히 자리 잡고 있었다. 그곳에는 작은 쉼터 하나가 마련되어 있었다. 성인 3명이 앉고도 충분히 남는 크기였다. 낡은 의자 가운데에 위치한 미르는 헛기침을 하며 대화의 시작을 알렸다. 둘의 시선이 예전처럼 미르에게로 쏠렸다.

"요즘… 어떻게 지냈어? 애들 가르치는 게 쉽지는 않을 텐데."

"맞아, 엄청 어렵지. 충분히 각오하고 들어왔는데도 힘들더라. 학생의 입장이었던 내가 교사가 된 거잖아. 적응하는 데 꽤 오래 걸렸지."

"내가 강연 가서 고작 2교시 동안 있었는데도 죽겠더라. 도대체 어떻게 버티는 거야?"

미르의 엉성한 질문 하나에도 말문은 쉽게 트였다. 10년 동안 못다 한 말이 무수히 많아서인지 말은 꼬리에 꼬리를 물고 늘어지며 수월하게 이어져 갔다. 혜인은 10년 전 그들의 담임 선생님과 비슷한 미소를 보이며 말 하나하나에 관심을 가져주었다. 그녀는 입을 가리며 당찬 나뭇잎같이 시원한 미소를 지었다. 접히는 두 눈가는 교사의 온갖 걱정거리들을 껴안고 있었다. 미르는 그 모습을 보며 작게 탄식했다. 최근 뉴스에서 본 다양한 방법으로 민원을 걸던 학부모들이 생각났다.

"미르는 지금 뭐 하고 있어?"

혜인이 몰라볼 정도로 차분해진 말투로 미르의 근황을 가볍게 물었다. 미르는 이를 꽉 깨물며 어색하게 흐르는 공기를 무시하기 위해 노력했으나 혜인의 눈동자를 똑바로 마주할 수 없었다. 그 모습에 그나마 편안하게 대화하던 우빈 또한 머리를 긁적이며 딱딱하게 웃었다.

"나 작곡 일 해."

"진짜? 멋있네, 하긴 너 학생 때도 음악 쪽에 관심 많았잖아. 혼자서 다 하는 거야?"

미르의 무심한 대답에도 혜인은 환하게 웃으며 반응해 주었다. 그녀는 어색함을 떨쳐내려 반응해 주었건만, 미르는 학생 때로 돌아가 선생님과 상담하던 시간을 떠올리며 입을 잠시 동안 닫았다. 슬프게도 혜인의 시도는 역효과였다. 그것을 느낀 혜인은 아차 하며 방금 전 우빈처럼 웃었다. 그녀는 무의식적으로 출석부를 꽉 껴안았다.

"팀으로 일해. 혼자서 했으면 난 분명히 죽었을 거야."

작게 웃으며 말한 미르는 출석부를 쥔 혜인의 손을 바라보았다.

"무슨 팀인데?"

혜인이 출석부를 바닥으로 내려놓으며 물었다. 미르는 입을 달싹이며 주저했다.

"그건 박성민도 몰라, 언젠가 기회 되면 말해줄게."

미르는 고등학생 때와 같은 장난스러운 말투를 자랑했다.

"왜? 무명이어도 괜찮아. 그런 일을 한다는 것 자체가 대단한 거지. 나는 안정적인 거 하나만 보고 교사로 들어왔잖아. 물론 애들도 좋아하지만, 나와는 달리 넌 네 꿈을 잡은 거잖아. 안 그래?"

혜인이 다정히 웃으며 미르의 눈을 바라보았다. 미르는 그녀의 올곧은 눈동자를 마주치기 어려웠다. 혜인은 미르가 보이는 웃음의 이유를 상당히 잘못 잡고 있었다. 차라리 무명이었다면 오히려 더 쉽게 말할 수 있을 테였다. 그보다는 조금 더 깊은 무언가가 미르의 목구멍을 막아버렸다. 미르는 고개를 숙이며 미묘하게 웃었다. 혜인은 손가락을 꼼지락거리며 곤란한 표정을 지었다.

"아 맞다, 내가 너한테 하나 묻고 싶은 게 있거든. 얘기가 좀 길어질 것 같은데…."

우빈이 다급히 화제를 돌려주었다. 혜인의 형식적인 관심은 금세 사그라들었다. 우빈의 말을 들은 미르는 핸드폰으로 시간을 확인했다. 저녁도 아니고 그렇다고 점심도 아닌 애매한 시간이었다. 만약 이야기가 길어진다면 밤이 깊어져야 집에 간신히 갈 수 있을 것 같았다.

"우리 이야기를 쓰고 싶어. 아마 조금 깊게 파고들어야 할 것 같아."

우빈이 전과는 달리 진중하게 자세를 잡으며 혜인이 충분히 이해할 수 있도록 천천히 말했다. 그의 말을 들은 혜인은 입을 꾹 닫으며 알 수 없는 표정을 지었다. 살랑이는 나뭇잎들이 그녀의 얼굴에 그림자를 드리웠다.

"우리 이야기…? 고등학생 때 말하는 거야?"

혜인의 눈이 어두운 그림자를 담았다. 우빈은 마른침을 삼키며 혜인의 반응을 수시로 살폈다. 미르도 마찬가지였다.

"제목은 아직 못 정했지만 이야기 틀은 잡혔어. 근데 쓰기 전에 너희들 이야기는 들어봐야 할 것 같아서. 각자 생각하는 게 다를 수도 있잖아? 나 혼자 써버리면 분명히 이 글은 더럽혀질 거야. 네 협조가 필요해. 간단해, 말 몇 마디만 같이 나누어 주면 돼. 그리고 혹시 연이 닿는 친구들이 있으면 꼭 알려주고."

우빈이 섬세한 유리공예품을 다루듯 조심스럽게 물었다.

미르 또한 목구멍으로 넘어가는 침을 삼키며 자신의 손을 꽉 쥐었다. 아마 지금 둘의 심장박동 소리는 같을 것이다. 귀에 심장소리가 울릴 정도로 빠르게 뛰었다. 긴장감은 땀방울로 맺혀 목에서부터 천천히 흘렀다. 조급한 그들과는 달리 혜인은 아주 천천히 고민했다. 혜인은 이 일에 대해 생각보다 진지하게 대했다. 그녀는 작게 다문 입을 쉽사리 열어주지 않았다. 바람이 몇 차례 지나갔을까. 그들의 침묵이 꽤나 차가운 말 한마디로 깨졌다.

"미안해. 솔직히 잘 모르겠어."

혜인이 억지로 꾸며낸 듯 미소 지었다. 둘의 표정이 순식간에 무너졌다.

"나는 그 일에 깊게 관련된 것도 아니야. 내가 어떻게 감히 의견을 낼 수 있겠어. 솔직히 10년 전이라 기억도 희미해. 내가 너무 잊고 살았나 봐. 그냥 삶이 너무 바빴어. 굳이 기억하고 싶지도 않았고. 그리 긍정적인 일은 아니잖아. 그렇지?"

혜인의 물음에서는 숨길 수 없는 두려움과 미안함이 묻어 있었다. 그녀의 말은 당연했다. 이 사건에 크게 연루되지도 않았고 1년도 아닌 10년 전 일이었다. 그녀 입장에선 잊고도 남을 일이었다.

"거절한다는 말은 아니야. 생각 좀 해볼게. 그 대신에 옛 친구한테 연락은 해줄 수 있어."

혜인이 핸드폰을 들어 수많은 연락처 중 번호 하나를 눌러 가리켰다.

"다횐이 기억하지? 한 번 만나봐. 얘는 뭔가 알고 있을지도 몰라."

그 말이 마지막이었다. 오랜만에 이루어진 만남은 아주 빠르고 쉽게 끝이 났다. 그 누구도 붙잡지 않았다. 각자 생각할 시간이 필요했다. 혜인은 정문 앞에서 미르와 우빈을 배웅해 주었다. 손을 흔드는 그녀의 모습이 조금 피로해 보였다.

"마음 무겁게 해서 미안해. 다음에는 술이나 한잔하자."

우빈이 혜인에게 손을 흔들며 말했다.

"다 크더니 술꾼이 다 됐네, 알겠어, 다음에 보자. 조심히 들어가-"

혜인의 뒤로 노을이 졌다. 주황빛으로 물든 하늘은 세상을 집어삼킬 만큼 거대하고 황홀했다. 세 명은 학교를 끝내고 늦게 집으로 향할 때와 비슷한 감정을 느끼며 헤어졌다. 미르는 노을빛을 받는 혜인을 향해 손을 흔들어 주었다. 혜인이 환하게 미소 지었다. 미르는 그 미소가 노을과 닮아 있다고 생각했다. 환하지만 한순간이었다. 금세 지고 마는 미소는 미르에게 잔잔한 여운을 주었다. 그들은 빠르게 이별했고 기약한 만남은 언제가 될지 예측할 수 없었다. 매번 다시 만나자는 약속을 하던 어릴 때와는 달라져 있었다. 그러나 아쉽지 않았다. 굳게 자리 잡은 마음이 언젠가 다시 만나리라는 걸 알리고 있었다. 그래서 미르는 웃었다. 소리 내어 웃었다. 미약한 슬픔은 행복으로 뒤덮인 추억들에 의해 사라졌다. 우빈은 그런 미르를 보고 함께 웃어주었다. 우빈의 미소와는 달리 편안하게 덜컹거리는 차는 미르의 의식을 희미하게 만들었다. 어린아이처럼 웃던 미르는 곤히 잠들었다. 하루가 참 벅차고 빨랐다.

# 완전한 하늘

"야, 김미르 일어나!"

자신을 깨우는 부드러운 목소리에 미르는 천천히 감은 눈을 떴다. 머리 위로 하늘이 보였다. 덜컹거리는 버스는 사람으로 가득 차 있었고 미르는 정 가운데에 위치한 좌석에 앉아서 졸고 있었다. 그를 흔들어 깨운 하늘은 평온한 눈동자를 굴리며 둘이 정차해야 될 정류장이 이번이라는 사실을 알려주었다.

"우리 내려야 돼."

"벌써? 여기 우리 동네에서 멀지 않아?"

"네가 잠이나 실컷 잤으니까 그렇겠지. 다리 아프게 서서 간 나는 거의 3시간 같았어."

미르는 엉망으로 뭉개진 가방을 챙기며 사람들 속에 파고들었다. 다행히 이번 정류장에서 사람들이 많이 빠진 탓에 수월하게 내릴 수 있었다. 버스에서 내리자 제일 먼저 도착한 우빈이 의자에 앉아 시계를 몇 번이나 확인하고 있었다. 손가락으로 의자를 세게 치던 우빈은 하늘과 미르를 발견했다.

"아니 약속시간이 분명히 1분이나 지났는데 왜 아무도 안 오는 거야?"

그의 깐깐한 표정이 그가 쓴 안경에 비추었다.

"우리가 왔잖아."

하늘이 생글생글 웃으며 대꾸했다. 우빈은 고개를 꺾어 하늘을 바라보았다. 잔잔히 흘러가기만 하는 하늘이 우빈의 신경을 긁었다.

"불과 1분 전까지만 해도 나뿐이었어. 그리고 늦은 주제에 말이 많다?"

우빈은 시계를 초점이 맞지 않을 정도로 강하게 들이밀며 왼쪽 손으로 시계를 강하게 내리쳤다. 시계가 수상한 소리를 내뱉으며 방황했지만 우빈은 신경 쓰지 않았다.

"우리 원래 이러잖아. 네가 늦게 오지."

"그걸 말이라고 하냐? 이럴 거면 약속은 왜 정해?"

우빈이 뒷목을 잡으며 당장이라도 쓰러질 듯 굴었다. 미르는 그 모습을 보며 좋다고 웃었다. 이상하게도 미르는 우빈이 화내는 모습을 정말 좋아했다. 깔깔대며 웃는 미르를 보자 우빈은 그가 어린 시절에 얼마나 많이 부모님의 속을 타들어 가게 만들었을지 쉽게 예상할 수 있었다.

"근데 김다흰은 원래 빨리 오잖아. 오늘은 늦네."

하늘이 시간을 확인하며 말했다.

"개 차 막혀서 늦는대. 너희도 저렇게 이유라도 좀 대든가 이게 뭐 하자는 거야?"

"우리 내릴 때는 딱 약속시간이었는데 여기까지 오느라 1분 걸린 거야."

"하… 그래, 내가 너한테 뭘 바라니."

우빈이 체념하며 고개를 떨구었다. 고개를 젓는 우빈을 흘겨보던 하늘은 버스정류장만을 응시했다.

"그래도 이건 좀 너무하긴 하다."

미르가 우빈의 마음을 알아주는 척 어깨를 토닥이며 말했다. 우빈은 이제 와서 자신의 죄책감을 털어내려는 미르에게 강한 분노를 느꼈다. 미르는 너무나 자기중심적이었다. 그러나 여기서 뭐라 한다면 망쳐질 분위기를 생각해 우빈은 참고 또 참았다. 미르가 하는 것처럼 모든 것을 가볍게 대하려고 노력했다.

"어? 왜 이렇게 사람이 없어?"

버스정류장에서 내려 급하게 뛰어오던 다횐이 걸음을 천천히 늦추었다. 뒤에서 가람이 따라 붙어왔다.

"이 미친것들이 진짜 맨날 늦기만 하고. 이럴 거면 아예 조선시대처럼 약속을 잡지그래? 뭐 해시계라도 쓸까?"

다횐을 본 우빈이 꾹꾹 눌러온 분노를 터트렸다. 다횐은 당황하며 우빈을 진정시켰다.

"그만해… 아니면 차라리 네가 한 5분 정도 늦게 오는 것도 방법이야. 너도 알잖아. 성민이랑 미르, 혜인이 있는 한 약속시간은 애초에 성립이 안 돼.

다휘이 인형 같은 눈을 우빈과 마주치며 말했다. 예쁜 눈이라는 뜻이 아니었다. 안광이 없다는 뜻이었다. 우빈은 모든 걸 내려놓은 다휘의 표정을 보고 깊은 한숨을 쉬었다. 그의 한숨에 실린 짐들이 쏟아져 나왔다.

"나는 요즘 안 늦었는데 왜 포함시켜?"

미르의 말은 모두가 귀 기울여 듣지 않았다. 가람이 고개를 갸웃하는 것이 유일한 반응이었다. 가람과 만날 때는 늦지 않던 미르였으니 당연한 반응이었다.

모두가 다 모이는 데는 참 오랜 시간이 걸렸다. 결과적으로 20분이 소요되었다. 가람과 독서실을 갈 때에는 새 친구를 기다리게 해선 안 된다며 남아 있는 양심이라도 쥐어 짜내어 나오는 그들이었지만 2번째가 되니 신경을 쓰지 않는 모양이었다.

"성민아, 너 1분만 더 늦었으면 버리고 가려 했어."

다휘이 공포감을 조성하는 웃음소리로 성민의 대답을 묵살시켰다. 성민은 애써 웃으며 다휘의 그늘에서 벗어나려 몸부림쳤다.

"일단 빨리 가기나 하자."

우빈이 인터넷을 열어 지도를 켰다. 아이들은 옹기종기 모여 지도에 의지해 길을 나섰다. 그들이 만난 이유는 고작 며칠 뒤에 열릴 축제에 대비하기 위함이었다. 명운고등학교는 특별히 학교 축제에서 사복을 인정해 주었다. 물론 교복을 권장하긴 했지만 지키는 이는 아무도 없었다. 학생들은 이때만을 기다리며 기상천외한 옷차림을 보여주었다. 귀신 분장을 하고 동물 옷을 입으며 자신만의 개성을 뽐냈다. 이들 사이에서는 평범함이란 패배자였다.

"진짜 올해에는 내가 제일 이상하게 입고 갈 거야."

우빈이 비장하게 외쳤다. 몇몇을 제외하곤 대부분 평범한 사복을 입고 가는 경우가 많았지만 유별남을 좋아하던 우빈은 이미 굳은 다짐을 마친 후였다.

정류장과 가깝던 목적지에 쉽게 도착한 아이들은 큰 건물에 시원하게 뚫려있는 문 앞에 서 있었다.

"자, 얘들아. 우린 축제에 필요한 것들을 사기 위해 이곳에 모였어. 그치? 그런데 각자 다 필요한 게 다를 거 아니야. 모두의 말을 수용하면서 이곳을 돌아다니기엔 시간이 너무 오래 걸려. 그러니까 팀으로 나눠서 다니려고 해."

다휘이 능숙하게 말을 이어갔다. 그러나 집중해서 듣는 이는 매우 적었다. 미르는 누가 봐도 딴생각을 하고 있는 표정이었고 우빈은 자신이 살 것을 메모하고 있었다. 성민은 크게 하품했고 혜인은 지나다니는 아이들에게 정신이 팔려 있었다.

"애기들 너무 귀엽다! 나 나중에 교사나 해볼까?"

"너 내가 한 말 듣고 있긴 해? 네가 저 애들보다 못하다."

다휘은 혜인에게 날카로운 시선을 보냈다. 아이들만을 바라보는 혜인이 느끼지 못할 뿐이었다.

"그럼 일단 각자 살 것들이 뭔지 좀 말해볼까?"

그나마 집중해서 말을 듣던 하늘이 크게 손뼉을 치며 주의를 집중시켰다. 다른 곳에 정신이 팔려 있던 미르는 뺨이라도 맞은 듯 놀라며 하늘을 바라보았다.

"일단 나는 귀신 분장 세트랑… 호박 바구니, 그리고 장난감 코너도 좀 들르려고."

핸드폰에 적힌 메모를 줄줄이 읽던 우빈이 순식간에 답했다.

"나는 딱히 살 건 없는데. 그냥 돌아다니려고."

하늘이 무심하게 읊조렸다.

"살 거 없으면 나랑 가자! 나 책 살 건데 같이 좀 봐줘."

성민이 하늘의 말에 눈을 빛내며 답했다.

"네가 책을 읽는다고? 10쪽도 못 넘기겠다. 야, 최우빈 장난감 코너 나랑 같이 가."

성민을 간단하게 비웃은 혜인이 눈을 빛내며 우빈을 바라보았다.

"나 이제부터 갓생 살 거거든?"

성민은 털을 세운 고양이처럼 날카롭게 말했다. 당연하게 성민의 말을 귀 기울여 듣는 이는 아무도 없었다. 그를 불쌍하게 여긴 가람이 교과서를 읽는 말투로 대단하다며 격려해 줄 뿐이었다. 오히려 그런 태도가 성민을 자극시켰다.

"여기까지 와서 책을 산다고? 대단하다."

미르가 놀라움을 감추지 못하고 입을 벌렸다. 만약 하늘이 그랬다면 어찌저찌 이해할 수 있었지만 성민은 책과 거리가 많이 먼 사람이었다. 성민이 평생 동안 읽은 책들의 대부분은 교과서에 쓰여진 단편소설들일 것이다. 그는 어린 시절에도 동화책 한 권 읽지 않았다.

"나 살 거 다 사고 책 좀 보려 했는데 중간에 합류하자."

우빈이 메모장을 켜며 말했다. 협의가 안 되는 것 같으면서도 어떻게든 팀을 정해가는 모습을 가람이 신기하게 바라보았다.

"각자 자기 할 말만 하는데 팀이 정해지네?"

가람이 비꼬는 투가 아닌 진심을 담아 말했다. 또한 자신은 옷이 필요하다는 말을 덧붙였다.

"나도 옷 사야 돼."

이 기회를 놓칠 리 없는 미르가 재빨리 손을 들어 말했다. 그 모습을 보던 다휜은 진지하게 고민하더니

"나는 옷은 필요 없고 하늘이 쪽이랑 같이 다닐게."

라고 말했다. 옷을 좋아하는 다휜과 상당히 동떨어진 결정이었다. 하지만 미르는 신경 쓰지 못했다. 미르는 뜨거워지는 머리를 식히려고 모든 힘을 쏟아부어 아무것도 하지 못했다. 하늘이 그 모습을 유심히 바라보았다.

얼마 지나지 않아 아이들은 각자 정한 팀대로 흩어졌다.

미르는 빠르게 움직이는 친구들을 보며 땅에 딱 붙어 움직일 생각을 안 하던 발을 움직였다.

"어디서부터 볼까? 워낙 넓어서 고민된다."

가람이 상냥하게 웃으며 미르의 손을 잡고 이끌었다. 미르는

처음 느껴보는 간질간질한 느낌에 몸을 움찔 떨었다. 손에서 긴장감에 절여진 땀이 흘러나왔지만 가람은 끝까지 손을 놓아주지 않았다. 미르는 붉어진 고개를 숙여 가람이 이끄는 대로 따라갔다. 그 길이 어디인지는 알 수 없었지만 지금 이 순간이 영원함을 향했으면 하는 마음 하나만은 확실했다.

가람과 미르는 참 많은 곳을 돌았다. 옷에 관심이 많아 보이는 가람의 취향은 꽤나 까다로웠다.

"미르야 네가 좀 골라줘. 첫 번째가 나아, 아니면 두 번째가 나아?"

계속되는 가람의 질문에 미르는 섣불리 대답할 수 없었다.

"첫 번째가 조금 더 너랑 잘 어울려."

2번 정도 매장을 옮겼을 때였다. 미르가 드디어 확신에 찬 대답을 내놓자 가람은 만족한 듯 쉽게 옷을 골랐다. 미르는 뒤에서 그 모습을 바라보았다.

"나 하나 믿고 바로 사도 되는 거야?"

"응, 너는 특별하잖아."

가람이 맑게 웃으며 답했다. 옷 고르는데 재주가 있어 보인다는 뜻이라며 덧붙였지만 이미 뛰기 시작한 심장을 멈출 수 없는 노릇이었다. 미르는 냉난방이 적절히 이루어지는 이곳에서조차 뜨거워지는 얼굴을 감당할 수 없었다. 미르가 가람의 눈을 피하자 가람은 집요하게 미르의 눈을 따라 갈색빛 눈동자를 굴렸다.

"미르 너는 옷 안 사?"

"글쎄, 너무 넓어서 잘 모르겠다."

"내가 골라줄게! 나만 믿어."

자신을 가리키며 새하얀 이를 드러낸 채 웃는 가람은 그 나이 때에 걸맞은 사랑스러운 소녀 같았다. 미르는 지금의 가람이 여태까지 미르가 느꼈던 가람의 모습과 조금 다르다고 생각했다. 이런 생각을 한 것은 이번이 3번째였다. 첫 번째는 가람이 자신의 얼굴을 쓸어내렸던 그 순간이었고, 두 번째는 강을 바라보며 진정한 미소를 보여주었을 때였다. 평소 가람은 무언가 인위적인 사람 같았다. 사람들이 원하는 말을 곧장 내뱉는 인공지능 같은 모습이었다. 미르는 그런 모습조차도 충분히 포용했지만 가끔씩 드러나는 가람의 진짜 모습에 빠져 끊임없이 허우적거렸다. 지금도 그랬다. 표정 하나 조절 못 하는 어리숙한 소년은 능숙한 소녀 앞에서만큼은 바보가 되었다. 가람이 이끄는 대로 움직이는 수동적인 몸뚱어리였지만 미르는 그것마저 좋았다.

쇼핑을 끝내고 쉼터에 앉은 둘의 손에는 각자 하나의 쇼핑백이 나란히 걸려 있었다. 미르는 한숨을 쉬며 충동구매를 저질러 버린 자신을 원망했다. 딱히 옷을 살 생각은 없었지만 가람의 잘 어울린다는 말 몇 마디에 옷걸이를 몇 번이나 들었다 놓았다 반복했다. 미르는 급격히 피곤해진 몸을 일으키며 머리를 쓸어 넘겼다.

"많이 피곤해? 원래 이런 데서 쇼핑하면 진이 다 빠지더라, 그치?"

"그렇네."

미르가 입꼬리를 끌어올리며 대답했다. 로봇 같은 미르의 모습은 우스꽝스러웠다.

지쳐 보이는 기색이 하나도 없는 가람은 인형같이 웃으며 미르에게 더 가까이 다가왔다. 거리가 좁혀질 때마다 미르는 굳어가는 몸을 이완시키려 노력했다. 더 이상 좁혀질 거리도 없을 때였다. 가만히 숨죽여 가람의 행동을 고스란히 받아들이는 미르는 자신의 어깨에 깃털처럼 내려앉은 가람의 얼굴을 느끼자마자 몸을 떨었다.

"너무 피곤하다-"

가람은 똘망똘망한 눈동자를 빛내며 그 한마디만을 내뱉고는 눈을 감았다. 미르는 목까지 빨개져 떨고 있는 자신을 들키고 싶지 않았다. 고개를 위로 젖혀 심호흡을 해보았지만 별 효과가 없었다. 결국 미르는 자신의 모든 신체적 변화를 인정하며 몸에 힘을 풀었다. 빠르게 뛰어 터질 것만 심장소리는 점차 잦아들었고 삐걱거리던 몸짓 또한 조금은 자연스러워졌다. 미르는 전보다 훨씬 편안해진 몸을 느끼며 자신의 어깨에서부터 피어나오는 생명의 숨결을 느꼈다. 너무나도 고귀하고 미약한 것이었다. 둘을 지나치는 침묵은 집중으로 바뀌었다. 둘은 서로를 느끼고 있었다. 아무런 말도 하지 않았지만 이어진 연결

고리에서부터 몸을 잠식해 나가는 떨림은 고스란히 전파되어 심장으로 전해져 갔다. 살며시 미소 지은 가람은 미르의 심장 박동에 자신을 맞추었다. 이런 행동이 기분 나쁘지 않은 적은 이번이 처음이었다.

"저기 가람이랑 미르 아니야?"

또렷한 목소리가 이 둘의 몸을 떼어놓았다. 미르는 무의식적으로 가람의 머리를 밀어내며 옷매무새를 다듬었다. 가람은 형클어진 오른쪽 머리를 손으로 가볍게 쓸어내렸다. 둘의 표정은 고요했지만 주위로 퍼진 열기만큼은 매우 뜨거웠다.

"둘이 분위기가 약간 이상한데…."

다휜이 둘 사이에 보이지 않는 간격을 응시하며 미소 지었다. 다휜의 양손에는 무거운 쇼핑백이 한가득이었다. 옷이 가득 담겨 있었다. 그녀의 뒤에서는 영혼까지 탈탈 털린 듯한 성민과 미소 짓고 있지만 양 볼이 움푹 파인 하늘이 터덜터덜 걸어오고 있었다. 다휜이 둘을 어떻게 다루었는지는 안 봐도 뻔했다.

"너무 넓어서 보기도 힘들다. 혜인이랑 우빈이는 지치지도 않나 봐. 도대체 어디 있는 거야."

다휜이 의자에 털썩 주저앉았다. 그녀가 손에 든 짐들을 양쪽 의자에 올려놓자 앉을 자리가 없어진 하늘과 성민은 대충 바닥에 쭈그려 앉았다. 따지기도 귀찮을 만큼 지친 모양이었다.

"저기 오는 거 같은데?"

가람이 가리킨 방향을 눈으로 좇자 양손 가득 상당히 수상한 물건들을 가득 품고 오는 2명의 사람이 보았다. 멀리서 봐도 그 둘이 혜인과 우빈이라는 것을 알 수 있었다.

"도대체 뭘 산 거야?"

탁자 밑에 쭈그려 앉아 보이지도 않던 성민이 기겁했다.

혜인은 뿌듯해하며 자신이 산 모든 것을 탁자 위로 쏟아부었. 마녀 망토와 기괴한 모습의 호박 바구니, 해골 모형과 귀신 가면 등이 주를 이루었다.

"나보다 최우빈이 더 이상해. 쟤는 별의별 걸 다 샀다니까?"

혜인의 말대로 우빈은 가관이었다. 그가 산다며 적어놓은 모든 것은 쇼핑백 안에 들어 있지 않았다. 쇼핑백을 뚫고 나온 핑크색의 마법봉이 제일 눈에 띄었다.

"미친 거 아니야? 너 뭐 공주라도 돼?"

침묵을 지키던 하늘이 표정을 찡그리며 마법봉 하나를 꺼내 보았다. 요란한 소리를 내며 음악을 연주하는 마법봉을 우빈은 만족하며 바라보았다. 미르는 하늘의 저런 얼굴을 보는 것이 참 오랜만이라는 생각이 들었다. 하늘은 웬만해서는 표정 변화가 거의 없었다. 그러니까 지금 그의 표정은 이 상황이 꽤나 황당하다는 것에 대한 근거가 됐다.

"가람아, 너는 뭐 샀어?"

다횐이 우빈에게로 쏠린 관심을 뚫고 가람의 쇼핑백을 바라보았다. 정확히는 그 옆에 있는 미르를 바라본 것이었다.

"나 내일모레 축제에 입고 나갈 옷 샀지. 미르가 골라줬어."

가람이 말을 마치며 미르를 자신의 쪽으로 살짝 끌어당겼다. 미르는 어찌할지를 몰라 눈을 이리저리 굴리고 있었다. 다휜은 비밀작전이 성공하기라도 한 듯 그 광경을 의미심장하게 바라보았다.

"그럼 서로 옷도 골라주고 재밌었겠네!"

다휜이 가람의 어깨를 치며 설레발 쳤다. 미르와 몇 번이나 눈을 마주친 다휜의 목적을 이제야 깨달은 미르는 황당하다는 눈빛으로 다휜을 바라보았다.

"미르야, 축제 때 꼭 내가 골라준 옷 입고 와야 돼?"

포근하게 묻는 가람에게 미르는 작게 고개를 끄덕였다. 가람은 그제야 만족한 듯 투명한 물결처럼 웃었다. 미르는 그 광경을 홀린 듯 바라보았다. 미르의 볼은 우빈의 요란한 마법봉이 쏘아대는 불빛처럼 새빨갰다.

축제를 위해 영혼까지 털어가며 돌아다닌 아이들은 지친 몸을 이끌고 버스정류장으로 향했다. 각자 가는 방향이 달라 서로 다른 버스를 타고 집으로 향했다. 가는 방향이 겹치는 미르와 하늘 그리고 가람은 같은 버스를 타고 집으로 향하고 있었다.

"내일모레 너무 재밌을 것 같지 않아?"

가람이 수줍게 손을 모으며 눈을 반달처럼 접었다. 복숭아같이 빛나는 그녀의 뺨은 사랑스러웠다.

"내일 시화전 결과도 나오잖아. 무조건 이하늘이 상 받겠네."

"무슨 소리야, 나 시 진짜 못 써."

하늘이 고개를 저으며 겸손한 미소를 보였다.

세 명 사이를 비집는 공기가 어색했지만 축제가 가까워져서인지 대화는 끊이질 않고 이어졌다. 대부분 미르와 하늘의 말소리가 주를 이루었지만 가람 또한 조용하게 반응해 주며 온화한 분위기를 만들었다.

요란한 소리를 내며 덜컹거리던 버스가 곧 익숙한 강을 비추었다. 미르와 하늘의 집 근처였다. 미르는 그 강을 보며 가람과 함께했던 시간을 떠올렸다. 아주 잠깐이었지만 큰 의미로 남아 가슴을 뛰게 하는 연로가 되어 있었다.

"이하늘 내리자."

미르가 하차벨을 누르며 교통카드를 손에 쥐었다. 하늘과 미르는 집이 매우 가까워 내리는 정류장이 같았다. 그래서 그 둘은 매번 등하굣길을 함께 했고 약속이 잡힐 때면 매번 만나서 갔다. 암묵적인 둘 사이의 규칙이었다.

"나는 다음에서 내릴게. 오늘만 너 혼자 가."

하늘이 미르의 등을 조심스럽게 떠밀었다. 미르는 꽤나 당황했다. 하늘이 처음으로 둘 사이에서 깨지지 않던 규칙을 깨버린 순간이었다. 웃으면서 손을 흔들어 주던 가람 또한 당황한 얼굴로 옆에 있던 하늘을 바라보았다. 오로지 하늘만이 특유의 평온한 얼굴로 자리를 지킬 뿐이었다.

"너 집 여기 근처잖아?"

"다음에 내려도 가까워. 오늘 풍경 좀 보고 싶어서."

미르가 황급히 뒤를 돌며 말했지만 하늘은 말도 안 되는 소리를 전하며 미르에게 손을 흔들어 주었다. 버스가 급정거하며 정류장에 세워지자 미르는 별다른 말없이 내릴 수밖에 없었다. 버스에 다른 이는 없었다. 그 둘만이 영원할 것 같이 자리에 앉아 있었다. 미르는 집으로 향하면서도 끊임없이 뒤를 돌아보았다. 아무리 생각해도 하늘이 이상했다. 마음 한 부분이 찜찜했지만 미르는 별다른 신경을 쓰지 않으려 노력했다. 내일모레를 위한다는 명분으로 꺼림칙한 마음을 뒤로 숨겼다. 곧 미르는 미련 없이 고개를 돌려 집으로 향했다. 새카만 하늘의 뜬 별들이 반짝반짝 빛나며 미르의 눈을 비추었다.

교실 안은 매우 소란스러웠다. 아이들은 각자의 설렘을 담아 시끄럽게 떠들고 있었고 괴상한 분장을 한 채 이리저리 바쁘게 움직이는 학생들도 몇몇 보였다. 동아리 활동을 하는 아이들은 부스를 준비하기 위해 교실에 없는 경우가 대부분이었다. 그러나 성민과 다휘은 부스 준비는커녕 평온하게 교실에 앉아 수다를 떨고 있었다. 전학을 와 별다른 동아리에 소속되지 않은 가람 또한 그들과 함께했다. 자리에서 동떨어진 혜인은 정성을 담아 화장하고 있었다. 미르가 알 수 없는 여러 화장품들이 혜인의 손에서 움직여졌다. 혜인은 그 어느 때보다 집중하고 있었다.

"저 정도면 분장 아니야?"

보고 있던 성민이 신기하다는 듯이 중얼거렸다.

"원래 다들 이 정도는 하거든?

혜인이 브러시를 털며 말했다. 교실 안을 떠다니는 화장품 가루들 때문에 성민은 손을 몇 번이나 휘저으며 기침했다.

"야, 박성민 우리도 준비해야 돼."

자리에 앉아 일어날 생각을 안 하던 성민에게 미르가 말했다.

"우리도 부스 준비해?"

"아니, 우리는 그것보다 더한 걸 준비해야지."

미르가 입꼬리를 비스듬하게 올리며 웃었다. 성민 또한 이를 드러내며 기대에 찬 미소를 머금었다. 옆에 있던 다휘은 꽤나 음침한 그들의 미소에 경악했다.

"너희는 뭐 하는데?"

턱이 없어질 듯 브러시로 문대고 있는 혜인이 둘에게 눈길도 주지 않으며 말했다. 혜인의 눈은 거울에서 떨어질 줄을 몰랐다.

"비밀이야."

미르가 의미심장한 미소를 지으며 혜인을 바라보았다. 그의 미소는 푸르게 물들어진 순수한 소년 같았다. 혜인은 미르의 시선을 느끼며 눈을 마주쳤다. 블러셔를 칠해 붉게 변한 볼을 빛내던 혜인은 입을 삐쭉이더니 다시 거울을 바라보았다.

"여기서 나만 동아리가 없나 봐."

가람이 고개를 숙이며 풀이 죽은 목소리로 말했다. 미르는 그런 가람의 옷을 바라보았다. 자신이 골라준 옷을 그대로 입고 온 가람은 잡초들 사이에서 모든 양분을 빨아들여 피어난 꽃처럼 아름다웠다. 그 모습을 본 미르의 볼에는 아무것도 칠해져 있지 않았지만 혜인과 같은 색으로 서서히 물들어져 갔다. 미르는 자신 또한 가람이 골라준 옷을 입고 왔다는 사실을 티 내지 않으려 노력했지만 쭈뼛대며 헛기침을 하는 그의 행동은 관심을 받고 싶어 안달 난 사람처럼 보였다. 가람이 그런 미르의 옷을 보며 천천히 퍼져나가는 수채화처럼 흐릿하게 미소 지었다.

"혜인이도 동아리 없을걸? 둘이 같이 다녀."

다휜이 의자에서 몸을 일으키며 말했다. 혜인은 못마땅한 시선으로 그쪽을 바라보았지만 금세 표정을 바꾸었다.

"야, 김미르 빨리 가자. 지금 우리만 모이면 된대."

성민이 미르의 어깨에 팔을 걸치며 미르를 뒷문으로 이끌었다. 다휜 또한 그 둘을 따라 부스 준비를 하러 이동했다. 7명 중에서 5명이 빠져나간 교실은 매우 조용하게 다가왔다.

"너도 동아리가 없구나. 뭔가 댄스부일 것 같았는데."

가람이 부드럽게 웃으며 혜인 쪽으로 다가와 말을 붙였다. 혜인은 그런 가람에게 불편하게 미소 지었다.

혜인은 가람을 그리 좋아하지 않았다. 누가 봐도 가식 덩어리에 착한 척은 혼자 다 하는 가람이 전학 온 순간부터 혜인의 기분은 매우 언짢아졌다. 그러나 혜인을 티를 내지 않으려 노력했다. 자신 또한 똑같이 가식으로 대하면 그만이었다. 자존심이 강한 혜인은 철저히 가람을 어색한 친구 그 이상도 이하도 아니게 대했다. 그럼에도 가람은 자신에게 계속 붙어왔다.

혜인은 미르가 저런 인형 같은 애를 좋아한다는 사실을 이해할 수 없었다. 고작 저런 애 앞에서 벌벌 떠는 게 바보 같이 느껴졌다. 저 둘을 밀어주겠다며 호들갑을 떠는 다흰 또한 거슬려 미칠 것 같았다. 혜인은 가람이 입고 온 옷을 바라보았다. 아이들은 잘 어울린다며 찬사를 보냈지만 혜인은 저 옷이 가람에게서 굉장히 동떨어져 보였다. 분수에 맞지 않는 옷을 걸친 듯한 가람은 그 누구보다 환하게 미소 지었다. 그 미소를 보니 기분이 상당히 언짢아졌다.

"맞아, 나 댄스동아리였어. 근데 좀 힘들어서 그냥 나왔어."

혜인은 자신도 모르게 차갑게 쏟아진 말에 조금 당황했다. 이럴 계획은 아니었지만 딱히 신경 쓰이진 않았다. 저 아이가 상처를 받든 말든 자신의 상관이 아니었다.

"그래? 연습하는 게 많이 힘들어 보이긴 하더라."

가람이 혜인과 눈을 맞추며 웃었다. 확실히 태도가 전보다 딱딱해진 것이 느껴졌다. 가람의 시선을 피하던 혜인은 속으로 한숨을 쉬었다. 어찌 됐든 오늘 하루 가람과 같이 다녀야 하는데 이렇게 분위기가 안 좋아지면 오로지 자신의 손해였다. 혜인은 느릿하게 꼬깃꼬깃 접혀진 학교의 배치도를 가방에서 꺼내었다.

"일단 어디부터 갈 건지 정하자. 너 가고 싶은데 있어?"

여러 부스가 적혀진 배치도를 가리키며 혜인이 전보다는 풀어진 말투로 가람에게 다가갔다.

"음… 과학 동아리 부스도 재밌을 것 같고, 방송부도 좀 끌리는데?"

가람이 찌그러진 배치도를 보며 생글생글 웃었다. 혜인은 의외로 자신의 의견을 곧바로 표현하는 가람이 신기했다. 매번 남에게 맞추는 가람이니 이번도 자신의 의견을 물을 것이라 생각하고 있었다.

"그러면 일단 발길 닿는 데로 갈까? 과학 동아리랑 방송부가 나란히 있으니까 같이 들리면 되겠네."

혜인이 배치도 중앙 부분을 짚었다.

"이쪽에서부터 오른쪽으로 돌면 하고 싶은 것도 다 할 수 있고 도장도 많이 받겠다. 바로 옆에 교환하는 데 있으니까 빠르게 상품으로 바꾸면 괜찮을 것 같은데?"

명운고등학교 축제는 동아리가 열어놓은 여러 부스를 체험하며 도장을 받고 그 도장을 상품으로 교환하는 방식이었다. 중간중간 댄스부와 밴드부의 공연이 열려 공연장인 강당으로 향해야 했는데 혜인이 말한 동선 근처에 강당이 붙어 있어 최적의 조건을 갖추고 있었다.

"너 진짜 똑똑하다! 그럼 그렇게 하자."

가람이 이를 드러내며 환하게 웃었다. 살랑살랑 흔들리는 꽃잎 같은 미소였다.

"학생 여러분, 명운고등학교의 축제가 시작되었습니다. 부디 사고가 일어나지 않게 조심하여 주시고 자유롭게 여러 부스들을 체험하며 도장을 모아주세요! 도장을 많이 모은 학생들에겐 아주 특별한 선물이 기다리고 있답니다. 그리고 중간중간에 열릴 화려한 공연들이 여러분의 눈과 귀를 즐겁게 해줄 것입니다. 최선을 다해 이 축제를 마음껏 즐겨주세요!"

교실 안 스피커에서 안내음성이 나왔다. 방송부인 하늘의 목소리였다. 아이들이 환호하며 소리를 질렀고 축제의 시작을 알리는 노랫소리가 귀에 강렬하게 새겨졌다. 혜인은 아이처럼 들뜨는 마음을 억누르지 못하고 자연스럽게 가람의 손을 잡아 교실을 나섰다. 가람 또한 햇살처럼 맑은 미소로 응답해주었다. 둘은 놀이공원 곳곳을 뛰어다니는 어린 자매들처럼 철없이 학교 곳곳을 돌아다녔다. 누구도 막는 이는 없었다. 모든 학생들이 그런 식으로 축제를 즐기고 있었다. 가람은 신기하게 붕 뜬 자신의 감정을 되새기며 혜인이 이끄는 대로 움직였다. 그녀의 손을 타고 전해져 오는 감정들이 생소했다.
"잘 왔어, 여긴 과학 동아리 부스야. 여기 있는 작은 천체들을 이 망원경으로 감상하고 도장 받아 가면 돼."
하얀 가운에 고글을 쓴 한 남자가 도장을 들고 가람과 혜인을 안내했다. 둘은 눈을 빛내며 주어진 망원경을 가지고 여러 천체들을 감상했다. 전부 모형과 스크린이었지만 둘은 그것마저 신기해하며 여러 천체들의 정보와 이름을 머릿속에 새겨 넣었다.

감상을 마친 뒤 나갈 때 유식해 보이는 여자 한 명이 퀴즈를 냈다. 맞추면 도장 하나를 더 찍어준다는 솔깃한 제안을 한 여자는 천체의 사진을 주며 초성으로 된 힌트를 보여주었다. 그 천체의 이름을 맞추는 것이 퀴즈였다. 대충 흘겨보았던 혜인은 당연히 맞추지 못했지만 가람은 특유의 또랑또랑한 목소리로 쉽게 답을 맞추었다.

"너 진짜 대단하다! 그걸 어떻게 알아?"

혜인이 진심이 담긴 목소리로 가람에게 물었다. 혜인은 순간 자기 혼자 너무 신난 듯싶어 목소리를 살짝 줄였다.

"우연히 이것만 외우고 있었거든, 나도 다른 건 잘 몰라."

가람이 부끄러운 듯 웃으며 대답했다.

둘이 2번째로 향한 곳은 바로 옆에 위치한 방송부 부스였다. 발음테스트를 성공하면 도장 2개를 찍어주었고 실패한다 해도 1개를 찍어주었다. 혜인은 약간의 머뭇거림 끝에 간신히 성공할 수 있었다. 반면에 가람은 아주 수월하게 성공했다. 둘은 까르르 웃으며 도장판을 들고 뛰어다녔다.

"혹시 하늘이는 어디 있어요?"

방송부인 하늘이 보이지 않아 혜인이 옆에서 도장을 찍어주던 키 큰 남자의 옷자락을 잡고 물어보았다.

"나도 모르겠네, 걔는 아나운서라 바쁠걸?"

남자는 그리 말하며 혜인의 도장판에 도장 2개를 찍어주었다. 하늘의 행방은 도장 2개에 묻혀 금세 사라졌다. 도장판에 찍혀가는 도장들을 흐뭇하게 바라본 둘은 재빠르게 다음 부스로 향했다. 둘은 참 많은 곳을 돌아다녔다. 요리부에 가서 간식도 받아먹었고 보건부에 가서 산난한 퀴즈 몇 개를 풀었다. 또 댄스부에 가서 춤 몇 동작을 따라 했고 조금 멀리 떨어져 있는 도서부에 가 다휜을 만나고 책에 관한 퀴즈를 풀었다.

여러 곳을 돌아다니느라 지칠 대로 지친 둘은 벤치에 앉아 솜사탕을 먹으며 잠시 쉬고 있었다.

"우리 안 간 데가 또 어디 있지?"

"일단 문예부 안 갔고 학생회 부스도 안 갔어, 그리고 미술부, 스포츠부, 연극부…"

"아니 우리 학교 동아리가 그렇게 많아?"

혜인이 기겁하며 손에 든 솜사탕을 물어뜯었다.

"이렇게 힘든 축제는 나도 처음이야. 보통 강당에서 공연 몇 개만 하고 끝내던데."

가람 또한 간단한 스트레칭을 하며 몸을 풀었다. 부스가 너무 많아 절대로 다 돌 수 있는 범위가 아니었다. 둘은 더 이상 부스를 돌지 않고 앉아서 공연을 기다리기로 했다.

둘은 앞에서 사람이 미어터져 지나가기조차 힘들어 보이는 풍경을 바라보았다. 아이들의 웃음소리가 끊이지 않았다.

한 10분 정도가 지났을까. 열심히 부스를 돌던 아이들이 강당 주변으로 모여들었다. 곧 공연을 시작할 시간이었다. 가람과 혜인은 두근거리는 심장을 부여잡고 강당 근처로 향했다. 때마침 안내방송이 울렸다.

"곧 밴드부와 댄스부, 연극부의 공연이 시작됩니다. 학생 여러분은 질서를 지키며 강당에 입장해 주세요."

다훤은 홀로 도서관 창가에 앉아 안내방송을 듣고 있었다. 강당 주위에는 개미 같은 사람들이 우르르 몰려 있었다. 다훤은 하늘의 단정한 안내방송을 들으며 한숨을 내쉬었다. 다훤은 시끄러운 것을 선호하지 않았다. 그래서 이런 축제가 열릴 때마다 혼자만이 아는 곳으로 몰래 숨어 들어가 축제를 멀리서 관람하곤 했다. 도서부와 강당의 거리는 조금 멀었지만 노랫소리가 들릴 정도는 되었다. 다훤은 도서부가 열었던 부스를 정리하며 조용한 이 분위기를 즐기고 있었다.

"어머, 다훤이 너는 강당 안 가니?"

사서 선생님이 홀로 남아 정리를 하던 다훤을 보고 놀란 듯 물었다.

"저는 시끄러운 걸 싫어해서요."

"그래도 보러 가지, 정리는 지금 하지 마. 나중에 애들이랑 모여서 같이 하게. 그럼 선생님 간다? 문 열어놓을 테니까 나중에라도 공연 보고 싶으면 강당으로 와."

사서 선생님은 다흰에게 열쇠를 쥐여주시며 따뜻하게 미소 지었다. 사서 선생님은 참 좋은 분이셨다. 다흰은 마음이 따뜻해지는 것을 느끼며 선생님을 배웅했다. 선생님께서 나가자 다흰은 완전히 혼자였다. 다흰은 벽 쪽으로 기대어 주저앉았다. 사실 다흰의 마음 한편에서는 공연을 보러 가고 싶은 마음이 굳건히 자리 잡고 있었다. 그러나 쉽지 않았다. 그 이유는 아주 예전부터 자리 잡고 있던 원흉 때문이었다.

다흰은 중학생 때 은근한 따돌림을 받던 아이였다. 다흰의 성격이 안 좋아서가 아니었다. 그저 재미를 위해 아이들은 다흰에 대한 소문을 퍼트리고 비웃었다. 학기 초에는 그러지 않았다. 착하고 상냥한 다흰의 성격을 칭찬하며 나름 친구들이 다흰을 좋아해 주었다. 그러나 아주 사소한 문제에서부터 따돌림은 시작되었다. 다흰이 어울리던 친구들 중 예전부터 무리한 부탁을 해오던 아이가 한 명 있었다. 그 아이는 다흰에게 청소를 대신 해달라는 사소한 부탁에서부터 시작해 급식을 대신 받아주는 것과 무언가를 대신 사오는 일 등을 시켜가며 점점 수위를 높여갔다. 그 아이는 다흰을 시종처럼 부렸다. 거절할 줄 몰랐던 다흰은 부탁을 전부 들어주었다. 누가 보면 바보 아니냐며 놀려댈 만한 행동이었다.

그중에서 딱 한 번 다흰이 부탁을 거절한 적이 있었다. 그 아이가 돈을 빌려 달라 했을 때였다. 돈 문제에 엄격한 다횐은 당연히 그 부탁을 거절했고 그 아이는 화를 냈다. 그때부터였다. 다횐의 대한 안 좋은 소문이 순식간에 퍼졌고 그녀가 가는 곳 어디에서든 아이들의 시선이 따라붙었다. 만약 혜인을 만나지 않았더라면 다횐은 주저앉아 버렸을지도 몰랐다. 그러므로 혜인은 아직까지 매우 소중한 친구였다. 다혈질이긴 해도 참 많은 도움을 준 혜인이었다.

다횐은 중학생 때 이후로 사람이 많이 모이는 곳을 꺼려했다. 누군가가 자신을 비웃을까 봐 두려웠고 모든 사람들이 자신만을 쳐다보는 것 같았다. 다횐은 창문을 가림막으로 삼아 강당 안으로 들어가는 아이들을 바라보았다. 입이 귓가에 걸린 채 웃는 아이들은 매우 즐거워 보였다. 다횐은 혼자서 이곳에 남아 있는 것을 위안으로 삼으며 노랫소리가 울려 퍼질 시간을 기다렸다. 도서관은 너무나도 조용해 다횐을 외롭게 만들었다.

끼이익-

낡은 문이 열리는 소리가 들렸다. 지금 도서관 문은 열려 있으니 누구나 이곳에 들어올 수 있었다. 그러나 곧 공연이 시작하는데 굳이 이곳까지 찾아올 사람이 없었다. 다횐은 문을 연 사람이 누구인지 예측할 수 없었다. 다횐은 고개를 살며시 들며 문 앞에 서 있는 누군가를 바라보았다. 교복 단추 몇 개를 풀어헤친 그 모습은 나이 때에 걸맞은 소년처럼 아름다웠고 순수했다.

"이하늘…?"

다횐이 문을 연 하늘과 눈을 맞추었다. 하늘은 예쁜 미소로 답하였다.

"네가 왜 여깄어? 공연 안 봐?"

다횐이 바쁘게 움직이는 심장을 억누른 채 고개를 숙였다. 그 모습을 본 하늘이 잔잔한 파도처럼 웃었다.

"시끄러운 건 딱 질색이야."

하늘은 그 한마디만을 내뱉곤 구석에 쭈그리고 앉아 있는 다횐의 옆으로 향했다. 하늘은 맨바닥에 다횐과 같이 쭈그리고 앉았다. 창문을 등진 채 앉아 있는 둘은 차갑기만 했던 바닥이 점점 익어가고 있다는 사실을 몰랐다.

"의자로 갈까? 불편하지 않아?"

"딱히. 난 여기가 좋아."

하늘이 점점 더 거리를 좁혀왔다. 다횐은 그럴수록 몸을 더 웅크렸다. 발끝을 꼼지락대던 다횐은 눈짓으로 하늘을 살짝 쳐다보았다. 그의 옆모습은 그늘에 잠식되어 음울해 보였다.

"여태까지 뭐하다 왔어?"

"안내방송하고 방송실에 있었지."

"부스 체험은?"

"필요 없어. 간식이랑 필기구 몇 개 받겠다고 나가긴 귀찮잖아?"

하늘은 고개를 다횐 쪽으로 돌려 미소 지었다. 그가 천천히 몸을 숙여 다휜과의 눈높이를 맞추었다. 둘의 눈은 완전히 서로를 향해 있었다.

"있잖아, 다휜아."

"으응…?"

다휜이 느리게 대답했다. 둘 사이에 간격은 이미 없어진 뒤였다.

"나 요즘 좀 이상해진 것 같아."

"왜?"

"그게…."

하늘이 중요한 말을 앞두고 있을 때였다. 그 순간 창문 너머로 큰 함성소리가 울려 퍼지더니 곧이어 미르의 목소리가 시원하게 울려 퍼졌다. 맑고 청량한 목소리는 창문 틈을 비집고 들어와 바람처럼 맴돌았다. 미르는 밴드부의 보컬이었다. 그가 어떻게 무대를 하고 있을지는 안 봐도 뻔했다. 미르는 무대를 두려워하지 않았으며 완전히 장악했다. 관객들의 집중을 오로지 자신에게로 쏠리게 하는 능력을 그는 적절히 활용할 수 있었다. 쨍한 여름의 향기처럼 스며드는 바람과 같은 목소리는 단풍잎으로 물들기 시작한 지금의 계절과 맞지 않았지만 그것마저 독특한 매력으로 작용했다.

"아, 무슨 말을 하려 한 거야?"

노랫소리에 정신이 빼앗긴 다휜이 급하게 하늘의 얼굴을 바라보았다. 마주한 하늘의 얼굴은 미묘하게 달라져 있었다. 금이 간 것처럼 보였으나 그 무엇보다 단단해 보였다. 그의 꼿꼿한 자세가 무언가를 암시하고 있었다.

"아니야, 진짜 쓸모없는 말이었어."

하늘이 웃어넘기며 입을 닫았다. 그는 곧 평소와 같은 표정을 지었다. 다휜은 하늘이 꺼내려 했던 말을 평생 동안 들을 수 없을 것이라는 걸 확신했다. 조개처럼 닫힌 그의 입은 열릴 생각을 하지 않았다.

둘은 아무 말도 하지 않았다. 둘 사이에 거리는 서로의 숨결을 느낄 수 있을 만큼 가까웠지만 하늘과 땅만큼 멀었다. 하늘은 아무 말도 하지 않은 채 다휜만을 바라보았다. 그의 눈동자를 가득 채우는 다휜의 얼굴은 미르의 노랫소리조차 지워버릴 만큼 선명했으나 녹아버릴 새하얀 눈처럼 흐릿했다. 하늘은 몸을 점점 더 밀착시켰다. 둘의 그림자가 진하게 남아 도서관 한 곳을 어둡게 물들였다. 창문 위로 노랗지만 주황빛을 띠는 애매모호한 햇빛이 그들 사이에 걸쳤다. 햇빛은 서서히 번져가며 그들의 얼굴을 완전히 가렸다. 하늘은 햇빛 속에 잠긴 다휜의 얼굴을 바라보았다. 그의 표정은 유유히 흘러가는 하늘과 같이 담담했으나 그 속에 떠 있는 동요와 균열이 그의 눈동자 사이로 비집고 나와 다휜에게로 향했다. 다휜의 맑고 깨끗한 망막에 이물질이 비추어졌다.

둘은 서로의 아주 깊은 무언가를 갈망했다. 그것은 순수하지만 잔뜩 더럽혀져 있었다. 햇빛이 그들 사이를 지나 어두운 그림자가 자리 잡았다. 그림자가 진 그들의 모습은 강렬한 햇빛보다 더욱 진하게 남아 도서관 전체를 잠식했다. 둘은 여전히 아무 말도 없었다. 이 어둠이 그들의 입을 틀어막았다.

무대를 끝마친 미르는 아이들의 환호를 받으며 내려왔다. 뒤따른 성민 또한 몸집만 한 기타를 어깨에 메고 있었다.
"김미르 진짜 개쩔었다."
이상한 차림의 우빈이 입을 벌리며 미르에게 엄지를 들어주었다. 미르는 자신감에 찬 미소로 답해주었다.
"너 그 옷 진짜 입었어?"
성민은 우빈의 화려한 옷차림에 놀라 자빠질 뻔했다. 그는 전교에서 다섯 손가락 안에 들 정도로 괴상하고 흉측한 옷들을 걸치고 있었다. 아마 콘셉트가 공주인 듯했다. 그에게는 성민의 물음조차 칭찬으로 들려왔다. 그는 자신의 마법봉을 들어 성민에게 보여주었다.
"그럼 최우빈 저 꼴로 부스 운영하고 축제 준비한 거야?"
옆에 있던 미르가 우빈을 지나치려다 갑자기 떠올린 듯 급하게 말을 덧붙였다. 그 말을 들은 성민은 뒤집어질 듯 웃었다.
"아니 내가 그러겠냐고, 화장실에서 갈아입은 거야!"
"화장실에 있던 애들은 뭔 죄야."
"조금 이상한 눈으로 보긴 하더라."
"너 같은 애를 보고 어떻게 그냥 넘기냐? 당연한 거지."

관객석에 앉아있던 혜인이 우빈의 옷자락을 더듬거리며 날카롭게 말했다. 그러나 평소와 다르게 우빈은 이날만큼은 모든 조롱을 순순히 눈감아 주었다. 그가 계획한 대로였기 때문이었다.

"우리 학교 최악의 패션 왕 네가 뽑히겠다."

성민이 대단하다며 박수를 쳐주었다.

명운고등학교는 매번 축제 때마다 최악의 패션 왕을 선정해 뽑았다. 축제 전에 신청서를 접수한 우빈은 최악의 패션 왕으로 선정되기 위해 이를 갈며 준비했다고 한다.

"근데 그거 뽑혀봤자 뭐가 좋은 거야?"

"뽑히면 다음 축제 열리기 전까지 강당에 전시돼."

우빈이 자랑스럽다는 듯이 말했다.

"그게 좋은 거야?"

가람은 이해가 가지 않는 모양이었다.

"야, 김미르 길막하지 말고 앉아. 곧 연극부 공연 시작한대."

혜인이 발로 미르의 다리를 툭툭 쳤다. 미르는 혜인의 다리를 똑같이 툭툭 친 뒤 친구들이 비워두었던 자신의 자리에 앉았다. 미르는 주위를 둘러보았다. 사람들의 머리로 꽉꽉 채워진 풍경 속에서 하늘과 다흰이 보이질 않았다.

"하늘이랑 김다흰은?"

미르가 묻자 아이들 모두 고개를 저었다. 강당 내부를 몇 번 둘러보더니 불이 꺼지자 둘에 대한 관심을 거두었다.

"이하늘은 그렇다 쳐도 다흰이는 원래 시끄러운데 못 오잖아."

혜인이 조용해진 관객석 사이로 속삭이며 말했다. 곧 시작될 공연에 대한 방해라고 느낀 몇몇이 혜인에게 따가운 눈초리를 보냈다. 혜인은 그 광경을 보며 '저런 이유 때문에'라는 말을 덧붙였다.

곧이어 배우들이 나와 연극부의 공연을 시작했다. 중얼중얼 속삭이던 혜인도 입을 닫고 연극에 집중했다. 그리 재미있는 내용은 아니었지만 아이들은 나름 흥미진진하게 관람했다. 축제라서 그런지 워낙 들떠 있는 아이들은 지루함조차 관대하게 용인해 주었다. 길고도 짧은 연극이 끝나자 손을 잡으며 한 줄로 서서 인사하는 배우들에게 환호를 보낸 아이들은 수군거리며 공연에 대한 감상평을 늘어놓았다. 팔을 높이 들어 영상을 찍던 아이들은 퇴장하고 있는 배우 한 명을 붙잡아 찍은 영상을 보여주었다. 배우가 쑥스럽다는 듯이 웃었다.

다음은 댄스부의 공연이 기다리고 있었다. 혜인은 눈을 부릅뜨며 단상 위에서 시선을 떼지 않았다.

"넌 댄스부 왜 그만둔 거야?"

미르가 고개를 돌려 뚱하게 무대를 쳐다보고 있던 혜인에게 물었다. 혜인은 눈동자를 몇 번 굴리더니,

"텃세도 심하고 틈만 나면 안무를 갈아엎는다니까?"라며 짜증을 냈다. 중학생 때 댄스부를 해봤다던 가람도 그 의견에 동조했다. 둘이 언제 저렇게 친해진 건지 초반과 다르게 끊이질 않는 대화에 놀란 미르는 아무 말 없이 둘을 바라보았다. 가람

의 얼굴이 많이 풀어져 있었다. 댄스부의 공연이 시작하자 혜인의 입은 바쁘게 움직였다. 저 안무가 얼마큼 어렵고 몇 번이나 바뀌었는지에 대해서 조잘대던 혜인은 뒷자리에 앉은 누군가의 한숨소리를 듣고 나서 입을 다물었다. 자신도 모르게 혜인의 말의 빠져들었던 미르 또한 눈길을 무대 위로 돌렸다.

모든 공연이 끝나고 마지막만을 남겨두고 있었다. 시화전의 수상자를 발표하는 것과 최익의 패션 왕 선정, 그리고 고백타임만을 남겨둔 축제의 열기는 더욱 뜨거워졌다. 마지막 시간이 진정한 축제의 꽃이라고 할 수 있었다. 특히 고백타임. 원래 누군가에게 사랑을 전하라는 말이 아니었다. 자신의 잘못을 고백할 수도 있었고 선생님에 대한 감사를 전할 수도 있는 훈훈한 분위기의 시간이었지만 당연하게도 아이들 모두 좋아하는 사람에게 자신의 마음을 공개 고백하는 용도로 사용했다. 이 시간 때문에 눈물을 흘렸던 피해자들도 몇 명이나 나왔지만 제3자 입장에서는 매우 재미있는 시간이라는 점은 변하지 않았다. 우빈은 사회를 봐야 한다며 자리를 비웠다. 그리고 그 빈자리는 다횐과 하늘이 채워 앉았다.

"너희 어디 다녀온 거야?"

혜인이 의자를 끌어 앉는 다횐에게 묻자 다횐과 하늘은 도서관이라고만 대답했다. 혜인은 대수롭지 않게 넘겼지만 미르는 도대체 둘 사이에 무슨 일이 있었는지가 너무나 궁금했다. 미르는 하늘을 빤히 쳐다보았지만 굳은 얼굴을 한 하늘이 왜인지 모르게 섬뜩해서 눈을 내리깔았다.

"아- 아- 마이크 테스트, 마이크 테스트"

우빈이 형식적인 마이크 테스트를 했다. 그 소리를 듣자 천장을 찌를 듯이 시끄럽던 아이들의 대화소리가 한순간에 잦아들었다. 마이크를 쥔 우빈과 다른 사회자 한 명이 동시에 무대 중앙에서 조금 앞으로 걸어 나오자 아이들이 환호하며 박수를 쳐주었다.

"자, 여러분 드디어 이 축제의 꽃인 수상자 선정과 고백타임이 여러분을 기다리고 있습니다. 특히 모두의 심장을 뛰게 할 고백타임이 너무나 기대되는 걸요~?"

"네 맞습니다. 항상 고백타임 때는 새로운 커플들이 탄생하곤 했었는데요, 우빈씨는 1학년이라 잘 모르겠죠? 이번에는 어떨지 참 기대가 되네요. 그럼 고백타임에 관한 기대감은 잠시 접어두시고 먼저 수상자를 발표하겠습니다!"

두 명의 사회자가 나와 능숙하게 축제를 진행시켰다. 아이들의 환호는 사회자의 대사에 따라 줄어들다 커지기를 반복했다.

첫 번째는 시화전과 최악의 패션 왕 수상자 선정이었다. 특히 시화전은 전교의 모든 학생들이 이를 갈며 준비한 대회였다. 이 상을 타면 상점이 부여되었기에 더욱 치열하기도 했다. 아이들은 손으로 무릎을 치며 사회자가 수상자를 호명하길 기다렸다. 긴장되는 순간이었다. 오랫동안 시간을 끌며 아이들의 손바닥을 붉게 물들인 사회자가 무대 앞으로 걸어 나와 말할 듯 말

듯 머뭇거렸다. 그 모습에 바닥을 치던 소리가 더욱 커졌다.

"최우수상은… 1학년 4반- 이하늘, 앞으로 나와주세요!"

아이들 모두가 박수를 치며 하늘을 바라보았다. 하늘은 겸손하게 웃으며 단상 위로 올라갔다. 교장선생님께서 상장을 액자에 끼워 전달해 주셨다. 상장을 손에 쥔 하늘의 모습은 당당했다. 그는 예의 차린 미소를 지은 채 사회자로부터 마이크를 건네받았다.

"제가 받을 줄 상상도 못 했고요, 그만큼 감동이 뒤따라오네요. 정말 감사합니다."

그는 짧고 형식적인 감사 인사를 마치고 다시 자리로 돌아왔다. 반 친구들은 화목하게 그를 축하해 주었다.

"미친 거 아니야? 너 2, 3학년 다 꺾고 최우수 받은 거야!"

성민이 호들갑을 떨며 하늘의 손에 쥐여진 상장을 감명 깊게 바라보았다.

"야, 진짜 대박이다."

혜인은 상장을 이리저리 둘러보며 감탄했다.

다흰과 미르 또한 대단하다며 하늘을 축하해 주었고 사회자로 나간 우빈 역시 하늘을 보며 작게 박수 쳐주었다. 하늘을 뒤로 우수상 2명과 장려상 5명, 그리고 참신상 2명이 줄줄이 상을 타갔다. 사회자인 우빈 또한 장려상을 수상했다. 그는 그리 기뻐 보이지 않았다.

그다음에는 최악의 패션 왕을 선정했다. 후보는 총 7명이었고 쟁쟁했다.

"자, 여러분. 신청서를 접수해준 친구가 이렇게 7명입니다."

사회자는 무대 위로 올라간 7명의 후보자들 뒤로 자리를 비켜주었다. 각자 대단한 옷차림을 뽐냈지만 그중에서 우빈의 영향력이 가장 컸다. 사회를 진행할 때부터 주목을 받던 우빈은 다른 후보자들을 쓱 훑어본 뒤 승리자의 미소를 지었다. 다른 후보자들은 그 광경을 보고 아무 말도 하지 못했다.

결국 우빈의 사진이 강당에 걸리게 되었다. 우빈은 처음으로 상을 탄 초등학생처럼 좋아하며 소리 내 웃었다. 상을 수상하고 미르와 친구들에게 자랑하러 단상을 뛰어 내려오던 우빈은 곧 자신이 사회자임을 자각하고 재빠르게 다시 단상 위로 올라갔다. 상을 조심스럽게 안 보이는 곳으로 밀어 넣은 우빈은 다시 태연하게 축제를 진행했다.

"그다음은 아주 특별한 시간인데요, 바로 고백타임입니다. 저희 학교 축제의 꽃이라 할 수 있죠. 물론 꼭 사랑 고백을 하라는 말은 아닙니다. 자신의 잘못들과 평소 숨겨 왔던 모든 것을 고백해도 되는 순간이죠. 이 시간에서는 꼭 지켜야 할 한 가지 규칙이 있습니다. 바로, 상대에게 어떤 말을 들어도 반응하지 않기!"

우빈은 검지를 치켜세우며 관객석 위로 팔을 뻗었다. 관객석은 술렁이며 금세 시끄러워졌다.

"만약 친구가 자신에게 '사실 네 500원 훔쳐간 거 나야'라는 말을 해도 아무런 반응도 해선 안 된다는 말입니다. 대신에 너무 심한 일들은 되도록이면 안 꺼내는 게 좋겠죠? 저는 우리 학교 학생들을 믿습니다."

우빈이 의심의 눈초리를 거두지 않은 채 관객석을 훑어보자 뜨끔한 몇몇이 눈을 피했다. 우빈은 그 몇몇을 가리키며 다시 한번 신중히 생각해 보는 것이 어떻겠냐고 조언했다. 그러나 저들이 말을 들을 리가 없었다.

"그러면 지금부터 시작하겠습니다. 손을 들어주세요!"

사회자 한 명이 팔을 위로 뻗으며 호응을 유도했다. 몇몇이 손을 천장까지 닿을 듯 뻗으며 사회자가 자신을 호명하길 기다렸다.

"저기 노란 옷 입은 친구?"

사회자가 한 명을 지목했다. 막상 자신이 지목당하자 망설이던 그는 마이크를 건네받자 눈을 질끈 감으며 이야기를 술술 이어나갔다.

"야, 찬호야! 사실 네가 아끼던 모자 사라진 거 내가 숨겨놓은 거야! 그냥 장난 좀 치려 했는데 옥상에서 놀다가 모자가 날아가 버려서 아직까지 말을 못 했어! 그 모자 지금 어디 있는지 아무도 몰라."

말을 끝내자마자 찬호로 추정되는 학생 한 명이 벌떡 일어났다. 그 모습을 보며 다른 아이들은 좋다고 웃었다. 규칙 때문에 아무 말도 하지 못하는 찬호는 입모양으로 무언가 중얼거릴 뿐 아무것도 하지 못했다. 다시 마이크를 건네받은 사회자는 그 모습을 보며 묵묵히 진행했다.

"아이고, 찬호 학생의 모자는 결국 찾을 수 없었군요. 심한 장난은 때때로 이런 비극적인 결말을 초래하기도 한답니다. 다른 친구들은 저러지 않기로 약속~ 그리고 노란 티셔츠 입은 학생은 찬호한테 모자 하나 사주세요~ 너무 불쌍하잖아."

짧은 당부의 말을 건네며 사라진 사회자는 조금 얄밉기도 했다. 노란 옷을 입은 학생은 자신의 주위를 둘러싼 친구들과 꺽꺽대며 웃고 있었다. 그 학생은

"미안하다, 내가 똑같은 걸로 사줄게!"

라고 말하며 이야기를 끝냈다. 그 말 한마디에 다행히도 분위기가 풀어질 수 있었다.

그 뒤에도 자신의 잘못을 고백하는 학생은 줄줄이 이어졌다. 어떤 사람은 선생님이 주신 자료를 잃어버렸다 진술하기도 했고 또 어떤 사람은 친구에게 빌린 2,000원을 갚지 않았다는 사실을 고백하기도 했다. 분위기는 그렇게 이어졌다. 아직까지 아무도 이성적인 고백을 하지 않았다. 못하는 걸 수도 있었다.

억누른 것을 터트리듯 이어진 고백 행렬은 시간이 지나자 사그라들었다. 별의별 일을 전부 고백하던 학생들은 웃음꽃을 피우며 웃고 떠들었지만 시간이 지나자 점점 잠잠해졌다. 당연한 결과였다. 사회자는 분위기를 파악하고 고백타임을 끝내는 방향으로 이끌었다. 끝나는 시간까지 약 3분 정도 남아 있었다.

"자, 그럼 이제 모두 자신의 잘못들을 고해성사하신 건가요? 아쉽게도 올해에는 커플이 탄생하지 않을 모양이네요."

사회자의 마지막 말에 아이들은 아쉬운 탄성을 내뱉었다. 무대 중간에 위치한 사회자가 점점 뒤로 물러났다. 그리고 카운트다운을 하기 시작했다.

"10초 동안 아무도 손을 들지 않으면 완전히 끝내도록 하겠습니다. 10, 9, 8…."

우빈은 그 광경을 굉장히 재미없다는 듯이 바라보았다. 우빈이 원한 것은 아마 누군가가 자신의 숨겨 왔던 마음을 고백해 모두가 둘을 밀어주는 그런 말랑말랑한 분위기인 것 같았다.

"7, 6, 5, 4, 3…."

사회자의 카운트다운이 거의 끝나가고 있었다. 아이들은 아쉬워하며 주위를 둘러보았지만 아무도 손을 들지 않았다. 혹시라도 자신을 지목할까 봐 손을 바닥까지 내려버린 아이들도 몇몇 보였다.

"제가 고백할 게 있습니다."

그때였다. 아이들 모두가 그에게로 시선을 옮겼고 한순간에 정적이 흘렀다. 모두가 손을 내리고 있어 그 아이가 꼿꼿이 올린 손이 더욱 도드라져 보였다.

"네, 이 친구가 고백할 게 있다고 하네요. 그러니까… 이하늘 학생 맞나요?"

사회자가 시화전에서 수상한 하늘을 알아보았다. 옆에 있던 우빈은 입꼬리를 정수리까지 끌어올릴 기세로 하늘을 바라보았다. 아이들은 수군대었고 별 관심이 없어 보였던 미르까지 하늘을 똑바로 바라보았다.

"제 마음을 전하고 싶은 상대가 이 자리 근처에 있습니다."

하늘의 한 마디에 모두의 시선이 미르와 친구들 주위를 맴돌았다. 우빈은 그중에서 한 번에 다휜을 찾아내며 미르가 가람을 본 뒤 얼굴이 붉어졌을 때를 바라보던 눈빛과 한 치도 다름없이 다휜을 바라보았다. 미르 또한 그때에 자신을 바라보았던 아이들의 시선을 지금에서야 이해했다. 미르는 호기심에 불타오른 채 다휜을 바라보았다. 혜인은 자신의 옷자락을 만지작거리는 것을 멈추었고 성민 또한 하품하다 그대로 멈추었다. 가람은 별다른 반응을 보이지 않았지만 그녀의 눈동자가 작게 요동쳤다.

"제가 고백하고 싶은 상대는…."

하늘의 말에 다시 시선이 모여들었다. 전교생 모두 숨을 죽이며 하늘의 그 상대가 목구멍에서부터 꺼내져 나오는 순간만을 기다리고 있었다. 말을 꺼내는 하늘보다 더한 심장소리를 억누르던 아이들은 그의 말을 기다리며 숨을 죽였다.

"윤가람입니다."

하늘의 시선이 가람을 향했다.

모두가 기다리던 상대는 가람이었다. 가람은 크게 동요했다. 가람조차 예상하지 못한 고백이었다. 이제 모두가 가람을 바라보고 있었다. 가람은 크게 당황하며 말을 절었지만 곧 자세를 바로잡았다. 일렁이던 눈동자 또한 금세 침착해졌다.

사회자 옆에 우뚝 서 있던 우빈 또한 표정관리를 하지 못했다. 그는 당황하여 사회를 진행하지도 못했다. 그건 다른 친구들도 마찬가지였다. 다휜은 하얗게 질린 얼굴로 자신도 모르게 입을 틀어막았고 혜인은 눈을 동그랗게 뜨며 하늘과 가람을 번갈아 가며 바라보았다. 성민은 미르와 하늘의 사이를 파고들어

"잠깐만, 이거 실화야?"

라며 얼음장 같던 분위기를 풀어내려 애를 썼다. 미르와 같은 반이었던 몇몇은 미르와 하늘을 번갈아 가며 흘겨보았다. 그러나 미르는 그런 따가운 시선들을 전부 느끼지 못했다. 그 중에서 제일 충격 받았던 사람을 고르라고 하면 당연히 미르였다. 미르는 표정을 순식간에 굳히며 그대로 얼어붙었다. 화를 내지도 않았고 슬퍼하지도 않았다. 너무 당황해서 목구멍이 틀어 막혔다. 하늘의 의도를 파악할 수 없었다.

"나랑 사귀자."

하늘이 태연하게 말을 이어갔다. 곳곳에서 작은 수군거림이 일렁이며 강당 안을 채워나갔다. 미르는 온몸의 피가 빠져나가는 듯한 느낌을 받으며 멈추어 있었다. 그의 얼굴은 날카로운 유리조각처럼 투명하게 반짝였다.

가람은 보석 같은 두 눈을 굴려 기어코 자신의 앞을 차지한 어리석은 한 소년을 바라보았다. 그가 지은 미소 한 자락은 강

당 안을 굴러다니는 먼지만도 못한 것이었으나 명백한 조소로써 가람의 몸 안을 헤집었다. 하늘을 유영하던 기다란 용 한 마리가 꼬꾸라져 위 안에서 버둥거렸다. 극심한 구토감이 발끝에서부터 몸부림쳤다. 순식간에 입을 틀어막았다. 반사적인 행동은 가람에게 작은 방패가 되어주었다. 그 속에서 그녀의 얼굴은 산산조각 나 부서졌다. 그러나 머지않아 그녀는 멀미를 불러일으키던 작은 버스 한 대를 생각해냈다.

창문을 넘어 흘러가는 바람과 같이 숨을 뱉어낸 그녀는 누구보다 순진하게 웃으며 고개를 끄덕였다. 완벽한 그림 같은 광경이었다. 가람이 작게 모아쥔 두 손에서 아름다운 장미꽃 무더기가 피어났다. 달달한 향이 코를 마비시킬 듯 퍼져나가 미르의 두 눈에 담겼다.

"세상에, 정말 아름다운 커플이 탄생했군요! 여러분 모두 박수 쳐주세요!"

놀란 표정으로 굳어 있는 우빈을 이상하게 본 사회자가 대신 진행했다. 몇몇을 제외한 아이들은 환호했다.

그날은 10월 10일이었다.


"야, 이하늘. 너 나랑 잠깐 얘기 좀 해."

축제가 전부 끝나고 강당에 아이들이 절반 넘게 빠졌을 때였다. 미르가 하늘의 어깨를 잡았다. 미묘하게 힘이 들어가 있었다.

"아니, 이하늘 너 장난이지? 이게 뭐하자는 거야?"

무대에서 뛰어 내려온 우빈이 말문을 이어가지 못했다. 우빈은 입술을 달싹이더니 결국 한숨으로 모든 것을 표현했다.

"장난이라니, 용기 내서 고백한 사람한테 너무한 거 아니야?"

하늘이 예전과 다름없는 모습으로 미소 지었다. 그 모습에 미르는 아무 말도 할 수 없었다. 불과 몇 시간 전에 저 미소를 보았더라면 지금과 매우 다른 감정을 느끼게 되었을 것이다. 그만큼 미르는 처음 느껴보는 매우 복잡한 감정을 씹어 삼키고 있었다. 분노와 서러움, 의문, 배신감 등이 얽혀 미르를 가만히 내버려 두지 않았다. 미르는 그대로 바닥에 주저앉을 뻔한 것을 간신히 버텼다. 다리에 힘이 풀렸지만 정신력 하나로 일어서 있었다.

"아니 상식적으로 이게 말이 되는 행동이야?"

미르가 조금 작아진 목소리로 속삭였다. 그의 목소리는 감정에 삼켜져 대부분 바스러져 있었다. 미르는 결국 하늘의 어깨를 잡은 채 그대로 주저앉았다.

"야! 괜찮아?"

뒤에 있던 성민이 미르를 일으켜 주었다.

"다 나가 봐."

미르의 말은 한숨소리인지 말소리인지 분간되지 않았다. 친구들은 그런 미르를 안쓰럽게 바라보았다. 그들의 생각도 미르와 다름없었는지 모두 느릿한 걸음으로 금세 자리를 비켜주었다. 우빈은 나가면서 미르의 어깨를 토닥여 주었다. 이제 강당에는 아무도 없었다. 미르와 하늘 둘 뿐이었다.

"왜 이런 짓을 한 거야? 너도 뻔히 다 알고 있으면서…."

"난 아무것도 몰라. 진심이야."

미르는 생글생글 웃는 하늘의 태도를 보고도 화를 낼 수 없었다. 꾹 닫혀버린 입은 미련하게 그 무엇도 토해내지 못했다. 미르는 아무 말 없이 하늘을 바라보았다. 그의 표정을 보며 생각을 읽어내려 애썼다. 그러나 도저히 알 수 없었다. 하늘의 얼굴이 머릿속에서 일그러지며 흩어져 갔다. 미르가 알고 있는 원래의 하늘이 맞는 것인지조차 의문스러웠다.

"네가 나한테 아무 말도 하지 않았잖아."

하늘에 끼인 작은 먹구름이 벼락을 불러일으켰다. 미르가 처음으로 마주한 암흑이었다. 그의 눈동자에는 아무것도 비치지 않았다. 당황한 미르는 하늘의 어깨를 놓았다. 하늘은 힘없이 떨어져 나간 미르의 차가운 두 손을 쫓았다. 새카만 두 눈이 드넓은 우주에 빠진 듯 고요하게 잠겼다. 그는 미르에게 아무것도 꾸며내지 않은 자신의 진짜 모습을 보이고 있었다.

"넌 아무한테도 진심으로 대하지 않잖아. 그런 주제에 왜 내가 너에게 진실하게 대하길 바라는 거야? 너무 이기적인 거 아니야? 그런 네 태도가 너무 역겨워서 참을 수가 없었어. 아주 옛날부터 똑같았어, 너는. 모든 사람을 전부 인형처럼 대하잖아. 그래놓고 억울해? 속상해? 서러워? 화가 나? 왜? 너도 이렇게 살고 있으면서 막상 남이 널 갖고 노니까 배신당한 것 같아서 참을 수가 없어?"

"이 새끼가 진짜…!"

미르가 하늘의 멱살을 잡았다. 하늘의 입가에 작은 균열이 일었다. 그는 다급해 보였다. 잘게 떨리는 입술은 더러운 말을 뱉어내지 못해 안달이 나 있었다.

"그래, 미르야. 이게 네 진짜 모습이야. 그냥 받아들여. 너도 나와 다를 것 없는 하늘 같은 인간이야."

하늘은 다시 표정을 감추었다. 어제처럼 미소 짓는 그의 모습이 너무나도 소름 끼쳐 미르는 그의 멱살을 놓을 수밖에 없었다. 하늘은 옷매무새를 정리했다. 그는 일어서지 못하고 주저앉은 채 자신을 바라보던 미르를 미묘한 시선으로 눈에 담았다.

"내일 보자."

깨져버린 유리조각을 삼킨 채 단어 하나하나를 내뱉던 하늘은 살며시 웃으며 따사로운 빛을 향해 걸었다. 미르만이 혼자 남겨져 어둠 속에 파묻힐 뿐이었다.

상황을 밖에서 지켜보고 있던 성민과 우빈은 굳게 닫힌 문을 열어 홀로 나오는 하늘을 보았다. 이질적일 정도로 단정한 그는 잠시 멈추어 나뭇가지 위에 앉아 의미 없는 노랫소리를 바람에게 전하던 새 한 마리를 물끄러미 바라보고 있었다. 그는 작은 입을 벌려 따뜻한 공기를 주위에 실려 보냈다. 그의 두 눈이 얕게 떨리며 드넓은 하늘을 일그러트렸다.

우빈은 숨을 죽이며 그가 강당 안을 매서운 발걸음으로 나설 때까지 잠자코 기다렸다. 하늘은 꽤 오랜 시간 강당 앞을 지키고 서 있었다. 그의 이상한 태도에 우빈은 눈을 가늘게 떴다.

우빈은 손톱을 물어뜯으며 앞으로 펼쳐질 아름다운 일들에 대해 생각했다. 일단 미르의 성격상 하늘과는 무조건 적을 칠 것이었다. 가람은… 잘 모르겠지만 그리 잘 지내지는 못할 것이다. 이런, 정말로 파국이었다. 친구 하나 잘못 사귀어서 남은 반 학기 동안 어색함에 피눈물을 흘리며 학교생활을 하게 될지도 몰랐다. 평소에 아무런 생각을 하지 않는 성민도 이번만큼은 심각성을 인지한 듯했다. 오히려 그런 성민의 반응이 두려웠다. 평소처럼 아무것도 신경 쓰지 않았다면 아주 조금은 안심할 수 있을지도 몰랐다.

"야, 일단 미르한테 가보자. 이대로면 우리 학교 가서 개조져."

우빈이 성민의 후드 집업을 잡고 강당 쪽으로 끌고 갔다. 성민은 의욕 없이 우빈의 손에 질질 끌려갔다. 울퉁불퉁한 바닥이 그의 옷을 더럽혔다. 호기롭게 강당으로 향한 우빈은 문을 열려던 손을 잠시 멈추었다. 안에 있는 미르의 모습을 볼 자신이 없어져 버렸다. 우빈은 정확히 총 3번의 심호흡을 한 뒤 두 눈을 감은 채 강당의 문을 밀었다. 음산한 소리를 내며 밀린 문은 이윽고 한 사람만을 가리켰다.

"야… 김미르?"

미르는 움직이지 않았다. 그저 가만히 앉아 어둠 속에 잠식된 두 눈을 깜빡이고 있었다. 성민은 그 모습에 기겁하며 우빈의 등 뒤로 붙었다.

"쟤 미친 거 아니야?"

성민이 우빈의 귓가에 은밀하게 속삭였다. 우빈은 시끄럽게 구는 성민의 머리를 누르며 미르에게 점점 더 가까이 다가갔다.

"…찮아."

"뭐라고…?"

"괜찮다고, 난 괜찮아!"

우빈이 가까이 다가가자 미르는 자신을 방어하듯 외쳤다.

"아니, 미르야. 너 진짜 하나도 안 괜찮아 보여."

우빈의 등 뒤에 서 있던 성민이 고개를 빼꼼 내밀며 말했다. 미르와 눈을 마주친 성민의 목소리는 점점 작아지고 있었다.

"야, 그래서 뭐 어떡할 거야? 어찌 됐든 학교 가서 이하늘이랑 윤가람 얼굴 보고 살아야 하는데."

정신을 차린 우빈은 한 손으로 자신의 이마를 쓸어내리며 말했다. 우빈은 지금 이 상태에서 미르가 어떠한 결정을 내릴 수 있는지에 대한 확신이 들지 않았다. 그러나 무엇이라도 해야 했다. 안 그러면 학교에 갔을 때 어색해진 분위기를 영원히 되돌려 놓을 수 없을지도 몰랐다. 우빈은 차라리 미르가 하늘과 맞짱이라도 뜨길 바랐다. 애매한 사이가 될 바에는 극단적이긴 하지만 아예 적으로 만들어 버리는 것도 나쁘지 않은 선택지였다.

"상관없어."

"상관없다고? 그럼 그냥 어제처럼 대하게?"

우빈이 손을 내리며 미르를 바라보았다. 성민 또한 고개를 돌렸다. 둘은 순간적으로 몸을 굳혔다. 둘이 바라본 미르는 아무런 감정도 느끼지 않는 사람처럼 보였다. 미르는 분노와 슬픔, 배신감과 서러움을 품고 있지 않았다. 우빈은 자신이 미르와 눈을 마주치고 있지만 마주치지 않고 있다는 것을 느꼈다. 무언가 크게 잘못되었다.

미르는 태연하게 일어섰다. 다리에 붙은 먼지를 털어낸 미르는 환하게 웃기까지 했다.

"야, 너 미쳤어?"

우빈이 자신의 입을 틀어막았다. 미르는 그런 우빈의 어깨를 토닥이며 말했다.

"너무 걱정하지 마. 문제 될 건 하나도 없으니까."

우빈은 사근사근하게 들려오는 미르의 목소리가 처음으로 무섭게 느껴졌다. 우빈이 살짝 뒷걸음질 쳤다. 성민은 우빈보다 5걸음 뒤에 위치한 채 상황을 지켜보고 있었다.

"내가 그랬잖아. 윤가람 안 좋아한다고."

미르가 우빈의 어깨 위에 올린 손을 내렸다.

"그러니까 뭐가 문제야."

말을 끝낸 미르의 얼굴은 아무런 감정도 담고 있지 않았다. 그러나 차갑지도 않았다. 그는 입구 쪽에 서 있는 성민을 흘겨본 뒤 유유히 강당을 나섰다. 성민은 그런 미르를 몇 번이나 쳐다보았다.

우빈은 소름이 끼쳐 입을 강하게 틀어막았다. 미르의 얼굴이 하늘과 너무나도 닮아 있었기 때문이다.

미르는 집에 와서 몇 번이나 거울을 들여다보았다. 자신의 본모습이 정말 이런 것인지에 대한 의문이 들었다. 예상과 달리 그는 너무나도 침착했다. 생각을 곱씹어 갈수록 더욱 아무것도 느낄 수 없었다.

'그래, 미르야. 이게 네 진짜 모습이야. 그냥 받아들여.'

하늘의 말이 귓가에 울렸다. 하늘은 미르와 아주 오랜 세월을 함께한 소꿉친구였다. 그는 미르의 어머니보다 미르를 잘 알았고 미르 자신보다도 미르를 잘 이해했다. 그런 그가 남긴 말이 미르의 안에서 요동치며 맴돌고 있었다.

어쩌면 하늘의 말이 전부 다 진실일 수도 있었다. 미르는 남에게 관심이 없었다. 자신만을 생각했고 남이 상처를 받던지 안 받던지 딱히 신경 쓰지 않았다. 사람들에게 보이는 알량한 배려심은 미르의 죄책감을 덜기 위한 수단에 불과했다. 미르는 한순간의 즐거움을 추구했으며 지루함을 느끼면 자비 없이 뒤돌아섰다. 그게 미르란 사람이었다.

미르는 '나'라는 존재에 더욱 깊이 빠져들었다. 아니, 깊다고 할 수 없었다. 같은 곳을 여러 번 찔러 깊어 보이는 상처를 만드는 행위였다.

하늘은 자신이 역겨웠다고 했다. 여태까지 못다 한 말들을 쏟아내듯 미르에 대해 서술한 하늘의 눈빛에선 강한 증오가 묻어나왔다. 언제부터 그랬던 걸까. 하늘이 언제부터 자신에게서 참을 수 없는 강한 분노를 느껴온 것일까. 하늘이 보여주었던 모든 행동과 말들이 전부 다 위선이라고 생각하니 헛웃음이 나왔다. 그토록 싫어하던 자신과 같은 미소를 지었던 하늘이 머릿속에 선명히 새겨졌다.

침대에 대충 던져진 핸드폰에서는 수많은 알람소리가 울렸다. 친구들은 모두 비슷한 얘기를 하고 있었다. 내일 어떻게 할 거냐, 이하늘이 미쳤나보다, 윤가람도 약간 이상하다… 미르는 이제 그들이 하는 모든 말들이 텍스트로 이루어진 0과 1로 되어 있는 데이터 덩어리일 뿐이라는 생각이 들었다. 그 누구의 말도 믿을 수 없었다. 미르 혼자 결정을 내려야 했다. 미르는 오래 고민하지 않았다. 아주 간단한 답 하나가 머릿속을 꽉 채워버렸다.

하늘은 자신이 싫다고 했다. 역겹다고 했다. 이기적이라고 했다. 그러나 하늘은 그 누구보다도 미르와 닮아 있었다. 미르는 아주 쉽게 하늘의 망막에 감싸진 강력한 자기혐오를 읽을 수 있었다.

미르는 하늘에게 분노를 표출할 생각이 없었다. 일반적인 사람이라면 그리 했을 테지만 미르의 생각은 조금 달랐다.

미르는 자신 안에 숨어 있던 무언가를 자각했다. 그럼으로써 미르는 하늘의 하늘이 되어 그의 위를 떠다닐 수 있었다. 그것 자체가 하늘에겐 아주 오랫동안 미르를 향했던 증오의 시간들을 견뎌냈다는 증거가 되었다. 하늘은 미르를 자신이 그토록 원망했던 하늘로 만들었다. 그리기 위해 오늘 하늘은 자신이 참아왔던 모든 것을 터트렸다.

그는 미르가 싫다. 역겨워서 견딜 수가 없다고 했다. 그가 느끼는 혐오감으로 미르는 온전한 하늘이 되었다. 그의 모든 것이자 완벽한 증오의 대상이었다. 미르는 기꺼이 그의 위에서 갖은 위선들을 떨어줄 수 있었다. 하늘이 그러한 행동으로 자신의 하늘을 똑바로 마주할 수 있다면 그걸로 충분했다. 그것이 미르가 누군가를 증오하는 방식이었다.

미르의 입가에 웃음이 걸렸다. 누군가를 향한 것인지 알 수 없는 작은 웃음소리는 허공을 갈라 미르 자신에게로 되돌아왔다. 닫힌 창문 틈으로 쏟아지는 빛이 보였다. 미르의 의자가 끌고 오는 질척한 그림자가 빛을 삼킬 듯 일렁이며 미르의 뒤에 자리 잡았다. 빛을 원할수록 등 뒤를 감싸 안은 작은 어둠 한줄기가 성화를 부렸다.

작게 뛰며 존재를 증명하던 심장을 세게 움켜쥐었다. 역시나 차가웠다. 창백한 그의 손이 온기를 빼앗겨 얼어붙었다. 도대체 무엇을 위한 짓이었느냐고 묻는다면 답할 수 없었다. 쏟아진 비를 머금어 축축해진 목구멍 사이로 메마른 쇳소리가 방 안을 울렸을 뿐이었다. 애초에 목적은 존재하지 않았을지도 모른다. 비루한 몸뚱어리 속을 채우기 위한 발악이었을까, 나지막이 읊조렸지만 매정하신 하늘께서는 답을 내려주지 않았다. 깊은 강이 생각났다. 자신의 몸을 산 채로 집어삼켜 그 하찮은 숨결마저 앗아갈 듯 굴었던 바다와도 같은 강이 생각났다. 물거품이 되어 사라질 주제에 무엇을 그리 바랐던가. 어리석은 어린 용 한 마리는 결국 차가운 강물에 담군 얼어붙은 몸을 보전하기에도 힘든 처지로 남게 되었다. 그 눈 앞에 펼쳐진 높은 하늘을 보며 비늘을 떨구는, 그런 용이 되었다.

다음날 교실이었다. 놀랍게도 달라진 것은 아무것도 없었다. 굳이 하나를 꼽자면 하늘과 미르가 같이 등교하지 않았다는 점이었다. 미르는 아침부터 생글생글 웃으며 등교했다. 평소와 다름없이 친구들을 대했다. 그 친구들 중엔 하늘과 가람이 포함되어 있었다. 당연히 아무것도 모르는 혜인과 다횐은 미르에게 의문을 가졌다. 그들은 축제가 끝난 뒤 바로 집으로 들어갔기 때문에 미르의 모습을 보지 못했다. 우빈은 그런 둘과 성민을 이끌고 4층으로 올라갔다. 그곳에는 거의 쓰이지 않는 텅 빈 교실이 하나 있었는데 사람들이 자주 오지 않아 비밀이야기를 하기 아주 좋은 곳이었다. 우빈은 구석에 밀려나 있던 먼지 쌓인 탁자와 의자들을 정 가운데로 끌고 왔다. 자신의 안경닦이로 대충 먼지를 털어낸 우빈은 의자에 앉아 조심스럽게 친구들 쪽으로 몸을 기울였다.

"너희는 어제 바로 집으로 들어가서 김미르 꼴을 못 봤잖아."

우빈이 말하자 혜인과 다흰은 서로를 바라보더니 동시에 고개를 끄덕였다.

"박성민이랑 내가 이하늘 나온 거 보고 바로 강당 안으로 들어가 봤거든? 근데 김미르가 멍하게 거기 쭈그려서 앉아 있는 거야! 아무리 봐도 이상하잖아. 울고불고 난리를 쳐도 모자랄 판에 애가 넋이 나간 듯 가만히 있는데."

"그치, 그치."

다흰이 고개를 끄덕이며 반응했다.

"그래서 내가 '김미르~'하고 불렀는데 걔가 우릴 쳐다보더니 아무 일도 아니니까 신경 쓰지 마라면서 나 윤가람 안 좋아한다고 그러니까 둘이 사귄 건 아무런 문제가 안 된다고 말하더니 그대로 가버렸어. 진짜 미친 거 같아."

우빈이 이야기를 끝내고 다시 몸을 뒤로 기울였다. 다흰과 혜인은 잠시 동안 말없이 곰곰이 미르의 생각을 읽어 보려 노력했다.

"진짜로 그냥 안 좋아한 거 아니야?"

혜인이 입에 물고 있던 딸기맛 사탕을 빼며 말했다. 인공적인 딸기향이 텅 빈 교실에 퍼졌다.

"그럴 리가 없지, 김미르 얼굴을 봐라. 담장 너머 장미보다 붉어지는데?"

다휜이 창문을 손으로 가리키며 반박했다. 그녀는 꽤 문학적인 표현을 사용하며 미르의 감정을 이해시켰다. 우빈도 다휜의 말에 동의했다. 미르가 가람을 안 좋아한다는 가능성은 매우 적었다. 그리고 애초에 좋아하지 않으면 하늘에게 화를 내며 다가갈 이유도 없었다.

"아니면 친구랑 멀어지기 싫어서 그런가?"

손을 말아 쥐어 입가에 가져다 댄 다휜이 조심스럽게 말했다. 꽤 그럴듯한 말이었다. 어떻게 보면 이 일은 그다지 심각한 일이 아닐 수도 있었다. 하늘이 가람과 사귀고 싶다는데 막을 수도 없었고 심지어 가람이 그 고백을 받아주었다. 명분이 충분한 고백이었고 성공까지 했으니 도덕적인 관점을 제외시키고 정말 냉정하게 이 사건을 바라본다면 딱히 미르가 하늘과 연을 끊을 만한 이유를 찾을 수 없었다.

"아니 근데, 미르가 아무 일도 없었다는 듯이 다가가는데 그걸 받아주는 윤가람이랑 이하늘도 제정신이 아닌 거 아니야?"

"그것도 맞네. 이하늘은 그렇다 쳐도 윤가람은 뭐 어쩌자는 거지?"

4명이서 머리를 맞대어 고민했지만 실마리는 풀리지 않고 더욱 견고하게 묶어졌다. 그냥 가치관에 차이라고 넘기기에는 그 3명의 행동이 전부 이해가 가질 않았다. 일반적인 관점에서 보면 문제가 있었고 넓은 관점에서 보면 문제가 없어 보이기도 했다. 그러나 이 4명은 일반적인 사람이었다. 그들의 관점을 대입시키면 문제가 있다는 반응이 나왔다. 반면에 그들은 그 3명이 아니었다. 그렇기 때문에 백날을 고민한다 해도 완벽한 답을 낼 수 없었다.

"아니면, 그냥 3명 다 사이코패스인 거 아닐까?"

다휜이 진시하게 두 손을 맞잡으며 말했다. 그럴 가능성도 배제시킬 수는 없다. 3명이 어딘가 결여된 인간이라면 이런 사소한 문제는 굳이 신경 쓰지 않을지도 모르니까. 그들은 점심시간이 다 끝나갈 때쯤 교실로 돌아왔다. 의문은 해소되지 않았지만 마음은 조금 홀가분해졌다. 그들은 결국 '미르가 하자는 대로 하자'라는 결론에 도달했다. 이 일은 미르와 하늘, 가람의 일이고 우리는 제삼자다. 이것이 그들의 의견이었다. 미르가 하늘과 가람에게 불편함을 느끼지 않는다면 굳이 미르를 말릴 필요가 없었다. 뭔가 찜찜했지만 그들은 이것이 최선의 방법이라며 간단하게 자신들을 합리화했다. 넷은 평소와 다름없이 행동하며 셋의 반응을 주의 깊게 살폈다. 틀어져 버린 우스운 평화는 보이지 않을 만큼 멀어져 있었으나 허상처럼 흐릿하게 다가왔다.

하늘은 미르가 평소와 다름없이 자신을 대하는 것에 조금 당황했으나 미르의 눈을 마주한 그는 미르의 깊은 곳에서 끓어

나오는 숨길 수 없는 강렬한 증오를 느끼며 안도했다. 김미르는 완전한 하늘이 되어야 했다. 그것이 유일하게 그를 상처 입히지 못하는 수단이었다. 하늘은 미르가 자신을 더욱 싫어해주었으면 했다. 증오하고 물어뜯고 울분을 토하길 원했다. 미르는 그에 바람에 따라 움직여 주었고 비로소 완벽해졌다. 하늘은 그를 망쳐놓았지만 그는 망가지면서 자신의 진정한 내면을 바라볼 수 있었다. 그거면 됐다. 그럴 수만 있다면 미르가 개최한 이 지루한 연극에 동참해 줄 수 있었다. 끝은 너무나 가까워 눈에 보일 지경이었다. 그러나 하늘은 미르에게 영원함이란 착각을 선사했다. 그것은 오로지 미르를 위함이었다. 윤가람 또한 자신의 예상과 다름없이 어울려 주었고 모든 것이 점점 끝에 다다르고 있었다.

하늘은 숨을 깊게 들이마시며 폐에 차오르는 신선한 공기를 느끼고 또 느꼈다. 이런 행위는 살아 있는 자만이 할 수 있는 고결한 것이었다. 그러나 하늘은 깊은숨을 들이마시면서도 자신이 그들과 멀리 동떨어져 있음을 느꼈다. 그는 무언가 결여되어 있었고 인간으로서 필요로 하는 아주 중요한 무언가를 느끼지 못했다. '나'라는 존재가 실존하긴 하는 건지 의문이었다.

그러던 중 자신과 아주 비슷한 계열인 사람을 겨우 찾아냈다. 그 사람이 바로 가람이었다.

그녀의 행동은 하늘과 비슷했다. 겪어보지도 않은 무언가를 그저 바라만 보고 흉내 내는 듯한 가람의 행동을 본 하늘은 확신했다. 가람이라면 자신과 비슷한 생각을 하고 있을 수도 있었다.

그러나 처음 그녀를 본 순간에는 형용할 수 없는 거부감이 생겼다. 자신과 너무 닮아 있어서 그런가 그녀에게서 말할 수 없는 기괴함을 느꼈다. 그러나 딱히 신경 쓰지 않았다. 가람과 자신은 같았다. 그녀가 기괴하다면 자신 또한 기괴한 사람이었다. 하늘은 그러한 사고방식을 바탕으로 거부감을 줄여나갔다.

가람이 썩 마음에 차진 않았지만 가람은 하늘의 오랜 염원을 이루는 데 꼭 필요한 존재였다. 특히 미르가 가람을 좋아한다는 점이 그녀의 가치를 높였다. 그래서 그날 하늘은 버스 안에 가람과 단둘이 있는 시간을 노려 접근했다.

"넌 나와 같구나."

하늘이 미르가 내리자마자 꺼낸 한마디였다. 그 말을 들은 가람은 표정을 굳혔다.

"그게 무슨 소리야? 너 중2병이라도 걸린 거야?"

가람은 하늘에게 대놓고 적대감을 드러내었다. 그녀는 하늘을 그다지 좋아하지 않았다. 오히려 거슬려 했다. 매번 사람들에게 화사하게 웃으며 그들을 입맛대로 움직이는 가람이었다. 자신의 속내를 전부 들여다보고 있는 하늘이 좋게 보일 리가 없었다.

"전혀, 나를 그렇게 싫어할 필요 없어. 난 네가 나름 흥미로워. 그리고 네가 꼭 필요하기도 해."

"내가 필요하다고? 그게 무슨 소리야?"

하늘의 말을 들은 가람이 차갑게 쏘아붙였다. 하늘은 그런 가람을 제지하기 위해 노력했다. 가람은 자신을 도구처럼 말하는 하늘의 태도에 기분이 상해 있었다.

"널 도구처럼 생각하는 게 아니야. 네 도움이 필요한 거지."

하늘이 말하자 가람의 태도가 조금은 부드러워졌다. 하늘은 그녀의 자존심을 건드리지 않는 선에서 조심스럽게 이야기를 이어나갔다.

"네 얼룩 있잖아. 지우고 싶지 않아?"

"얼룩이라니?"

"김미르가 물들인 얼룩. 너도 알잖아. 꽤 거슬려 하는 것 같던데."

하늘이 가람의 정 가운데를 가리켰다. 심장이 뛰고 있는 그곳이었다. 가람은 그의 말을 듣고 입을 꾹 닫았다. 자신의 말 한마디가 약점이 될 수도 있는 상황이었다.

"다시 말할게. 나는 네 도움이 필요해."

하늘은 차분하게 가람이 입을 열길 기다렸다. 가람은 꽤 오랫동안 입을 열지 않았다. 인간에 대한 불신이 쌓여 극에 달해 있을 가람이었다. 그녀는 한 정거장을 지나칠 때까지 앞을 바라보며 침묵을 유지했다.

"…지울 수만 있다면 지우고 싶은 건 사실이야."

"그래, 얘기해 줘서 고마워."

"빈말하지 마. 내 말을 영악하게 유도했으면서."

하늘이 가람에 말을 듣자 소리 내어 웃었다. 그의 웃음소리는 즐거움이 담겨 있지 않았다. 가람은 왜인지 모를 섬뜩한 기분을 느끼며 양손으로 어깨를 감싸 안았다.

"나를 생각보다 훨씬 더 싫어하는구나."

"어 싫어. 네가 거슬려서 도저히 내 계획을 실행할 수가 없잖아."

가람의 목소리에는 감정이 담겨 있지 않았다. 그러나 그녀의 말은 목소리와 반대되게 많은 것을 품고 있었다. 가람은 어린아이처럼 내뱉은 말에 잠깐 당황했지만 웃음을 잃지 않는 하늘을 보고 자신 또한 표정을 다시 굳혔다.

"걱정하지 마. 나도 너 싫어해."

가람은 하늘의 말을 듣고 어이가 없어 헛웃음을 흘렸다. 자신의 옆에 앉아 있는 고결하고 유치한 이 남자가 떠는 위선들을 가만히 바라만 보고 있을 수 없었다.

"진정해. 아직 나는 본론으로 들어가지도 않았어. 내가 하고 싶은 건 제안이야. 이런 유치한 싸움이 아니라."

가람은 하늘의 말에서 걸려 나오는 가시들을 조용히 눈감아 주었다. 그가 무슨 말을 하려 저렇게 뜸을 들이는지 약간 궁금해지기도 했고 가람 또한 언성을 높이고 싶지 않았다.

"내가 네 얼룩을 지워줄게. 그 대신에 너는 내가 하자는 대로

해주면 돼. 너에게 많은 걸 요구하지는 않을 거야."

하늘이 자세한 이야기들을 가람에게 천천히 말해주었다. 이야기를 듣는 가람의 표정은 다양하게 바뀌었다. 긍정적인 의미는 아니었다.

"미친 거 같아. 어떻게 그래? 이걸 통해서 얻는 이득조차 없잖아."

가람의 목소리가 떨렸다. 그녀는 진심으로 하늘이 미쳐 있다고 생각했다. 이런 이야기를 막힘없이 술술 얘기하는 그는 자신과 같은 부류로 보이지 않았다. 그에 비하면 가람은 평범한 사람이었다.

"만약을 준비하는 것뿐이야."

"만약을 위해 이딴 짓을 벌인다고?"

"부탁이야. 네가 아니면 나는 아무것도 할 수 없어."

하늘은 서글프게 미소 지었다. 가람은 하늘이 아주 거대한 무언가를 계획하고 있다는 것을 직감적으로 알 수 있었다.

"이건 내가 이루었던 모든 것을 헛되지 않게 하는 방법이고…."

하늘은 잠시 뜸을 들였다. 그가 고개를 돌려 창밖을 바라보았다.

"…에 손바닥 자국이라도 남기려는 나의 발악이야."

그것이 대화의 끝이었다. 묘한 동질감을 느낀 가람은 하늘을 굳이 말리지 않았다. 그가 무엇을 하던 그녀의 상관이 아닌 것도 있었지만 하늘이 너무나 지쳐 보이는 얼굴을 하고 있어 그를 붙잡을 수 없었다.

결국 가람은 그의 이해자로 남아 있었다. 아무 말도 하지 않은 채 하늘의 모든 억울함과 절망감 그리고 후회를 받아주었다. 가람은 자신과 닮아 있는 소년을 뿌리치지 못했다. 그것이 이유의 전부는 아니었다. 어찌 보면 가람 또한 하늘을 이용하는 것이었다. 그녀에게 새겨진 강한 얼룩을 지우기 위해서.

둘은 많은 대화를 섞어본 적이 없었지만 초면에 서로의 깊은 내면을 공유했다. 연민으로 감싸진 둘의 관계는 건강하지 못했지만 일시적으로나마 서로에게 위안이 되었다.

# 발걸음을 맞춘다는 것은

덜컹거리는 버스가 이곳에서부터 아주 먼 길을 향하며 달려 나갔다. 구불거리는 길을 휘청이며 지나가던 버스는 과격하게 정차하며 당장이라도 떨어질 듯한 삐걱거리는 문을 느긋하게 열었다. 내리거나 타는 사람은 거의 없었다. 버스에는 5명의 사람들이 조용한 분위기를 깨트리지 않게 노력하며 여러 가지 색의 무선 이어폰을 귀에 깊숙이 쑤셔 넣고 있었다. 누군가는 이러한 버스의 풍경을 의아해할 수 있겠으나 이 동네 사람들에겐 버스가 지나치고 있는 옹기종기 모인 여러 주택들처럼 익숙하게 다가왔다.

 미르와 우빈은 인생을 살아가면서 이런 식의 기분전환을 해야 할 필요가 있다고 느꼈다. 적당히 서늘한 바람조차 함께 어우러진 버스 안 감각은 일품이었다.

 대략 5정거장을 지나쳤을 때까지만 해도 미르의 눈은 맑게 빛나며 빛처럼 빠르게 앞으로 나아가는 여러 풍경들을 눈에 그려나가고 있었지만 피로에 절여진 눈은 여태까지 버텨온 시간들 중 절반을 넘기지 못하고 어둠을 새겼다. 얕은 잠에 빠진 미르는 버스가 요란한 소리를 내며 정차할 때마다 화들짝 놀라며 주위를 돌아보았다. 핸드폰을 쥐고 있는 우빈의 손을 확인한 미르는 다시 잠들었다 깨는 것을 서너 번 반복했다.

"김미르, 일어나…!"

사람들의 시선이 두려워 미르를 작게 흔들며 깨우던 우빈은 버스 전체를 강하게 울리는 하차벨을 눌렀다. 빠른 속도로 앞을 가로지르던 버스가 정류장에서 조금 튀어나가 급하게 정차했다. 우빈과 미르는 순간적으로 중심을 잡지 못하며 살짝 미끄러졌다.

버스에서 내린 둘은 머리 위에 적혀 있는 정류장을 확인하며 핸드폰으로 지도를 켰다. 지도앱이 살짝 버벅거렸지만 길을 찾을 수 있는 정도는 됐다. 그들이 걸어가야 할 거리는 약 20분을 필요로 했다. 우빈은 차라리 차를 끌고 왔어야 했나 잠시 고민했지만 최근에 크게 차 사고를 내어 형체조차 알 수 없게 찌그러진 차 사진을 보내주던 미르를 떠올렸다. 어쩌면 기름값도 아끼고 목숨도 연명하는 좋은 선택이었을지도 모른다.

"진짜 한적하다. 이 정도면 시골 급인데?"

거리에 나온 사람들조차 손에 꼽아야 하는 수준이었다. 미르는 고개를 이리저리 돌리며 고요함으로 뒤덮인 이곳을 바라보았다. 기분 나쁜 고요함이 아니었다. 편안하고 안정되어 있는 고요함이었다. 넓지만 텅 빈 이곳에 다휜이 있다는 사실 또한 이 동네에 대한 인식을 바꿔놓았다. 미르는 해맑게 웃으며 길을 찾는 우빈을 재촉했다.

둘은 예상도착시간보다 3분 정도 빠르게 도착했다. 동네의 지리가 워낙 단조롭기도 했고 목적지는 한눈에 볼 수 있는 정중앙에 위치해 있었다.

눈을 굴리며 아담한 카페에 이름을 수차례 확인한 우빈은 헛기침하며 자신의 키와 별 차이가 나지 않는 높이의 문을 열었다. 문 위에 걸린 장식품이 딸랑거리며 맑은 소리를 울렸.

"어서 오세요!"

종소리와 같이 청량하게 울리는 시원한 파도 같은 목소리가 둘의 귀를 적셨다. 머리를 간단하게 올려 묶고 있는 다훤은 예전과 하나도 달라지지 않은 미소를 퍼트리며 그들의 앞에 자리했다. 미르와 우빈은 햇빛을 받아 어린 풀잎처럼 싱그럽게 빛나는 다훤을 말없이 바라보았다. 그녀는 변함없는 모습으로 자리를 지키고 있었다.

"야, 둘이 뭐 하냐. 빨리 와서 앉아."

카페의 모퉁이 쪽 꽤 널널한 자리를 차지해 앉아 있는 성민이 자신의 앞에 놓인 음료를 한 모금 빨아들이며 말했다. 그의 앞자리에 앉은 혜인은 옆으로 밀어놓았던 가방을 다급히 치우고 있었다.

"뭐야, 너희였구나. 하도 손님을 많이 받다 보니까 착각했네. 가서 편하게 앉아 있어. 아, 잠깐 원하는 음료는 말해주고 가.

내가 특별히 무료로 만들어 줄게."

 다횐이 작은 몸을 바쁘게 움직이며 순식간에 카운터로 이동했다. 미르와 우빈은 그 모습을 신기하게 바라보았다. 앞치마를 단단히 묶어 맨 그녀는 잘 다루지도 못하는 기계를 만지작거리더니 이윽고 거대한 에러창 하나를 띄웠다. 가냘픈 주먹으로 죄 없는 기계를 몇 번 때리던 다횐은 눈동자를 떨며 조심스럽게 뒤로 물러나 태연한 척 미르와 우빈의 앞으로 다가왔다. 그녀의 양손에는 각각 노트와 펜이 쥐어져 있었다.

 "어… 난 그냥 아메리카노 줘. 아이스로."

 심드렁하게 말하던 우빈이 황급하게 뒷말을 덧붙였다. "넌 여기까지 와서 그런 거나 먹게? 내가 잘하는 게 얼마나 많은데."

 당당하게 소리친 다횐은 삐뚤삐뚤한 글씨체로 우빈이 주문한 아이스 아메리카노를 노트에 써내려갔다.

 "나는 청포도 에이드 하나 줘. 핫으로."

 "누가 에이드를 핫으로 먹어."

 "에이드는 핫이 없어."

 미르가 한 말에 우빈과 다횐이 동시에 꼬리를 물고 늘어졌다. 뚝딱거리던 미르는 자신의 황당한 실수에 당황하며 입을 달싹였다.

 다횐은 얼굴을 일그러트린 채 토끼 같은 걸음으로 노트를 꼭 쥐며 들어가 버렸다. 10년 전 교실 문을 나서던 뒷모습이 깊숙이 빨려 들어간 기억들 사이로 그려지는 듯했다. 그 모습을 잠시 동안 지켜보던 둘은 삭막한 공기가 흐르는 구석에 위치한 외진 자리로 향했다.
"여기 분위기가 왜 이래…?"
가방을 내려놓던 우빈의 손이 점점 느려졌다. 성민과 혜인을 힐끗대며 눈치를 보던 우빈은 아무 말도 하지 않은 채 서로의 그림자만 쫓고 있는 둘을 분석하듯 바라보았다. 정적만이 흐르는 분위기 속에선 숨소리조차도 거슬리게 느껴졌다. 성민의 옆으로 가방을 완전히 내려놓은 우빈은 소리를 죽이며 그의 고요한 옆모습을 바라보았다. 우빈은 성민의 조용한 모습을 보는 것이 거의 처음이었다. 성민은 자신을 바라보는 우빈을 보자 눈을 가늘게 뜨며 혜인에게로 시선을 흘기며 눈짓했다. 혜인은 두 손으로 얼음이 녹아 사라지고 있는 컵을 만지작거리고 있었다.
"너희 싸웠어?"
혜인의 옆자리에 앉은 미르가 둘을 번갈아 쳐다보았다.
"아니 그건 아닌데…."
끝까지 입을 다물고 있는 성민을 보다 못한 혜인이 어색하게 웃으며 답했다.
"오랜만에 만나니까 조금 어색한가 봐."
성민은 혜인의 말을 들으며 말라버린 목을 축였다.
"우리는 다시 만난 지 하루 만에 친해졌는데?"
미르가 혜인의 컵을 가져가 남은 얼음을 입에 털어 넣었다.

얼음을 입안에 굴리던 그는 이 어색한 분위기를 이해할 수 없다는 듯이 말했다. 우빈의 옆에서 작은 숨결을 내뱉던 성민이 짧게 탄식했다.

"아니, 너랑 나는 그렇다 쳐도 솔직히 혜인이랑 나는 서로 갈구면서 친해졌잖아. 이 나이 먹고 그럴 수도 없는 노릇이니까 할 말이 없는 거지."

"우린 이 나이 먹고 옛날이랑 똑같이 살아."

바닥에 시선을 고정한 채로 성민의 이야기를 가만히 듣던 우빈이 고개를 갸웃하며 말했다. 미르 또한 우빈의 말에 천천히 고개를 끄덕였다.

"참 대단하다."

성민이 웃었다. 그의 웃음은 무거웠던 분위기를 유연하게 풀어주는 힘을 지니고 있었다. 그는 거의 비워져 가는 음료를 빨대로 힘차게 빨았다. 달달한 향을 풍기는 초콜릿 음료가 빨대 안으로 빨려 들어갔다.

"생각보다 맛있네. 요리랑은 거리가 멀 줄 알았는데."

성민이 비워진 컵을 탁자 위로 올려놓았다. 탁 소리를 내며 올려진 컵은 투명하게 빛났다.

"그러니까. 사람 일은 어떻게 될지 몰라."

가람이 깨끗하게 비워진 컵을 미르로부터 가져와 작게 흔들어 보였다.

"근데 난 애보다 네가 더 신기해. 어떻게 교사가 된 거야?"

성민이 뒤로 기울어진 몸을 앞으로 빼며 혜인에게 가까이 다가갔다. 갑작스러운 행동에 놀란 혜인은 갈색빛으로 빛나는 눈을 여러 번 깜빡거렸다. 이윽고 희미하게 입꼬리를 끌어올린 혜인은 경직되어 있는 자세를 풀었다. 그녀는 양손을 자연스럽게 탁자에 올렸다.

"어릴 때 애들 좋아한다는 소리는 많이 하고 다녔지. 나도 이렇게 될 줄은 몰랐어."

혜인이 반듯하게 웃었다. 가지런하게 정돈된 치아는 그녀의 인상을 더욱 깨끗이 보이게 했다. 그녀의 눈동자에서 교사다움을 마주한 성민은 놀라워하며 입을 다물지 못했다.

둘은 언제 그랬냐는 듯 어색함을 싹 지운 채 오랜만에 마주한 오랜 고향 친구를 대하듯이 대화를 이어나갔다. 주제는 특별할 것 하나 없었다. 흔하디흔한 인생 이야기가 서로의 입에서 오르락내리락했다. 분위기가 풀리자 안도한 미르는 파랗게 웃으며 둘의 이야기를 경청하고 있었다.

"무슨 얘기 하고 있었어?"

다휜이 음료 두 잔을 우빈과 미르 앞에 내려놓으며 말했다. 얼음을 가득 머금은 음료는 맑고 청량했다. 다휜과 비슷했다. 다휜은 말끔하게 비워져 있는 두 잔에 음료를 보고 하얗게 웃었다. 겨울에 내리는 따스한 눈 같았다. 그녀는 옆자리에서 의자를 하나 끌어와 오른쪽 정 가운데에 앉았다. 드디어 5명이 한자리에 모이게 됐다.

우빈은 조금씩 땀이 차오르는 손을 숨기지 못하고 탁자 아래로 내렸다. 이런 분위기에서 진중한 얘기를 꺼내려 하니 괜히 긴장되었다. 평소와 달리 요란한 우빈의 모습을 본 아이들은 하던 말을 멈추고 우빈을 바라보았다. 우빈은 자신의 앞에 놓여진 차가운 아메리카노를 한 모금 머금고 손을 몇 번 털었다. 헛기침을 하며 양손을 당당히 탁자 위로 올려놓은 우빈은 옹기종기 모여 앉은 4명의 친구들을 차례대로 바라보았다.

"어… 그게 할 말이 있는데. 얘기가 좀 길어질 것 같거든? 혜인이랑 미르는 이미 알고 있을 테고."

우빈이 하려던 말을 짐작한 미르와 혜인은 고개를 끄덕였다.

"그… 내가 사실 작가 일을 하고 있어. 아마 검색해 보면 쉽게 찾을 수 있을 거야. 우연히 내가 낸 책이 조금 유명해졌거든."

자신의 말에 심취한 우빈은 살며시 미소를 머금었다. 그의 말투에 웃음이 담겼다.

동그란 눈으로 우빈을 바라보며 빨대로 컵을 휘젓고 있던 성민은 깜짝 놀라며 손을 멈추었다. 우빈은 그런 성민의 행동을 보고 침을 꼴깍 삼켰다. 제발 성민이 자신의 말을 끊지 않길 바랐다.

"내가 신작 발표를 해둔 상태야. 지금 쓰려고 하는 이야기가 너희와도 관련이 있어서… 그냥 시간 안 끌고 바로 말할게. 우리 7명의 고등학교 이야기를 쓰고 싶어."

우빈의 말은 점점 안정을 찾아갔다. 정직하고 똑바른 목소리로 카페 안을 울리던 우빈은 숙이고 있던 고개를 들어 자신을 둘러싼 4명을 바라보았다. 우빈의 눈이 쏟아지는 빛을 받아 황금색으로 빛났다. 그의 눈동자는 넘쳐흐르는 자신감으로 가득 차 있었다.

아이들은 저마다 조금씩 다른 반응을 보였다. 의외로 성민은 팔짱을 끼며 침착하게 고민했고 다휜은 자신의 손을 만지작거리며 우빈을 올려다봤다. 우빈의 제안을 거절했었던 혜인은 고개를 뒤로 젖히며 두 손으로 얼굴을 쓸었다. 미르는 우빈과 같은 마음으로 자신의 친구들을 바라보았다.

"내가 이 이야기를 쓰려면 너희 모두의 감정과 기억이 필요해. 그건 절대로 나 혼자서는 감당할 수 없는 부분이야."

우빈이 답하지 않는 아이들을 향해 다시 한번 말했다. 그의 목소리에서는 절박함과 애원, 기대감 등이 묻어 나왔다.

"…그러면 우리가 뭘 하면 되는 거야?"

우빈의 말을 무시하지 못한 다휜이 투명한 눈동자를 빛내며 물었다.

"간단해. 말해주면 돼. 그때 있었던 일 말이야."

우빈이 기대에 찬 눈빛으로 다휜을 바라보았다. 다휜은 그런 우빈의 눈을 피하며 고개를 숙였다.

"에이, 그게 뭐 별일이라고. 당연히 해줘야지."

아무 말 없이 고민하던 성민이 잔뜩 긴장한 우빈의 어깨를 치며 웃었다. 그의 웃음이 우빈의 마음을 조금 편안하게 만들었다.

"진짜? 너 이래놓고 도망가면 안 된다!"

우빈이 아이처럼 환하게 웃었다. 두 손을 꼭 감싸 쥔 우빈은 하늘을 향해 올라가는 입꼬리를 숨기지 못했다. 고작 한 명이 나서겠다고 말한 상황이었지만 그 한 명 한 명이 우빈에게는 무엇보다 소중했다. 드디어, 드디어 적지 못해 수개월을 고민했던 이 이야기가 몇 문장이라도 더 쓰여질 수 있었다. 그것만으로도 우빈은 안심했고 기뻐했으며 슬퍼했다.

"나도 최대한 알고 있는 건 다 말해줄게."

눈가가 촉촉하게 젖어있는 다흰이 두 손으로 눈을 찍어 누르며 말했다. 옆에 있던 미르가 다급히 그녀에게 휴지 몇 장을 뽑아 건네주었다. 미르의 손에 담긴 따스한 온기를 전해 받은 다흰은 이윽고 부들부들 떨리던 입꼬리마저 내려버렸다.

"야, 울지 마. 우리가 나쁜 기억만 가지고 있냐? 아니잖아. 난 아직도 최우빈이 최악의 패션 왕 수상하고 기뻐하던 모습이 생생해."

성민이 어떻게 보면 까칠하다고 할 수 있는 목소리로 다흰을 위로했다. 그러나 그 말은 성민 자신에게 건네는 말이기도 했다. 애써 부정하고 있었지만 성민에게 10년 전이란 너무나도 아프게 다가왔다. 그건 다른 아이들도 다름없을 것이다.

"너희가 이러면 나만 나쁜 사람 되잖아."

중립을 지키던 혜인이 꾹 닫아놓은 입을 열었다.

"나쁜 게 아니야. 사람마다 생각이 다른 것뿐이지. 네 반응이 어찌 보면 당연한 거야 혜인아."

미르가 고개를 옆으로 돌려 뾰로통하게 입을 내밀고 있는 혜인을 다정하게 바라보았다. 혜인은 미르가 따사로운 햇살 같다고 느꼈다. 자신의 앞에서 웃고 있는 그 아이는 더 이상 어린 소년이 아니었다.

"나도 말해줄게. 아는 건 별로 없지만 이 글에 추가해야 될 아주 중요한 사실 하나가 생각났어."

마지막으로 혜인까지 우빈을 돕겠다고 자처한 순간 우빈은 말로는 설명할 수 없는 깊은 울림을 느꼈다. 참 아름다운 광경이라고 생각했다. 10년이 지났지만 서로가 결국 이어져 있었고 하나로 모인 감정들은 그들을 여기까지 이끌었다. 만일 운명이라는 게 존재한다면 이런 것을 운명이라 부르나 보다. 우빈은 마주 잡은 자신의 손을 풀고 씁쓸한 미소를 지었다. 차가운 아메리카노 때문이었다. "저기… 나 할 얘기가 있는데."

미르가 건넨 휴지를 전부 눈물로 적신 다휜이 빨개진 눈을 가리며 말했다. 그녀의 말은 올바르지 못하게 뭉개졌다.

"사실 이걸 말하려고 내 카페로 모두를 부른 거야."

다휜은 그 한마디를 내뱉고 자신의 앞치마에 달린 큰 주머니를 뒤적거렸다. 3번 정도 쓸모없는 쓰레기를 발견해 낸 다휜은 쓰레기를 대충 바닥에 던져놓으며 주머니에 더 깊은 곳을 찾아 헤매었다. 그녀의 손에서 무언가가 잡혔다. 천천히 꺼내어진 그것은 앞에서 본 쓰레기보다도 훨씬 더 쓰레기같이 보였다. 다휜은 자신이 꺼낸 무언가를 이리저리 돌려보더니 꾹꾹 접힌 종이를 조심스럽게 펼쳤다.

종이의 크기는 다 펼친 상태인데도 꽤 작았다. 아직까지 새하얀 모습을 유지하고 있던 종이는 선명한 글자를 담고 있었다. 세월이 흘러 조금 지워진 부분이 보였으나 읽는 데 지장은 없었다.

'명운고등학교 왼쪽 구석 구퉁이 부분. 그곳에 작은 나무가 있음'

종이는 그 말만을 아주 오랫동안 품고 있었다. 다휜이 종이를 펼쳐 4명에게 전부 보여주자마자 종이는 쓸모를 다한 듯 찢어져 버렸다. 다휜은 찢어진 종이를 모으려고 애를 썼지만 흩어져 날아가 버린 종이는 도무지 찾으려 해도 보이지 않았다.

"이게 뭐야?"

성민은 찢겨진 종이의 조각들을 손으로 가리켰다.

"기억 안 나? 우리 고등학교 1학년 때 타임캡슐 만들었잖아."

다휜은 기억조차 못 하는 친구들을 보며 실망했다. 어쩌면 다휜 혼자 아직까지 소중하게 간직해 왔을 수도 있었다.

"아! 나 그거 기억해!"

다휜이 타임캡슐 이야기를 꺼내자 우빈이 기억났다는 듯이 손뼉을 쳤다.

우빈은 웃으며 종이에 써 있던 장소를 핸드폰 메모지에 옮겨 적었다. 타임캡슐이라면 다른 아이들에겐 몰라도 우빈에게 아주 큰 의미로 다가왔다. 거기에서라면 이야기를 완성할 때 필요한 아주 중요한 무언가를 발견할 수도 있었다. 우빈은 매우 기뻐했다. 지금의 우빈에겐 추억 하나하나가 소중하게 다가왔다.

기억을 못 하며 고개를 갸웃거리던 몇몇도 천천히 수면 위로 떠오르는 파편들을 마주하며 서로를 바라보았다. 다횐이 강제로 우겨 급하게 만들었던 타임캡슐이었다. 그곳에 무엇이 들어갔는지는 기억이 나지 않았으나 마지막에 넣었던 하나만은 기억한다. 각자의 바람이었다. 그들의 소원을 적은 쪽지 7개가 명운고등학교 깊은 곳에 묻혀 있었다.

"당장 찾아내야지!"

성민이 자리에서 일어나 두 손으로 탁자를 쳤다. 컵에 담긴 음료들이 출렁였다.

"시간 좀 걸릴 것 같은데. 다음에 정식으로 만나서 진지하게 찾아보자."

미르가 성민을 진정시켰다.

"야, 우리 거기 가려면 삽은 무조건 챙겨야 돼. 우리 학교 운동장 모래 딱딱한 거 알잖아."

"숟가락으로 되지 않을까? 그걸로 탈옥도 하는데."

"되겠냐? 제발 영화 좀 그만 봐."

혜인과 성민이 예전처럼 말을 주고받았다. 어색해하던 시간은 이미 지나가 버린 뒤였다. 미르는 그 모습을 흡족해하며 바라보았다. 그들의 말은 익숙하고 편안하게 들려왔다.

"얘들아, 그럼 내일 만날까? 주말이니까 대부분 시간 빌 것 같은데. 안 되면 지금 빨리 손 들어."

다훤이 손뼉을 치며 말했다. 모두의 시선이 다훤에게로 집중되었다.

"손 안 들었으니까 다 시간 있는 걸로 알게. 내일 3시까지 명운고등학교 정문에서 만나자. 각자 사는 곳이 다 다르니까 알아서 잘 와야 돼?"

예전처럼 약속이 잡혔다. 아이들은 잔뜩 흥분한 채로 어떻게 그 단단하고 두꺼운 모래를 뚫어야 할지 고민했다. 정말 예전과 달라진 점이 하나도 없었다. 아무리 딱딱하고 두꺼운 모래가 감싸고 있다 해도 속은 그 어떤 것보다 여리고 부드러운 그들이었다.

어린 시절의 한 부분을 만나니 10년의 세월 동안 살아가며 쌓아왔던 두껍고 단단한 껍데기가 허무할 만큼 쉽게 무너져 내렸다. 미르는 고등학생 때와 하나도 달라지지 않은 친구들의 진짜 모습을 느낄 수 있었다. 미르는 자신과 아이들을 감싸는 따뜻한 노을빛이 영원하기를 바라고 또 바랐다.


"내일 3시까지 명운고등학교 정문 앞에서 만나는 거다!"
다훤이 카페를 나서는 아이들을 붙잡고 계속해서 당부했다.

물론 다들 제대로 듣지 않았다. 서로 인사말을 나누느라 정신이 팔려 있었기 때문이다.

"야, 김미르 내일 늦으면 안 된다."

성민이 미르의 어깨를 왼쪽 팔로 감싸며 말했다.

"내가 아직도 애로 보여? 그리고 우리 중에서 네가 제일 많이 늦었어."

"너도 다 컸으니까 이제는 안 늦을 자신 있지?"

혜인이 무거운 구두소리를 내며 둘에게로 다가왔다.

"어릴 땐 몰랐는데 어엿한 사회인이 돼보니까 알겠더라고. 약속은 죽는 한이 있더라도 지켜야 하는 거야."

성민이 대단한 말이라도 꺼내는 것처럼 분위기를 잡았다.

"그건 상식이야 성민아."

성민은 우빈의 말을 듣고 긁힌 신경을 티 내지 않으려 노력했으나 그의 온몸이 모든 감정들을 설명해 주고 있었다. 우빈은 1초마다 바뀌어 가는 성민의 표정을 보며 만족한 듯 웃었다.

"택시 불렀으니까 빨리 와. 혜인이는 중간에 따로 내려서 가면 되겠다."

우빈이 핸드폰을 보여주었다. 그는 택시비는 자신이 결제하겠다며 너스레를 떨었다. 미르가 우빈의 핸드폰을 자신에게로 돌려 예상 금액을 확인해 보았다. 막상 확인해 보고 나니 우빈의 너스레를 아주 조금이나마 이해할 수 있게 된 것 같기도 하다.

택시가 도착하기까지 그리 오랜 시간이 걸리지 않았다. 성민은 역시 우빈이 최고라며 입에 발린 소리를 하더니 택시가 도착하자마자 뒷문을 열고 재빠르게 탑승했다. 우빈은 익숙하게 앞 좌석에 앉아 지친 몸을 뉘였다. 미르가 그런 둘을 보며 발걸음을 옮겼다. 한 절반쯤 갔을까, 택시로 다가가던 미르의 옷깃을 누군가의 손이 잡았다. 사람의 온기가 퍼지자 미르는 황급히 뒤를 돌아보았다.

"이제 말해서 정말 미안한데… 혹시 시간 남아?"

수줍은 시골 소녀처럼 속삭이던 사람은 혜인이었다. 아까 전부터 미르의 주위를 어색하게 빙글빙글 맴돌던 그녀는 미르에게 말을 꺼내자마자 속에 쌓인 무언가를 드디어 토해냈다는 듯 길고 큰 한숨을 쉬었다.

"둘이 뭐 해? 빨리 타!"

성민이 택시의 창문을 열고 소리쳤다.

"미안해! 둘이 먼저 가! 우린 나중에 따로 갈게!"

"따로 간다고? 왜?"

성민이 물었지만 택시는 이미 움직이고 있었다. 미르가 답을 해주기도 전에 성민이 사라져 버리자 미르는 당황하며 머리를 긁적였다.

미르는 느긋하게 뒤돌아 자신의 앞에 서 있는 혜인과 눈을 맞추었다. 웬일로 혜인이 자신의 눈을 똑바로 바라보았다. 혜인은 미르가 깊게 눈을 마주칠 때면 대부분 뭘 보냐고 시비를 걸거나 눈을 먼저 피해버렸다. 그러나 이번만큼은 달랐다. 그녀의 눈은 청초했고 물을 머금은 제비꽃 같기도 했다.

"일단 자리를 옮길까?"

혜인이 먼저 입을 열었다.

미르는 눈을 옆으로 굴리며 고개를 끄덕였다. 미르가 처음으로 혜인의 눈을 먼저 피한 순간이었다.

둘은 앞을 향해 길게 뻗어진 길을 아무 말 없이 걸었다. 길의 옆쪽에는 무성하게 자란 잡초들이 숲처럼 자리를 지키고 있었다. 중간중간에 잡초들을 뚫고 간신히 피어난 꽃 몇 송이들이 보였다. 이름은 알 수 없었지만 아름다웠다. 아침이 지나 점심이 되고 점심이 지나 저녁을 향해 가는 이곳의 풍경은 둘의 사이만큼 고요하고 적막했다. 미르는 침묵을 잘 견뎌낼 수 있는 성격이 아니었다. 그는 무언가에 빠져 헤어 나오지 못하는 혜인을 몇 번이나 흘겨보았다. 그러나 혜인은 쉽사리 말을 꺼내지 않았다.

둘은 계속해서 걸었다. 또 다른 길이 나올 때까지 걸었다.

그러다 보니 끝이 보이지 않을 것만 같던 길은 어느새 끝나 있었다. 미르가 10년 전 가람과 마주했던 강과 같았다. 길이 끝나자 끊임없이 흘러내리는 계곡과 인가로 향하는 기다란 계단이 보였다. 그 속에서 미르는 빠르게 깜박이는 전등 하나를 발견했다. 사람 손을 타지 않았는지 낡아 있었다. 망가져 가는 전등의 밑에 녹슬어 있는 벤치 하나가 놓여 있었다. 벤치 또한 전등과 비슷했다. 페인트칠이 거의 벗겨져 있었고 여러 곳에 나 있는 얼룩은 벤치를 더욱 낡아 보이게 만들었다.

"저기 앉아서 얘기할까?"

미르가 손을 뻗어 낡은 벤치를 가리켰다. 저것 말고는 마땅히 앉을 곳도 없었다. 고작 앉을 곳 하나 찾겠다고 먼 길을 다시 되돌아가는 건 미르에게 너무나 귀찮은 일이었다.

두 사람은 2명이 앉기에도 벅찬 벤치에 나란히 앉았다. 벤치가 좁아 둘은 완전히 밀착되어 있어야 했다. 두 사람을 비추는 전등은 깜빡임을 멈추었다. 신기하게도 반듯하게 빛을 쏘아대는 전등은 어둠에 휩싸인 둘의 눈이 되어주기에 충분했다.

"…미안해, 내가 너무 시간을 끌었나."

혜인은 드디어 오랜 생각을 떨쳐내고 온전히 미르만을 두 눈에 담았다. 미르는 자신을 바라보는 혜인의 집요한 시선을 견디지 못하며 눈을 돌렸다.

"할 말이 있어서 그랬어. 너한테는 몰라도 나에게는 꽤 중요한 말이거든."

혜인이 자신의 옷자락을 세게 잡았다. 그녀는 떨리는 몸을 가다듬고 몇 번의 심호흡을 했다. 교사가 되고 첫 수업에 들어갔을 때만큼 떨렸다. 미르는 유난히 긴장하는 혜인을 기다려 주었다.

"천천히 말해, 기다려 줄게."

미르는 주저하는 혜인을 뒤로하고 둘을 감싸는 차가운 바람에 몸을 맡겼다. 숨을 깊게 들이마시자 폐까지 으슬으슬해지는 느낌이었다.

"있잖아 미르야, 내가 예전부터 꼭 하고 싶었던 말이 있었어. 어떻게 보면 조금 이기적이라고 생각할 수 있어. 이 말을 해봤자 오랜 짐을 내려놓는 건 나뿐이거든. 내 짐을 네가 이어받을 수도 있어."

어느새 기울어진 해는 더 이상 보이지 않게 되었다. 혜인은 자신에게로 쏟아져 오는 달빛에 몸을 숨겼다.

"우리 10년 전에는 나름 잘 지냈잖아, 안 그래? 그때는 사이 좋았지. 너랑 장난도 많이 쳤는데. 너는 날 귀찮아하긴 했어도 나는 나름 기뻤어."

"혜인아."

혜인이 자신의 말을 단칼에 자른 미르에게로 고개를 돌렸다. 미르의 표정은 서늘하지 않았다. 그의 표정은 그 무엇도 말하고 있지 않았다. 부드럽게 휘어진 눈꼬리만이 유일하게 그를 느낄 수 있는 한 부분이었다.

"말해도 돼."

미르는 그 말만을 전하고는 고개를 숙여 혜인을 바라보지 않았다. 미르는 진작에 혜인이 말을 빙빙 돌리는 것을 눈치채고 있었다. 혜인의 오랜 습관이기도 했다. 혜인은 자신의 속마음을 누구에게도 들키기 싫어하는 사람이었다. 그래서 그녀는 항상 이런 진중한 이야기를 할 때면 주제와 아무 상관도 없는 이야기를 쏟아냈다. 도저히 말을 멈출 수 없었다. 멈춘 사이 자신의 마음이 드러나 버릴까 두려웠다.

  미르는 혜인이 그럴 때마다 독촉하지 않고 시간이 얼마나 걸리던 기다려 주었다. 직설적이지만 배려심이 깊은 이 아이는 항상 혜인을 헷갈리게 만들었다. 미르는 분명히 자기중심적인 사람이었다. 그러나 그를 감싸고 있는 거대한 무언가는 그를 언제든지 다른 사람으로 꾸며내었다. 그것이 진실인지 거짓인지 알 수 없었다. 혜인으로서는 알 방도가 없었다. 미르는 혜인에게 단 한 번도 자신의 진심을 내보인 적이 없었기 때문이다. 혜인은 딱히 그것에 관해 불평하지 않았다. 미르는 자신이 아닌 다른 사람에게도 참 한결같았다. 그러니 상관없었다. 자신에게만 이러는 것이 아니라면 딱히 신경 쓸 이유가 없었다. 그러나 혜인은 그의 유일한 예외를 기억한다. 그 사람은 갑자기 나타나 미르를 포함한 다른 친구들의 마음까지 뒤흔들어 놓았다. 긍정적인 의미는 아니었다.

  윤가람.

  혜인은 도대체 저 아이의 무엇이 좋은지 알 수 없었다. 가람은 진실된 마음이 하나도 존재하지 않는 모순덩어리였다. 그러나 미르는 마주한 지 얼마 되지도 않은 한 소녀에게 모든 것을 쏟아부었다. 그것에 대해 속상한 감정을 가진 적은 한 번도 없었다. 그러나 혜인은 자신의 모든 세월이 부정당한 것만 같은 허무함을 느꼈다.

  "윤가람 알지?"

혜인의 머릿속이 그녀로 가득 채워졌다. 10년 전의 감정이 되살아나 혜인을 뒤덮었다. 속이 뒤집어지는 느낌이었다. 분노와 비슷하지만 조금씩 다르게 다가오는 감정은 쉽게 정의할 수 없었다.

미르의 몸이 살짝 떨렸다. 혜인은 그가 오랫동안 묻고 있던 이름을 다시 떠올리게 하는 자신이 정말 나쁜 사람이라고 확신했다.

"나는 그 애가 너무 싫었어. 걔한테는 진실된 마음이 하나도 없었거든. 그런데 모두가 걔를 좋아하고 원하잖아. 나로서는 절대로 이해할 수 없는 일이야."

10년간 참고 살았던 이야기를 꺼내려니 혜인의 입은 도무지 멈추지 않았다.

"근데 넌… 좋아했잖아. 윤가람. 네가 윤가람이 전학 왔을 때 보인 반응이 얼마나 원망스러웠는지 몰라. 이유는 정확히 모르겠지만 너까지 너무 싫어졌어."

아니, 혜인은 이미 이유를 알고 있었다. 그러나 그녀는 지금 무지를 방패로 삼아 미르와 대화하고 있었다. 대화가 아닐지도 몰랐다. 미르는 지금 아무 말도 하지 않고 있으니까. 결국 혜인은 자신 또한 가람과 다름이 없다고 생각했다. 그녀도 거짓말을 하며 대화하고 있었다.

"나는 너한테 한 번도 거짓말을 한 적이 없는데 그렇지 않은 애랑 이렇게 다른 취급을 받으니까 조금 억울했던 것도 있어."

이야기를 잠자코 듣던 미르의 얼굴 위로

"너는 항상 혼자서 모든 것을 짊어지려고 했잖아. 나랑 친구들 전부 다 많이 걱정했어. 그리고 네가 워낙 속마음 얘기를 우리한테 안 하기도 했고."

어두운 먹구름이 새카만 하늘을 덮었다. 금방이라도 비가 쏟아질 듯 무거워진 하늘은 혜인과 미르에게로 향하고 있었다.

"그러니까 내가 하고 싶은 말이 뭐냐면…"

혜인이 작게 숨을 들이마시었다. 그녀의 입이 작게 달싹였다. 오랫동안 말하지 못해 돌덩이가 되어 자신의 목구멍을 막아버린 말은 쉽게 나오지 않았다. 침을 삼킬 때마다 미처 나오지 못한 말이 걸려 따가웠다. 아팠다. 이제서야 뼈저리게 실감나는 통증은 혜인을 머나먼 과거를 돌려보내는 듯했다. 혜인은 입술을 안으로 말았다. 꺼내지도 못하고 삼키지도 못하는 말이 목에 걸려 너무나 따가웠다. 무겁게 흐르는 침을 힘을 주어 삼켜낸 그녀는 바람결에 따뜻한 온기를 실어 보냈다.

"힘든 일 있으면 앞으로 좀 말해봐. 혼자서 꾸역꾸역 삼키지 말고. 친구니까, 같이 걸어가자고!"

결국 혜인은 차선책을 택했다. 무겁고 눅눅한 마음을 굳이 꺼내고 싶지 않았다. 세월은 이미 흐른 뒤였으며 타임캡슐 또한 흙에 파묻혀 고요히 잠들어 버렸다. 그녀의 찰나도 이제는 머나먼 과거로 남겨두고 싶었다.

언제부터냐고 묻는다면 제대로 답할 수 없었다. 그러나 혜인은 과거의 기억들을 천천히 떠올릴 때 느껴지는 아릿한 쓴맛의 원인이 미르라는 것은 확실히 알 수 있었다. 혜인은 아직도 기억했다. 학교 축제 때 미르를 보자 자신의 두 뺨이 발그레하게 물들어져 갔다. 블러서 때문이 아니었다. 더워서도 아니었다. 그녀가 미약하게나마 짐작하고 있었던 그것 때문이었다.

혜인은 미르가 싫었다. 모든 것을 꾸며내어 행동하던 그 아이가 싫었다. 그러나 혜인은 미르가 좋았다. 자신의 마음 하나 채우지 못하면서 남의 마음이 채워지길 바라는 이기적이고 자기중심적인 그 아이가 너무나 좋았다. 매번 자신을 밀어내면서도 어떤 때는 다정하게 받아주던 그 아이가 좋았다. 조회 때 지각을 하면 항상 삐뚤어져 있던 넥타이조차 좋았다. 밥을 먹을 때 콩을 하나하나 전부 빼내는 모습조차 좋았다. 은근 마음이 여려서 개미 한 마리 밟지 않기 위해 이리저리 피해 다니는 행동조차 좋았다. 칭찬을 하면 장미처럼 붉어지는 두 뺨이 좋았다. 웃을 때 짓는 시원한 여름 바람 같은 미소도 좋았다. 자신에게는 끝내 보여주지 않던 미소를 쉽사리 다른 사람에게 내주고 마는 갈대 같은 마음까지 좋았다.

혜인은 모든 기억들이 슬프게 느껴지지 않았다. 오히려 떠올릴수록 웃음이 나왔다. 마음이 가벼워졌다. 그때의 미르를 떠올릴수록 혜인은 행복이란 게 이런 것이라는 걸 느꼈다. 미르는 혜인을 돌아보지 않았다. 항상 그의 뒤를 쫓는 것은 혜인이었다. 그러나 미르가 새기는 발자국 하나조차 좋았다. 발자국에라도 걸음을 맞추어 갈 수 있다면 괜찮았다. 굳이 나란히 걷지 않더라도 상관없었다. 혜인이 소리 내어 웃었다. 예쁘게 피어난 제비꽃처럼 웃었다.

"너는 무슨 한마디 꺼내겠다고 이렇게까지 분위기를 잡냐, 긴장했잖아!"

미르가 작은 한숨을 쉬었다. 다행히도 몇 번이나 각오했던 이야기는 아니었다. 미르는 10년 전 혜인이 자신을 바라보던 표정을 기억했다. 자신이 말라비틀어지는 것조차 모른 채 환히 빛나는 해를 바라보는 꽃의 얼굴을 기억했다. 미르의 찰나의 시선이 그녀에겐 영원함이라는 속박으로 다가간다는 사실조차 알고 있었다. 언제든지 자신의 뒤에서 발걸음을 맞추어 가던 혜인을 알고 있었다.

혜인의 말 한마디가 미르의 심장을 타고 전해져 올 때마다 미르는 감정을 더욱 가다듬었다. 차분한 태도를 유지하기 위해 노력했다. 이 자리에서 혜인에게 상처를 주고 싶지 않았다. 미련 또한 주고 싶지 않았다. 그는 혜인이 자신을 빨리 올려보내길 바랐다. 자신이 그러지 못한 만큼 혜인에게는 이 고통을 전해주고 싶지 않았다.

둘을 감싸 안는 빛이 더욱 커졌다. 전등은 밝게 빛나며 서로를 채우지 못한 채 마주하고 있는 둘을 채워주었다. 빛이 번져 나가 눈부셨다. 서로가 황금빛에 휩싸여 동시에 빛나는 유일한 순간이었다.

"앞으로는 예전처럼 지내자. 옛날처럼 놀고먹는 거야! 어때 재미있을 것 같지 않아?"

혜인이 자리에서 일어났다. 덩달아 미르 또한 엉거주춤하게 몸을 일으켰다. 혜인은 나아가지 않고 가만히 서 있었다. 그녀는 미르의 눈을 똑바로 바라보고 있었다. 10년 전과 같은 눈빛이었다.

바람이 둘의 사이를 가로막았다. 어느새 깜깜해진 하늘은 수많은 별들을 품고 있었다. 미르는 고개를 돌려 높게 펼쳐진 하늘을 바라보았다. 숨을 깊게 들이마시자 시원한 공기가 몸 안에서 차오르는 것이 느껴졌다. 미르는 공기를 따라 바닥을 구르는 작은 돌멩이 하나를 바라보았다. 눈을 굴리지 않아도 보였다. 뾰쪽하다고 말할 수 있을 만큼 날카로운 돌이 미르의 새 하얀 신발을 치고 있었기 때문이다.

"나름 낭만 있네, 같이 걸어가자는 말."

그가 소년의 얼굴로 웃었다. 그의 두 눈에 비친 거울 조각이 차갑게 얼어붙었다.

혜인은 슬퍼하지 않았다. 눈물이 나지도 않았고 화가 나지도 않았다. 혜인은 미르가 영원토록 자신의 뒤에 있을 것이라는 사실을 알았다. 그래서 외롭지 않았다. 언젠가 그의 마음속에 혜인이 잊히는 순간이 온다 해도 그의 기억과 말들이 혜인의 숨결이 꺼지는 그 순간까지 뒤에서 그녀와 걸음을 맞추어 갈 것이었다. 혜인은 지독하게 자신을 괴롭힌 이 병을 아직 끝내지 못했다. 그러나 잔뜩 열이 오른 이마를 차갑게 식힐 수 있었다. 잠깐 지나치는 감기라고 무시했었으나 그것은 인생의 대부분을 괴롭혔다.

사실 아예 아프지 않다는 것은 거짓말이었다. 그러나 혜인은 한때 자신의 모든 것이었던 거대한 용 한 마리를 비교적 수월하게 올려 보내줄 수 있었다.

"빨리 가지, 벌써 깜깜해졌다."

혜인은 미르의 앞으로 나아갔다. 이제는 그의 뒤를 쫓는 어린 소녀가 아니었다. 자신의 길을 찾아 나설 줄 아는 어른이었다. 혜인은 자신의 뒤를 따르는 조용한 발자국 소리를 들었다. 안정적인 발자국 소리는 혜인을 안심시켰다. 그의 발자국 소리는 혜인과 맞추어지지 않았지만, 앞으로도 맞추어지지 않을 것이지만, 혜인은 미르의 억눌린 감정들이 실린 발자국조차 좋았다.

길이 너무나도 어두웠지만 혜인은 하나도 무섭지 않았다. 적어도 오늘만큼은 그 무엇도 두렵지 않았다. 어두운 밤하늘조차 그녀에겐 황홀한 침묵이었고 포옹이었다. 혜인은 두려움과 함께 오랜 소망을 하늘로 올려보냈다. 오래도록 품고 있던 어린 용 한 마리가 몸부림치며 머나먼 하늘로 올라갔다.

'소중한 사람에게 마음을 전하고 싶어요!'

타임캡슐 안 삐뚤빼뚤한 글씨체의 작은 소원을 입에 문 용이었다.

# 파묻힌 타임캡슐의 소망

무르익어 가는 선선한 가을바람이 과거에 멈추어 있는 한 고등학교를 스쳤다. 괴리감이 들었다. 모습은 그대로였지만 학교를 이루는 계절들은 너무나도 빠르게 바뀌었다. 미르는 느릿하게 떨어지는 낙엽들을 밟으며 10년 전과 같이 정문으로 향했다. 다시 올 일이 영원히 없을 줄 알았다. 그러나 옛 추억을 쫓는 그의 발걸음은 기어코 이곳의 땅을 느끼게 했다.

　미르는 이유 모를 긴장감으로 경직되어 있던 고개를 돌리며 친구들을 찾았다. 지금 시간은 2시 57분. 대부분의 아이들이 모인 듯했다. 미르는 시력이 나빠져 자꾸만 초점이 흐려지는 두 눈을 가늘게 뜨며 배경과 맞지 않는 인영들을 보았다. 아이들은 옹기종기 모여 대화하고 있었다.

　"너 그때 기억나? 네가 여기서 대자로 넘어져서 전교생이 다 너만 쳐다봤잖아."

　우빈이 약간의 경사가 있는 운동장 끝부분을 가리켰다. 도대체 왜 생겼는지 이유를 알 수 없는 경사 한곳이 운동장 끝에 당당히 자리 잡고 있었다. 저곳은 10년 전 학생들에게 널리 알려진 곳이었다. 아이들은 저곳에서 넘어지지 않으며 기를 쓰고 피해 다녔다. 만일 저곳에서 넘어지게 된다면 지금 하고 있는 사랑이 이루어지지 않을 것이라는 황당한 소문 때문이었다. 그래서 그런지 덜렁대던 아이들도 저곳을 지날 때면 눈에 힘을 주곤 했다.

"네가 그때 3학년 선배 좋아한다면서 눈에 불을 켜고 다녀서 그렇지, 아무 생각 없이 가보면 은근 쉽게 넘어지거든!"

다리에 잔뜩 힘을 주고 걷던 다휜은 경사진 쪽으로 이동하며 넘어지는 시늉을 했다.

"내가 누굴 좋아해!"

커다란 우빈의 목소리는 소름 돋을 만큼 익숙했다.

그 모습을 보며 운동장 안으로 걸어 들어가는 미르의 발걸음이 조금씩 빨라졌다. 아주 오랫동안 만나지 못했던 친구들이 10년 전의 모습을 그대로 간직한 학교 안에 모여 있다는 사실은 미르를 벅차오르게 했다.

"너 조금 아슬아슬했다?"

걸어오는 미르를 본 성민이 자신의 손목에 채워진 시계를 미르의 눈앞에서 흔들었다.

매번 늦던 애가 저런 행동을 하니 미르의 마음이 오묘해졌다. 영원히 같은 성격을 유지할 것만 같던 성민도 결국 변해버렸다. 정말 당연하지만 받아들여지지 않는 사실이었다.

"나 진짜 최우빈 목소리 듣고 10년 전으로 돌아간 줄 알았어."

미르가 보조개를 자랑하듯 웃었다.

"쟤 목소리가 워낙 독특하긴 해. 어떻게 학생 때랑 다름이 없지?"

성민이 미르에게 어깨동무를 하며 운동장 중심으로 이끌었다. 딱딱한 모래를 밟으며 둘은 현재에서 과거로 걸어나갔다. 모여 있던 아이들은 성민과 오는 미르를 보고 하나둘씩 손을 흔들었다.

"드디어 다 왔네! 이제 빨리 찾으러 가자."

우빈과 의미 없는 토론을 하던 다휘은 미르가 오자 기다렸다는 듯이 외쳤다. 그녀의 울림이 운동장을 가로질렀다.

아이들은 제각각 챙겨온 물건들을 손에 쥐고 있었다. 성민은 어제 했던 말이 진심인 듯 주머니에 넣어져 있던 숟가락을 손에 쥐었고 혜인은 이 모든 걸 기록해야 한다며 작은 카메라 하나를 가져왔다. 우빈은 혹시라도 영감이 떠오를지 모른다며 그가 아끼던 낡은 노트 한 권을 품에 안았고 마지막으로 다휘은 작은 모종삽을 들고 서 있었다. 미르 혼자 두 손이 비어 있었다. 미르는 예전에 끄적였던 일기장이라도 가져왔어야 했나 생각했다.

다휘은 주머니 안 깊숙한 곳에서 너덜너덜한 쪽지 하나를 꺼내었다. 어제 카페에서 본 그 쪽지였다. 테이프로 대충 이어 붙인 쪽지는 글자조차 알아보기 힘들었다. 그러나 문제가 되지 않았다. 아이들 모두 아주 깊은 곳에 파묻혀 있을 타임캡슐의 위치를 기억했다. 그만큼 선명하게 다가온 글자는 머릿속에 남아 유유히 떠다녔다.

"여기서 왼쪽이니까 저쪽이지."

제일 먼저 쪽지를 확인한 우빈이 곧장 손을 뻗어 방향을 가리켰다.

"아니 근데 정문 쪽 기준인지 후문 쪽 기준인지 모르잖아. 만약에 후문 쪽 기준이면 그 반대가 돼."

혜인이 우빈의 요란할 정도로 높게 올라간 팔을 조금 내렸다.

"정문 쪽 기준이겠지? 그게 평균이니까."

두 팔을 뒤로 교차해 머리를 지탱하고 있던 성민이 한마디 거들었다.

"일단 최우빈이 말한 쪽으로 가보자. 우리 중에 후문으로 다니던 애가 없었어."

미르가 제일 먼저 발걸음을 옮겼다. 그는 아이들을 기다리는 것조차 할 수 없다는 듯이 빠르게 움직였다. 아이들은 자연스럽게 미르를 뒤따랐다. 기차놀이처럼 줄을 지어 쪽지에 적힌 장소를 향하던 아이들은 유치원 시절 탐험대 놀이를 하던 때와 같이 비장하게 움직였다. 모래가 흩날리는 운동장에 새겨지는 발자국이 점점 길어졌다. 그럴수록 울창한 나무들에 가려져 몸집을 숨기고 있던 작은 나무 한 그루가 보였다. 10년 전 환경 정화활동으로 7명이 심었던 나무의 모습 그대로였다. 나무는 하나도 자라지 않은 것처럼 보였다. 오랜 세월 동안 이곳을 방문하지 않은 탓에 나무의 변화를 알아차리기 힘들었지만 나무에 걸려 있는 표지판의 위치를 보니 거의 자라지 않았다는 것을 확신할 수 있었다.

나무는 거대한 숲속에 숨어 아이들을 기다리고 있었다.

차가운 바람을 맞아가며 지겨운 하루하루를 버티던 나무는 끝까지 사라지지 않고 이곳에 있었다.

"이거 맞아? 너무 작은데."

삽을 들고 긴장한 채 서 있던 다휜이 자신의 무릎을 조금 넘는 나무를 삽으로 툭툭 쳤다. 한 번에 밀려날 것 같던 나무는 의외로 끄떡없었다.

"그러니까 우리가 10년 전에 이 나무 아래에다가 타임캡슐을 넣어놨다는 말이지? 그게 가능한 거야?"

"나무가 안 자랄 법도 하네."

미르와 혜인이 작은 나무를 살펴보며 말했다. 둘의 말대로 나무는 10년 전과 다름이 없었다. 이상하리만큼 작은 나무에 의문을 품은 미르는 손으로 나무를 툭툭 건드려 보았다.

"이거 진짜 팔 거야? 너무 아까운데!"

성민이 양손으로 나무를 만지며 말했다.

"어쩔 수 없지. 파고 나서 다시 묻어주든지 하자."

양손으로 삽을 꼭 쥔 다휜이 결심한 듯 말했다. 다휜은 두 손을 들어 삽을 올렸다. 나무의 위로 날카로운 삽이 비췄다. 개미 한 마리도 못 죽일 것 같던 다휜은 평소와 달리 망설임 없이 행동했다. 성민은 그런 다휜의 옆에서 온갖 비명소리를 질러댔다.

심호흡한 다휜은 성민을 무시하며 들었던 팔을 힘차게 내렸다.

콰지직-

작은 몸통에서 울리는 소리는 5명의 귀에 커다랗게 울렸다.

삽으로 내리쳐진 나무는 꼿꼿하던 형태를 잃고 무너져 버렸다. 땅 깊숙이 박혀 있던 나무의 뿌리가 보였다.

"진짜 못 할 짓이라도 하는 기분이야."

다휜은 삽을 몇 번 더 내리치며 말과 반대되게 행동했다. 그녀는 나무의 형태를 아예 없애버릴 작정인 것 같았다.

다휜의 삽질에 의해 완전히 박살 난 나무의 뿌리 쪽에서 흙과는 걸맞지 않는 쨍한 노란색의 무언가가 보였다. 아이들은 그것이 타임캡슐이라고 확신했다.

"야! 저기, 저거! 빨리 파내 봐!"

눈을 질끈 감고 있던 성민이 타임캡슐의 일부분을 보며 아까와는 다른 태도로 다휜을 재촉했다. 다휜은 성민의 재촉에 더욱 빠르게 삽을 내리치며 나무의 뿌리를 감싸고 있던 흙을 파냈다. 얼마 걸리지 않았다. 흙을 조심스럽게 걷어내자 네모난 상자 하나가 보였다. 상자는 나무의 뿌리로 감싸져 있었다. 어찌나 강하게 싸여 있는지 다휜 혼자서는 풀지 못할 수준이었다.

미르는 다휜에게 건네받은 상자의 감싸져 있는 나무뿌리를 끊어내기 위해 노력했다. 미르의 손가락이 뿌리의 모양대로 붉어졌다. 몇 번에 시도 끝에 미르는 강하게 얽매여 있는 뿌리를 제거할 수 있었다. 그 모습을 긴장하며 지켜보던 아이들이 박수를 치며 환호했다.

뿌리가 사라지자 상자가 더욱 선명하게 눈에 들어왔다.

노란색 상자의 뚜껑에는 7명의 이름이 삐뚤삐뚤하게 쓰여 있었다.

"아! 드디어 기억났다. 솔직히 긴가민가했는데 이 상자 보니까 확실히 떠오르네."

혜인이 한 손으로 이마를 치며 말했다.

"그니까 이거 김다휜이 하자고 한 거잖아."

미르가 흐려진 과거의 기억을 떠올렸다.


"우리 타임캡슐 만들자!"

그날은 선생님이 환경 정화활동에 대해 공지해 주었던 날이었다. 나무심기 말고도 여러 활동들이 존재했다. 학교 교실 청소하기, 벌레 사체 줍고 약 뿌리고 다니기, 강당 청소하기, 학교 창틀과 창문 닦기 등 다양했다. 전부 각 학급당 모둠을 만들어 실행했다. 마침 나무심기가 7명을 필요로 하기에 다 같이 신청하려던 참이었다.

그러나 다휜은 칠판에 적힌 모든 활동들과는 아무런 관련이 없는 타임캡슐을 만들자고 제안했다. 아이들은 고개를 갸웃거렸다.

"타임캡슐을 어떻게 만들어?"

혜인이 계획이라도 다 짜 논 사람처럼 당당한 다흰을 날카롭게 바라보며 말했다. 하품하던 성민 또한 다흰의 말을 듣고 그대로 멈추었다.

"나무심기가 있잖아."

다흰이 혜인을 보며 큰 사고를 치기 직전 어린아이가 짓는 미소처럼 웃었다. 혜인은 당황하며 다른 친구들을 바라보았다. 다른 친구들의 표정도 자신과 다르지 않았다. 다흰은 자신의 말을 못 알아듣는 친구들이 답답하다는 듯 무언가 손짓을 하려다 거두었다. 그러더니 자신의 자리에서 급하게 노트 한 권을 빼 와 샤프를 쥐고 무언가 그리기 시작했다.

"설마 나무 심을 때 타임캡슐도 같이 심자는 말 아니지?"

다흰이 그리는 그림을 본 우빈이 다급하게 말했다.

"맞는데? 어차피 나무를 2개나 주잖아. 하나 정도는 그래도 되지."

"'2개나'가 아니고 2개밖에 안 주는 거야! 그리고 지금 어떻게 타임캡슐 재료를 구할 건데?"

"그냥 대충 하자. 상자만 있으면 충분히 만들 수 있어."

그림을 완성한 다흰이 노트를 돌려 아이들에게 보여주었다. 절대로 잘 그렸다고 할 수는 없는 그림 실력이었지만 그 의미를 이해하기에는 충분했다.

다횐의 계획은 이랬다. 어떻게든 상자를 구한 다음에 하나의 나무는 그대로 심고, 다른 나무 한 그루 밑에 타임캡슐을 같이 심자는 의견이었다. 타임캡슐 안에는 각자의 소망을 담은 쪽지와 다 같이 찍은 사진 몇 장을 넣자고 말했다.

미르가 듣기에 다횐의 말은 꽤 흥미로웠다. 나무 밑에다 심는다면 나중에 찾기도 쉬울 테였고 들킬 확률도 적었다. 미르는 다횐의 말을 가만히 들으며 천천히 미소 지었다. 꽤 재미있을 것 같았다.

"잠깐만, 그러다 나무가 안 자라면 어쩌려고?"

심각한 표정으로 경청하던 우빈이 손짓으로 다횐의 말을 끊었다. 우빈은 다횐의 말에 완전히 반대하지는 않았지만 약간의 불확실성을 품고 있었다. 만일 성공한다면 좋은 추억이 될 수 있었지만 타임캡슐로 인해 나무가 자라나지 않는다면 학교 측에서 풍경을 위해 나무를 뽑아버릴 수도 있었다.

"안 자라면 오히려 좋은 거 아니야? 우리가 어디에다 타임캡슐을 묻었는지 단번에 알아볼 수 있잖아."

"학교가 풍경과 맞지 않는다고 멋대로 뽑아버리면?"

"그럴 리가 있겠어? 자라든 안 자라든 학교 학생이 심은 건데 멋대로 건들면 안 되지."

나름 진지하게 고민하던 다횐이 입꼬리를 내리며 우빈을 바라보았다. 그녀는 만약 학교에 의해 나무가 뽑혀버린다면 교육청에 신고하겠다며 우빈을 설득시켰다. 터무니없는 다횐의 말을 들은 우빈은 바닥을 바라보며 짧게 고민했다. 들키지만 않는다면 충분히 실행 가능한 계획이었다. 그리고 이 타임캡슐이 나중에 지니게 될 가치를 생각하니 딱히 부정적인 생각은 들지 않았다.

"나는 무조건 찬성이야. 7명이서 만들면 좋은 추억이 되잖아?"

미르가 7명에 강세를 두며 말했다.

그 일이 있던 후로 약 2주가 지났다. 미르는 무서울 정도로 변함없는 태도를 유지했다. 적어도 남들이 보기에는 미르에게 아무런 문제가 없어 보였다. 미르는 예전처럼 하늘을 대했고 평범한 반 친구처럼 가람을 대했다. 아무리 봐도 예전과 같은 김미르였다. 다휜과 반 친구들은 그렇게 생각했다. 그리고 별 신경을 쓰지 않았다. 초반이야 물론 셋의 눈치를 보며 말을 아끼기 위해 노력했지만 정작 미르 본인이 신경 쓰지 않으니 다휜의 입장에서는 자신이 조심해야 될 명분이 떠오르지 않았다.

다휜 또한 다른 친구들처럼 하늘이 왜 그런 선택을 했는지는 이해할 수 없었다. 초반 며칠 동안은 모든 정신이 10월 10일에서 머물러 헤어나지 못했고 그럼 여태까지 하늘이 자신에게 보여준 모든 미소들이 거짓인 건지 의문이 들었다. 그럴 때마다 다휜은 자신이 미르라고 생각하며 모든 의문들을 가슴속에 묻었다. 당사자인 미르조차 신경 쓰지 않는데 다휜이 티를 낼 수는 없었다.

"그래, 7명이서 같이 만들자."

다흰이 조금은 차분해진 말투로 미르의 말에 동조했다. 다흰이 말을 꺼내기까지 꽤 오랜 시간이 소모되었지만 아무도 답을 재촉하지 않았다.

"그럼 상자는 어디서 구해?"

가만히 말을 듣던 가람이 한 손을 자그마하게 들어 물었다. 전학 온 그 날과 같이 청초한 모습이었다. 그 모습에 혜인은 잔잔하던 표정을 조금 굳혔다. 예전과 똑같이 모두를 대하는 가람의 속내를 파악할 수 없었다. 그건 다른 친구들도 마찬가지였다. 그러나 7명 모두 2주 전 그 일에 대해 언급조차 하지 않았다. 그 일은 전부 잊기로 결심한 듯 축제 전날처럼 다 같이 웃고 떠들었다. 혜인은 이 계산된 평화로움 속에서 항상 강한 이질감을 느꼈다. 다들 진심이 아니었다. 서로가 피곤해지지 않기 위해서, 상처받지 않기 위해서 지루한 연극을 하고 있었다.

혜인은 가람이 오고 나서부터 모든 일들이 꼬이고 있다는 느낌을 받았다.

"아니면 상자 말고 비닐봉지에 대충 싸서 묻자."

혜인이 무심하게 말했다.

"무슨 소리야! 그러면 타임캡슐이 아니잖아!"

혜인의 말을 들은 다흰이 입을 크게 벌렸다. 다흰은 고개를 재빠르게 저으며 반박했다. 비닐봉지에 싸서 묻는다니, 그것은 다흰의 기준에서 타임캡슐이 아닌 쓰레기였다. 나중에 다시 찾는다 해도 그것을 보고 예전의 추억을 회상할 자신이 없었다.

 다휜의 말이 맞는 말이긴 했으나 도저히 상자를 구할 방도가 없었다. 이 넓은 학교에서 상자 하나 구하지 못한다니 마음속에서 답답함이 밀려 들어왔다. 아이들은 각자 머리를 싸매고 고민했다. 도저히 안 되면 학교 창고에 몰래 잠입해서 하나 훔쳐 와야 하나 생각했다.

 "차라리 다임캡슐을 따로 만들자. 상자를 도저히 구할 수가 없다."

 성민이 아쉬워하며 말했다. 상자를 구하지 못하는 지금 어설프게 만드는 것보단 확실하게 준비해서 만드는 것이 더 나은 방안이긴 했다. 몇몇은 성민의 의견에 동의했다. 지금 성급하게 만들면 완성도도 떨어지고 선생님에게 들킨다는 변수 또한 존재했다. 참신하지만 상당히 후폭풍이 큰 도전이었다.

 "…그럼 알겠어. 오늘은 그냥 나무심기만 하자."

 끝까지 머리를 쥐어 짜내던 다휜이 성민의 말에 수긍했다. 다휜 또한 처음 만들어 보는 타임캡슐인 만큼 거하게 만들어 미래의 자신이 그것을 보며 감동을 느끼길 바랐다. 그럴 수 있다면 다휜은 충분히 기다릴 수 있었다. 다휜이 교탁을 차지하고 있는 선생님에게로 향했다. 나무심기를 신청한다고 말하려는 참이었다.

 "저 선생님…."

 다휜이 우물쭈물하며 선생님께 작게 속삭였다. 근처에 있는 아이들도 듣기 힘든 목소리였지만 선생님은 곧바로 다휜 쪽으로 고개를 돌려 살짝 웃어주었다.

"미르랑 성민이랑 혜인이랑 가람이, 그리고 우빈이랑 하늘이, 저까지 포함해서 이렇게 7명에서 나무심기하려 하는데요…."

"알겠어, 선생님이 명단… 어, 잠시만."

교탁 아래 서랍에서 명단을 꺼내던 선생님이 시끄럽게 울리는 전화를 받았다.

"아, 네… 나무심기가요?"

초록색 칠판을 보며 멍 때리던 다휜이 선생님이 말한 나무심기라는 말에 귀를 기울였다.

"그러면 오늘 방과 후나 내일 점심시간 말씀하시는 거죠?"

전화를 받아 이런저런 이야기를 하던 선생님이 다휜과 교실 끝에 몰려 있는 6명의 아이들을 바라보았다. 다휜은 선생님의 시선에 고개를 갸웃했다.

선생님은 어깨를 올리고 고개를 오른쪽으로 내려 전화기를 고정시킨 다음에 손을 바쁘게 움직여 새하얀 노트에 무언가를 받아 적었다. 다휜 또한 바쁘게 눈동자를 움직여 노트의 써 내려지는 글자를 보기 위해 노력했다.

통화를 마친 선생님은 자신이 적은 글자를 몇 번 훑어보았다. 그리고 명단을 꺼내 교탁 위로 올려놓았다.

"다휜아, 지금 거래처 쪽 문제로 나무 수급이 조금 미뤄진 상황이거든? 그래서 오늘 방과 후나 내일 점심시간 둘 중 하나를 골라서 그 시간대에 나무를 심어야 할 것 같아."

"네? 그러면 저희는 오늘 환경 정화시간에 뭐 해요?"

"아마 다른 곳에 찢어져서 투입될 것 같아. 애들이랑 상의하고 선생님한테 다시 말하러 와."

선생님은 웃으며 교실을 나섰다. 변동된 상황에 대해 의논할 일이 있어 보였나. 덩그러니 혼자 남겨진 다훤은 선생님이 두고 간 노트를 흘겨보았다. 선생님이 말한 내용이 그대로 쓰여 있었다.

다훤은 당황하며 다시 친구들에게로 돌아갔다. 청소가 하기 싫어서 나무심기를 택한 다훤이었지만 결국 오늘 먼지를 뒤집어쓰고 대청소를 하게 생겼다. 다훤의 표정이 자연스럽게 어두워졌다.

멀리서 상황을 지켜보던 아이들은 다훤의 표정을 보고 의문을 품었다. 각자 시끄럽게 떠들던 아이들이 전부 다훤을 바라보았다.

"왜 그래?"

사물함 쪽에 기대어있던 하늘이 몸을 앞으로 숙여 다훤에게로 다가왔다.

"문제가 좀 생겨서 나무 수급이 미뤄졌대. 그래서 우리가 방과 후나 내일 점심시간 둘 중 하나를 골라야 돼."

"둘 중 하나를 골라서 그때 나무를 심어야 한다는 말이야?"

헤어롤러를 말던 혜인이 다휘의 말을 들으며 질색했다. 다휘은 한숨을 쉬며 자리에 앉았다.

"일단 오늘은 찢어져서 다른 활동에 투입될 거래."

그 말에 아이들은 전부 헛웃음을 지었다. 그들은 학교가 일을 제대로 하는 것이 맞느냐고 언성을 높이며 시끄럽게 대화했다. 대화라기보다는 각자의 의견을 일방적으로 표현하는 것에 가까웠다. 미르만이 혼자 그 사이에서 침묵을 유지하고 있었다. 그는 다휘이 한 말을 듣지 못한 듯 평온했다. 무언가를 생각하듯 골똘히 고민하던 미르는 자리에서 일어나 언성을 높이던 아이들을 중재시켰다.

"애들아 좀 진정해 봐."

그 말에 아이들은 말소리를 낮추며 자리에서 일어난 미르를 바라보았다. 교실은 다시 조용해졌다.

"오히려 좋은 거 아니야? 방과 후에 심겠다고 하고 학교 끝나면 타임캡슐 만들 재료를 사 오면 되잖아."

"너 천재야?"

우빈이 미르의 말이 끝나자마자 외쳤다. 우빈의 말은 진심이었다. 평소에 별생각 없이 맨날 놀면서 사는 애인 줄 알았는데 그런 애가 웬일로 쓸모 있는 생각을 하다니 우빈의 눈이 동그래졌다.

"좋은데? 그렇게 하자!"

성민이 눈을 반짝이며 다휘을 바라보았다.

다휜 또한 미르의 의견이 마음에 찬 듯 고개를 빠르게 끄덕였다.

"그러면 미르 말대로 하자. 학교 끝나고 정문 앞에서 만나는 거다? 늦을 것 같으면 미리 말해주는 거 잊지 말고."

다휜이 활짝 웃으며 말했다. 앞에 있던 미르 또한 자신의 의견이 채택된 것이 기쁜지 삐져나오는 웃음을 참지 못했다.

이후 환경 징화시간이 다가오자 아이들은 제각각 흩어졌다. 미르와 성민, 그리고 혜인은 강당 대청소를 하게 되었고 다휜과 가람은 학교 안을 돌아다니며 벌레시체를 수습하고 약을 뿌려야 했다. 우빈과 하늘은 교실을 쓸고 깨끗하게 닦는 일을 맡았다. 그렇게 본격적으로 환경 정화시간이 시작되었다. 선생님의 말씀에 따라 아이들은 각자 자신이 맡은 구역으로 이동했다. 다휜은 복도로 나가는 내내 청소를 끝내고 꼭 정문 앞으로 오라며 몇 번이나 강조했다. 우빈이 그런 다휜에게 대충 고개를 끄덕여 주자 그녀는 만족한 듯 교실을 나섰다. 꽤 까다로운 강당 대청소를 맡게 된 3명은 교실을 나서는 모습이 음울해 보였다. 특히 혜인은 두 발로 교실 바닥을 세게 치듯이 걸어가며 확고하게 불만을 표출했다. 성민이 혜인의 어깨를 두드리며 화가 난 그녀를 달랬다.

교실 청소를 맡아 이곳에 그대로 있어야 하는 우빈과 하늘만이 덩그러니 남았다. 아이들이 전부 나가자 조용해진 교실은 둘에게 어색하게 다가왔다.

"일단 빨리 쓸어버릴까?"

청소를 빨리 끝내고 싶었던 우빈이 하늘에게 말했다. 우빈은 하늘이 물음에 답을 해주기도 전에 교실 뒷문을 열고 나가 청소도구함에서 2개의 빗자루를 가져왔다. 우빈의 명치보다 한 뼘 정도 아래로 내려오는 빗자루는 조금만 힘을 주어도 부러질 것처럼 위태로웠다.

우빈이 가만히 서 있는 하늘에게 들고 온 빗자루를 건네주었다. 몇 초 동안 우빈의 빗자루를 받지 않던 하늘은 우빈이 자신의 앞에서 빗자루를 흔들어 존재감을 표시하자 흐릿한 표정을 지우고 빗자루를 받아들었다.

"구역은 어떻게 나눌까?"

하늘이 들고 있는 빗자루로 교실을 다양한 모양으로 갈라보았다.

"그냥 앞뒤 절반으로 나누자."

우빈이 빗자루로 교실을 정확하게 반으로 그었다. 하늘은 우빈의 단호한 손짓을 보고 말에 따라주었다.

시간을 낭비하고 싶지 않았던 둘은 눈치껏 구역을 나눠 먼지가 가득 쌓인 교실을 쓸었다. 둘만을 품고 있는 교실에서는 빗자루로 먼지를 쓰는 소리가 울렸다. 둘은 딴청 피우지 않고 묵묵히 자신의 할 일을 소화해 냈다. 둘의 성격 자체가 성실한 편이기도 해 교실에서는 금세 새카만 먼지가 보이지 않게 되었다. 먼저 청소를 끝낸 하늘은 쓰레받기에 가득 담긴 먼지와 쓰레기들을 버렸다. 그는 교실의 구석까지 눈알이 빠질 듯 바라보며 빗자루를 움직이는 우빈을 기다렸다.

우빈은 교실이 더럽든 깨끗하든 별 신경을 쓰지 않는 사람이었지만 자신이 맡은 일은 항상 완벽하게 수행하는 완벽주의자였다. 그는 손을 현란하게 움직였다.

"잘하네. 평소에 집에서 네가 청소해?"

하늘이 우빈을 보고 감탄했다.

"내 아래로 동생들이 많아서 주로 내가 하는 편이긴 하지. 부모님은 맞벌이라 바쁘시거든."

우빈이 숙였던 허리를 펴며 말했다. 끄응 하고 신음소리를 내며 허리를 펴던 우빈은 무릎을 부여잡으며 허리를 한 손으로 세게 쳤다. 그의 행동은 17살처럼 보이지 않았다.

"다 했으면 기다려, 내가 걸레질할 때 쓸 물 받아올게."

우빈을 지켜보던 하늘이 뒷문으로 걸음을 옮겼다.

최근 걸레를 빠는 곳에서 자꾸만 벌레나 쥐의 사체가 발견되는 바람에 학교는 급하게 그곳을 폐쇄시켰다. 그래서 둘은 먼 화장실까지 가 양동이에다 물을 받아와서 사용해야 했다.

당연하게도 학생들은 불만을 표시했다. 학교 신문부에서도 다룬 적 있는 중요한 이야기였다.

우빈은 자신이 학생회의 일원이라는 것을 알아차린 친구들에게 매일 그 문제로 시달려야 했다. 등교할 때마다 친하지도 않은 반 친구 몇 명이 그를 둘러싸고 놓아주질 않았다. 그러나 우빈으로서는 할 수 있는 것이 없었다. 학생회 회의에서도 매번 거론되는 주제였지만 학교 측에서는 예산 문제로 아직까지 해결을 해주지 않고 있었다. 학생들에게 벌레 사체를 치우라고 말하는 학교이니 그럴 만도 했다.

청소를 끝낸 우빈은 귀찮게 물을 떠 오지 않아도 된다는 사실에 속으로 쾌재를 부르며 근처에 있는 의자에 걸터앉았다. 그는 하늘이 오길 기다리며 자신이 쓸어 담은 먼지의 개수를 세고 있었다.

하늘은 꽤 오랫동안 오지 않았다. 양동이가 크기도 하니 물 받는 데에만 시간이 꽤 오래 소모될 테였다. 우빈은 아예 교실 바닥에 드러누워 시간을 때웠다. 요즘 피곤한 일이 참 많이 생겼었다. 우빈은 항상 피로한 티를 내지 않으려 노력했지만 사실 그는 오늘 아침에도 늦잠을 자 지각할 뻔했다.

이유라고 부를 수 있는 것은 참 많았다. 최근 성적이 많이 떨어져 늦은 밤까지 공부하고 있기도 했고 미르와 하늘의 다툼 때문에 중간에 낀 자신까지 애써 평화로움을 연기하느라 심리적으로도 많이 피로해져 있었다.

우빈은 차가운 바닥 위에 누워 깜빡이는 전등을 바라보았다. 힘들다. 요즘 우빈이 뼈저리게 느끼고 있는 것이었다. 다들 지금이면 좋을 때라며 청춘을 즐기라는 소리나 지껄였다. 그들은 지금을 미화시켰고 다시는 돌아갈 수 없는 아름다운 시절이라며 그리워했다. 우빈은 도저히 그들을 이해할 수 없었다. 우빈은 지금이 너무나 힘들었다. 그는 주위 어른들이 말하는 것처럼 지금을 즐긴다는 것은 공부와 미래를 포기한 아이들이나 하는 짓이라고 생각했다. 우빈은 집안 사정 때문이라도 공부를 놓을 수 없었다. 가정형편은 그다지 좋지 못했고 자신에 아래로 동생이 무려 셋이었다.

부모님은 항상 전교권에서 놀던 우빈에게 많은 기대를 품고 있었고 우빈은 그 기대에 부응해야 했다. 정작 우빈은 아직까지 자신이 좋아하는 것을 하지 못했다. 그가 좋아하는 글쓰기는 시간을 매우 오랫동안 잡아먹었다. 취미 생활을 할 시간이 없었다. 우빈은 전국의 모든 학생들과 경쟁하듯이 하루하루를 살아갔다. 그것은 매우 힘들고 지겨운 일이었다.

공허한 교실 안에서 느릿한 시계 소리가 들렸다. 시간은 아무리 기다려도 가주지 않았다. 우빈을 하루빨리 어른이 되고 싶었다. 그때가 되면 자신의 힘과 의지로 무엇 하나라도 이룰 수 있을 것이라 생각했다.

"뭐 하고 있는 거야?"

그새 도착한 하늘이 누워 있는 우빈을 보고 멈칫했다.

"좀 피곤해서."

아무렇지 않다는 듯 말한 우빈은 단숨에 몸을 일으켰다. 대충 옷에 붙은 먼지를 털어낸 우빈은 힘겹게 물 양동이를 옮기고 있는 하늘을 거들었다. 양동이에 담긴 물이 넘칠 듯 출렁였다. 교실 뒤편에 물 양동이를 내려놓은 하늘은 청소도구함으로

가 걸레 2개를 품고 왔다. 그는 우빈에게 걸레를 건네주었다.

우빈은 하품하며 걸레를 받아들였다. 우빈은 걸레를 받아들자마자 물이 가득 감긴 양동이에 담아 물을 적셨다. 하늘은 우빈의 옆에서 자신의 차례를 기다렸다. 물이 뚝뚝 떨어질 만큼 걸레를 적신 우빈은 교실 앞쪽으로 향해 깨끗한 바닥을 꼼꼼히 닦았다. 물이 묻은 바닥은 반짝반짝 빛났다. 하늘 또한 열심히 걸레질을 하며 바닥에서 광이 나게 만들고 있었다.

분명 앞쪽은 꼼꼼히 닦던 우빈이었지만 빨리 청소를 끝내고 싶던 우빈은 웬일로 걸레를 끌고 걸어가며 대충 뒷부분에 물자국을 남겼다. 물에 흥건하게 젖어있던 걸레는 우빈의 성의 없는 행동에도 꽤 그럴듯하게 물자국을 남겼다.

청소를 마친 둘은 더러워진 걸레를 빨았다. 이번에는 둘이 같이 가서 물을 버리고 오려던 참이었다. 우빈은 감겨오는 두 눈 사이를 손으로 꾹 누르며 걸레를 대충 휘저었다. 양동이가 위태롭게 움직였다. 양동이에 담긴 물은 당장이라도 넘쳐흐를 것처럼 출렁였다. 거의 반쯤 눈을 감고 있느라 상황을 파악하지 못한 우빈은 걸레를 다 빤 뒤 기다리고 있는 하늘을 위해 옆으로 비켜주려 했다. 빠르게 몸을 돌린 우빈의 발이 양동이를 세게 찼다.

와장창-

양동이가 결국 하늘 쪽으로 쓰러지며 담긴 물을 빠르게 토해냈다.

"미친, 이거 어떡해!"

우빈이 다급하게 여분 걸레를 가져와 걷잡을 수 없이 퍼져가는 물결을 바로잡았다.

우빈의 다급한 행동으로 교실의 퍼진 물은 잠재울 수 있었으나 하늘의 옷은 물을 한가득 머금어 축축하게 젖어 있었다. 만약 하늘의 바지가 없었더라면 흡수되지 못한 물이 이리저리 나뒹굴었을 것이었다.

"야, 진짜 미안해. 이걸 어쩌지?"

우빈은 오랜만에 겪어보는 자신의 실수에 흐렸던 정신이 맑아졌다. 시간이 지날수록 물에 맞아 젖어버린 하늘의 옷이 선명하게 새겨졌다. 우빈은 등골이 오싹해지는 것을 느꼈다.

자신의 앞에 서 있는 하늘은 화를 내지 않았다. 성민이나 미르였다면 펄쩍 뛰고도 남았을 일이었으나 하늘은 이름처럼 고요하게 자리를 지켰다. 우빈은 오히려 하늘의 그런 모습이 더욱 두렵게 다가왔다. 그의 표정을 잔잔했으나 어떻게 보면 매우 차가워 보였다.

"나한테 주면 내가 세탁해줄게…?"

우빈이 여름철 앵앵대는 모기 같은 목소리로 하늘에게 말했다. 당황한 우빈의 목소리가 조용한 하늘의 태도 앞에서 무너져 내렸다.

"아니야, 괜찮아. 밖에 나가면 마르겠지."

짧게 한숨을 쉰 하늘이 바지에 묻은 물기를 가볍게 털어냈다.

둘은 걸레를 청소도구함에 넣어두고 양동이 또한 제자리에 돌려놓았다. 마지막에 큰일이 터지긴 했으나 둘의 침착한 대응으로 무사히 청소를 마칠 수 있었다.

시계를 보니 아직 끝나기까지 시간이 조금 남아 있었다. 둘은 교실의 창문과 창틀도 닦고 칠판도 정리했으며 쓰레기통도 말끔하게 비웠다. 둘의 활약 덕분에 교실은 몰라볼 정도로 눈이 부셨다. 선생님이 이 광경을 본다면 분명히 만족감에 휩싸인 미소를 지어 보일 것이었다. 우빈은 자신이 청소한 구역을 몇 번이나 다시 보며 뿌듯한 미소를 지었다.

"너희 청소 다 했어?"

빠르게 문이 열리는 소리가 들렸다. 둘은 깜짝 놀라 움찔했다. 청소를 마친 뒤 각자 자리에 앉아 쉬고 있던 둘에게 선생님이 말을 걸어왔다. 까다롭기로 유명한 체육선생님이었다. 책상에 엎드려 반쯤 자고 있던 우빈이 벌떡 일어났다. 하늘 또한 보고 있던 핸드폰을 빠르게 꺼버렸다. 둘의 다급한 움직임에 선생님은 더욱 느리게 눈동자를 굴리며 교실의 구석구석까지 눈에 담았다.

"깨끗하네. 합격. 집에 가도 좋아."

의심의 눈초리를 거두지 못한 선생님은 마지막까지 교실을 전체적으로 흘겨보았다. 우빈과 하늘은 숨을 죽이며 그 모습을 지켜보았다.

선생님이 교실을 나가자 둘은 참아왔던 한숨을 동시에 터트렸다. 그리고 웃었다. 이게 뭐라고 이리도 긴장할 일인지. 둘은 학생이 느낄 수 있는 스릴을 만끽하며 서로를 바라보았다.

"일단 빨리 나가자. 너 옷도 말리고 애들도 만나게."

우빈이 자리에서 일어났다. 하늘 또한 바지로 인해 무거워진 몸을 일으키며 우빈의 발걸음에 따랐다.

복도는 어느새 어수선해져 있었다. 아이들은 저마다 청소시간에 있었던 일에 대해 떠벌리고 다녔다. 청소를 끝낸 아이들의 모습은 엉망이었다. 특히 벌레 약을 뿌리고 다녔던 몇몇의 얼굴은 아침과 다르게 핼쑥해져 있었다. 하루 종일 비명을 질렀는지 목은 맛이 가 있었다. 우빈은 아마 다휜과 가람도 저러지 않을까 하고 생각했다.

둘은 혹시라도 늦을까 두려워 빠르게 정문으로 향했다. 그들은 수많은 계단들을 간단하게 뛰어넘었다. 한두 번 내려가 본 솜씨가 아니었다.

계단을 내려가자 실내화를 갈아 신으려 모여 있는 인파가 둘을 숨 막히게 눌렀다. 복도보다 더한 인파들이 파도처럼 쏟아져 나왔다. 우빈과 하늘은 사람들을 뚫고 앞으로 향하려 했다. 그러나 벌레 떼처럼 모여 있는 아이들은 쉽사리 틈을 내어주지 않았다. 조금의 시간이 지나 아이들이 빠지고 나서야 둘은 겨우겨우 밖으로 나올 수 있었다.

"너 괜찮아? 진짜 압사당하는 줄 알았네."

우빈이 고개를 숙여 무릎을 짚었다. 그는 벅차오르는 숨을 몰아쉬며 하늘에게 말했다.

"멀쩡해, 우리 체육대회 때가 엄청났지. 그때는 여기의 2배였어."

"와, 그때 어떻게 걸어 다녔냐."

둘은 실내화 주머니를 바닥에 내팽개치고 신발을 대충 구겨 신었다. 둘의 신발 모두 성한 곳 하나 없었다. 발뒤꿈치 쪽이 닳은 신발이 그들의 성격을 그 무엇보다 투명하게 표현했다.

"애들 정문에 모여 있으려나?"

"설마, 약속 잡을 때마다 나 혼자 나가 있던 게 한두 번이 아닌데, 그런 애들이 며칠 만에 바뀌겠어?"

실내화 주머니를 집어 든 우빈이 운동장 모래를 밟았다. 모래는 습기를 가득 머금은 듯 우빈의 운동화에 질척대며 묻어났다. 우빈은 발을 살며시 들어 진흙 같은 모래를 보았다. 이상하게도 질었다. 평소와 같으면 발길질 몇 번에 후드득하고 바닥으로 떨어져야 했다. 그러나 우빈의 발을 감싼 모래는 그를 놓아주지 않았다.

강한 직감에 몸을 맡긴 우빈은 손을 최대한 높이 뻗었다.

그는 손을 이리저리 휘둘러보았다.

툭.

가볍지만 무겁게 느껴지는 물방울이 우빈의 손을 적셨다.

"야, 비 오는데?"

우빈이 뒤를 돌아 하늘에게 말했다.

"비? 그런 말은 없었는데. 소나기 아닐까?"

하늘이 무거운 모래를 밟으며 손을 이리저리 흔드는 우빈에게로 다가왔다. 그는 핸드폰을 켜 급하게 일기예보를 확인했다.

"일기예보에서는 비가 올 거라고 하네."

하늘이 우빈에게 자신의 핸드폰 화면을 보여주었다.

"진짜네. 이걸 어쩌냐."

고개를 돌려 화면을 확인한 우빈이 점점 새카매져 가는 하늘을 걱정스럽게 바라보았다.

약하게 우빈의 손을 때리던 빗방울은 검게 물들어 가는 하늘과 같이 점점 억세게 둘을 적셔갔다. 둘의 머리카락이 젖어 무겁게 얼굴 위로 내려앉았다. 주위에서는 하나둘 우산을 펴 정문으로 향했다. 알록달록한 우산들이 그들 주위에서 꽃처럼 피어났다.

"너 우산 있냐?"

"있겠어? 비 온다는 사실도 몰랐는데."

둘은 모래를 뒤집어써 축축해진 실내화 가방을 들고 다시 학교 안으로 뛰어 들어갔다. 지진 대피훈련을 했을 적에도 이만큼 다급하지는 않았었다. 특히 비 맞는 것을 매우 싫어하던 우빈은 거의 굴러가는 것처럼 보였다. 하교하던 아이들 몇 명이 쫄딱 젖은 둘을 흘겨보았다. 그들은 단번에 눈에 띌 만큼 엉망이었다.

머리카락에서부터 천천히 고인 물방울이 바닥으로 떨어졌

다. 떨어진 빗방울은 넓게 퍼지며 바닥으로 스며들지 못하고 겉돌았다. 둘이 서 있던 곳은 금세 무겁게 떨어지는 물방울들로 가득 찼다. 바닥은 물에 한 움큼 젖어 열심히 걸레질한 교실보다 반질반질하게 빛났다.

하늘이 머리를 쓸어 넘기며 손에 묻은 빗방울들을 털어냈다. 그는 비로 얼룩진 교복 셔츠를 손으로 빨래하듯 쥐어 짜냈다. 물이 바닥으로 후드득 떨어지며 고였다.

"이걸 어떡하지? 전화로 애들한테 데려와 달라 해야 하나?"

비가 쏟아지는 풍경을 애처롭게 바라보던 우빈이 손으로 꼭 쥐고 있던 핸드폰을 들었다.

"애초에 이렇게 비가 오는데 타임캡슐을 만들 수 있어?"

심기가 불편해 보이는 하늘이 그답지 않게 차가운 말투로 물었다.

"준비물 사고 오면 그칠 것 같은데."

"우리 옷도 다 젖었잖아. 나 너무 찝찝해."

하늘의 굳은 표정의 원인은 옷이었다. 그는 잔뜩 젖어 무거워진 바지를 손으로 잡아 다리를 들었다. 어두워진 바지에서 고인 물방울들이 뚝뚝 떨어졌다. 그 모습을 본 우빈은 찔려오는 마음을 애써 외면했다. 자신이 그에게 쏟아버린 걸레 빤 물은 이미 마르고도 남았을 것이라고, 하늘의 바지를 적신 것은 매섭게 쏟아지는 빗물일 것이라고 자신을 합리화시켰다.

"…아니면 집 가서 옷을 갈아입고 와. 우산도 가져오고."

"내 집 꽤 먼데?"

"버스 타고 가. 나도 같이 가줄게."

우빈은 도저히 그의 젖은 옷을 외면할 수 없었다. 타임캡슐을 바로 만들 것도 아니니 시간이 꽤 비어 있는 상황이었다. 버스를 타고 간다면 충분히 알맞은 시간대에 다시 학교에 도착할 수 있었다. 아마 타임캡슐의 재료는 살 수 없을 테지만 그런 깃은 어차피 다흰이 전부 알아서 할 문제였다.

하늘은 우빈의 말을 듣고 꽤 오랫동안 고민했다. 찝찝한 것을 싫어하는 하늘은 도저히 이 상태로 웃으며 타임캡슐을 만들 자신이 없었다. 그는 투명한 물에 비치는 자신을 빤히 바라보았다. 누가 봐도 유쾌한 표정은 아니었다. 우빈이 자신을 재촉하지 않는 것이 이해가 되었다. 하늘은 표정을 풀고 물기 어린 얼굴을 몇 번 쓸어 넘겼다. 하늘 옆에 서 있는 우빈은 손가락으로 핸드폰을 톡톡 두드리며 그가 결정을 내리길 기다려 주었다.

"둘이 여기서 뭐 해?"

학생이 대부분 빠져나간 학교에서 빗물 같이 시원한 목소리가 벽을 타고 올라와 울렸다. 미르였다. 마침 학교를 나서고 있던 미르는 쫄딱 젖어 바들바들 떨고 있는 우빈과 하늘을 발견하고 당황스러운 듯 말했다. 미르는 한 손에 투명한 우산을 들고 있었다.

"김미르? 넌 왜 이제 나와!"

우빈이 미르의 우산에서 시선을 떼지 못하며 그에게로 다가갔다. 우빈의 시선을 의식한 미르는 양손으로 우산을 꼭 쥐었다.

"너희 우산 없어?"

미르는 우빈의 뒤편에 위치한 굳은 표정의 하늘을 흘겨보았다. 나름대로 표정을 풀어본 그였지만 타인이 보기에는 아직도 섬뜩하게 다가왔다.

"우리 꼴이 우산 있는 사람 같냐?"

우빈이 자신의 젖은 머리카락을 손으로 집어 보였다. 미르는 경악하며 우빈의 머리카락 곳곳을 적신 빗물을 눈으로 좇았다. 뚝뚝 떨어지는 물방울들은 마를 생각을 하지 않았다. 뒤에 있는 하늘도 다를 것이 없었다. 오히려 그가 더 심하게 젖어 있었다. 특히 바지는 물을 한가득 머금어 원래의 색보다 훨씬 짙어져 있었다. 바지의 결을 따라 떨어지는 물방울들이 빗물처럼 억세게 운동화를 더럽혔다.

"내가 우산 씌워줄까? 좀 작긴 해도 정문까진 갈 수 있을 것 같은데."

미르가 자신의 작은 우산을 만지작거렸다. 역시나 3명이 쓰기에는 무리였다.

"그럴 필요 없어."

우빈의 뒤에 서 있던 하늘이 목소리를 높였다. 그는 여전히 미르를 바라보고 있지 않았다. 하늘은 물기를 대충 털고 우빈에게 고개를 까딱했다. 미르의 우산을 간절히 원하던 우빈은 그의 몸짓에 들리지 않을 정도로 작은 한숨을 뱉었다.

"우리 옷이 많이 젖어서 집 좀 들리려 하거든? 네가 애들한테 잘 말해줘."

우빈이 미르의 어깨를 몇 번 토닥이며 말했다. 미르는 우빈의 손에 묻은 물기가 자신의 어깨를 적시자 끔찍해하며 그의 손을 떼어냈다. 미르의 반응 본 우빈이 양손으로 미르의 교복을 잔뜩 더럽혔다. 초등학생 같은 면모였다. 미르는 그런 우빈을 저지하며 뒤로 밀어냈다. 다행히도 포기가 빠른 우빈이었다.

우빈은 구석에 찌그러져 있던 실내화 가방을 손으로 간단하게 털었다. 묻어 있던 축축한 모래들이 바닥에 나뒹굴었다. 이윽고 그는 미르에게 손을 흔든 뒤 실내화 가방을 뒤집어쓰고 하늘과 함께 나가버렸다. 몇 분도 안 되어 벌어진 일에 미르는 당황하며 손을 올리다 내렸다. 아이들의 말소리 하나 들리지 않는 이곳에 미르는 혼자였다. 미르는 우빈의 장난으로 인해 흐트러진 교복을 정돈했다. 비를 맞고 온 사람처럼 엉망이었다.

그는 빗방울이 거세게 떨어지는 바깥 풍경을 바라보았다. 우산을 가지고 있는데도 펼치기 두려울 만큼 쏟아지는 비가 운동장 모래를 파고들었다.

"우산도 없이 어쩌려고 저래?"

미르는 비를 뚫고 뛰어가던 우빈과 하늘의 모습을 다시 떠올렸다. 둘은 비를 맞으면서 어린아이처럼 웃고 있었다. 미르는 앞으로 가 손을 작게 뻗었다. 손가락 끝쪽에서 매섭게 쏟아지는 비가 느껴졌다. 미르는 황급히 손을 다시 집어넣었다. 10초도 안 되는 시간이었지만 손은 빗물로 젖어 있었다. 둘처럼 웃음이 나오지 않았다. 미르는 이 비가 더욱더 싫어졌다.

미르는 우산을 펼쳤다. 빗물을 삼킨 모래가 그의 발을 감싸 안았다. 핸드폰으로 시간을 확인했다. 지금쯤이면 모두가 모이고도 남았을 시간이었다. 다휜이 공지한 시간은 이미 한참 지나버린 후였다.

미르는 물이 묻어 원활하게 작동하지 않는 핸드폰을 간신히 열어 다휜에게 전화를 걸어보았다. 역시나 받지 않았다. 10분 전부터 이런 상황이었다. 인파에 떠밀려 친구들과 떨어지게 된 미르가 다휜에게 처음 전화를 걸었을 때도 그녀는 전화를 받질 않았다. 의미 없는 신호음만 오갔을 뿐이었다. 미르는 신경질적으로 핸드폰을 끄고 주머니에 집어넣었다. 이 상태로 정문에 가봤자 아무도 없을 게 뻔했다. 미르는 지끈거리는 머리를 한 손으로 꾹꾹 눌렀다. 드디어 다휜이 평소에 느끼는 감정들을 이해할 수 있었다. 그는 무거운 발걸음을 움직이며 정문으로 향했다.

한참 동안 정문으로 향하던 미르는 앞으로 움직이던 발걸음을 멈추었다. 점점 정문에 가까워질수록 몸과 다르게 학교 쪽으로 향하는 마음이 꺼림칙했다. 이윽고 시끄러운 빗소리만이 미르 주위를 에워쌌다. 미르는 무언가를 생각하듯 멈추어 섰다. 그는 잡고 있던 우산을 세게 쥐었다.

1분도 걸리지 않았다. 아주 짧은 시간 동안 가만히 자리를 지키던 미르는 발걸음을 뒤로 돌렸다. 충동적인 행동이었다. 그러나 미르는 자신이 가야 할 곳이 정문이 아니라는 것을 직감했다. 미르는 느릿한 발걸음을 재촉했다. 그는 거의 뛰고 있었다.
　미르는 점점 빨라지는 발걸음을 주체하지 못하고 미끄러졌다. 그는 운동장 모래를 전신에 뒤집어썼다. 꽤 우스꽝스럽게 넘어진 미르는 아픔조차 모르는 사람처럼 바로 몸을 일으켜 세웠다. 입에서 축축한 모래의 맛이 느껴지고 양쪽 무릎에선 새빨간 피가 줄줄 새어 나왔지만 미르는 달렸다. 미르의 마음 한편에서 울리는 가녀린 목소리가 온몸을 잠식했다.
　머리로 생각하지 않고 몸으로 생각했다. 미르는 몸이 이끄는 대로 학교의 여러 곳을 뛰어다녔다.
　"어머나, 세상에!"
　회의를 마치고 내려오던 선생님이 미르의 모습을 보고 자료를 쏟을 뻔했다. 미르의 모습은 개학식 때와 닮아 있었다.
　미르는 선생님의 말을 듣지 못한 채 학교의 후문으로 향했다. 평소 학생들이 잘 사용하지 않는 공간이었다. 미르는 후문에 거의 다다르고 나서야 자신이 후문으로 향하고 있었다는 사실을 알아차렸다. 그만큼 그의 행동은 전혀 계산되어 있지 않았다.
　그는 걸음을 천천히 늦추며 여태까지 억눌러 왔던 숨을 몰아쉬었다. 오랜만에 한 달리기였다. 저지른 일에 대한 후폭풍이 이제야 찾아왔다.

 미르가 거대한 숲을 거니는 사냥꾼처럼 천천히 후문으로 다가갔다. 그는 걸음 소리를 최대한 낮추었다. 물에 젖은 신발이 질척거리는 소리만이 울렸다. 신발이 물을 뿜어내며 발자국을 남겼다.

 미르가 후문에 가까워져 갈수록 희미하게 보이던 작은 형태가 점점 더 선명해졌다. 미르는 그것이 무엇인지 단번에 알아차릴 수 있었다. 몸을 웅크리고 있던 형체는 미르의 발걸음 소리가 들리자 다급히 뒤를 돌아보았다.

 "김미르?"

 가람이었다. 그녀는 웅크리고 있던 몸을 펴 미르를 올려다보았다. 처량한 그녀의 모습이 미르의 마음을 요동치게 했다. 그녀는 미르를 기다렸다는 듯이 애처로운 눈망울을 빛내며 미르만을 바라보았다. 잠깐에 정적이 흘렀다.

 "…왜 여기 있어?"

 미르가 무겁게 내려앉은 입을 간신히 열었다. 그의 말이 부서지며 가람의 귀에 닿았다. 미르의 두 눈은 쉴 틈 없이 떨리고 있었다. 자신의 모든 발걸음의 목적이 이 작은 아이였다는 사실이 어이가 없었다. 부정하고 싶었다. 원망으로 뒤덮인 마음을 불태울 연료가 남아 있다는 것을 모른 척하고 싶었.

 가람은 흐트러진 긴 머리카락을 손으로 빗어 넘겼다. 머리카락은 젖어 있지 않았지만 작은 물방울들이 맺혀 있었다. 그녀는 금세 원래의 모습으로 돌아왔다. 아이 같은 눈망울을 빛내며 미르를 바라보았던 가람의 모습은 빗물에 씻겨 사라진 뒤였다.

"화장실 간 사이에 애들이랑 엇갈렸어. 마침 비도 와서 꼼짝도 못 하겠더라."

가람이 몸을 일으켰다. 앉아 있느라 더러워진 치마를 몇 번 털어낸 그녀는 미르의 모습을 보고 놀란 듯 주춤했다. 미르는 가람을 처음 본 순간과 비슷한 모습을 하고 있었다. 그때와 같이 장미처럼 새빨개진 두 뺨은 얼굴과 맞지 않게 빛났다.

미르는 가람의 시선을 느끼고 뒤로 몇 걸음 물러났다. 그는 자신이 어떻게 이곳으로 뛰어왔는지 알 수 없었다. 기억조차 희미했다. 무언가에 이끌리듯 뛰어들어온 후문에는 우연히 가람이 있었다. 어쩌면 우연이 아닐지도 몰랐다.

미르는 울렁이는 마음을 잠재웠다. 그는 흐트러진 교복을 바로잡았다. 손과 머리카락에 묻은 따가운 모래들도 전부 털어냈다. 평소와 비슷해진 미르였지만 무릎을 뚫고 흐르는 피로 적셔진 바지는 숨길 수 없었다.

"나가자. 애들 이미 다 갔을걸?"

미르는 자신의 모습을 완전히 가려버렸다. 그는 평온하게 후문을 나서 투명한 우산을 펼쳤다. 반쯤 주저앉아 있는 가람을 빤히 바라보던 미르는 가람이 두 손으로 머리를 가리며 자신에게로 뛰어오자 기다렸다는 듯이 우산을 가람 쪽으로 기울여

주었다.

　비가 강하게 둘을 스치며 지나갔다. 미르의 어깨는 비에 젖어 축축했다. 기울어진 우산에 의해 가람의 얼굴에 그림자가 졌다. 그녀는 웃지도, 울지도 않는 얼굴로 앞만을 바라보았다.

　강한 빗소리에 입이 막힌 둘은 아무런 대화를 하지 않았다. 새카만 먹구름이 뒤덮은 하늘 아래를 걷고 또 걸었다. 대부분의 학생들이 하교해 텅텅 빈 학교는 둘에게 너무나 넓게 느껴졌다. 발걸음 소리 하나하나가 높게 울려 퍼졌고 서로의 숨소리조차 비를 뚫고 들려왔다. 오로지 둘 뿐이었다. 우산을 쥔 미르의 손에서 땀이 맺혔다. 둘 사이의 미묘한 거리감이 긴장감으로 바뀌어 다가왔다.

　미르는 자신의 옆에서 내리는 비를 눈으로 좇고 있는 가람을 바라보았다. 그녀의 옆모습은 그림처럼 남아 미르의 눈에 새겨졌다. 미르는 그 모습을 숨죽이며 바라보았다. 절대로 닿을 수 없는 한 폭의 그림 같았다. 그는 가람을 바라볼 수밖에 없었다. 가람의 앞에서 한마디도 꺼낼 수 없었다.

　여린 살에 부딪히는 비가 어느 때보다 따가웠다. 빗물을 가득 머금어 젖은 어깨가 바람을 맞아 시렸다. 미르가 삼키는 침은 불덩이처럼 뜨거웠다. 후문으로 뛰어오다 넘어져 생긴 상처가 아렸다. 이제야 미르는 자신의 무릎에서 흘러나오는 피를 느낄 수 있었다.

　몸 여러 군데가 예민하게 반응했다. 개학식 날 느꼈던 뜨거움과 거리가 멀었다. 미르가 부정하며 억지로 떼어냈던 사랑이란 감정이 이제 와서 난리였다. 인정하기 시작한 순간 폭풍처럼 밀려 들어와 미르를 가만히 내버려 두지 않았다.

텅텅 비어 있는 주제에 감히 태양을 품으려 했었다. 그에 따른 대가가 미르를 괴롭혔다. 찾아온 암흑은 미르가 손을 놓자 물결에 휩쓸려 허무하게 사라져 버렸다. 미르가 망가져 버리자 평화는 선선한 바람처럼 미약하게 주위를 채워나갔다. 이제야 무언가가 맞추어진 느낌이었다. 억지로 끼워 맞추어 삐뚤어져 있었지만 더 이상의 공백은 생기지 않았다.

미르는 자신만이 무언가를 잃어버렸다고 생각했다. 아무런 고민 없이 하루를 지내는 아이들 모두가 비겁해 보였고 한심했다. 미르는 그들을 몰랐다. 미르의 시선에서 비추어지는 그들은 아무것도 모르는 어린아이일 뿐이었다. 그렇게 미르는 자기연민을 예술로 승화시켰다. 그는 아주 작은 개울가를 강이라 생각했다. 이러한 사고를 하는 자신이 특별한 것이었고 잘난 것이었다.

"미르야, 애들이 없는 것 같은데?"

가람이 멀리 떨어져 있는 정문을 가리켰다. 정문은 고요하게 떨어지는 비를 맞고 있었다. 사람의 흔적이라곤 찾아볼 수 없었다.

가람이 다휘에게 전화를 걸었다. 비에 젖은 핸드폰이 느릿하게 작동했다. 꽤 오랜 신호음이 흘렀다. 둘의 인내심이 한계에 다다르고 있었다. 전화를 받지 않을 것 같아 끊으려는 순간 오랫동안 듣지 못했던 다휜의 목소리가 들렸다.

"너희 어디야?"

다휜이 전화를 받자마자 가람이 빠르게 말했다.

- 너희가 너무 안 와서 먼저 갔지. 우리 학교 뒤편 문구점이야.

"여태까지 전화는 왜 안 받은 거야?"

미르가 가람의 핸드폰 쪽으로 고개를 숙여 말했다. 다휜은 침착함 속에 숨겨진 미르의 분노를 단번에 읽어냈다.

- 미안해… 나 핸드폰 무음인 거 알잖아! 내가 오늘 간식 하나 사줄 테니까 화 풀어. 아무튼 빨리 와!

다휜이 사근사근하게 미르를 달랬다. 막상 전화를 걸고 다휜의 말을 듣다 보니 미르의 화는 꽤 쉽게 풀렸다. 애초에 미르는 화가 많은 성격이 아니었다. 심한 장난이 아니라면 미르는 언성을 높이지 않았다.

"학교 뒤에 있는 문구점이 정확히 어디야?"

다휜이 전화를 끊으려 하자 가람이 다급하게 말했다.

"내가 아니까 걱정하지 마."

미르가 말을 시작하려던 다휜을 무시하며 전화를 끊어버렸다. 가람은 당황하며 미르를 올려다보았다.

미르의 표정은 가라앉아 있었다. 무거운 것을 토해내려는 사람처럼 진중했으나 화가 난 사람처럼 차갑기도 했다.

"그럼 빨리 가자, 애들 기다리겠다."

이대로라면 무언가가 터져버릴 수도 있다는 것을 느낀 가람이 그대로 서서 움직일 생각을 하지 않는 미르를 재촉했다. 비는 서서히 그쳐가고 있었다. 가람은 미르가 손에 쥐고 놓아주지 않는 우산을 살포시 잡았다. 미르는 가람의 온기를 느끼자 손의 힘을 빼 우산을 넘겨주었다. 미르의 우산을 쥔 가람은 미르를 대신해서 몇 발자국 움직였다. 이러면 미르가 알아서 따라오겠거니 하고 생각한 가람이 정문을 넘어서려던 참이었다.

가람의 손목에서 서늘한 미르의 손이 얽혀들었다. 가람은 놀라며 우산을 떨어트렸다. 투명한 우산이 축축한 바닥에 나뒹굴었다. 그러나 미르는 우산에 눈길도 주지 않았다.

미르의 손이 전보다 더 강하게 가람을 압박했다. 가람의 손목에 새빨간 흔적이 새겨졌다.

"왜 그런 거야?"

미르의 맑은 목소리가 무거운 말을 간신히 내뱉었다. 빗소리가 잦아들었다. 학교는 텅 비어 있었다. 가람은 미르의 말을 그 어느 때보다 선명하게 들을 수 있었다. 그는 지금 그때의 일에 대해 캐물을 생각이었다. 가람의 목 뒤로 식은땀이 흘렀다. 그녀는 그것이 빗물인지 땀인지 구별할 수 없었다.

"왜 하필 이하늘이었어?"

미르가 다시 한번 말했다. 완전히 그쳐가던 빗물 몇 줄기 더 떨어졌다. 미르의 빛나는 머리카락이 물에 젖어 짙어졌.

이제야 눈에 들어온 그의 흠뻑 젖은 어깨가 잔흔처럼 남아 가람에게 맴돌았다.

"대답하라니까?"

우빈이 자신의 눈을 피하며 현관문 비밀번호를 치는 하늘에게 거머리처럼 들러붙으며 애원했다.

"도대체 왜 여태까지 숨긴 거냐고!"

하늘은 끝까지 질척대며 떨어지지 않는 우빈을 자신의 젖은 겉옷으로 한 대 쳤다. 우빈은 그제야 떨어지며 구시렁댔다.

"너 진짜 부잣집이야?"

"부자 아니라니까!"

"집이 이만한데 무슨 부자가 아니야!"

우빈이 열린 현관문 틈으로 보이는 깨끗하고 쾌적한 환경을 보고 경악했다.

"나 진짜 한 번만 들어가 봐도 돼?"

"들어가서 뭐하게."

"그냥 구경하게. 진짜 사고 안 칠게. 내 성격 알잖아?"

현관문을 잡고 열어주지 않던 하늘이 눈을 반짝이며 문틈 사이를 기웃대는 우빈을 보고 한숨을 쉬었다. 잠깐 고민하던 하늘은 굳게 닫힌 문을 활짝 열었다.

"들어 와. 사고 치면 안 된다?"

그 한마디에 우빈은 어린아이처럼 환하게 웃었다.

우빈은 신발을 가지런히 벗어 놓았다. 그는 하늘의 집을 현관문에서 이리저리 살펴보았다. 하늘의 집은 꽤 유복해 보였다. 엄청난 부자는 아니더라도 그가 잘사는 집 아들이라는 사실은 부정할 수 없었다. 우빈은 하늘의 집 가구 하나하나를 보며 탄성을 내뱉었다. 자신의 집과는 비교할 수조차 없었다.

"거기서 기다려봐. 내가 수건 가져다줄게."

하늘이 물을 뚝뚝 떨어트리는 우빈의 모습을 보며 말했다. 우빈은 잔뜩 젖은 자신의 옷을 손으로 살짝 짜내었다. 물기가 후드득 떨어졌다. 날씨가 습해서 그런지 옷이 쉽게 마르지 않았다.

하늘이 수건을 가지러 화장실로 들어갔다. 하늘의 발소리가 들리지 않을 정도로 멀어졌다. 우빈은 그때를 틈타 액자에 걸려 있는 하늘의 어린 시절 사진들을 대놓고 보기 시작했다. 현관문에 놓인 그의 사진들에는 몰라볼 정도로 사랑스러운 어린 아이가 그려져 있었다.

"뭐야? 이때는 나름 귀여웠네."

우빈이 본 사진은 어머니와 둘이 찍은 사진이었다. 아마 초등학교 졸업식인 것 같았다. 화목한 가정이라고 하기에는 무언가 부자연스러운 사진이었지만 남의 가정사에 큰 관심을 가지지 않는 우빈은 대충 훑어보고 넘겼다.

그밖에도 태권도에서 찍은 사진, 여행을 가서 찍은 사진, 콩쿠르에 나가 찍은 사진 등 다양한 사진들이 잘 보존되어 작은 액자들에 담겨 있었다. 대부분 어머니와 둘이 찍었거나 혼자서 찍은 사진들이었다.

　우빈은 그중에서 특이한 사진 하나를 발견했다. 그것만이 유일하게 보이지 않게 뒤집혀져 있었다. 우빈은 그 사진을 확인해 보고 싶다는 강한 호기심에 휩싸였지만 뒤집어 놓은 사진을 멋대로 건드려 보는 것은 예의에 어긋난다는 생각에 올린 손을 거두다. 호기심을 떨쳐내려 심호흡을 한 우빈은 눈을 감고 딴생각을 하기 위해 노력했다. 그러나 피하려 할수록 궁금증은 더욱 커져갔다. 우빈은 산만하게 현관을 돌아다니며 사진을 볼지 말지 고민하고 또 고민했다.

　'살짝만 보는 건 괜찮지 않을까?'

　진작에 사라져 버린 양심은 우빈의 궁금증을 감당해 내지 못했다. 우빈은 주위를 둘러본 후 조심스럽게 뒤집힌 사진을 돌려보았다.

　눈을 질끈 감은 우빈은 서서히 눈을 떠 자신이 뒤집어 놓은 하늘의 사진을 확인해 보았다. 생각보다 별거 없었다. 셋이서 찍은 가족사진이었다. 굳이 특별한 점을 꼽자면 이 사진에서 유일하게 하늘의 아버지로 추정되는 사람이 등장한다는 것이었다. 우빈은 사진을 홀린 듯 바라보았다. 모습을 보니 하늘이 유치원에 들어갔을 무렵 찍은 사진 같았다. 하늘은 여태까지의 사진과는 전혀 다른 미소로 환하게 웃고 있었다. 지금까지 본 사진들 중에서 가장 가족사진다운 사진이었다.

　"아버님이신가…?"

우빈은 사진을 살며시 들어 확인해 보았다. 평범한 가족사진이지만 너무나도 밝게 웃는 세 사람에게서 눈을 뗄 수 없었다. 특히 사진에서 하늘을 안고 환하게 웃고 있는 남성이 눈에 띄었다. 그는 하늘과 똑 닮아 있었다.

"아버지 맞아. 내가 어릴 때 돌아가셨어."

수건을 가져온 하늘이 사진을 바라보고 있는 우빈에게 태연하게 말했다. 우빈은 깜짝 놀라며 사진을 다시 뒤집어 올려놓았다. 하늘은 몸까지 떨며 놀란 우빈에게 보송한 수건을 건네주었다. 그는 사복을 입고 있었다. 수건을 가지러 가는 김에 옷까지 갈아입은 모양이었다.

"미안해, 너무 궁금해서 그랬어."

수건으로 물기를 닦던 우빈이 하늘에게 사과했다.

"괜찮아. 사진은 보라고 있는 건데 뭘."

하늘이 차분하게 웃었다. 사람을 감사하게 만드는 미소였다.

"다 닦았으면 슬슬 나가자. 우산은 내가 2개 챙겼어."

"수건은 어디다 둬?"

"선반 위에 올려놔."

우빈이 축축해진 수건을 하얀색 선반 위에 살포시 올려놓았다.

"나 때문에 현관이 미끄러워졌네. 이걸 어쩌지?"

우빈이 현관에 떨어진 물방울들을 신발로 가리키며 말했다. 하늘은 그 모습을 보고도 별 신경을 쓰지 않았다.

"뒤집어진 사진도 멋대로 봐 놓고 왜 이제 와서 내숭이야?"

"야…!"

하늘이 장난스럽게 말했다. 그 말에 찔린 우빈은 다급하게 하늘의 말을 끊으며 문을 열었다.

둘이 나오자 하늘은 어느새 맑게 개어 있었다. 빗방울이 조금씩 떨어지긴 했지만 조금 전과 비교하면 천지가 개벽한 수준이었다. 이대로라면 타임캡슐을 차질 없이 만들 수 있을 것 같았다. 하늘은 쓸모없어진 우산을 우빈에게 건넸다. 걸리적거려서 우빈에게 떠넘긴 모양이었다.

"다행이다. 조금 전까지만 해도 평생 비만 올 것처럼 내렸잖아."

"일기예보 보니까 조금 있으면 그친다고 하긴 하더라."

둘은 큰 도로 가로 나가 버스정류장으로 향했다. 그들은 조잘대며 여러 이야기를 꺼냈다. 심심할 틈이 없었다.

"너 상 탄 사진들도 엄청 많더라. 부럽다. 나는 아무리 열심히 해봤자 장려상인데. 이번 시화전에서도 네가 최우수였잖아."

우빈의 밝은 목소리가 음울해졌다. 그의 말은 전부 진심이었다. 우빈은 살면서 한 번도 1등을 해본 적이 없었다. 공부로도 그렇고 자신이 좋아하는 글쓰기에서도 그랬다. 우빈에게 하늘은 넘을 수 없는 벽이었다. 그는 항상 우빈의 위에 있었다. 그 사실은 우빈이 하루 종일 공부를 하거나 걸작인 시를 쓴다 해도 변하지 않는 것이었다.

솔직히 말하자면 우빈은 그런 그가 좋게 보이지 않았다. 누구라도 그랬을 것이다. 투기하지 않는 게 이상했다. 마음속 깊은 곳에서부터 끌어 오르는 추잡한 시기는 도저히 사라지지 않았다.

"정말 내가 부러워?"

말이 없어진 우빈을 향해 하늘이 말했다.

"응, 부럽지."

우빈이 말하자 하늘이 크게 웃었다. 그가 소리 내어 웃는 모습을 처음 본 우빈은 당황하며 하늘을 바라보았다.

"아니야, 난 네가 생각하는 그럼 사람이 아니야."

하늘이 눈가를 반달처럼 접으며 우빈을 바라보았다. 그는 전혀 기뻐 보이지 않았다. 그의 웃음은 행복과 즐거움으로 인하여 만들어진 것이 아니었다.

"나는 상을 타기 위해 글을 쓰는 사람일 뿐이야. 너는 글에 네 감정을 싣는 사람이고."

"누구나 상을 타기 위해 쓰지 않아? 상을 타기 싫으면 대회에 나갈 이유가 없지."

우빈이 의아해하며 하늘에게 물었다. 상을 타기 위해 대회에 나가는 것은 당연했다. 우빈 또한 그랬다. 글을 좋아하는 마음도 있었지만 결국 목적은 수상이었다. 하늘은 그렇게 말하는 우빈을 바라보며 입꼬리를 끌어올렸다. 우빈의 말에 하늘은 새파란 하늘을 보며 조금 뜸을 들였다. 그는 들고 있던 우산을 발로 차며 걸었다.

"그것도 맞는 말이야. 그런데 너와 나의 글은 전혀 달라. 내 글은 전부 다 허상이야. 존재하지 않지. 내 글은 글이 아니야."

우빈은 하늘의 말을 이해할 수 없었다. 우빈은 전시된 그의 작품을 몇 번이나 올려다봤었다. 남들이 그의 작품을 한 번 보고 지나쳤을 때 우빈은 그가 쓴 모든 글자들을 기억할 수 있을 정도로 여러 번 그의 글을 읽었다.

엇갈리는 감정선들이 뚜렷하게 표현되어 읽는 사람의 머릿속을 관통하는 하늘의 글은 우빈에게 엄청난 충격으로 다가왔다. 자신이 알고 있는 글에 대한 모든 것이 부정당하는 느낌이었다. 그의 작품은 살아 있었다. 적어도 우빈의 마음속에선 무엇보다 강렬하게 숨 쉬고 있었다.

"나는 사람들이 원하는 글에 대한 욕구를 투영시킨 것뿐이야. 내 글은 그런 것들을 어설프게 흉내 낸 거야. 목적은 수상뿐이지. 나는 글을 쓰면서 즐거움을 느끼지도 않고 감격하지도 않아. 내 글은 껍데기니까."

"껍데기라니? 네 글에서는 아주 생생한 감정들이 느껴졌어. 진심이야. 내가 네 글을 얼마나 열심히 봤는데 그것 하나 모르겠어?"

우빈이 목소리를 높였다. 그는 가던 걸음을 멈추고 하늘을 똑바로 바라보았다. 우빈에게는 하늘이 재능 있는 주제에 재수 없는 소리나 하는 사람처럼 보였다.

"정말이야. 오히려 나는 네 글을 읽을 때 살아 있다고 느껴. 내 글이 너에게 준 모든 감각들은 사람들을 한순간에 흔들어 놓을 수는 있지만 큰 여운과 감동을 주진 못해. 반면에 너의 글은 아름답고 느릿하게 퍼지면서 감동을 줘. 자극적인 것을 좋아하는 사람들에겐 안 맞을 수 있지만 한 번 빠지고 나면 강한 여운을 남기지."

"내 글을 읽어봤어?"

우빈이 놀라며 하늘에게 물었다.

"당연하지. 매번 읽었어. 나는 네 글 나름 좋아해."

하늘이 차분하게 말했다. 우빈의 얼굴이 수치심으로 빨개졌다. 도저히 넘어서지 못할 것 같던 벽이 자신의 글을 읽으며 좋아했다는 사실은 기쁨으로 다가왔지만 동시에 굴욕이었다. 하늘이 자신의 글을 보며 어떻게 생각했을지 도저히 예상이 가지 않았다. 좋아했다고는 하지만 속으로는 비웃었을지도 몰랐다.

"정말이라니까? 넌 작가 하면 잘할 것 같아."

"…작가?"

"응, 네 글은 누군가의 빈 공간을 채워주거든."

그 말을 마지막으로 하늘은 더 이상 말을 꺼내지 않았다. 우빈은 하늘의 말을 곱씹으며 작가에 대해 생각했다. 하늘의 말이 자꾸만 머릿속에서 메아리쳤다.

'누군가에게 감동을 주는 사람이 되고 싶어요.'

타임캡슐 안 커다란 바람이 생겨난 순간이었다.


가람과 미르는 정문 앞에서 한 발짝도 벗어나지 못하고 있었다. 그들은 시간이 멈춘 듯 그 자리를 지키고 있었다.
"왜냐니…?"
미르에게 손목을 붙잡힌 가람이 조심스럽게 입을 떼었다.
"왜 하필 이하늘이었냐고. 너도 뻔히 다 알고 있었잖아…."
미르가 뒷말을 흐렸다. 단호하게 붙잡힌 가람의 손목에 감긴 미르의 손이 힘없이 떨어져 나갔다.
가람은 침을 꼴깍 삼켰다. 회피한다고 될 문제가 아니었다. 미르는 작정한 듯 가람을 추궁했다. 그러나 가람은 하늘과 한 약속 때문에 미르에게 모든 것을 털어놓을 수 없었다. 그녀는 어떻게 해서든 이 소동을 잠재워야 했다.
"갑자기 이러면 나 불편해. 솔직히 우리가 그렇게 깊은 사이도 아니었잖아."
가람이 표정을 지웠다. 그녀의 목소리는 얼음처럼 차갑게 굳어있었다. 그녀의 목소리를 들은 미르가 어깨를 잘게 떨었다. 희미했지만 가람은 그의 심정을 단번에 알 수 있었다. 가람의 표정이 조금 누그러졌다.
"넌 처음부터 이러려던 생각이었잖아. 그래서 나한테 일부러 접근한 거지?"

미르의 눈가에 붉은 노을이 피어났다. 가람은 그 모습을 보며 숨이 턱 하고 막히는 것을 느꼈다. 목 끝까지 차오른 말들은 그의 앞에서 처절하게 무너져 내렸다. 미르는 항상 가람의 무거운 가면을 벗겨버렸다. 세상을 직접 바라보지 못하는 가람의 눈이 오로지 미르만을 직면하게 했다.

가람은 이럴 때일수록 미르의 눈을 똑바로 바라보았다. 그녀의 맑고 투명한 눈망울이 미르를 동요하게 했다. 가람은 이용할 수 있는 모든 것을 이용했다. 설령 그것이 자신의 앞에서 무너질 듯 부서져 있는 작은 소년일지라도 예외는 아니었다.

서로의 숨소리가 깊게 퍼졌다. 눈치 없는 비는 더 이상 둘을 적시지 않았다. 미르의 손에 축축한 땀이 흘러나왔다. 말하는 것은 쉬웠으나 그 뒤를 잇는 모든 것이 무너질 듯 위태로웠다.

미르는 잔잔한 강을 엉망으로 흩트려 놓고 싶었다. 고작 작은 파문이나 일으키는 물고기가 되고 싶지 않았다. 미르는 용이 되어야 했다. 강 전체를 뒤집어 놓을 듯이 날아오르고 마침내 강을 발밑에 펼쳐놓는 그런 용 말이었다. 작은 심통에서부터 시작된 불씨는 서서히 미르를 잠식시켰다. 이것은 분풀이였고 호소였으며 급조된 평화를 부수고 싶어 하는 몸부림이었다.

미르의 눈동자는 더 이상 푸른빛을 띠지 않았다. 강한 원념으로 뒤덮인 그의 눈은 가람의 형태를 일그러트렸다. 가람은 자신의 입술을 깨물었다. 미르의 눈을 보고나니 이유 모를 패배감이 그녀의 발끝에서부터 천천히 모든 것을 밀어내며 올라왔다. 가람은 미르에게서 익숙함을 느꼈다. 깨진 거울조각을 바라보는 느낌이었다.

"당연한 거 아니야? 너 같은 애한테 누가 진심으로 다가가겠어?"

가람은 커져가는 목소리를 간신히 눌러냈다. 가람의 떨리는 목소리는 그녀답지 않았다. 가람은 자신이 느끼고 있는 무언가를 예측할 수 있었다. 분노였다. 여태까지 자신도 모르는 새 쌓아왔던 부풀린 기대감이 그녀를 흐트러지게 했다.

미르는 그 말을 들으며 한 발짝 뒤로 물러났다. 당황스러웠다. 가람을 둘러싸고 있던 거대한 방패는 요란스러운 소리와 함께 깨져버렸다. 미르는 가람의 날카로운 비명소리와도 같은 목소리를 오래도록 놓지 못했다.

"너도 다 알잖아. 네가 어떤 인간인지."

가람의 갈라진 목소리가 애처롭게 울렸다. 그녀의 얼굴은 더 이상 잔잔한 물결이 아니었다. 미르의 바람대로 잔뜩 일그러진 얼굴이었다. 생각했던 것보다 기쁘지 않았다. 오히려 시원하리라 예상했던 마음은 물을 머금은 듯 축 늘어졌다. 아팠다. 아파야 할 건 자신이 아닌데도 아팠다.

"이하늘이나 너나 똑같아. 똑같이 자기만 생각하고… 똑같이…."

가람의 얼굴이 자꾸만 흐려져 눈에 담을 수 없었다. 그러나 미르는 지금 그녀의 두 눈이 화단 속 흐트러진 장미만큼 붉다는 사실만큼은 알 수 있었다.

 가람은 끝내 뒷말을 꺼내지 못했다. 그녀의 분홍빛 입술만이 몇 번 달싹이다 멈출 뿐이었다. 미르 또한 마찬가지였다. 할 말로 가득 차 어찌할 줄 몰랐던 입안은 바람 빠진 풍선처럼 허무하게 허공을 날았다.

 가만히 자리를 지키던 가람은 이윽고 뒤를 돌아 노을이 지는 풍경을 뒤로한 채 앞만을 바라보며 미르에게서 멀어져갔다. 그녀의 발걸음은 참 바쁘게도 움직였다. 미르가 오늘 후문으로 향했을 때처럼.

 미르는 바닥에서 나뒹굴고 있는 처량한 우산을 집어 들었다. 맑게 개여 있던 하늘은 미르의 얼굴만큼 어두워져 있었다. 몇 번의 천둥을 토해낸 하늘은 숨죽이며 간신히 고여 있던 빗방울을 천천히 떨어트렸다. 미르의 얼굴을 간지럽힐 수준이던 작은 빗방울들은 시간이 지날수록 점점 더 거세져 갔다.

 미르는 온기가 사라진 뒤인 정문 앞으로 뛰쳐나갔다. 정문 앞을 이리저리 살펴보아도 사람의 형태 하나 찾을 수 없었다. 미르는 지끈거리는 머리를 한 손으로 꾹 눌렀다. 가람이 어디로 갔는지는 미르의 상관이 아니었다. 미르는 깊고 옅은 한숨을 쉬며 다흰이 말한 학교 뒤편의 문구점으로 향했다. 물먹은 바지가 늘어지며 미르의 발걸음을 무겁게 했다.

 학교가 흐릿해질 정도로 걸어간 미르였다. 워낙 자주 가던 문구점이라 몸이 위치를 기억했다. 무슨 정신으로 여기까지 왔는지 알 수 없었다. 머리에서는 가람이 했던 모든 말들이 울려 퍼졌다.

'이하늘이나 너나 똑같아. 똑같이 자기만 생각하고… 똑같이….'

그녀의 새빨간 눈동자도 수면 위로 떠올랐다.

"자기만 생각한다, 라…"

미르가 작게 중얼거렸다. 뼈저리게 차가운 말이었다. 미르는 그 말을 부정하지 못했다. 주위 사람들이 입을 모아 그에게 말하던 사실이었다.

'미르 너는 친절한데 불친절하다?'

'미르는 조금 자기중심적이다.'

모두 질릴 만큼 많이 들어본 말이었다. 아주 어린 시절부터 지금까지. 미르와 조금이라도 말을 섞어본 모든 이들이 같은 말을 반복했지만 미르는 딱히 신경 쓰지 않았다. 원래 사람들은 전부 개인주의이다. 배려란 사회에서 살아남기 위해 배우는 수단에 불과했다. 미르는 사실 친구들의 의미 없는 헛소리들이 궁금하지도 않았고 말하고 싶지도 않았다. 친구들에게 깊은 애정을 느끼는 것도 아니었다. 미르가 치는 모든 장난과 위로, 그리고 공감은 전부 진심이 아니었다. 미르에게는 그것이 매우 당연한 행동이었다. 모든 사람들이 이렇게 살고 있을 것이라 믿었다.

애써 외면해오던 목소리들이 가람의 입에서 터져 나오자 미르는 도저히 그 사실을 무시할 수 없었다. 자신에 대한 의문점들이 물감처럼 퍼져나가 시야를 어지럽혔다. 이렇게 사는 것이 정녕 옳은 것일까 하는 의문이 들었다. 보통 사람이 자신과 다르다는 가정하에 미르는 내면에 귀를 기울이며 자신의 일생을 되돌아보기 위해 노력했다. 전부 다 적당한 가식으로 둘러싸인 인생은 헛웃음이 나올 정도로 진부했다. 깊게 파고들어 봤자 나오는 것이 없었다. 미르의 온몸에 소름이 끼쳤다. 사실 자신의 본모습이란 이런 것이 아닐까. 아무것도 없이 유유히 흘러가는 심해처럼 깊어져 갈수록 어두워지고 아무것도 존재하지 않는 그런 것 말이다.

 미르는 점점 빨라지는 걸음을 주체하지 못했다. 생각을 지워버리려 할수록 다리는 무의식적으로 빠르게 움직였다. 미르는 기계처럼 움직였다. 의도는 불분명했지만 목적지만큼은 확실했다. 미르의 우악스러운 발걸음에 운동화가 빗물에 젖은 땅에 쓸려 더럽혀졌다. 흰 운동화는 몰라볼 정도로 까매져 있었다.

 탁-

 정신없이 걸어가던 미르의 발에 무언가가 걸렸다. 미르는 크게 휘청이며 중심을 잡았다. 다행히 넘어지지 않았다. 미르의 걸음이 드디어 멈추었다. 미르는 멍하던 정신을 현실로 돌려놓을 수 있었다.

 "이게 뭐지?"

 미르의 발아래로 떨어진 무언가는 아주 작아 눈에 담기 어려웠다. 웬만한 사람이 한 손으로 쥘 수 있는 크기였다. 미르는 자신의 발 앞에 놓여 비에 잔뜩 젖은 한 물건을 손으로 들어 올렸다. 땅에서 몇 번 구른 듯 그것은 잔뜩 더러워져 있었다.

미르는 물건에 묻은 흙먼지를 왼손으로 털어냈다. 빗물로 젖은 손에 의해 쉽게 지워낼 수 있었다. 물건의 정체는 키링이었다. 아마 가방에서 떨어진 것 같았다.

미르는 그 키링을 빤히 쳐다보았다. 토끼인형 키링이었다. 하얀색 토끼는 흙탕물에 젖어 변색되어 있었다. 미르는 이 키링의 주인을 알고 있었다. 며칠 전에 키링의 고리 부분이 녹슬었다며 투덜대던 가람의 말을 기억했다. 가람의 말과 같이 키링의 고리 부분이 상당히 녹슬어 있었다. 꽤 오래된 키링 같았다. 미르는 키링을 세게 쥐었다. 토끼인형이 미르의 손에서 구겨졌다. 일그러진 토끼는 가람의 표정과 닮아 있었다. 약간의 온기가 느껴지는 것 같기도 했다.


타임캡슐을 보자 예전의 기억들이 파도처럼 미르를 감쌌다. 어떻게 만들었지는 잘 기억이 나지 않지만 그날 정문에서 있었던 일만큼은 선명했다. 미르가 손에 쥐었던 토끼인형 키링은 아직도 집 어딘가에 보관되어 있었다. 꺼내본 적은 없으나 아마 일기장과 같은 상자에 넣어져 있었을 것이다. 결국 그 키링은 가람에게로 돌아가지 못했다. 키링이 없어졌다며 당황하던 가람의 모습을 보고도 미르는 키링을 건네지 않았다. 가방에 넣어 그대로 집에 가져갔었다. 그리고는 세면대에서 깨끗하게 씻긴 뒤 창가에 올려놓아 건조시켰다. 키링은 몰라보게 새하얘져 있었다. 미르는 그 키링을 몇 번이나 들여다보았다. 자신이 이걸 왜 여기까지 가지고 왔는지 알 수 없었으나 도저히 키링에서 눈을 뗄 수 없었다.

그날 키링을 주운 뒤 문구점으로 향하자 다횐은 왜 이렇게 늦었냐며 짜증을 냈다. 그 호통이 아직까지 생생하다. 가람은 중간에서 하늘과 우빈을 만나 이미 도착해 있었다. 그녀의 표정은 평소와 다름없는 잔잔한 미소를 띠고 있었다. 미르는 그 모습을 외면했었다.

우빈은 자신들보다 늦은 미르를 보며 황당해했었다. 미르에게 도대체 어딜 다녀온 거냐며 캐묻던 우빈은 곧 성민을 따라 여러 장난감들을 보러 가고 없었다.

여러 우여곡절 끝에 무사히 타임캡슐이 만들어졌다. 노란 상자 안에 들어 있던 미래의 자신에게 전하는 소원은 종이의 색이 조금 바래졌다는 것을 제외하면 놀라울 정도로 멀쩡하게 보관되어 있었다.

우빈은 자신이 꼭 이것을 가져가야 한다며 애걸복걸했다. 아마 책을 쓸 소재로 사용하려던 모양이었다. 아이들은 모두 쉽게 허락해주었다. 자신들이 이것을 가져가 봤자 할 것도 없고 혹시라도 잃어버린다면 일이 커지기 때문이었다. 우빈은 절대로 남의 것을 보지 않겠다며 여러 번 다짐한 끝에야 무사히 타임캡슐을 가지고 갈 수 있었다.

  각자 자신의 것을 열어보았지만 가람과 하늘의 것은 열어보지 않은 상태였다. 훗날 모두가 만났을 때 열어보는 것이 옳다고 판단했기 때문이다. 미르도 자신이 적어놓았던 쪽지만을 확인했다.

'진짜 나를 찾게 해주세요'

  부서질 것같이 연한 글씨체로 적힌 문장이었다. 미르는 그 쪽지를 보고 오랫동안 고민했다. 아무리 생각해도 자신은 오랜 소원을 이루지 못한 것 같았다. 곳곳에서 아이들의 탄식 소리가 들렸다. 다행히도 미르는 혼자가 아니었다.
"우와, 나는 지금이랑 똑같네!"
'전 세계를 여행하는 멋진 여행자가 되기!'

  성민의 소원은 지금과 다른 점이 없었다.
  쪽지 말고도 다양한 것들이 들어 있었다. 누가 봐도 다횐과 성민이 산 것 같은 불량식품들과 7명이서 찍은 사진들 같이 그때 아이들이 충분히 넣을만한 물건들로부터 시작해서 머리끈과 누군가의 넥타이, 그리고 찢겨진 필기노트 등 희한한 것들 또한 눈에 띄었다. 필기노트는 우빈의 것 같았다.
"나 이때 공부 열심히 했네."

"와 진짜 빽빽하다. 너 어떻게 살았냐?"

공부를 싫어했던 성민은 우빈의 필기를 보며 턱이 빠진 사람처럼 입을 벌렸다.

해가 기울어질 때까지 타임캡슐을 바닥에 펼쳐두고 예전처럼 떠들었다. 운동장을 돌던 경비 아저씨가 아니었다면 밤을 쫄딱 새웠을지도 몰랐다. 다들 지친 모습으로 각자 집으로 돌아갔다. 집 방향이 같은 성민과 우빈, 그리고 미르는 우빈의 차를 타고 집으로 향했다. 꽤 피곤한 일정을 소화한 탓인지 시끄럽던 성민도 그날따라 유난히 조용했다.

우빈의 옆에는 노랗게 빛나는 타임캡슐이 자리를 지키고 있었다. 타임캡슐을 보며 실실 웃고 있을 것만 같던 우빈은 의외로 아주 깊은 고민을 하는 듯 가는 내내 아무 말도 하지 않고 한숨만을 푹푹 내쉬었다.

동네에 도착하고 잠든 성민을 흔들어 깨우던 우빈은 성민에게로 향한 손을 멈추고 감겨오는 눈을 뜨며 간신히 졸음을 참아내던 미르에게로 다가왔다.

"야, 김미르."

"왜…?"

잠긴 목에서 나온 물음에서 약간의 짜증이 배어 나왔다.

"네가 생각해도 슬슬 찾아가 봐야 할 것 같지 않아?"

우빈이 미르의 눈치를 보며 말했다.

"누구를?"

"이하늘이랑 윤가람."

너무나도 쉽게 뱉어진 이름의 미르는 당황했다. 그의 입에서 나올 것이라 상상도 하지 못했던 이름들이었다.

"만날 수가 있어? 이하늘은 그렇다 쳐도 윤가람은…."

"수소문하다 보면 가능하지 않을까? 각자 가진 인맥들을 총동원 해보는 거지."

우빈이 혜인을 만난 것을 예시로 들었다. 혜인과의 만남이 전혀 기약되어 있지 않았다는 것은 사실이었다. 우빈은 또 한 번 운에 자신을 맡기려 하고 있었다.

"어떻게 될지 누가 알아? 어쩌면 너한테 연락이 올지도 모르지."

우빈은 은근히 기대한다는 말투로 조심스럽게 이야기했다.

도대체 뭘 기대한다는 건지. 미르는 우빈의 기대감이 부담스럽기만 했다. 우빈은 운이 좋은 편이었다. 작가로서 나름 이름을 날린 것도, 강연을 간 초등학교에서 우연히 혜인을 만난 것도, 그의 실력 또한 뒷받침되어 있어야 가능한 일이었지만 운이 아예 작용하지 않았다는 것은 거짓말이었다. 그러나 미르는 달랐다. 본인 또한 운이 좋은 편이라고 생각한 적이 단 하루도 없었다. 학창시절 친구들과의 연락이 대부분 끊긴 지금 가람을 만난다는 것은 불가능하다고 할 수 있었다. 그러나 우빈은 믿는 구석이 있는 듯 태연하게 미소 지었다. 미르는 그 미소에 대한 책임감으로 하루를 허비해야 했다. 그의 고민은 출근하고 나서도 계속되었다.

"뭔 일 있어?"

유난히 미르의 주위를 기웃거리던 현우가 어두운 표정의 미르를 보더니 헛기침과 함께 속삭였다. 갑자기 옆으로 다가온 현우를 보며 몸을 작게 움찔한 미르는 이윽고 등을 의자에 기대며 한숨을 쉬었다.

"아니. 있긴 있는데 말해봤자 모를 거야."

미르가 시선을 다시 거두었다. 현우는 미르의 답을 듣고 그 자리에 그대로 멈추어 섰다. 그가 미르를 그대로 지나쳐 다시 자리로 되돌아갈 것이라 예상했지만 현우는 그 뒤로도 할 말이 있는 사람처럼 미르의 주위를 빙빙 돌며 의미심장한 눈초리를 보냈다. 안 그래도 신경 쓰이는 일이 많아 무시하려던 미르였지만 현우는 그런 그를 도와주지 않았다.

"왜?"

미르가 책상을 치며 의자를 뒤로 끌었다. 덜그럭거리는 소리가 요란하게 울렸다.

"아니… 그게…."

"빨리 말해."

평소보다 신경이 날카로워져 있던 미르는 선뜻 자비를 베풀어 주지 않았다.

"휴게실로 따라와 봐."

짧고 굵은 한마디를 내뱉은 현우는 부자연스러운 걸음걸이로 먼저 휴게실로 빠르게 들어가 버렸다. 평소와 다른 그의 모습에 아파오는 머리를 두 손으로 누르던 미르는 의자를 대충 걷어찬 후 휴게실로 향했다.

"그래서 할 말이 뭔…"

"나 사실 결혼해!"

둘의 말이 동시에 휴게실 안을 쩌렁쩌렁하게 채웠다. 차분하게 질문하던 미르는 현우의 말을 듣자마자 크게 놀라며 입을 꾹 닫아버렸다. 미르의 반응을 본 현우는 멋쩍게 웃으며 자신의 허리를 양손으로 감쌌다.

꿈에도 생각하지 못한 말이 현우의 입에서 나왔다. 미르는 크게 당황했다. 그가 연애하고 있다는 소리는 이미 질리도록 들어왔지만 오랫동안 같이 일했던 동료의 결혼이라니. 실감이 나지 않았다.

"그걸 왜 이제야 말해? 아무튼 진짜 축하한다!"

미르의 얼굴에서 웃음꽃이 피었다. 그는 순수한 웃음을 보이며 현우의 어깨를 토닥였다.

"고마워."

현우 또한 미르와 같이 소리 내어 웃었다.

"고작 이거 하나 말하려고 그 사단을 벌인 거야?"

미르가 방금 전과 달리 날카롭게 질문했다. 그러나 미르의 얼굴은 환한 빛을 머금고 있었다.

"그냥 좀 부끄러워서 그렇지. 내가 너랑 몇 년을 봤는데."

현우가 고개를 숙인 채 웃으며 휴게실 안을 빙빙 돌았다. "다른 애들은 알아?"

미르가 묻자 현우는 고개를 저었다.

"아니, 걔네들은 지금 알면 호들갑 떨 게 뻔하고, 내가 너를 제일 오래 알았잖아. 그래서 먼저 얘기해 주고 싶었어."

현우가 조심스럽게 말했다. 그는 혹시라도 누가 오고 있는 것은 아닌지 안절부절못해 하며 수시로 문을 확인했다. 둘은 휴게실을 바로 나서지 않고 잡담을 나누었다. 현우가 철이 없던 시절 어떻게 행동했는지, 그런 그가 지금 결혼을 한다는 것에 대한 놀라움 등을 나누던 둘의 말소리는 현우가 설정해 놓은 알람이 울리기 전까지 끝나지 않았다.

"다른 애한테 말하면 안 된다? 내가 따로 전달할게."

그 말을 뒤로하고 그는 후련하게 휴게실을 나섰다. 미르는 그를 곧바로 따라가지 않고 휴게실 구석에 기대어 섰다. 신기했다. 자신의 주위 사람들이 가정을 꾸리고 꿈을 향해 나서며 한 걸음씩 나아가고 있었다. 자신만이 혼자 제자리걸음인 것 같이 느껴졌다.

미르는 과거에 대해 생각했다. 사람이 성장하려면 떨쳐내야 하는 과거에 대해. 다른 친구들은 옛날 일은 다 잊어버린 듯이 행동했다. 매일매일 밥을 먹고 일을 가고 잠을 자며 평범한 일상을 즐기는 그들의 모습은 미르의 동경으로 자리 잡았다. 밥을 먹다 문득 생각나고, 일을 가다 문득 생각나고, 잠을 잘 때조차, 꿈에서조차 선명한 과거는 미르를 자꾸만 멈추어 서게 만들었다. 끈질기게 달라붙은 그 그림자는 미르를 놓아주지 않았다. 그렇기에 미르는 앞을 바라볼 수 없었다. 당장은 이 그림자를 떼어내는 것이 우선이었다. 그러나 미르는 삶을 살아가면서 티를 내지 않으려 노력했다. 전부 다 잊어버린 척 태연하게 웃었다. 자신의 직업을 묻는 질문들에 대한 대답을 끝까지 미루는 것도 그 이유였다. 미르가 속한 작곡 팀은 청소년들의 아픔에 대해 이야기했다. 10년 전 일들과 관련이 없다고 할 수 없었다. 혹시라도 자신이 여태까지 과거에 얽매여 있을 것이라고 생각할까 봐 미르는 쉽게 일 얘기를 꺼내지 않았다.

이렇게 떨쳐내려 노력하면서도 미르는 정작 이유를 몰랐다. 자신이 왜 아직도 그곳에 매여 있는지, 왜 이렇게 떼어내려 애를 쓰는 건지. 그야 미르는 자신을 몰랐으니까 당연한 말이기도 했다.

'진짜 나를 찾게 해주세요'

미르는 깊이 잠들어버린 땅속에 묻혀 있던 작은 소원 하나를 떠올렸다. 작게 부서져 버릴 듯 연약한 글씨체였지만 담고 있는 말만큼은 선명하게 눈앞을 지나쳤다. 그가 아직까지 붙들고 있는 삶의 이유이기도 했다.

미르란 무엇일까? 나는 무엇이고 내가 원하는 것 또한 무엇이지? 미르는 그중에 하나조차 찾을 수 없었다. 자신에 대해 깊이 파고들어 갈수록 텅 빈 속만이 그를 반길 뿐이었다. 어린 시절 강한 분노로 뒤덮인 채 그것을 억누르며 살아갔던 것이 나 자신인가? 순수한 소년처럼 미소 지었던 것이 나 자신인가? 자기중심적이고 이기적인 것이 나 자신인가? 미르가 쌓아 올린 여러 껍데기들 중 그 무엇하나도 진실된 게 없었다. 바보같이 자신을 숨긴 대가였다.

그때였다. 미르의 머릿속으로 강한 영감 하나가 뚫고 지나갔다.
'만약 그 아이도 이랬다면?'

물결처럼 번지던 생각은 곧 확신이 되었다. 미르는 기대었던 몸을 떼고 당장이라도 뛰어나갈 듯이 자세를 바로잡았다. 강한 충격이 몸을 지배했다. 그 모든 것이 '나'를 찾기 위한 수단이었다면? '나'를 찾게 하려던 선택이었다면? 미르의 얼굴 위로 드리운 그림자가 씻겨나갔다. 10년 만에 그 아이의 감정을 이해한 순간이었다.

심장이 빠르게 뛰었다. 온몸에서 식은땀이 흘러나왔.

지금이라면 가사를 100번도 더 쓸 수 있을 것이라 장담했다. 미르는 띵 하게 울려오는 머리를 바로잡고 휴게실 문을 박차고 나왔다. 보는 사람이 놀랄 정도의 소리를 내며 열린 문은 너덜댔다.

"야, 김미르 왜 그래…?"

근처를 지나가던 지훈이 커피를 들고 가며 다급하게 물었다.

"엄청난 게 생각났거든!"

소리 지르듯이 대답한 미르는 순식간에 자리로 가 의자를 미끄러트렸다. 자리에 앉은 미르는 다급하게 노트북을 열었다. 쌓인 알람들이 신경 쓰이지 않은 적은 오늘이 처음이었다. 미르는 급하게 메모장을 켜 아무렇게나 적기 시작했다. 가사라고 할 수도 없었으나 그의 분주한 손은 아무도 말릴 수 없었다.

  나는 하늘의 색을 알고 싶었다. 그러나 나로서는 도저히 하늘이 푸른지 투명한지 알 수 없었다. 그곳에 떠 있는 구름조차 하늘인 건지 구름인 건지 알 수 없었다.
  나는 또한 강의 색을 알고 싶었다. 그러나 나로서는 도저히 강이 푸른지 투명한지 알 수 없었다. 그곳을 지나는 물고기조차 강인 건지 물고기인 건지 알 수 없었다.
  아니, 하늘이 강인 건지 강이 하늘인 것인지조차 알 수 없었다. 강에 하늘이 비치는 것인지 하늘에 강이 비치는 것인지조차 알 수 없었다.
  내 몸부림이 파문을 일으키는지 소나기를 불러오는지조차 알 수 없었다.
  내 몸부림이 유영인지 비상인지조차 알 수 없었다.
  그러나 그것만은 알 수 있다. 이 세상이 뒤집혀 강이 하늘인지 바다인지, 하늘이 강인지 우주인지 알 수 없다는 것을. 또한 내 몸부림이 파아란 빛을 띤다는 것을.
  파아란은 슬픔이 아니다. 파아란은 강의 색이다. 파아란은 하늘의 색이다. 파아란은 내 몸부림이다. 그러므로 그것은 세상이다. 우주다. 바다이다. 나 자신이다.

손을 떼고 나니 땀이 송골송골 맺혀 있었다. 급하게 작성하느라 중간중간에 생긴 오타도 무시할 수 없었다. 그러나 미르는 신경 쓰지 않았다. 이것을 하루빨리 우빈에게 보내야 했다. 그는 고민조차 지운 채 우빈의 메일을 향해 자신의 작은 깨달음 하나를 날려 보냈다. 부디 그에게 잘 전달되었길 바라면서.

우빈은 귀중한 손님을 기다리고 있었다. 자신의 꿈을 이루는 것에 일등공신이라 해도 무방한, 그런 사람을 기다리고 있었다. 그가 앉아 있는 곳은 동네 근처에 작은 국밥집이었다. 이런 이야기를 하는데 거창한 장소가 필요한 것도 아니니 최대한 익숙한 장소를 통해 말문을 트이게 하는 게 어떻겠냐는 미르의 의견이었다. 우빈은 무의식적으로 다리를 떨며 오랜 기다림을 버텨내었다. 직접적으로 이야기를 듣는 것은 처음이었다. 제일 기대되었지만 제일 긴장되는 순간이기도 했다. 솔직히 우빈은 자신이 없었다. 이 이야기를 잘 풀어나갈 수 있냐고 묻는다면 대답은 '아니'였다. 그러므로 우빈은 친구들의 도움이 필요했다. '그 아이'가 느꼈을 만한 감정들은 대신 받는 것. 그것이 우빈이 작가로서 존재하는 이유였다.

떨리는 마음으로 문을 뚫어져라 쳐다보고 있자 작은 인영 하나가 보였다. 그 인영은 머뭇거리며 가게의 간판을 여러 번 확인하더니 의심스러운 눈으로 문을 열고 들어왔다.

"여기야!"

우빈이 손을 흔들어 자리를 알려주었다. 그 모습을 본 한 사람은 입을 삐쭉 빼내며 우빈에게로 향했다.

"그렇게 중요한 얘기를 한다더니 광철이네 국밥? 이게 뭐야!"

다휜이었다. 그녀는 날카로운 말투를 뽐내면서도 추억에 잠긴 듯 가게 안을 이리저리 둘러보았다.

"이왕이면 추억이 있는 장소를 오는 게 낫지 않아? 우리가 레스토랑을 갈 것도 아니고."

우빈이 웃으며 물 한 잔을 건넸다. 다휜은 두 손으로 물을 받아들었다. 양손에 낀 장갑을 벗은 그녀는 차가운 물의 온도를 느끼며 손가락을 꼼지락거렸다. 날이 많이 추워진 요즘, 장갑 없이는 손이 시려 걸어 다닐 수조차 없었다.

"주문은 어떻게 해?"

다휜이 물 몇 모금을 간신히 넘기며 말했다.

"내가 해놨어. 네가 예전에 자주 먹던 걸로."

"뭐야? 나름 센스 있네."

그 말을 들은 우빈이 올라가는 입꼬리를 주체하지 못했다. 우빈은 물 몇 방울을 흘린 그녀에게 휴지를 건네준 뒤 올렸던 입꼬리를 내리며 입김 같은 한숨을 쉬었다. 다휜은 그런 그를 올려다보았다.

"무슨 말을 하려는 거야…?"

급격히 어두워지는 우빈의 표정을 본 다휜의 목소리가 약하게 떨렸다. 조심스러워진 다휜의 목소리를 들은 우빈이 작게 웃었다.

"그렇게 무거운 이야기는 아니야. 그냥, 이하늘에 대해서 좀 물어보려고."

목이 타는지 우빈은 말을 끝마칠 때마다 물을 벌컥벌컥 들이켰다. 잔을 내려놓는 그의 손은 거침없었다.

"이렇게 따로 불러서 얘기할 정도로 중요해?"

"당연하지. 김미르 말고 이하늘을 제일 잘 아는 건 너잖아. 걔가 너한테 관심이 있기도 했고."

그 말을 듣자 다휜은 자신이 없어진 듯 고개를 숙였다. 그 모습이 10년 전과 똑같아 보는 사람조차 놀라게 할 정도였다. 우빈은 턱을 괴며 다휜의 대답을 기다렸다. 손가락으로 책상을 치는 그의 행동이 무언의 압박처럼 느껴졌다.

"그런 건 가람이한테 듣지, 나도 잘 몰라."

다휜이 맑은 눈망울을 빛내며 말했다. 그녀의 목소리가 전보다 더 침울해져 있었다. 힘없이 부서지는 낙엽과도 같은 목소리가 우빈의 귓가로 향하다 흩어졌다. 말라비틀어져 흩날리지 못하던 말들이 완성되지 못한 채 주위를 맴돌았다.

"아니, 네가 더 잘 알 거라 확신해. 윤가람은 지금 없기도 하고."

우빈은 근거 없는 자신감을 표출하며 웃었다. 이렇게라도 하지 않으면 평생 말을 듣지 못할 수도 있었다. 우빈 또한 확신이 없었다. 그러나 자신의 앞에 앉아 있는 저 아이는 말 하나 꺼내지 못하는 겁쟁이였다. 별수가 있나. 결국 우빈은 그럴듯한 겁쟁이가 되기로 했다. 용감해지지 못하는 그의 차선책이었다.

"그냥 생각나는 거 아무렇게나 말해봐. 좀 특이했던 일화 같…"

"국밥 나왔습니다!"

분위기를 잡던 우빈의 말을 젊은 남성이 끊었다. 사장으로 보이는 그는 큰 목소리를 자랑하며 김이 피어오르는 국밥 2개를 나란히 탁자 위에 올려놓았다. 친절한 미소로 응대하던 그 사람의 이름은 광철이었다.

자신의 말이 이런 식으로 끊기자 황당했던 우빈은 영혼 없는 미소로 대충 웃어넘겼다. 앞에 있던 다흰은 사장의 우렁찬 기운에 감탄하며 박수를 쳤다.

"사장님 이름이 진짜 광철이시구나. 신기하네."

"아니 지금 그게 중요한 게 아니라. 내가 앞에 한 얘기는 들었지?"

우빈이 말하자 정신을 차린 다흰은 재빠르게 고개를 끄덕였다.

"그러니까 특이한 일화 같은 걸 말하라는 거지?"

뜨겁게 끓어오르는 국밥을 자신의 앞으로 옮기던 다흰이 말했다.

"맞아. 당장 말할 필요는 없고 편하게 생각나는 대로."

우빈이 뜨거운 국밥을 떠 바람을 불며 식혔다. 다흰 또한 똑같이 국밥을 덜어 식혀 먹었다. 한 입 먹자 마치 10년 전으로 돌아간 것 같은 느낌이었다. 우빈이 왜 이곳을 약속 장소로 정했는지 알 것 같았다.

10년 전… 10년 전이라, 꽤 오래전이라 기억나는 것이 거의 없었다. 다흰은 머리를 쥐어 짜내며 10년 전 이맘때쯤이라도 기억할 수 있게 애를 썼다. 자신의 말로 우빈이 책에 몇 마디라도 더 적을 수 있다면 얼마든지 얘기해 줄 생각이 있었다.

"기억나는 게 딱 하나 있긴 해."

다흰이 우빈 쪽으로 고개를 숙이며 속삭였다. 그 말에 흥미를 가진 우빈은 숟가락을 내려놓으며 그녀의 목소리에 경청했다.

기억력이 좋지 않은 다흰이었지만 이것만큼은 쉽게 기억할 수 있었다. 딱 지금 같은 계절이 세상을 물들이던 날이었다.

다흰은 평소와 같이 집에 누워 핸드폰을 만지작거리고 있었다. 하교하고 시간이 꽤 지나 저녁까지 먹었을 때쯤 심심하다고 메시지를 보내오는 혜인을 상대하느냐 진이 다 빠져 오늘만큼은 아무것도 하지 않을 것이라며 다짐하고 또 다짐했다.

"다흰아 과일 먹을래?"

"아니 괜찮아."

포근하게 물어오는 엄마의 달콤한 제안도 거절할 만큼 피곤해져 있었다. 침대에 딱 붙어 뒹굴뒹굴하던 그녀는 이윽고 천장을 보며 멍을 때렸다.

미르와 하늘이 싸우고 시간이 꽤 흘렀다. 눈치를 보던 아이들도 서서히 그들을 스스럼없이 대할 무렵이었다. 다흰 또한 같았다. 하늘에게 품었던 감정이 친구 이상이라는 것을 알고 있었지만 그 마음 하나 때문에 감정을 소모하는 것은 다흰에게 너무 귀찮은 일이었다. 하늘의 의도를 알 수는 없었지만 굳이 파고들고 싶지 않았다. 혹시라도 누군가 상처 입을 만한 일이 생길까 두렵기도 했다. 그렇게 하늘에 대한 마음은 새하얀 눈 속에 파묻어 지워버리기로 했다. 자신의 마음이 크지 않아서 다행이라 생각했다. 아마도 그럴 것이다. 그야 다흰은 아프지 않았다. 눈물이 나는 일도 없었고 평소와 다름없이 일상을 보냈다. 그깟 마음쯤이야 도서관에서 책 정리를 하다 보면 눈 씻듯이 사라지고 난 후였다.

그러나 그를 향한 생각이 점점 깊어질수록 깊은 마음 안에서 설명할 수 없는 울렁임이 요동쳤다. 그 감각은 마치 자신을 알아봐 달라는 듯이 허우적거렸다.

다흰은 거실로 가 찬물을 한 잔 떠왔다. 작지 않은 컵에 담겨진 물을 전부 비워내자 다흰의 몸을 스치는 감각이 조금은 옅어지며 사그라들었다. 냉동고 깊숙이 들어 있던 얼음까지 빼내왔다. 다흰은 차가운 얼음을 씹으며 침대로 몸을 누였다.

침대 위에 놓인 핸드폰에서 벨소리가 울렸다. 다흰은 차가워진 손을 녹이며 핸드폰을 확인했다. 혜인이었다. 허공에서 손을 휘젓던 다흰은 헛기침을 몇 번 한 뒤 혜인의 전화를 받았다.

― 뭐 해?

혜인의 발랄한 목소리가 쨍하게 들려왔다.

"그냥 있어."

― 그래? 잘 됐다. 내 얘기 좀 들어봐.

혜인의 목소리에 잡음이 섞여 소음이 되었다. 다휜은 혜인의 말을 한 귀로 듣고 흘리며 호응해 주었다. 혜인의 말은 뻔했다. '최근에 어떤 친구와 싸우게 되었는데 걔가 이렇게 행동하더라.' 대부분 이런 내용이었다. 매번 똑같은 상황과 똑같은 말들에 익숙해진 다휜은 눈 감고도 대답을 해줄 수 있었다. 다휜은 혜인의 모든 하소연을 들어주며 기계적인 대답을 내놓았다. 혜인은 그 대답에 더욱 자극을 받으며 목소리를 높여갔다.

― 진짜 미친 거 아니야? 어떻게 나한테 그래?

"그니까. 왜 이제 와서 그래?"

― 아니 제일 어이없는 건 걔가 먼저 나를 무시했다는 거야. 내가 뭘 했다고? 내가 지를 욕하기라도 했어?

혜인의 말들이 백색소음처럼 깔렸다. 그녀의 언성이 조금 잦아들자 나름 들을 만했다.

다휜은 혜인과 대화하며 핸드폰을 만지작거렸다. 그동안 읽지 않아 쌓인 알람들을 모조리 지워버렸다. 답장을 미루고 미루던 대화들도 몰아서 처리했다. 혹시라도 답장을 하지 않은 채팅이 있는지 확인하며 채팅방을 이리저리 눌러보았다. 간간이 며칠 동안 읽지 않았던 연락들이 보였다. 다휜은 간단한 사과와 함께 꼼꼼히 적은 메시지를 전송했다.

 이제 더 이상 없을 것이라 생각한 다휜이 핸드폰을 놓으려 했다. 스크롤을 몇 번 하니 대화목록은 금세 끝이 났다. 그중에서 하나. 다휜이 유일하게 답장을 해주지 않은 대화가 눈에 띄었다. 다휜은 가벼운 한숨을 쉬며 채팅방을 눌렀다.

 채팅방을 누른 다휜의 손이 멈칫했다. 이윽고 다휜의 얼굴이 새빨갛게 익었다. 다휜은 손을 떨며 핸드폰을 던져버렸다. 그녀가 끝까지 답을 해주지 못했던 질문만이 고스란히 남아 있는 이곳은 하늘과 나누었던 대화방이었다. 다휜이 작은 손으로 머리를 쥐어뜯었다. 읽음 표시가 선명하게 새겨져 있었다. 다휜은 수치심에 얼굴을 붉히며 이불 속으로 들어가 버렸다. 소리 없는 비명을 지르던 그녀는 저 멀리 던져놓았던 핸드폰을 노려보았다. 그곳에서는 아직까지 열렬하게 자신의 의견을 표출하고 있는 혜인의 목소리가 들렸다.

 다휜은 손을 길게 뻗어 핸드폰을 다시 가져왔다. 과거 속에 멈추어 있던 채팅방이 현재를 품고 있었다. 다휜이 소리를 질렀다. 주절주절 이야기를 늘어놓던 혜인이 당황하며 말을 절었다.

 - 왜 그래…? 내가 너무 내 얘기만 해서 그래?

 혜인이 다휜의 눈치를 보며 말했다.

 "끊어!"

 평소와 다르게 강력한 어조로 말한 다휜은 침대 속으로 몸을 웅크렸다.

- 알겠어, 내가 미안해…?

다흰의 의도를 단단히 오해한 혜인은 잘 자라며 통화를 선뜻 끊어주었다. 다흰은 통화가 끊기자 못다 한 비명을 내지르며 베개를 감싸 안았다. 찌그러진 베개는 다흰의 감정을 그 어떤 것보다 잘 표현했다. 도저히 통화를 할 기분이 아니었다. 머릿속이 쪼개지며 온몸이 비명을 질렀다. 발가락 끝까지 말아버린 다흰은 조심스럽게 핸드폰을 가져와 방금 전 두 눈으로 직관한 믿을 수 없는 결과를 다시 한번 확인했다.

- 만약에 어쩔 수 없이 악역을 자처하게 된다면 어떻게 해야 돼?

하늘이 꽤 오래전에 남긴 물음이었다. 의도를 알 수 없는 질문이라 답장을 계속 미루었던 것들 중 하나이기도 했다.

답장을 해주어야 하나 고민하던 다흰은 굳어 있던 두 손을 재빠르게 움직였다. 굳어져 미동조차 하지 않을 것만 같던 손은 이런 때를 기다렸다는 듯이 잘만 움직였다.

'아무리 그렇다 해도 연락을 씹을 수는 없잖아?'

간단하게 자신을 합리화한 다흰은 깊은 고민 없이 간단하게 답을 써 보냈다.

- 애초에 어쩔 수 없다는 게 이상하지 않아? 결국 본인의 선택이잖아.

또 다른 답을 기다리는 그녀의 물음 아닌 물음은 금세 보내어졌다. 오래전에 끊긴 대화가 다시 시작되었다. 다흰은 채팅방에서 시선을 떼지 못했다. 내심 그가 이 대답을 읽어주길 바라고 있었을지도 모른다. 그러나 애석하게도 10분이 지나고

20분이 지나도 답장이 오는 일은 없었다.

"그럼 그렇지."

다흰은 이유 모를 실망감으로 뒤덮인 핸드폰을 침대에 던져 버렸다. 과격해진 자신의 행동에 놀란 다흰은 의자에 걸터앉아 자꾸만 던져진 휴대폰으로 향하는 시선을 거두려 노력했다. 그녀는 단어장을 펼쳐 영어단어를 암기하려 했다. 당연하게도 집중이 되지 않았다.

한 40분이 지났을까, 어느새 다흰은 책상에 엎어져 졸고 있었다. 그녀의 고개가 책상에 닿기 직전 이불 속에 감싸진 휴대폰에서 우렁찬 소리가 울려 퍼졌다.

"깜짝이야!"

아마 전에 설정해 둔 알람 같았다. 잠이 많은 다흰의 특성상 알람을 설정해두지 않으면 졸기에 십상이었다. 다흰은 어기적거리며 감겨오는 두 눈을 비비고 핸드폰을 찾아 더듬거렸다. 잡힌 핸드폰에는 졸음을 달아나게 할 진동이 울리고 있었다. 다흰이 알람을 끄려 핸드폰을 확인했다.

"이게 뭐야…!"

다흰은 눈을 감았다 뜨며 지금 벌어진 상황을 이해하기 위해 노력했다. 그럼에도 달라지지 않는 현실에 좌절한 그녀는 자신의 손에 들린 핸드폰을 이러지도 저러지도 못하고 있었다.

알람을 끄자 보이는 배경화면에 뜬 하늘의 답장을 본 다흰은 핸드폰을 던질 뻔했다. 그는 예상을 뛰어넘은 답을 전해주었다.

길지 않았다. 간단명료했지만 다흰에게는 평생 동안 풀어 왔던 여러 수학 공식들보다 어렵고 난해하게 다가왔다.

'네 집 근처야.'

다흰의 말문이 막혔다. 그는 이 한마디만을 보낸 뒤 더 이상 연락을 하지 않았다.

다흰은 집을 나서면서도 몇 번이나 머뭇거렸다. 친구를 잠시 만나고 온다 하자 쉽게 고개를 끄덕인 엄마와는 다르게 다흰의 머릿속은 터질 듯 복잡했다. 하늘은 항상 이랬다. 변덕이 심하고 어떨 때는 제멋대로이기까지 한 그는 미르와 닮아 있는 것 같기도 했다. 갑자기 떠오른 생각에 감탄한 다흰은 눈을 빤짝였다. 그 둘은 정말 닮아 있었다. 은근히 무심한 눈빛과 어딘가 어설픈 행동들까지. 다흰은 소름이 돋는 것을 느꼈다. 자신이 왜 이제까지 이런 점을 깨닫지 못했는지 이해가 가질 않았다.

다흰의 옆에 놓여진 가로등 하나가 깜빡이며 그녀의 의견에 동조했다. 다흰은 피식 웃으며 당차게 집 근처 쉼터로 향했다. 아마 집 근처라고 한다면 대부분 이곳이었다. 벤치가 나란히 놓여 있는 이곳은 아파트 사람들이 애정하는 곳이었다.

벤치를 둘러싼 수많은 나무들이 그림자를 만들었다. 다흰이 벤치에 홀로 앉아 있는 한 사람을 알아보지 못할 정도의 어둠이었다. 벤치에 앉아 있는 소년은 어둠 속에 자신의 모습을 숨기고 있었다. 그 행동을 저지하듯 커다란 달빛 한 줄기가 그를 살며시 비추었다.

다휜의 걸음걸이가 점점 느려졌다. 그의 모습이 선명해질수록 빠르게 뛰는 심장이 그녀의 발걸음을 늦추었다. 고개를 떨어트리고 있던 그가 토끼 같은 발자국 소리를 듣자 고개를 들었다. 딱딱하게 어긋난 표정이 다시금 맞추어지며 그를 완성시켰다.

"왜… 왜 부른 거야?"

그의 앞에 선 다휜이 물었다. 다휜의 부드러운 목소리를 귀에 새겨 넣은 하늘의 표정이 반달처럼 접힌 눈을 빛냈다. 파아란 달빛을 받아 빛나는 그의 얼굴은 다휜의 숨을 막히게 했다. 다휜은 경직되는 몸을 풀려고 죄 없는 발만 동동 굴렀다. 그 모습을 본 하늘은 벤치의 왼쪽으로 몸을 끌어당겨 자리를 만들어 주었다. 다휜은 그의 의도를 알면서도 무시했다.

하늘은 저문 지 오래였다. 그들의 세상이 암흑으로 칠해져 가고 있는 지금. 하늘만이 여유롭게 미소 짓고 있었다.

"드디어 해줬잖아. 답장."

그가 가라앉은 목소리로 말했다. 말과는 달리 미숙한 소년으로 보이는 그의 모습은 괴리감을 들게 했다. 다휜은 어이없다는 듯이 표정을 찌푸렸다. 고작 그 말 하나 하려고 이 시간에 자신을 불러냈단 말인가.

"그거 하나 때문에 이 시간에 날 부른 거야?"

다휜이 하늘에게 쏘아붙였다. 그녀의 목소리는 파도처럼 밀려오는 서러움으로 인해 젖어 있었다. 하늘은 그런 그녀를 아무 말도 없이 바라보았다. 하늘의 표정은 더 이상 평온하지 못했다.

"내가 시간이 많은 것도 아니잖아, 우리 고등학생이야!"

물론 남은 시간에 공부한 적은 한 번도 없었지만 지금 다흰은 하늘에게 모든 분노를 토해냈다. 평소에 모든 것을 참고 넘겼던 그녀의 온화함이 이때만큼은 독이 되었다. 다흰의 분노를 말없이 받아주던 하늘은 천천히 고개를 숙였다. 두 손으로 얼굴을 쓸어내리던 그는 웬일로 다흰의 말을 끊었다.

"나도 시간이 없어서 그래."

하늘의 표정은 투명했다. 아무것도 보이지 않았으나 모든 것을 비추었다. 그는 처음으로 말에 힘을 실었다. 항상 나긋나긋한 목소리를 자랑하던 그였다. 다흰은 당황하며 한 걸음 뒤로 물러났다.

"미안."

하늘은 당황하며 사과했다. 그의 표정이 순식간에 바뀌었다.

가끔씩 하늘은 저런 영문 모를 소리를 내뱉었다. 지금과 같이 쏟아버린 말을 그는 다시 들려주지 않았다. 듣는 사람 입장에선 속이 까맣게 문드러졌다. 알아주길 바라는 것인지 모르길 바라는 것인지 알 수 없었다.

"제발 무언갈 말하고 싶으면 확실하게 해! 네가 자꾸 이러면 나보고 어떻게 하라는 거야?"

드디어 말했다. 여태까지 꾹꾹 눌러 담은 말들은 허무할 만큼 쉽게 나왔다. 다흰은 숨을 몰아쉬며 하늘이 아닌 땅을 바라보았다. 도저히 하늘을 볼 자신이 없었다. 그가 무엇을 말할지 어떤 표정을 지을지 생각조차 할 수 없었다. 다흰은 그대로 뒤를 돌았다. 그녀는 발을 바닥에 세게 찍어 누르며 앞을 향했다. 역시나 자신을 잡는 손길과 목소리 따위는 없었다. 다흰의 눈앞이 점점 흐려졌다. 구슬 같은 눈물이 방울방울 맺히며 그녀의 양 볼을 적셨다. 이상했다. 분명히 좋아하지 않는다고 생각했는데. 도대체 무엇이 그리 서러운지 알 수 없었다. 다흰은 앞으로 향하던 걸음을 멈춰 세웠다. 그가 오지 않는다면 자신이 가는 수밖에 없었다.

다흰이 뒤돌아설 결심을 했을 때쯤 그녀의 등 뒤로 누군가 뛰어오는 소리가 들렸다. 안 봐도 알 수 있었다. 하늘이었다. 보이지 않으나 그의 손이 허공을 배회하고 있다는 것을 알 수 있었다. 그러나 그는 끝내 다흰의 옷자락 하나도 잡지 못했다. 뭐가 그리 두려운지 그는 무엇 하나 시도해 보지 못했다.

"이것 봐. 너는 끝까지 아무것도 못 하잖아."

다흰의 말이 끝나자마자 차가운 공기를 머금은 손이 그녀의 손목을 쥐었다. 차가웠던 손이 서서히 녹아갔다. 다흰은 그 자리에서 하늘이 무언갈 말하길 기다렸다. 무언가라도 말해주길 바랐다.

오랫동안 입을 열지 않던 하늘이 다흰의 등 뒤로 차갑던 몸을 살포시 기댔다. 잡은 손에 힘이 실렸다.

'나 너무 힘들어.'

목구멍이 틀어 막힌 듯 그 간단한 한 마디가 나오질 않았다. 무서웠다. 자신의 감정을 인정해 버린다면 벌어질 일들이 두려웠다.

다휜은 하늘이 잡은 손을 떼어냈다. 단호함이 느껴지는 손길은 하늘에게 그 무엇보다 차가웠다.

"너는 끝까지 똑같아."

그것이 끝이었다. 하늘은 다휜을 뒤쫓지 않았다. 다휜도 뒤를 돌아보지 않았다. 다휜은 하늘의 눈가에서 피어난 노을을 영원토록 보지 못했다.

'그 아이가 부디 편해졌으면.'

다휜의 소망은 그렇게 파도에 휩쓸려 무너져 내렸다.

우빈은 다휜의 말을 경청했다. 잡히지 않던 하늘의 감정들이 조금씩 틀을 잡아가고 있었다.

"그러면 이날이 그 일이 있기 일주일 전인 거지?"

우빈이 조심스럽게 물었다.

"맞아. 나중에 후회 많이 했어. 자책도 많이 하고."

"네가 자책할 문제가 아니지. 어렸잖아, 그때는."

우빈이 다휜의 컵에 물을 따라주었다.

"그래, 우리 둘 다 너무 어렸어. 아무도 배려를 해주지 못했 잖아. 어찌 보면 당연한 거지. 그만한 마음의 여유가 없었을 때 니까."

다휜이 식어버린 국밥을 숟가락으로 휘저었다.

"나 같아도 그랬을걸? 너희는 그나마 성숙한 편이었어."

우빈이 웃으며 음울한 표정의 다휜을 달랬다. 다휜은 금세 미소를 되찾으며 숟가락을 내려놓았다.

"이건 내가 살게."

"아니야, 그럴 필요 없어."

"여기까지 찾아와서 힘들게 얘기해 줬는데 당연히 내가 사야지. 내 자존심과 직결된 문제니까 그냥 가만히 있어."

다휜은 굳이 우빈을 말리지 않았다.

"고마워. 내가 나중에 밥 살게."

다휜이 사르르 녹는 눈처럼 미소 지었다.

우빈은 순식간에 결제를 마치고 먼저 식당을 나섰다. 다휜 또한 빠르게 들고 온 가방을 메고 식당을 나갔다. 우빈은 밖에서 메일을 읽고 있었다. 그의 습관이라고 했다. 직업 특성상 메일함을 확인해야 할 일이 많으니 생각날 때마다 수시로 체크한다고 들었다. 그런 그의 모습은 고등학생 때와 다를 게 없었다. 다휜은 싱그럽게 웃으며 그의 메일함을 힐긋 들여다봤다. 간결하지만 빽빽한 글 하나가 우빈의 화면을 뒤덮고 있었다.

보는 것만으로도 머리가 아파 우빈을 바라보니 그의 표정이 심상치 않았다. 우빈은 큰 충격을 받은 사람처럼 그 자리에 굳어 있었다. 다흰이 한 손을 들어 그의 눈앞에 흔들어 보아도 미동조차 없었다.

우빈은 그 글을 몇 번이나 읽고 또 읽었다. 그리고 웃었다. 당혹감에 절여진 웃음은 깨달음이 되었고 곧 벅찬 고양감으로 바뀌었다.

"드디어 알겠다… 드디어 알았어!"

"뭘?"

다흰이 우빈의 화면을 다시 확인했다.

"김미르 이 새끼가 드디어 한 건 했네!"

다른 사람들이 쳐다볼 정도로 소리친 우빈은 급하게 메모장을 켜 무언갈 적기 시작했다.


퇴근을 한 미르는 집에서 의미 없는 시간을 보내고 있었다. 우빈에게 보낼 메일에 에너지를 너무 많이 쏟은 탓인지 침대에서 일어날 수가 없었다. 침대에서 시간만 보내던 미르는 간신히 몸을 일으켜 핸드폰을 확인했다. 한 게 없으나 벌써 10시였다. 미르는 간단하게 스트레칭을 하며 핸드폰의 절반을 차지한 읽지 않은 문자들을 클릭했다. 친구들이 보낸 문자들이었다.

- 진짜 김미르 찢었다. 그 누구도 못한 걸 네가 해낸 거야.

- 이제 진짜 거의 다 왔네.

- 엄청 오랫동안 준비했는데 약간 허무하기도 하다.

순서대로 성민, 혜인, 우빈이 보낸 문자였다. 자신이 보낸 메일은 어느새 단체 톡 방에 공유되어 있었다. 다행히 우빈과 친구들이 미르의 메일을 꽤 흡족하게 받아들인 것 같았다. 미르는 어깨가 올라가는 듯한 느낌을 받으며 삐져나오는 웃음을 참기 위해 노력했다.

이제 이야기가 끝에 도달하고 있었다. 우빈이 아마 곧 이야기를 완성시킬 것이라는 확신이 들었다. 막상 오랫동안 준비해 왔던 이야기가 끝을 보이자 조금 허무한 마음도 들었다. 예전부터 이 이야기 하나 때문에 머리를 쥐어 짜냈던 미르와 우빈이었다. 이제 그 수고를 안 해도 된다는 사실이 후련하기도 했지만 어찌 보면 인생의 한 부분을 통째로 날려버리는 것과 같았다. 그리고 이 이야기의 끝은 과거를 놓아주어야 한다는 것을 의미했다. 이 이야기가 끝난다면 더 이상 옛날이야기를 할 필요가 없었고 친구들을 만나야 될 의무도 없었다.

미르는 찝찝한 감정을 느끼며 다시 드러누웠다.

'내가 진정으로 과거에서 벗어날 수 있을까?'

강한 의문이 미르의 머릿속을 통과했다. 마른세수를 한 미르는 옆으로 돌아누웠다. 막상 이 모든 걸 잊어야 한다니 아쉬움이 몰려왔다. 아니, 잊을 필요가 없었다. 그러나 그는 언제부턴가 이 모든 것을 잊어야만 한다고 되새기고 있었다. 그렇지 않으면 도저히 벗어날 수 없을 것 같았다.

윤가람. 그 이름을 떠올려 봤다. 큰 접점은 없었지만 미르의 인생의 대부분을 차지한 사람이었다. 원래 첫사랑이 그렇지 않은가. 미약한 기억으로 떠올리는 것이 첫사랑이라고 할 수 있었다. 적어도 미르에겐 그랬다.

가람과 단둘이 함께 한 시간은 손에 꼽을 정도였지만 오히려 그런 점이 미르를 더 애타게 만들었다. 그녀를 떠올릴 때면 첫 만남이 제일 먼저 떠올랐다. 그 아이의 모습이 아직까지 선명했다. 어떤 목소리였는지 무슨 말을 했는지는 기억나지 않았지만 강물처럼 밀려 들어왔던 감정들은 생생했다. 그녀의 앞에서 자신은 물에 빠져 허우적대는 어린 용에 불과했다.

다시 만날 수 있다면 만나보고 싶은 것은 진심이었다. 빛바랜 목소리가 궁금했다. 조곤조곤하게 속삭이던 말투가 그리웠고 흐려지던 얼굴이 보고 싶었다. 가람의 머리카락 한 올까지 눈에 담고 싶었다.

아마 잘살고 있을 것이다. 확신했다. 가람은 어딜 간다 해도 모두가 좋아할 것이다. 그런 사람들에게 묻혀 미르는 금세 기억 속에서 사라졌을지도 모른다. 자신을 떠받들어 주는 걸 좋아하던 아이니 더더욱.

침대 옆에서 벨소리가 울렸다. 눈을 감고 과거의 파편을 쫓던 미르의 정신이 다시 돌아왔다. 미르는 핸드폰을 손에 쥔 채 탁자로 향했다. 대충 찢은 메모지들이 수북이 쌓여 있었다. 직업상 모르는 번호로 전화가 오는 것은 흔했다. 미르는 능숙하게 전화를 받았다.

"네, 안녕하세요. 혹시 비즈니스적으로 문의를…"

– 오랜만이네.

미르의 귓가에 울리는 청초한 목소리는 미르를 한순간에 과거로 되돌려 놓았다.

– 안녕 미르야.

미르는 금세 벙어리가 되었다. 그 목소리를 듣자 아무것도 할 수 없었다. 강물을 벗어나려 몸부림치던 그는 힘없이 더욱 더 깊은 곳으로 빠져갔다. 보이는 것이 아무것도 없다 해도 상관없었다. 미르가 그토록 그리워하던 강물의 따스함이 온몸을 감싸안았다.

# 영원한 하늘

"자, 애들아 진정하고 다들 자리에 앉아."

담임선생님의 단호한 목소리가 아이들의 입을 닫았다. 오늘따라 유난히 말을 듣지 않는 아이들을 대하는 선생님의 목소리는 거대한 파도처럼 아이들을 덮쳤다. 소란스럽게 떠들던 아이들은 차례대로 줄을 서 자리를 찾아 앉았다. 선생님은 매서운 눈초리로 아이들이 자리에 앉았는지 살펴보았다. 소란스럽던 버스 안은 고요한 공기를 실어 나르고 있었다.

"너희가 신나 하는 건 이해하는데, 조금만 자중하자 얘들아."

표정을 누그러트린 선생님이 자애로운 미소를 지었다. 조심스럽게 눈치를 보던 아이들은 하얀 얼굴로 말갛게 웃었다. 오늘은 학교생활의 꽃인 현장 체험학습을 가는 날이었다. 그것을 증명하듯 아이들은 알록달록한 사복을 걸치고 있었다. 각자의 개성이 뚜렷하게 담긴 복장들이 보기 좋았다.

아이들이 내보내는 뜨거운 열기는 버스 안을 재빠르게 잠식해 나갔다. 아이들이 저마다 가져온 달달한 간식 냄새들까지 열기와 함께 버스 맨 뒷자리까지 나부꼈다. 미르는 그 흔적들을 불쾌하다는 듯이 쳐냈다. 그의 옆에 앉은 성민이 꺼내려던 과자 한 봉지를 다시 집어넣었다.

성민은 웃음기가 보이지 않는 미르를 의아하게 쳐다보았다. 미르 혼자 다른 이들과 동떨어져 있어 보였다. 아무 생각 없이 웃고 있는 평범한 아이들과 다른 무언가를 그는 품고 있었다.

"안 신나?"

성민이 창가 쪽으로 고개를 돌린 미르의 얼굴을 자세히 보기 위해 몸을 틀었다. 그럼에도 미르는 성민에게 아무런 대답을 해주지 않았다. 혹시 중2병이 지금 온 것은 아닐까? 성민은 걱정되는 마음을 숨기지 못하며 발만 동동 굴렀다. 버스가 어두운 터널을 지나고 다시 푸르른 하늘을 우러러볼 때까지 미르는 버스에 비치는 자신의 깊은 눈동자만을 응시할 뿐, 별다른 말을 하지 않았다.

미르의 기분은 꽤 저기압이었다. 그는 다른 것을 신경 쓸 여유조차 가지고 있지 않았다. 모든 것에 흥미를 잃어버렸다. 생각 없는 듯이 실실 웃어봤자 이루어지는 것 하나 없으니 더 이상 웃을 이유 또한 없었다. 아무 생각 없이 웃는 건 어리석은 자만이 하는 짓이었다. 아직도 미르의 그런 생각은 변함없었다. 그날, 타임캡슐을 만들었던 날. 미르는 어설프게 자른 종이 쪼가리 하나에 영원히 해결되지 못할 것만 같은 난제를 적어놓았다. 10년이 지난 자신이 그것을 풀지 못하더라도 최소한 답에 가까워진 삶을 살길 바란 작은 소망이었다.

　미르는 미르를 몰랐다. 선명한 문장 하나가 미르의 마음을 어지럽혔다. 한 번도 이러한 생각을 해본 적이 없었다. 미르는 자신이 누구보다 자신을 잘 알 것이라고 자부해 온 사람이었다. 한 번 깨진 믿음은 그 무엇보다 강한 혼란을 가져왔다. 평소에 짓던 간단한 미소조차 지을 수 없었다. 그 미소의 원천이 무엇인지 알 수 없게 되자 쌓아 올렸던 수많은 것들이 뼈대를 잃고 무너져 내렸다. 차라리 창가에 비치는 우뚝 선 건물 한 채가 되는 것이 지금의 자신보다 나은 길처럼 보였다. 인간이라는 존재는 싫었다. 너무나 어렵고 힘들었다.

　미르는 눈앞에서 순식간에 바뀌는 풍경을 따라잡기 위해 노력했다. 보는 것은 쉬우나 그 많은 사물 하나하나를 눈에 새겨 넣을 수는 없었다. 미르는 버스와 같았다. 모든 것을 흘려보내고 앞만 보며 가는 사람. 가는 자 입장에서는 땅에 손을 짚어가며 수영하는 것만큼이나 간단했으나 따라잡는 이 입장에서는 아니었다. 빌어먹게도 빨리 움직이는 이 고철 덩어리가 원망스러웠다. 자신을 대하는 사람들도 이렇게 느꼈을지도 모른다. 그러나 미르에게 이 많은 것들을 기억하라는 것은 불가능한 일이었다. 그들이 무엇을 바라는지 알고 있으나 그것을 이루어 줄 수 없었다.

　미르는 창가를 향하던 시선을 정면으로 돌렸다. 성민은 금세 코를 골며 자고 있었다. 대부분의 아이들 또한 그런 듯했다. 아이들의 잠이 더욱더 깊어지자 멀게 느껴지던 목적지는 그 모습을 빼꼼 드러낼 만큼 가까워져 있었다. 몇몇 아이들이 탄성을 내뱉으며 벌써부터 사진을 찍어댔다. 그 소리에 눈을 지그시 감고 있던 성민은 화들짝 놀라며 두리번거렸다.
"뭐야, 벌써 도착이야?"
성민이 눈을 비비며 표정이 한껏 풀어진 미르에게 말했다.
"그러게, 생각보다 가깝구나."
화려한 궁전처럼 빛나는 그곳은 미르를 어린 시절로 돌려놓을 수 있을 만큼 아름다운 놀이공원이었다.

"자유롭게 놀다가 선생님이 공지한 시간에 다시 여기서 모이는 거다? 알겠지?"
"네!"
아이들의 우렁찬 목소리가 놀이공원 한가운데에 울렸다. 이윽고 아이들은 하나로 뭉쳐 놀이공원 곳곳을 뛰어다녔다. 그 모습을 본 선생님은 아이들에게로 뻗은 손을 거두며 피곤한 웃음을 삼키고 있었다. 각자 다른 목적지를 향하고 있던 사람들 몇몇이 우르를 떼를 지어 뛰어가는 아이들을 바라보았다. 그들이 입고 있는 옷은 교복이 아니었으나 이를 드러내며 보이는 웃음이 그들의 나이대를 증명하는 듯했다. 그 나이대에서만 볼 수 있는 활기찬 미소 한 자락이 모두의 마음을 움직이게 했다.

버스에 앉아 있었던 내내 어두운 기운을 뿜어내던 미르 또한 잠깐이나마 예전의 면모를 되찾은 듯했다. 곁을 지키던 성민은 속으로 안도의 한숨을 내쉬며 쾌활하게 웃었다.

"얘들아, 얘들아, 우리 머리띠부터 맞추자!"

다휜이 산만해진 아이들을 바로잡으며 이끌었다. 근처에 기념품 가게가 보였다. 아기자기하게 꾸며진 그곳은 모두의 시선을 끌기에 충분하고도 남았다. 아이들은 빨라지는 걸음을 주체하지 못하고 뛰어가듯 가게로 향했다.

"난 무조건 고양이다! 따라 하지 마!"

혜인이 우렁차게 소리쳤다.

"그럼 나는 꽃 할 거야!"

"나는 토끼!"

성민과 다휜이 뒤를 이으며 유치한 말다툼이 시작되었다.

"아니, 잠깐만 내가 꽃 할 거야. 따라 하지 마!"

우빈이 다급하게 성민의 말을 가로막았다.

"뭐래, 내가 먼저 말했는데!"

"먼저 들어가서 사는 사람이 임자다!"

어느새 성민의 옆까지 다가온 우빈이 활짝 웃으며 전속력으로 달리기 시작했다. 전직 육상부다웠다. 그는 가벼운 발걸음으로 힘차게 나아갔다.

"이건 반칙이지!"

억울함을 토로한 성민이 우빈의 뒤를 따랐다.

제일 먼저 들어간 우빈이 재빠르게 머리띠 하나를 낚아챘다. 보지도 않고 집은 머리띠에 확신을 가진 우빈은 계산대로 머리띠를 가져가 순조롭게 결제했다. 그의 몸짓은 얄미울 정도로 여유로웠다. 우빈을 뒤따라 전속력으로 달린 성민은 가게 입구에서 반쯤 쓰러지며 숨을 몰아쉬었다. 그다음으로 도착한 미르가 작게 기침을 하는 성민의 등을 가볍게 발로 찼다.

"사서 고생을 한다."

남이 본다면 순수하다 생각할 정도로 맑게 미소 지은 미르는 겉모습과는 정반대에 조롱을 내뱉었다. 성민을 이를 꽉 깨물며 미르를 바라보았다. 정말 독초 같은 아이라고 할 수 있었다. 겉모습만 그럴듯한 쓰레기. 성민은 미르의 등 뒤에서 허공으로 주먹질을 해댔다. 그간 쌓아왔던 분이 조금이나마 풀리는 기분이었다.

성민은 손을 털고 일어나 우빈에게로 달려갔다. 한창 시끄럽게 자신을 놀리고 있어야 할 우빈이 웬일로 조용했다.

"야, 최우빈."

멀뚱멀뚱 가게 구석에서 자리를 지키던 우빈은 성민이 자신을 부르는 소리에 정신을 차렸다.

"나 미쳤나 봐."

우빈이 자신의 머리띠를 손으로 가리켰다.

"머리띠 잘못 골랐어!"

그의 손에 들려있는 머리띠는 사랑스러운 분홍빛 레이스로 장식된 왕관이 올려져 있었다. 도저히 우빈이 맨정신으로 고를 만한 것이 아니었다. 그는 제대로 헛다리를 짚었다.

"뭐야, 그러면 내가 꽂는다!"

성민이 안도가 뒤섞인 장난스러운 미소를 지으며 우빈을 스쳐 지나갔다. 우빈은 자신의 머리띠가 마냥 싫지만은 않은 듯이 그것을 만지작거리고 있었다.

가벼운 걸음으로 물 밀려오듯 가게 안으로 들어온 아이들은 그들만의 소박한 쟁탈전을 벌였다. 먼저 집는 것은 중요하지 않았다. 얼마나 빠르게 손에 쥔 머리띠를 계산하여 내 것으로 만드냐가 중요한 싸움이었다. 간만에 이런 곳을 들어와 본 미르도 다른 아이들과 다름없이 신중하게 머리띠 하나하나를 뜯어보았다. 기대조차 하지 않았던 현장 체험학습이지만 발끝에서부터 치고 올라오는 몽글몽글한 감각들이 미르를 간지럽혔다. 이 유치한 머리띠들도 마찬가지였다.

가게의 오른쪽 벽을 장식한 비슷하게 생긴 수많은 머리띠들 중 미르는 단번에 하나를 집을 수 있었다. 파란색 머리띠에 스프링으로 연결된 구름 모양 장식이 눈에 띄는 머리띠였다. 머뭇거리며 손을 거두려던 미르는 마음을 바꿔 머리띠를 집어 들었다. 이 머리띠를 간절히 원하는 것은 아니었으나 무시하고 싶지도 않았다. 나머지 손으로 카드를 세게 쥔 미르는 얕은 한숨을 쉬며 계산대로 천천히 걸어갔다.

"이거 계산해 주세요."

예상대로 미르의 키를 넘어선 높은 그림자 하나가 미르를 가로막았다. 미르의 얼굴은 덮은 그림자는 고상한 춤을 추듯 일렁였다. 미르는 그림자 앞을 보았다. 그의 주위에서는 알 수 없는 한기가 느껴졌다.

"유치하네."

미르가 한 톨의 감정조차 담기지 않은 어조로 드리운 그림자를 떼어냈다.

"그야 나는 어릴 때와 다른 점이 없으니까."

미르의 앞을 가로막은 하늘이 초등학생 시절 미르에게 보여주었던 미소를 똑같이 재연해냈다. 소름이 돋아 견딜 수가 없다. 주위를 억누르는 괴리감이 미르의 온몸을 떨리게 만들었다.

"너 하고 싶은 거 다 해라."

미르는 일그러지는 표정을 숨기려 뒤를 돌았다. 머리띠 따위는 이미 안중에도 없었다. 아무리 자신의 마음을 걸쭉한 액체처럼 녹여버리는 머리띠라 해도 더러워진 현재를 담고 싶지 않았다. 미르가 원하는 것은 보글보글 끓어오르는 비눗방울 같은 과거였다.

미르는 머리띠를 다시 제자리로 돌려놓았다. 머리띠의 형체가 점점 현재의 모습으로 뒤덮여 갔다. 이미 예전과는 달라져 있었다. 더 이상 자신이 알고 있는 과거가 아니었다.

"너 머리띠 안 쓰게?"

미르의 옆에서 발걸음을 최대한 늦추며 걸어가고 있던 혜인이 물었다.

"불편하잖아."

미르의 말에 혜인은 두 손으로 쥐고 있던 머리띠를 내려놓았다. 금세 다른 머리띠를 찾아낸 혜인은 그것을 가지고 계산대로 향했다. 전과는 다소 다른 분위기의 머리띠였다.

각자 다른 머리띠를 고른 아이들은 가게 옆 빈 공간에서 동그랗게 모여 대화를 나누었다.

"어쩌지? 이렇게 다를 줄은 생각도 못 했는데."

다휘이 모든 아이들과 눈을 맞추어 가며 지금 자신들이 처한 상황을 다시 한번 머릿속으로 새겨 넣어주었다. 옆에 있던 우빈은 예상한 결과라는 듯 고개를 끄덕이며 미간을 찌푸리고 있었다.

"그냥 축제 전에 만났던 날처럼 찢어지자."

흘러내리는 머리띠를 고정한 혜인이 다휘의 말이 끝나길 기다린 사람처럼 말했다.

"근데 이왕 여기까지 온 거 다 같이 다니는 게 제일 좋지 않아?"

성민이 전보다 흥이 식은 표정으로 말했다. 모두의 말을 주도하던 다휘도 성민의 말에 동의하며 작게 고개를 끄덕였다.

"아니면 일정 시간 동안 떨어져 있다가 다시 합치자."

입을 다물고 고민하던 우빈이 혼잣말처럼 중얼거렸다. 그 말에 혜인은 손뼉을 치며 만족해했다.

"좋은데? 각자 좋아하는 것도 탈 수 있고 완전히 따로 다니는 것도 아니잖아."

혜인이 웃으며 모두를 쳐다봤다. 우빈은 오늘도 자신의 의견대로 일이 흘러가자 꽤 뿌듯한 모양이었다.

"그러면 반대 의견은 없는 거지? 시간 없으니까 빨리 손들어 봐. 3, 2, 1… 좋아, 그럼 내 말대로 가는 거다?"

우빈의 말을 들으려 주의를 기울일 때쯤 끝나버린 말에 아이들은 어리둥절해 했지만 얼떨결에 그의 의견에 동의한 셈이 되었다.

조를 짜는 것도 우빈의 의견에 따라 수월하게 이루어졌다. 딱히 어려운 일도 아니었다. 놀이기구를 무서워하는 사람과 즐기는 사람으로 나뉘었다. 모두들 확실하게 의사 표현을 해주어 조는 1분도 지나지 않아 만들어졌다.

"그러면 각자 타고 싶은 거 타다가 적당한 시간대에 다시 만나자. 연락은 뽑은 조장한테 하는 걸로."

우빈의 말이 마지막이었다. 아이들은 완전히 다른 방향으로 흩어졌다. 학교에서 정한 소집 시간까지 알차게 즐기려면 지금부터 놀이기구를 향해 숨이 턱 끝까지 타오를 정도로 뛰어야 했다. 특히 놀이기구를 좋아하는 쪽이라면 더욱 그랬다.

혜인과 우빈, 그리고 가람은 격한 놀이기구도 무리 없이 소화해 냈다. 그래서 그들은 놀이공원 곳곳을 뛰어다니며 제일 적극적으로 탈 만한 놀이기구를 찾아다니기 시작했다.

"저거 어때?"

혜인이 하늘까지 솟아오른 롤러코스터 한 대를 가리켰다. 보기만 해도 오금이 저려 오는 광경이었다.

"좋은데? 당장 타러 가자!"

우빈이 긴 다리로 성큼성큼 뛰어나갔다. 혜인도 지지 않으며 그 뒤를 따라나섰다. 가람은 두 사람의 에너지를 감당하며 겨우겨우 호응해 주고 있었다. 가람은 놀이기구를 즐긴다곤 할 수 없었지만 자신 있게 잘 탄다고 말할 수 있는 사람이었다. 저런 것쯤이야 가람에겐 지루하게 다가왔다. 대충 호응해 주며 놀이기구 몇 개를 타다 보면 오늘의 일정도 쉽게 끝날 테였다. 가람은 피곤해지는 몸을 움직이며 그 끝이 가까워지기를 바랐다.

끝이 보이지 않던 롤러코스터의 대기 줄은 셋이 대화를 하고 간단한 게임을 할 동안에 바람에 흩날리고 있는 낙엽처럼 쉽게 흩뿌려졌다. 눈 깜박하고 보니 벌써 그들의 차례가 와버렸다. 막상 앉을 때가 다가오니 긴장이 되기 시작한 혜인의 손에서 흐른 땀은 그녀의 양손을 축축하게 적셨다. 가람의 표정은 적당한 긴장을 머금고 있었다. 제일 태연한 것은 우빈이었다. 그러나 그의 결과는 제일 좋지 않았다.

용감하게 혼자 앉기를 자처한 우빈은 롤러코스터에서 나오자마자 울렁거리는 속을 부여잡았다. 놀이기구에서 한참을 멀어져 도착한 벤치 옆 가로등을 붙잡은 우빈은 당장이라도 쏟아져 나올 것만 같은 토사물들을 간신히 억눌렀다. 몇 번의 헛구역질을 한 그는 도저히 안 되겠다며 멀리 떨어져 있는 화장실을 향해 뛰었다. 다시 보아도 굉장히 빠른 속도였다.

"중학생 때 육상부였던 실력 어디 안 간다. 나도 운동이나 할 걸 그랬나."

벤치에 걸터앉은 혜인이 고개를 뒤로 젖히며 한숨처럼 속삭였다. 그녀의 손에는 언제 사 왔는지 알 수 없는 추로스 한 개가 들려있었다. 설탕이 잔뜩 묻은 추로스는 보기만 해도 속이 뒤집힐 정도로 달아보였다. 단 것에 거부감을 갖고 있던 가람은 추로스에서 재빨리 시선을 뗐다.

"하나 먹을래?"

가람의 표정을 의식하지 못한 혜인이 선심 쓰며 추로스를 건네었다.

"아니, 나는 단 걸 싫어해서."

가람이 기어들어 가는 목소리로 질색했다. 혜인은 그런 가람의 말은 단순히 형식적인 거절의 의미로 받아들였다.

"그러지 말고 한 입만 먹어봐, 한 입만!"

혜인이 추로스를 가람의 입까지 들이밀었다. 가람은 손사래를 치며 고개를 반대쪽으로 돌렸다.

"생각보다 안 달아!"

끝까지 자신의 의견을 굽히지 않던 혜인은 기다란 추로스를 움직이는 가람의 고개에 맞춰 가람에게 다시 한번 들이밀었다.

간신히 표정을 감추고 있던 가람은 똑같은 말을 반복하는 혜인에게 질려 그녀의 뜻대로 추로스를 한 입 베어 물었다. 입가에서 퍼지는 달달한 설탕 맛이 기분 나빴다.

"생각보다 괜찮지?"

혜인이 웃으며 추로스를 도로 가져갔다.

"그렇네."

가람이 입가에 묻은 설탕을 털어내며 말했다. 그녀의 말은 거짓이 아니었다. 그렇다고 맛있었다는 의미는 아니었지만 생각했던 것만큼 거부감을 일으키지는 않았다. 그저 혀가 아릴 만큼 달았다.

"원래 에너지를 많이 쓰면 단 걸로 보충해 주는 거야."

혜인이 추로스를 휘두르며 자신만의 특이한 생각을 털어놓았다. 혜인이 휘두른 추로스에서 설탕이 후드득 떨어졌다. 가람은 혜인과의 거리를 넓히며 옷에 묻은 설탕을 털었다.

"최우빈은 언제 와? 우리 귀신의 집도 가야 하는데."

혜인이 실없는 소리를 내뱉었다. 옆에 앉은 가람이 대꾸를 해주는 일은 극히 드물었으나 혜인은 자신의 말을 멈추지 않았다.

"그건 그렇고 귀신의 집 재밌겠다. 난 한 번도 안 가봤거든."

혜인이 가람과 눈을 맞추었다. 가람은 그럴듯한 웃음으로 대꾸했다. 혜인의 속을 알 수가 없었다. 평소에 자신을 안 좋아하던 눈치더니 이제 와서 실실 웃으며 다가오는 그녀가 썩 유쾌하게 받아들여지지 않기도 했다.

"넌 귀신의 집 가봤어?"

"응, 근데 나도 한두 번 가본 게 다야."

혜인의 갑작스러운 물음에 가람은 적당한 친절함을 섞어 대답해주었다.

"진짜? 어땠어? 많이 무서워?"

"아니, 그 정도로 무섭지는 않아."

"너는 확실히 안 무서워 할 것처럼 생기긴 했어."

가람의 부드럽지만 선을 긋는 듯한 태도에도 혜인은 꿋꿋이 말꼬리를 잡고 늘어졌다. 가람은 바닥난 체력을 굳이 이런 곳에다가 쓰고 싶지 않았다. 지금 혜인의 온갖 물음이 그녀에게는 성가시고 귀찮게 다가왔다. 혜인도 그걸 아는지 가람의 대답이 점점 짧아질수록 더욱 집요하게 달라붙어 그녀를 가만히 놔두질 않았다.

"평소에는 그렇게 안 보였는데 생각보다 말이 많구나."

혜인의 계속되는 질문에 가람은 대답이 아닌 동떨어진 말을 내놓았다. 가람은 이번만큼 자신의 감정을 제대로 표현한 문장을 상대방에게 전한 적이 없었다. 이번이 그나마 돌리지 않고 직설적으로 표현한 순간이었다. 가람의 뜻을 알아들은 혜인은 소리 내어 웃었다. 미묘하게 붕 뜬 말을 줄줄이 이어가던 그녀는 차분하게 가라앉아 있었다.

"내가 말이 많아 보여? 신기하네."

혜인이 손으로 들고 있던 추로스를 한 입 베어 물었다. 설탕이 그녀의 바지 위로 떨어져 별같이 빛났다.

"나 말 수 적어. 네가 여태까지 본 대로"

더 이상 혜인의 말에서 이유 모를 기시감이 느껴지지 않았다.

"그러면 왜 굳이 이렇게까지 하는 거야?"

드디어 혜인의 눈을 똑바로 쳐다본 가람이 생글생글 웃으며 말했다.

"넌 나를 싫어하잖아."

가람은 이 따분한 소꿉놀이에 동참해 줄 생각이 없었다. 상당히 피로해진 체력을 쓰고 싶지 않았고 혜인에게 이런 식으로 대한다 해도 아무런 소용이 없다는 것을 누구보다 잘 알고 있었다. 혜인은 이미 가람에 대해 어느 정도 알고 있었다. 그녀는 평소에 그런 점을 티 내고 싶어 하는 사람이었다. 가람은 그런 혜인을 신경 쓰려 하지 않았다. 신경 써봤자 가람에게 돌아오는 것은 아무것도 없었다. 가람의 말을 들은 혜인은 진심으로 웃었다. 뭐가 그리 즐거울까. 가람은 그것이 너무나 궁금했다. 무엇을 믿고 자신의 생각을 그대로 내뱉고 감정을 표출하는지에 대해서. 가람이 생각하기에 혜인의 행동은 어리석었고 바보 같았다.

"싫어하긴 하지."

혜인이 한 치의 망설임도 없이 답했다. 차가운 냉소를 띄운 혜인의 태도는 이상하리만큼 기분 나빴다. 가람은 차가운 바람을 맞으며 꿋꿋이 자신의 할 말을 하는 혜인을 응시했다. 그런 점에선 꽤 대단하다고 할 수 있는 아이였다. 혜인은 오랫동안 묵혀온 말을 꺼낸 사람처럼 후련해했다.

"근데 내가 너를 왜 싫어해야 돼?"

혜인은 멈추지 않았다. 오늘 무슨 일이 있어도 자신의 생각을 전부 말하고자 하는 각오가 그녀에게서부터 비집고 나왔다. 혜인의 말을 들은 가람의 말문이 막혔다.

"아무리 생각해도 모르겠어. 널 싫어해 봤자 나한테 좋은 게 뭐가 있는데? 그리고 난 너를 꽤 불쌍하게 생각하기도 하고. 안 그랬으면 내가 굳이 너한테 말을 걸었겠어?"

가람은 드디어 혜인을 보면 볼수록 느껴지던 불쾌감의 원인을 알 수 있었다. 그녀의 눈에 담긴 안쓰러움이었다. 그것이 가람의 신경을 긁었다. 가람만이 할 수 있을 것이라 생각했던 연민과 동정을 품은 눈을 다른 사람이, 그것도 자신에게 보내올 것이라고 생각한 적이 단 한 번도 없었다.

"내가 불쌍해?"

가람은 도저히 혜인의 말을 이해할 수 없었다. 가람은 자신을 한 번도 불쌍한 사람으로 여긴 적이 없었다. 오히려 그녀에겐 혜인과 같은 타인들이 불쌍한 존재였고 가람은 그것을 이해하며 보듬어 주어야 했다. 당연했다. 무지한 사람들에겐 멸시가 아닌 연민을 품으라고 자신에게 가르친 것은 아버지였다. 보통의 사람들은 아주 작은 일에도 자신들의 모든 감정을 쏟아부었고 서로가 서로를 아프게 했다. 멍청한 행동이었다. 그러나 가람은 그들을 비난하지 않았다. 웃어주었다. 자신에게 헛된 기대를 품고 다가오는 모든 사람들에게도 실망감이나 회의감을 드러내지 않았다. 그랬는데, 돌아오는 것은 자신이 불쌍하다는 한 마디였다.

"그야 너는 제일 중요한 걸 모르잖아. 김미르처럼."

"김미르처럼?"

혜인의 말에 가람이 의문을 표시했다. 가람과 미르는 달랐다. 가람은 미르처럼 미숙하고 자신의 감정을 바로 실행에 옮기는 사람이 아니었다.

"차라리 미르보다 네가 낫긴 한데, 둘이 거기서 거기야. 둘 다 자기밖에 모르고 지 생각이 다 정답인 줄 안다?"

혜인은 평소와 같이 잘난 미소 하나 짓지 않는 가람의 얼굴을 어느 때보다도 유의 깊게 바라보았다.

"그리고 제일 중요한 건, 너희에겐 알맹이가 없어."

혜인이 가볍게 띄운 말투를 끌어내렸다. 가람은 혜인의 모든 말에서 묻어나오는 진솔함이 싫었다. 짜증이 나서 견딜 수가 없었다. 가증스럽게도 자신의 할 말을 다한 혜인은 더 이상 가람에게 말을 붙이지 않았다. 혜인은 손에 든 식어버린 추로스를 물어뜯었다.

가람은 끝까지 혜인이 말한 알맹이의 의미를 알 수 없었다. 그녀는 지금 자신이 결여된 자라고 말하고 있었다. 그것은 가람이 그 무엇보다 싫어하는 말이었다. 가람은 혜인의 말을 받아들일 수 없었다. 혜인의 모든 말들은 가람의 한평생을 부정하고 있었다.

"얘들아 미안해, 내가 좀 늦었지?"

시간이 조금 지나자 화장실로 뛰어 들어갔던 우빈이 무거운 발걸음으로 걸어 나왔다.

"너 그 정도면 어디 문제 있는 거 아니야? 토를 얼마나 한 거야."

혜인이 롤러코스터를 타려던 그때와 다름없는 말투로 우빈을 맞이했다.

"그래도 살아 있잖아?"

우빈이 웃으며 답했다. 우빈은 혜인의 옆에 앉아 있는 가람을 슬쩍 흘겨보았다. 가람의 표정은 굳어 있지 않았지만 서늘한 냉기를 뿜어냈다. 우빈은 그런 그녀를 못 본 척하며 고개를 돌렸다.

"그러면 우리 귀신의 집 갈까?"

우빈이 힘차게 외치며 길잡이를 자처했다. 분위기가 꽤 좋지 않으니 이를 악물고 살리는 수밖에 없었다. 차라리 토를 한 번 더 하고 와야 했을까.

"우리 회전목마 타자!"

다휘이 5분째 같은 말을 하고 있었다. 다휘을 중심으로 뭉친

4명은 전부 다 놀이기구를 좋아하지 않았다. 성민은 근처에 롤러코스터가 지나가는 것만 봐도 소리를 지르며 두 눈을 손으로 감싸 안을 정도의 겁쟁이였다. 예전에 놀이공원을 갔을 때는 놀이기구를 한 번도 타지 않고 집으로 돌아간 적이 있다고 얘기할 만큼 무서운 것이라면 질색을 했다. 다휜은 그런 성민을 배려해 고심하며 놀이기구를 골랐으나 반응은 그리 좋지 못했다.

"애초에 남자 3명이서 회전목마를 타는 게 말이 되냐?"

진지하게 고민해보던 미르가 도저히 안 되겠다는 듯이 고개를 저었다. 옆에 있던 성민도 느리게 미르의 말을 따라 하며 그의 말에 긍정했다.

"그래도 우리 놀이기구 하나쯤은 타야지. 정말 아무것도 안 하고 집에 가려고?"

하늘이 허탈하게 웃으며 한 손으로 머리를 짚었다. 이 정도일 줄 알았으면 차라리 롤러코스터라도 탈 걸 그랬나 보다. 하늘은 놀이기구를 무서워하지 않았으나 귀찮아했다. 이쪽이라면 다리 아프게 놀이기구를 찾아다니지 않아도 될 것만 같아 선택했는데 생각보다 심하게 움직이지 않았다.

하늘은 회전목마만큼은 싫다는 둘은 간신히 설득시켰다. 확고한 의견을 내세우지 못하는 성민은 하늘의 말을 듣고 설득되어 금세 의견을 바꿔버렸다.

결국 다휜의 뜻대로 화려한 회전목마를 타기로 했다. 미르는 무거운 한숨을 쉬며 말의 빛나는 등 위에 올라탔다. 어릴 때엔 항상 크게 느껴졌던 말이 언제부턴가 어른의 도움 없이 탈 수 있을 정도로 작아져 있었다. 미르의 발끝이 땅에 스치며 움직였다. 막상 타보니 생각보다 지루하진 않았다. 주위에 다 큰 성인들도 많이 보였다. 대부분 아이들과 함께 탄 부모였지만 미르의 수치심을 줄여주었다.

"여기까지 와서 이런 걸 타냐."

미르가 작게 중얼거렸다.

"넌 옛날이랑 똑같은 말을 하는구나."

등 뒤에서 하늘의 목소리가 들렸다. 미르는 깜짝 놀라며 몸을 떨었다. 하마터면 말에서 떨어질 뻔했다. 미르가 살짝 뒤를 돌아보자 하늘이 손을 흔들어 주었다. 미르는 표정을 굳히며 고개를 돌렸다.

미르는 기억하지 못했지만 하늘은 6년 전 미르의 말을 토씨 하나 틀리지 않고 기억했다. 그날도 지금처럼 회전목마를 타고 있었다.

"너는 좀 이상해."

하늘은 초등학생 때부터 이상하다는 말을 들으며 지냈다. 대부분 또래 아이들이 그의 앞에서 말하던 이야기였다. 이유는 간단했다. 하늘은 또래 아이들과 달랐다.

그 나이대면 생각이 그리 깊지 않을 때였다. 아이들은 단순하게 생각했고 자신이 원하는 바를 확실하게 전했다. 그러나 하늘은 그들과 달랐다. 그는 목적이 불분명한 말들을 중얼거렸고 행동조차 불투명했다. 하늘의 어머니조차 그를 어려워했다. 그의 어머니는 하늘이 다른 아이들과 달라도 너무 다르다며 남편, 즉 하늘의 아버지에게 자주 하소연하곤 했다.

"조금만 기다려봐. 아직은 어리잖아."

그때마다 아버지는 이렇게 말했다. 그는 느긋하고 잔잔한 성격을 지니고 있었기에 하늘을 재촉하지 않았고 있는 그대로 받아들여 주었다. 하늘은 자신의 유년기 시절이 나름 행복했었다고 생각했다. 적어도 아버지가 돌아가시기 전까지는 화목하고 일반적인 가정이었다. 어머니보다 아버지를 더욱 가깝게 여겼던 하늘은 아버지가 앓고 있던 지병으로 돌아가시자 자리를 잡지 못하고 방황했다. 유일하게 남은 어머니는 충격으로 아무것도 하지 못하고 있었다. 그녀는 아들마저 밀어내려 했다. 하늘을 보면 볼수록 먼저 떠나간 그의 아버지가 생각이 나서 견딜 수가 없었다.

하늘은 자신이 무슨 짓을 해도 바라봐 주지 않는 어머니와 가까워지지 못했다. 하늘은 어머니의 웃는 얼굴을 다시 볼 수 없었다. 어머니는 항상 울고 있었다. 누군가의 죽음은 항상 다른 누군가를 망가트렸다. 죽음이란 것은 자신보다 상대에게 더 강한 고통을 주는 것 같기도 했다.

"죽음이란 왜 존재하는 거예요?"

하늘은 자신이 무슨 질문을 하든 웃으며 답해주시던 외할머니에게 물어보았다. 죽음이란 모두에게 고통으로 변질되어 다가오는데 어째서 존재하는 것인지 아직 7살인 그의 머리로는 이해할 수 없었다. 차라리 죽음이란 것이 없다면 모두가 행복하고 슬퍼할 일도 없을 것만 같았다. 죽음이란 게 없었다면 아버지도 계속 곁에 있었을 것이고 어머니도 망가지지 않았을 것이다.

하늘의 물음을 들은 할머니는 그의 머리를 부드럽게 쓰다듬어 주셨다. 그리고는 기쁜지 슬픈지 알 수 없는 표정을 지었다.

"죽음이란 게 있기에 지금이 아름답고 가치 있어지는 법이란다. 영원함은 사람을 게으르고 불완전하게 만들어."

할머니의 말은 항상 이해할 수 없는 것투성이였다. 아마 어머니도 하늘이 내뱉는 단어 하나하나를 이렇게 느꼈을지도 모른다.

"끝이란 게 있기에 인간이 완전해질 수 있지 않겠니? 잘 생각해 보렴. 우리는 이별이란 게 있기에 만남을 중요시 여기고 늙어가기 때문에 젊음을 허투루 낭비하지 않게 된단다. 그리고 죽음이 있기에 인생을 사랑하고 아끼게 될 수 있는 거지."

하늘은 할머니의 말을 아직까지 이해할 수 없었다. 할머니가 돌아가시고 나서 초등학교에 입학했을 때도 그의 고민은 가속화될 뿐 해결되지 않았다. 끝이란 게 있기에 아름답지 않았다. 끝이 있기에 더욱 비참해졌다.

유치원을 졸업했을 때도, 친한 친구가 이사를 갔을 때도, 할머니가 돌아가셨을 때도, 아버지가 돌아가셨을 때도 하늘은 단 한 번도 삶을 아름답고 가치 있다고 생각하지 않았다. 이별이 있기에 만남이 두려워졌고 죽음이 있기에 삶이 허무해졌다. 어차피 전부 다 흙으로 돌아가게 된다면 모든 사람들은 왜 노력하고 공부하며 꿈을 이루려 하는 걸까. 왜 하늘은 구름을 실어 나르고 강은 물고기를 품으며 흘러가는 걸까. 애초에 왜 하늘이 하늘이고 강은 강이지? 사라질 존재에 굳이 이름을 붙인 이유는 무엇이지? 그것들의 본질은 무엇이고 왜 존재하는 걸까?

하늘은 항상 이 모든 의문들을 품고 살았다. 다른 친구들에게 이야기해보면 친구들은 하늘이 이상하다며 놀리곤 했다. 초등학교 3학년 때까지도 그랬다. 하늘은 친구를 사귀지 못했다. 만난다 해도 결국엔 이별하게 되니 하늘은 자연스럽게 친구들을 진심으로 대하지 못하게 됐다. 물론 하늘의 성격을 받아들여 주는 친구들 또한 존재하지 않았다.

3학년 여름날, 현장 체험학습이 다가왔을 때도 하늘은 혼자였다. 무리를 지어 시끄럽게 떠들던 아이들 사이에 동떨어져 다른 세상을 바라보고 있던 그는 가끔씩 숨이 막힐 듯한 외로움에 휩싸이곤 했다. 그 날도 놀이공원 이곳저곳을 떠돌고 있었다. 거리를 스쳐 지나가는 수많은 사람들 속에서 하늘만이 홀로 이 넓은 길을 거닐고 있었다. 걷다 보니 다리가 아파져 근처 벤치에 앉았다. 가로등마저 망가져 깜박거렸다. 하늘은 의미 없이 시간을 때우고 있었다. 끝은 언젠가 오게 되어 있었다.

"왜 여기서 혼자 있어?"

하늘이 고개를 떨구고 홀로 앉아 있을 때였다. 누군가 그에게 말을 걸어왔다. 하늘은 화들짝 놀라며 고개를 위로 들어 올렸다. 한 남자아이가 자신을 내려다보고 있었다. 하늘은 그 아이를 알고 있었다. 작년에도 같은 반이었고 이번 연도에도 같은 반이 된 아이였다. 그러나 한 번도 말을 섞어본 적은 없었다. 둘은 친한 사이가 아니었다.

하늘은 자신의 앞에서 솜사탕을 들고 서 있는 남자아이를 빤히 쳐다보았다. 그 아이는 머리 위에 앙증맞은 구름 모양을 단 파란 머리띠를 쓰고 있었다.

자신을 바라보고 있는 아이의 두 눈은 어렸을 때 자주 가지고 놀았던 유리구슬과 닮아 있었다. 눈에 담긴 형체들이 방울방울 속눈썹에 잠겨 떠올랐다. 그 속에는 하늘도 함께였다.

아이는 삐딱하게 가방 하나를 메고 있었는데 그가 매고 있던 하얀색 가방은 깔끔하지 못하게 얼룩져 있었다. 하늘은 남자아이의 가방 옆으로 삐져나온 샛노란 우산을 바라보았다. 삐쭉하게 튀어나온 그 우산은 흙탕물에 의해 더럽혀져 있었다. 하늘의 우산과 마찬가지였다. 작은 우산의 손잡이 부분에 커다란 이름표 한 개가 붙어 있었다. 낡아빠진 이름표는 덜렁거리며 바람에 휘청였다.

김미르.

이름표에 새겨진 그 아이의 이름은 김미르였다. 이제야 생각이 났다. 하늘은 미르를 처음으로 마주했을 때 그 이름을 기억해 두고 있었다. 맑고 푸른 눈동자를 지닌 그 아이는 하늘에서 내려온 용과 같이 용감하고 아름다운 사람처럼 보였다. 이름과 같은 모습이었다. 그래서 외워두기 쉬웠다.

"나한테 왜 말을 걸어?"

하늘이 솜사탕을 물고 있는 미르를 경계하며 뒤로 살짝 물러났다. 미르는 그 모습을 보며 입을 삐쭉댔다.

"뭐야, 내가 기껏 말 걸어줬는데 반응이 왜 그래?"

미르라는 그 아이는 하늘에게 그의 신발을 더럽혀 얼룩을 만들고 있는 빗물처럼 다가왔다. 그의 존재는 뜻밖이었고 이상하리만큼 자연스러웠다. 멀뚱멀뚱 자신을 바라보기만 하는 하늘을 뒤로한 미르는 그의 옆자리를 작은 손으로 털어내더니 이윽고 그곳에 걸터앉았다. 투박하지만 세심한 배려가 느껴졌다.

"네가 불쌍해서 여기까지 왔어."

미르는 말을 돌려서 하는 법을 몰랐다. 그러나 그는 재미있는 소문 이야기라도 하듯 발랄한 목소리로 말끝을 늘어트렸다. 하늘은 그런 미르의 태도에 땅 끝으로 떨어진 발끝을 오므렸다.

"그러니까 넌 오늘 나랑 같이 놀아야 돼."

"내가 왜 너랑 놀아야 하는데?"

"내가 너를 위해서 여기까지 왔으니까."

"나는 불쌍하지 않아."

하늘의 눈앞이 흐려졌다. 불쌍하다는 말. 주위 어른들에게 질리도록 들어본 말이었다. 하늘의 표정이 발에 밟힌 나뭇잎 조각들처럼 일그러졌다. 미르는 그 모습을 보고도 여전히 위로의 말 한마디도 건네지 않았다. 미르의 표정은 순수한 아이처럼 천진난만했다.

"너는 아무것도 모르잖아. 그래서 불쌍한 거야."

하늘의 옆에 앉은 사악한 악마 같은 그 애는 싱그럽게 웃었다.

"그러니까 내가 알려줄게. 불쌍하지 않은 사람이 되는 법."

미르가 자신의 머리띠를 한 손으로 빼냈다. 파란색 머리띠가 하늘의 눈에 들어왔다. 햇빛을 받아 눈부시게 빛나는 머리띠는 미르의 손에 쥐어져 반쪽에 드리운 그림자를 집어삼키고 있었다. 머리띠는 미르의 눈동자 색처럼 빛났다. 미르는 아마 자신의 눈동자가 얼마나 푸른빛을 띠는지 알지 못할 테였다. 그러나 그의 옆에 조금이라도 있어 본 사람들은 그것을 매우 쉽게 알아차렸다. 사람들의 시선을 단번에 사로잡아 버릴 만큼 아름답고 처연했다. 무지개를 품은 빗물 같은 그의 두 눈은 손에 쥔 머리띠의 존재를 사라지게 했다.

"이거 줄게."

하늘처럼 새파란 머리띠를 내민 미르의 손이 자그마하게 떨렸다. 시체처럼 창백하던 그의 피부는 여름날 하늘의 떠오른 눈 부신 태양처럼 붉었다. 하늘은 미르를 쉽게 알 수 있었다. 이 아이는 표현을 할 줄 몰랐다. 그가 할 수 있는 것이라곤 단단한 벽에 둘러싸인 마음을 작게 생긴 균열의 틈 사이로 밀어 넣는 것뿐이었다. 하늘은 머리띠를 받아들었다. 미르의 눈동자가 빛의 잠기며 반달처럼 접혔다. 그의 입가에 파여진 깊은 보조개는 눈처럼 새하얬다.

미르는 하늘을 데리고 이곳저곳을 돌아다녔다. 어린아이들의 시간은 그리 길지 않았지만 나름 알차게 시간을 보냈다고 자부할 수 있었다. 특히 금방 지쳐 골골대는 미르와 달리 하늘은 생글생글 웃으며 잘만 돌아다녔다. 미르는 그 모습에 이유 모를 경쟁심을 느끼게 평소보다 무리해 버렸다.

그들의 머리 위로 솟아오른 해가 옆을 향할 무렵 미르와 하늘은 나란히 벤치의 앉아 여름밤의 향기를 만끽하고 있었다. 시간이 조금 지난 후에 정해진 소집 장소로 향해야 했다. 이대로 끝내기엔 무언가 아쉬웠다.

"회전목마 타러 가자."

하늘이 빙글빙글 돌고 있는 회전목마를 가리켰다. 대기 줄은 그리 길지 않았다.

"여기까지 와서 이런 걸 타냐."

제일 화려한 말에 앉은 미르가 투덜거렸다.

"예전에 아빠랑 많이 탔거든."

키가 작아 쉽게 말 위에 오르지 못하는 하늘을 번쩍 들어 태워주시던 아버지의 미소가 바람처럼 스쳐 지나갔다. 결국 그 미소는 영원하지 않았다. 지금 이 순간도 영원하지 않았다. 하늘은 머리 위로 떠오른 말들을 간신히 삼켜내었다. 이런 말을 한다면 분명 놀려댈 게 뻔했다.

"왜 생각을 말하면 놀림 받는 걸까."

목 끝까지 차오른 말들이 답답해서 견딜 수가 없었다. 하늘은 자신이 어째서 이래야 하는 것인지 이해할 수 없었다. 다른 아이들은 원하는 것을 잘만 말하고 다니는데 왜 자신만 유별난 사람 취급받는 것인지 알 수 없었다.

"바보야, 원래 생각은 숨겨야 하는 거야."

이리저리 치이며 방황하던 하늘에게 미르가 무심하게 툭 던진 말이었다. 엄마에게 들은 말이라고 했다. 미르는 두 다리를 쉴 틈 없이 앞뒤로 움직이며 입을 바쁘게도 움직였다.

"도저히 사람 말이 이해가 되지 않을 땐 그냥 웃어. 그러면 다들 좋아할걸?"

하늘은 어린아이가 하는 말처럼 들리지 않는 미르의 말에 귀를 기울였다. 어쩌면 그가 어린아이이기 때문에 이런 말을 할 수 있는 것일지도 몰랐다. 미르의 말은 꽤 믿음직스러웠다. 그는 반에서 인기가 많았다. 그의 유별난 웃음은 반 아이들의 이야깃거리가 될 만큼 눈부셨다. 하늘은 미르가 그날 해준 말들을 새겨 넣었다. 불쌍한 사람이 되지 않으려면 웃어야 한다. 그러면 지금 하늘의 어머니는 웃을 줄 몰라 저렇게 불행한 것일까? 하늘은 불쌍한 어머니에게 웃음을 전해주고 싶었다.

미르의 말대로 하늘은 웃었다. 딱딱한 고철 덩어리로 이루어진 기계 같던 웃음은 시간이 지날수록 깎이고 깎여 부드러워질 수 있었다. 행복해지고 있는 것인지는 알 수 없었지만 나름 괜찮은 삶이었다. 하늘이 자신의 생각을 표현하지 않고 미르처럼 웃을 수 있을 때쯤 그는 정상적인 아이들처럼 친구를 사귀고 유별나다는 소리를 듣지 않을 수 있었다. 하늘은 더 이상 자신의 생각을 고집하지도 않았고 남의 의견에 토를 달지도 않았다. 그럴수록 주위 사람들은 하늘에게 '배려심이 깊은 아이'라는 칭호를 붙여 주었다.

시간이 지난 어느 날이었던가. 하늘이 이러한 생활을 꾸준히 반복하며 약 2년 정도를 보냈을 때쯤이었다. 하늘은 초등학교 5학년이었다. 이 나이대에 아이들은 이제 자신의 생각을 뚜렷이 정리하며 추상적 사고를 할 수 있었다. 하늘은 어린 시절처럼 이상하다는 소리를 듣지 않았다. 오히려 그의 태도가 자로 잰 듯 멀끔하다며 선생님 또한 칭찬을 아끼지 않았다.

미르와는 아직까지 친구로 지내고 있었다. 둘은 매일 같이 등교했고 학교가 끝나면 근처 놀이터에 가 밀린 숙제들을 다급히 끝마치기도 했다. 오랜 시간을 함께해도 미르는 자신에게 미묘한 거리를 두었다. 눈앞에 새겨진 얇은 선 하나를 넘는 법이 없었다. 그러나 하늘은 이런 일상이 마음에 들었다. 예전처럼 불안감에 쫓기는 일도 없었고 외롭지도 않았다. 물론 하늘이 원하는 답과는 많이 달라진 인생이었다. 하늘은 아직까지 오랜 기간 물고 늘어진 물음의 답을 찾지 못했다.

평소와 같이 학원에서 집으로 돌아왔다. 하늘은 해가 떨어진 밤까지 숙제와 공부를 하다 잠들었다. 새벽 3시쯤 타는 듯한 갈증으로 인해 문을 열어 컵을 가지러 갔을 때였다. 아직 잠들지 않은 어머니가 보였다. 어머니는 현관에 놓인 가족사진을 뚫어져라 쳐다보고 있었다.

"아무리 생각해도 그 애는 너무 유별나. 섬뜩해. 말 하나하나가 전부 기계 같아서 무서워 죽겠어!"

어머니는 아버지의 사진을 향해 그간 억눌러온 서러움을 쏟아내었다. 그러나 돌아오는 답은 없었다. 기다려보자는 부드러운 목소리는 더 이상 들려올 일이 없었다. 이제는 영원한 사진으로써 존재하는 아버지는 밝게 웃는 표정으로 카메라를 응시하고 있을 뿐이었다.

어머니가 자신을 불편해한다는 것쯤은 예전부터 알고 있었다. 하늘은 이제 어린아이가 아니었다. 어머니는 불쌍한 사람이었다. 자신이 이해하고 보듬어 주어야 할 사람. 그러니 하늘은 상처받아선 안 됐고 항상 웃어줘야 했다. 혹시 몰랐다. 언젠가는 어머니가 아버지가 살아계시던 그때처럼 밝은 미소로 자신의 노력에 답해주실지도 몰랐다. 그러니 하늘은 끝까지 약한 모습을 보여선 안 됐다. 서러움 따위는 잊은 지 오래였다. 모든 것을 몸 안으로 씹어 삼킨 그였으니 당연할 만도 했다. 그러나 이상하리만큼 새하얗던 공예품이 쩌적쩌적 말라 비틀어졌다. 진작에 한계를 품고 있었던 그것은 고여 있던 물 한 바가지를 쏟아내며 작은 폭포를 만들었다. 공허함조차 용납되지 않았다. 모든 것을 소리 내어 토해냈다.

 그 이후 드디어 완벽한 하늘이 완성되었다. 진작에 의미조차 잃어버린 후였지만 하늘은 이제 와서 의미 따위는 찾고 싶지 않았다. 뒤집어진 세상에서 하늘과 바다를 구분해 봤자 아무도 알아주지 않았다. 그러니 하늘은 몰라야 했다. 아무것도 모르는 하늘로서 살아가야 했다. 그는 매일매일을 유유히 흘려 넘겼다. 자신의 주위를 감싼 구름의 모양조차 기억하지 못하는 하루하루였다.

 미르는 커다란 대관람차 안 차가운 의자에 몸을 기대고 있었다. 그의 앞에서 꼿꼿한 자세를 유지한 채 자신을 바라보고 있는 불청객 하나쯤은 눈감고 무시하면 그만이었다. 사실 미르의 계획은 이게 아니었다. 중간에 우빈이 구역질이 올라온다며 화장실만 가지 않았어도 이렇게 되지는 않았을 것이다.

 각자 팀으로 갈라져 시간을 보낸 뒤 아이들은 다 같이 대관람차를 타기 위해 한자리에 모였다. 모두들 지친 얼굴이었다. 특히 우빈은 아침보다 얼굴이 절반은 줄어든 것 같았다. 그럼에도 놀이공원의 꽃인 대관람차를 놓칠 수 없었다. 이것을 타기 위해 여기까지 왔다 해도 과언이 아니었다. 기다란 대기 줄 사이사이에 명운고등학교 학생들의 수도 적지 않았다. 다들 아이들과 비슷한 생각을 지닌 채 이곳으로 온 것이겠지.

대관람차는 첫 번째로 다휜과 혜인, 그리고 가람, 두 번째로는 미르, 하늘, 성민, 우빈이 함께 타기로 했다. 조는 간단하게 나누어졌고 기다리기만 하면 됐다. 아이들은 설레는 마음을 감추지 못하며 앞을 여러 번 기웃거렸다. 시간은 느리지만 빠르게 가며 아이들의 마음을 조마조마하게 만들었다. 특히 이런 것을 좋아하는 다휜은 웬일로 딴청을 피우지 않고 앞을 응시하며 조용하게 기다리는 것에만 집중했다.

시간이 지나자 앞줄이 대부분 빠져 아이들의 차례가 다가왔다. 다휜은 설레하며 옆에 서 있던 가람의 어깨를 마구잡이로 치며 좋아했다.

"자, 여기까지 탑승하실게요~"

운이 좋게도 딱 그 3명까지 간신히 대관람차에 탑승할 수 있었다. 셋은 웃으며 좋아했지만 뒤에 멀뚱멀뚱 자리를 지키며 서 있던 4명에게는 그 무엇보다 큰 불행으로 다가왔다. 미르의 옆에 선 우빈은 재수가 없다며 성을 냈다. 성민은 긴 한숨을 쉬며 아쉬움을 표현했다. 웬일로 제일 시끄러울 미르가 아무 말도 하지 않았다.

미르의 등 뒤가 싸해졌다. 뭔가 징조가 좋지 않았다. 미르의 목 뒤로 식은땀이 흘렀다. 특히 자신의 앞에서 생글생글 웃고 있는 하늘의 얼굴을 보니 더더욱. 큰일이 터지기 전에는 항상 잔잔한 파도가 눈앞에서 일렁이곤 했다. 미르의 키를 넘어선 거대한 폭풍우가 그를 기다리고 있다는 증거였다.

불행하게도 미르의 예상을 기다렸다는 듯이 딱 들어맞았다. 방금 전까지만 해도 멀쩡하던 우빈이 헛구역질하며 화장실로 뛰어가던 것이 시작이었다. 우빈을 안쓰러운 눈으로 바라보던 성민은 가만히 자리에서 제 할 일을 하려나 싶었지만 점점 대관람차가 정차할 시간이 다가오자 우빈을 찾으러 가겠다며 그를 따라 화장실로 들어가 버렸다. 미르는 얼음처럼 굳어 그 모습을 지켜볼 뿐이었다. 놀랍게도 성민이 오기 전 기적처럼 대관람차가 정차해 버렸다. 미르는 꼼짝도 못 하고 하늘과 단둘이 대관람차를 타는 결과에 순응할 수밖에 없었다.

　그것이 불과 몇 분 전에 일어난 일이었다. 그리고 미르의 앞에 재수 없게 웃고 있는 한 남자가 자리를 차지하고 있었다. 미르는 끝까지 인정하려 들지 않았지만 결국 하늘을 제일 신경 쓰고 있던 것은 자신이었다. 그 신경을 끄기 위해 노력하며 창가로 고개를 돌렸다. 빨리 불꽃놀이나 시작해 버렸으면 하고 바랐다.

　언제부터 이렇게 비틀려 버린 걸까. 미르는 그 의문점을 끝내 해소하지 못했다. 하늘과 미르는 몇 개월 전만 해도 그 누구보다 서로를 잘 알고 이해했던 친구 사이였다. 그러나 지금은 그 누구보다 서로를 꺼림칙하게 생각하고 있었다. 하늘과 멀어진 이후에도 미르의 삶은 잘만 굴러갔으나 중요한 바퀴 하나를 떨어트린 것처럼 위태로웠다. 평소 같으면 사소한 고민 하나하나 하늘에게 털어놓았을 텐데 이제는 그에게 아무것도 말할 수 없었다.

　차라리 다시 그때로 돌아가 하늘을 마주한다면 그를 용서하고 예전처럼 돌아갈 수 있을까? 아니, 그것은 불가능했다. 미르는 끝까지 하늘을 용서하지 않았을 것이다. 하늘은 미르의 깊은 곳을 찌르고 상처 입혔다. 그 흉터는 평생 동안 미르를 놓아주지 않고 타들어 갈 것이었다. 그럴수록 과거의 파랗던 추억들 하나하나가 미르를 괴롭히겠지. 그것들은 더 이상 과거가 아니었다. 추악하게 본질을 잃고 깨져버린 유리조각 그 이상도 이하도 아니었다. 미르는 하늘이 싫었다. 하늘의 얼굴조차 마주하고 싶지 않았고 그와 말을 섞는 것은 더더욱 싫어 견딜 수가 없었다. 그러나 미르는 끝까지 하늘을 미워하지 않았다. 그가 제일 싫어하는 행동을 한다는 명목 아래에서 증오를 밀어내고 또 밀어내었다. 미르도 알고 있었다. 미르는 진정으로 하늘에게 괴로움을 주려고 하지 않았다. 미르는 흩어진 유리조각들 중 한 조각이라도 감싸 쥐길 바라고 있었다. 자신의 손이 비릿한 피로 물들여진다 해도 놓고 싶지 않았다.

　대관람차 안 공기는 무거웠다. 아래로 추락할 수 있을 만큼 탁하고 짙었다. 미르는 어린 시절과 다름이 없어 보이는 하늘을 바라보았다. 그의 얼굴 위로 어린 날의 파편이 그려졌다. 유리조각으로 그어낸 상처처럼 선명해서 외면할 수 없었다. 하늘은 영락없이 어린아이였다. 미르의 눈에는 그랬다.

　"야, 이하늘."

과거의 바람결을 부르짖는 미르의 목소리가 두 동강 나며 미끄러졌다. 힘이 빠져 비틀거리는 소리는 그 목적과는 달리 땅을 비추는 저 별처럼 온화하게 느껴지기도 했다.

"왜?"

창가를 바라보던 그가 시선을 미르에게로 고정시켰다. 그는 몇 개월 전, 더 나아가 몇 년 전과 다름없는 얼굴로 답해주었다. 아무런 표정조차 짓지 않은 그의 모습은 미르에게 그 어떤 표정보다 익숙하게 다가왔다.

미르의 깨끗한 두 눈이 작게 동요했다. 스산한 공기가 미르의 입가를 가로막았다. 그러나 미르는 고개를 떨구지 않았다. 마른 침을 넘겨대던 목은 우뚝 선 나무와도 같이 단단했다.

"나는 너를 왜 싫어하지 못할까?"

미르의 목소리가 말라비틀어진 낙엽처럼 건조했다. 목구멍 틈 사이로 간신히 삐져나온 한 마디는 예상보다 훨씬 따가웠다.

"넌 나를 충분히 싫어하고 있어."

하늘이 표정을 굳히며 말했다. 대답은 빨랐다. 다급하게 말을 이어붙이는 그의 태도에 미르는 당황하며 말을 절었다.

"아니, 난 너를 싫어하지 못해. 그래서 지금 우리 상태가 이 지경인 거 아니야?"

아몬드 조각처럼 뾰족한 눈이 하늘을 향했다.

"난 너를 끝까지 못 버려. 그야 나한테 너는 아직까지 어린아이니까."

미르의 말은 거짓이 아니었다. 미르는 여태까지 하늘을 미워하지 못하고 있었다. 끝까지 그 사실을 인정하고 싶지 않았던 미르는 하늘이 제일 싫어하는 모습을 보이는 것만이 이 상황의 유일한 해답이 될 것이라며 자신을 속였다. 만일 하늘마저 무너져 내린다면 어떻게 될지 두려웠다. 하늘만큼은 완전한 존재로 미르의 안에 남아 있길 바랐다. 미르의 행동은 오로지 자신만을 위해 있었다. 자신의 감정에 치우쳐 둘 다 괴로운 상황을 만들어냈다. 어리석었다. 바보 같은 판단이었다.

"나도 모르겠어. 뭐가 내 발목을 잡는지."

미르가 내뱉는 모든 말들은 불행하게도 눈앞을 장식한 한 소년에게로 흘러가지 못했다. 미르의 목소리는 파도를 타고 올라갔다. 절벽에서 지푸라기를 쥔 그의 손을 뒤덮은 상처들이 비 같은 눈물을 흘려주었다.

하늘은 가라앉은 두 눈으로 미르의 말을 따라갔다. 평소와 다른 점이 없었다. 그는 예전처럼 미르의 모든 울분을 들어주었다. 흐릿한 수채화처럼 퍼지는 그의 행동들은 미르의 눈앞에서 희미해져 가며 바스러졌다. 그의 모습은 현재를 향할 수 없었다. 미르는 하늘을 보면서 과거를 떠올렸고 그 속에서 현재의 하늘을 떠올렸다. 영원히 끝날 수 없는 뫼비우스의 띠였다.

"넌 나를 미워하지 않으면 안 돼."

미르의 말을 가만히 듣던 하늘이 눈부시게 웃었다. 초등학생 때 미르가 보여주었던 그 미소였다. 새하얬던 그 미소는 어느새 파랗게 그을려 있었다. 이것이 끝이었다. 미르는 평생 동안 하늘의 밝은 미소를 볼 수 없을 것이다. 강한 직감이 머릿속을 뚫고 지나갔다. 미르는 오래전 자신이 그에게 베풀었던 자비를 떠올렸다. 그가 하늘의 손에 쥐여준 머리띠는 이런 식으로 미르에게 되돌아왔다.

"난 네가 너무 싫거든."

성가실 정도로 익숙한 어조가 귀에 내려앉았다. 미르의 얼굴이 형용할 수 없는 분노로 구겨졌다.

"도대체 뭐가 문제이길래 그래? 내가 너한테 잘못한 게 있어? 아니잖아. 나보고 뭘 어떡하라는 거야?"

미르의 언성이 높아졌다. 서러움은 사라져 버린 지 오래였다. 도저히 그를 이해할 수 없었다. 가능하다면 하늘의 머릿속 전체를 해부해 보고 싶다는 생각이 들 정도로.

미르의 입술이 지독한 실망감으로 터져나갔다.

"그야 당연하잖아. 너를 어떻게 좋아하겠어? 매번 바보같이 웃기만 하고 막상 다가가면 저 멀리 혼자 서 있는 너를. 매번 그렇잖아. 그러면서, 앞으로도 그럴 거면서… 왜 진심을 바라는 거야?"

기계적이던 하늘의 말에 감정이 실렸다. 미르는 그것을 단번에 알아봤다. 하늘의 표정이 일그러졌다. 짧은 시간이었지만 미르는 분명히 보았다. 한 번도 하늘의 그런 모습을 본 적이 없었다. 하늘은 항상 웃고 있었다. 다른 사람이 보기엔 바보 같아

보일 정도로.

"그러면 말을 해주든가. 이게 뭐하는 짓이야? 너 하나 때문에 다른 애들까지 다 피해 보잖아."

"네가 그랬잖아. 생각은 원래 숨겨야 한다고."

"그 얘기가 지금 왜 나와…."

미르가 고개를 떨구며 손으로 얼굴을 쓸었다.

"아니다. 그냥 계속 그렇게 살아. 내가 확실하게 싫어할 수 있게."

미르가 삐뚤어진 미소를 머금으며 단어 하나하나를 씹어내듯 말했다.

"근데 이미 성공한 것 같긴 해. 나도 너 별로였어. 끔찍해, 기계 같아."

미르는 단단히 화가 난 어린아이처럼 굴었다. 대화의 본래 목적은 잃어버렸다. 미르는 하늘에게 최대한 상처를 주기 위한 말을 골랐다. 잠시 동안 침묵이 유지되었다. 하늘은 입을 움직이지 못했다. 말문이 막힌 사람처럼 가만히 앉아 있었다. 미르가 원한 바가 아니었다. 하늘의 화를 돋우어 그의 진정한 얼굴을 보는 것이 미르가 원하던 바였다.

"내가 기계 같다고…?"

하늘이 작게 내뱉은 말은 이어진 폭죽 소리에 묻혀 사라졌다. 불꽃놀이가 시작되었다. 하늘의 음울한 얼굴 옆으로 폭죽이 튀었다. 그의 얼굴 위로 오색찬란한 빛이 깜박이며 사라졌다. 미르는 하늘의 말을 듣지 못했다. 그러나 하늘이 미르의 예상보다 충격을 받았다는 사실만큼은 확실했다. 미르가 바라던 하늘의 얼굴이 아니었다. 이런 게 아니었다. 이런 표정을 보려고 한 말이 아니었다. 이런 모습은 보고 싶지 않았다.

미르의 눈동자가 흔들렸다. 자신을 담고 있는 하늘의 텅 빈 눈동자가 미르의 온몸을 관통하는 느낌이었다. 미르는 그 모습을 죽을 때까지 잊지 못했다. 생명이 빠져나간 듯한 얼굴이었다. 시체 같은 개념이 아니었다. 그것은 자신을 죽인 사람의 얼굴이었다.

불꽃 축제를 마지막으로 현장 체험학습은 끝이 났다. 심하게 덜컹거리는 버스를 타고 학교로 향했다. 학교에서 모든 학생들을 내려준 후 각자 집에 가는 방식이었다. 버스에 올라탄 미르는 당장이라도 토를 쏟아낼 것 같았다. 멀미가 나듯 머리가 어지럽고 속이 울렁거렸다. 옆자리에 앉은 성민이 미르를 걱정하며 비닐봉투 하나를 쥐여주었다. 봉투를 받고 나서도 속을 게워내진 못했지만 미르는 거의 기절한 사람처럼 말이 없었다. 평소에 멀미가 심해 고생하던 성민이었지만 자신보다 더한 미르를 본 그는 어찌할 줄을 몰라 하며 한숨만 내쉬었다.

"얘들아, 집에 조심히 가고 주말 잘 보내~"

버스가 학교에 도착하고 선생님은 웃으며 아이들을 배웅했다. 지칠 대로 지친 아이들은 터덜터덜 각자 집으로 돌아갔다.

미르는 집으로 돌아가지 않았다. 지금 집에 간다면 하늘과 가람을 마주쳐야 했다. 지금 이 상태로 마주치긴 싫었다. 미르는 학교 근처에 놓여있는 벤치에 앉아 깊은 한숨을 쉬었다. 가로등이 환하게 미르를 비추어주었다. 힘들었다. 지금 이 상황을 견뎌낼 수가 없었다. 매일매일 숨이 차는 기분이었다. 그럼에도 평온하게 구름이나 실어 나르고 있는 하늘이 원망스러웠다. 자신은 이렇게 발버둥 치고 있는데 저 높으신 하늘은 아무 말도 없이 세상을 뒤덮고 있었다.

다음 주에 어떻게 해야 할지 감이 잡히질 않았다. 대관람차에서 본 하늘의 얼굴이 잊히지 않았다. 미르의 시야가 어지러워졌다.

미르는 아이처럼 무너져 내렸다. 가로등 빛을 등진 그는 몸을 웅크렸다. 아무에게도 보이고 싶지 않은 표정이었다. 날이 저물어 갈수록 차가워지는 바람이 미르의 몸을 할퀴었다. 지금의 미르에겐 뾰족하게 자라난 풀이 몸 곳곳을 스치는 것처럼 성가셨다.

"김미르…?"

미약하게 자신을 부르는 목소리가 들렸다.

"야, 김미르."

작은 손이 다가와 미르의 몸을 흔들었다. 미르는 사람의 손짓을 느끼자마자 놀라며 그 손을 뿌리쳤다.

"아…"

미르를 깨우던 손의 주인이 작은 탄성을 뱉었다. 미르는 미안함을 품은 팔을 앞으로 뻗었지만 이내 거두어 들였다. 손의 주인은 혜인이었다. 혜인은 눈을 여러 번 깜빡이며 미르의 앞을 서성거리고 있었다.

"네가 왜 여기 있어?"

미르가 날카로운 목소리로 질문했다. 그러자 혜인은 당황하며 손사래를 치더니 다급하게 말을 이어붙이기 시작했다.

"아니, 박성민이 아무리 생각해도 너 걱정된다며 나한테 미행하라 시켰어. 절대 이상한 목적으로 따라온 거 아니야!"

두 눈을 질끈 감은 혜인은 자신의 앞이 잠잠한 것을 재차 확인한 후 안도하며 다시 자세를 바로잡았다.

"근데… 너 울었어?"

미르의 얼굴을 빤히 쳐다보던 혜인이 미르의 눈가를 가리키며 말했다.

"무슨 소리야!"

미르는 다급히 눈을 가리며 뒤로 물러났다. 그 모습에 혜인은 시끄럽게 웃으며 고개를 이리저리 돌려 미르의 얼굴을 보기 위해 달려들었다. 미르는 고개를 땅바닥까지 숙이며 간신히 혜인의 시선을 피했다.

"뭐 때문에 그런 건데. 한번 말해봐."

혜인이 차가운 땅바닥에 털썩 앉으며 말했다.

"안 추워?"

"멀쩡해."

혜인은 화사하게 웃으며 자신의 패딩을 자랑스럽게 집어 들었다. 꽤 두꺼운 검은색 롱패딩이었다. 미르는 살짝 웃으며 고개를 들었다. 혜인은 친절하게 웃으며 미르를 기다리고 있었다.

"…말하긴 좀 그런데."

자신을 뚫어져라 보는 혜인을 향해 미르가 곤란한 듯 고개를 저었다. 혜인을 못 믿는 건 아니었지만 그녀마저 휘말리게 만들 수는 없었다. 그리고 굳이 이 이야기를 이곳저곳에 뿌리고 싶지도 않았다.

미르의 표정만으로 대충 사정을 짐작한 혜인은 크게 아쉬워하며 바닥에 벌러덩 누워버렸다. 보기만 해도 차가운 바닥이었다.

"야아…! 거기 누우면 어떡해!"

미르가 기겁하며 의자 위로 튀어 올랐다. 혜인은 새삼스럽게 뭘 그러냐며 바닥에서 대굴대굴 굴렀다.

"좀 피곤하기도 하고 사람도 안 오잖아."

혜인이 가라앉은 눈꺼풀을 부릅뜨며 말했다. 꽤 졸린 모양이었다.

"윤가람 때문이지?"

혜인은 시든 꽃처럼 너덜너덜한 미르의 뿌리로 퍼져 올라가는 무언가를 유추해 보았다. 끈적끈적하게 달라붙어 떨어지지 않는 점액은 그의 꽃잎 하나하나를 떨어트려 썩히고 있었다. 혜인은 화단에 심어져 있는 수많은 꽃들이 퍼져 나온 꽃잎으로 표현하는 의미를 알진 못했으나 자신의 앞에 주저앉은 어리숙한 남자애조차 모르는 꽃의 이름을 단번에 외울 수 있을 만큼 잘 알고 있었다. 인형같이 동그란 눈을 깜빡이던 미르가 고개를 숙여 몸 안으로 품었다. 어린아이 같은 몸짓은 차가운 바람에 실려 날아갈 것 같이 소박했다. 밝은 가로등 빛이 미르의 등 한 편을 하염없이 비추었다. 빛에 깔린 그림자가 발악하듯 미르를 뚫고 올라갔다.

"…절반은 맞아."

미르가 가을빛 노을을 담은 갈색 눈동자를 위로 굴렸다. 가로등 빛 때문에 눈이 부셨다. 혜인은 하얀 불빛들 사이 차가운 바닥에 자세를 고쳐 잡아 웅크려 앉았다. 혜인은 작은 화단 위 놓여진 아네모네 같았다. 그녀에게선 보랏빛 향기가 났다.

미르의 답에 혜인은 늦은 밤 길가를 떠도는 새카만 고양이처럼 웃었다. 접힌 눈이 완만한 곡선으로 휘어졌다. 그녀는 입을 드러내고 웃은 적이 없었다. 웃음소리에 실려 삐져나오는 달콤한 레몬향기를 품은 사탕을 보이고 싶지 않았다. 혜인은 열려 있던 패딩 지퍼를 목 끝까지 밀어 올렸다. 입을 꾹 닫은 그녀는 차가워진 손을 패딩 주머니에 깊숙이 꽂아 넣었다.

"왜 그렇게까지 속상해하는 거야?"

패딩 안으로 얼굴을 가려버린 혜인이 나지막하게 물었다.

"너 같으면 안 속상하겠어?"

미르가 눈을 가늘게 뜨며 벤치에 완전히 기대어 앉았다. 혜인은 그런 미르를 가만히 앉아 바라보았다.

"잘 생각해 봐, 너는 조금 특이해."

혜인이 미르의 시선을 집중시키며 손짓했다. 그녀는 미르의 가슴 정중앙 부분을 가리켰다. 그녀가 숨을 내뱉자 얼음장처럼 차가운 숨결이 손을 타고 미르의 앞까지 고스란히 전해졌다.

"그래, 당연히 속상한 일이야. 나 같아도 그랬을걸?"

혜인이 안쓰러운 표정을 지으며 위로하듯 말했다.

"진짜 문제는, 너는 겉으로는 아닌 척하면서 이하늘한테 모든 신경을 쏟고 있다는 거지."

혜인은 날카로운 추리력을 선보였다. 그녀는 뿌듯한 미소를 담은 얼굴로 미르의 눈을 정확하게 마주쳤다. 미르는 가느다란 바늘에 손이 찔린 사람처럼 움찔하며 몸을 뒤로 끌었다.

"너는 윤가람보다 이하늘을 더 신경 쓰는 것 같다고."

미소를 거둔 혜인이 걱정스러운 표정으로 미르를 바라보았다. 미르는 꺼내려던 말을 잇지 못하며 입만 달싹거렸다. 차가운 바람 때문에 입이라도 얼었는지 그는 한마디도 꺼낼 수 없었다. 주변의 공기와 달리 몸은 뜨거워지며 혈액을 바쁘게 날랐다. 미르는 입을 꾹 다물어 입가에 모여든 많은 것들을 삼켜냈다.

"요즘엔 윤가람을 아예 신경조차 안 쓰잖아. 보통 이런 경우에는 윤가람을 더 싫어하지 않아? 걔는 널 가지고 논 거잖아."

"야…!"

미르가 혜인의 말을 가로막았다. 일종에 방어기제였다. 혜인은 딴청을 피우며 미르의 시선을 무시했다.

'이하늘이나 너나 똑같아. 똑같이 자기만 생각하고… 똑같이….'

가람의 말이 떠올랐다. 그녀가 꺼냈던 단어들이 머릿속에서 쉴 새 없이 메아리쳤다. 그녀는 하늘과 자신이 닮아 있다고 이야기했다. 미르는 그 말을 이해할 수 없었다. 하늘과 자신은 달랐다. 미르는 하늘처럼 완벽한 미소를 지을 수도 없었고 칼 각 같은 자세를 유지할 수도 없었다. 미르는 하늘처럼 생각할 수 없었고 느긋하게 삶을 흘려보낼 수도 없었다. 둘은 정반대였다. 미르에겐 그랬다.

미르는 가람의 말을 들은 후 하늘의 행동 하나하나를 뜯어보며 유심히 관찰했다. 도대체 어떤 점에서 가람이 그러한 말을 꺼낼 수 있었는지가 궁금했다. 또한 하늘과 자신이 비슷하다는 사실을 증명할 수 있다면 미르는 '나'라는 존재에 대해 한 발짝 다가갈 수 있었다. 그것들이 명분이었다. 미르가 하늘을 신경 써야만 했던 명분이었다.

"내가 이하늘이랑 닮았어?"

긴 침묵 후에 미르가 간신히 입을 열었다. 그의 말은 나무에서 떨어지는 나뭇잎이 내는 소리만큼이나 작았다. 혜인은 표정 변화 없이 그의 말을 천천히 곱씹으며 찌뿌둥한 몸을 간단하게 풀었다. 긴 밤을 비추는 기울어진 달이 미르의 모습을 가리며 칠흑 같은 어둠 속에 가두었다. 위태롭게 깜빡이던 가로등의 불빛은 약해져 있었다.

"솔직히 말하면 난 너희 3명 다 거기서 거기인 거 같아."

태연하게 말한 혜인은 미르를 힐끔힐끔 올려다보며 반응을 살폈다. 다행히 혜인의 대답은 꽤 괜찮은 선택이었나 보다. 미르의 어두컴컴하던 표정이 조금은 풀어졌다. 그는 웃고 있지 않았으나 여기서 표정이 더 일그러지지 않은 것만으로도 다행이었다.

"빨리 집에나 가. 생각은 나중에 해."

혜인이 몸을 으슬으슬 떨며 자리에서 일어났다. 패딩에 묻은 먼지를 가볍게 턴 그녀는 시간을 확인했다. 어둠이 무르익어 가는 밤이었다.

미르 또한 벤치에서 일어나 굽히고 있던 허리를 폈다. 자리에서 일어나자 그동안 쌓여왔던 피로함이 전신을 훑고 지나갔다. 한창 생각에 빠져있을 때는 알지 못했다. 미르는 지금 꽤 지친 상태였다.

"그래, 너도 빨리 가라."

혜인과 미르의 집 방향은 반대였다. 미르는 얼음장 같은 손을 흔들어 그녀를 보내주었다. 혜인은 맑게 웃으며 단숨에 뒤를 돌았다. 미르 또한 더 이상 그녀를 신경 쓰지 않았다. 그는 물을 먹은 듯 질척해진 발걸음을 바쁘게 움직였다.

뒤를 돈 혜인은 그 자리에 멈춰서 미르의 발걸음이 끝나는 순간까지 바람을 맞으며 서 있었다. 귀는 따가운 바람결에 붉어져 있었다. 그녀의 얼굴도 마찬가지였다. 굳어버린 얼굴은 표정을 지을 수 없을 정도로 딱딱해져 있었다. 참 미련하게도 시간을 낭비했다.

성민은 혜인에게 미르를 쫓아 가달라는 소리를 한 적이 없었다. 대충 둘러댄 허술한 거짓이었다. 그럼에도 혜인은 도저히 그저 걱정되어서 찾아왔다는 말을 꺼낼 수 없었다. 앞으로도 쭉 꺼내지 않을 생각이었다.

그녀의 양 볼이 차가웠다. 드디어 고대하던 겨울이었다. 견디기 힘들 정도로 추워서 밖에 나와 있지도 못할 것만 같은 겨울이었다. 혜인은 푸릇푸릇한 봄이 영원히 찾아오지 않길 바랐다. 매정한 겨울이 좋았다. 봄이 오면 또다시 쓸모없이 잡초들이 자라날 게 뻔했다. 그것은 꽤 성가신 일이었다. 아무도 모르게 홀로 땅 깊숙이 박힌 잡초를 처리하는 일은 겨울 내내 굳어버린 손까지 다치게 하는 일이었다. 그러니 그녀의 계절은 영원히 겨울이어야만 했다. 자신을 등진 그 아이를 위해서라도.


늦은 밤 유리구슬 같은 강물이 아주 먼 곳까지 사무치는 소리가 들려왔다. 바다같이 깊고 고요했다. 나뭇가지에 걸터앉은 새들 한 마리조차 보이지 않는 어둠이었다. 주위는 공허할 만큼 텅 비어 있었다. 미르는 크게 이어진 강물을 바라보며 걸었다. 이 넓은 동네에 자신밖에 없다는 사실이 오늘만큼은 안도

감으로 다가왔다. 미르의 닳아버린 신발 밑창이 바닥을 스쳤다. 고르지 못한 바닥에선 종종 손톱보다도 작은 알갱이가 빠져나오곤 했다. 그렇게 작은 주제에 가시만큼 따가웠다.

미르는 잔잔한 강물 소리를 들으며 커다란 다리로 이루어진 그곳을 빠져나왔다. 신발을 한번 털어냈다. 다행히도 이물질이 들어가진 않았다. 미르의 집은 이곳에서부터 왼쪽으로 꺾어 직진하면 나왔다. 중간에 아파트 주민들을 위해 작게 만들어진 놀이터 하나를 지나쳐야 했다. 미르는 그 놀이터를 좋아했다. 예전에 친구들과 많이 놀러 가 쉬기도 했었고 그곳에 누우면 기분 좋은 바람이 솔솔 불어와 사람들이 없을 때면 정자에 대자로 뻗어 가만히 누워 있기도 했다. 하늘 또한 그곳을 알았다. 둘은 자주 그 놀이터에 가 학원 숙제를 벼락치기로 끝마치곤 했다.

'여기만 오면 항상 잠이 온다니까?'
'네가 어제 늦게 잤으니까 그렇겠지.'

놀이터 근처로 향하자 그간 하늘과 나누었던 대화들이 생생하게 들려왔다. 목소리만큼은 그대로 남아 있었다. 예전처럼 다시 미르의 귀에 들려올 것 같았다. 잠깐 스치는 산들바람처럼 지나간 목소리의 형태는 다시 들려오지 않았으나 미르는 마치 기억 속에 깊숙이 빨려갔다 돌아온 사람처럼 비현실적인 감각을 느꼈다. 과거가 현재 같았고 현재가 과거 같았다.

미르의 무거운 발걸음은 뿌예진 안개 너머로 넘실대며 흩어지는 작은 공원으로 향했다. 풀잎들이 그의 발아래로 고개를 숙였다. 미르는 그 잔잔함을 즐기며 시원한 바람결이 부딪히는 정자에 걸터앉았다. 밤공기에 식어버린 정자는 차가웠다.

미르는 무거운 고개를 바닥으로 떨궜다. 미르와 고요히 눈을 맞추는 축축한 바닥은 그의 모든 것을 쏟아 부어버리는 듯했다. 온전하지 못한 한숨이 추위에 떨며 공기 중으로 사라졌다. 작은 탄식으로 시작한 노랫말은 길고 긴 음을 만들어냈다. 미르의 두 손이 새빨갰다. 추위에 터져버린 손등은 성한 곳 하나 없었다.

고개를 저으며 머리를 쥐어뜯어도 잊혀지지 않았다. 같은 눈, 코, 입을 가진 한 사람의 얼굴이 어찌나 선명한지, 눈을 감아도 감은 것이 아니었다. 새카만 어둠 속에서도 제 존재를 증명하듯 떠오르는 형상은 회색빛으로 칠해지며 미르의 두 눈을 응시했다. 이 숨이 막히는 날까지 자신을 괴롭힐 것만 같은 그 형상은 뜨거운 입김을 빠르게 뱉어내던 작은 입을 꿰매며 미약한 숨결마저 앗아갈 듯 굴었다. 앙다문 입가는 비릿한 피 냄새로 뒤덮여 갔다.

도대체 무엇이 잘못되어 이리 커다란 균열을 만들었는지 알 수 없었다. 죄라도 지었다면 그 이름을 죽는 한이 있더라도 알고 싶었다. 매일 매일 같은 곳, 같은 자리에서 같은 공기를 마시고 있음에도 도저히 편해지지 않았다. 오히려 미르의 숨통을 조이는 두꺼운 목줄 하나가 미르를 더 압박시켰다. 자업자득이라고도 할 수 있었다. 미르가 보였던 우매한 행동들 하나하나가 그에게로 되돌아와 깊은 상처를 만들어내고 있었다. 그러나 도무지 이해가 가질 않았다. 이 지경으로 몰아넣어 질 만큼 큰 잘못을 저지른 것이 맞는지 이해가 가질 않았다. 배운 대로 실행했을 뿐이었다. 모두가 한 입으로 말하고 충고하는 것을 들으며 자라왔을 뿐이었다. 그런데도 무엇이 그리 불만인지, 미르를 별종 취급하던 사람들은 그를 끝내 이해하려 들지 않았다. 미르에게 특별한 비법이라도 전수해주는 듯이 입을 놀렸던 사람들은 막상 누구보다도 미르와 다른 삶을 살고 있었다. 다른 이들과 끊임없이 교류하며 진실함을 찾으려 애를 쓰고 있었다. 미르는 그곳에서 덩그러니 홀로 남겨져 아무것도 할 수 없었다. 그토록 멀리했던 진정함이란 그에게 껄끄러운 존재가 되고 난 후였다.

 미르의 작은 웃음이 입안에 담기지 못하며 나뒹굴었다. 나뭇가지가 흩날리며 어린 용의 울음소리를 덮어주었다. 그는 아주 오랜 시간이 지날 때까지 그 자리에 멈추어 있었다.

 집에 돌아오자 엄마에게 꾸중을 들었다. 그것뿐이었다. 아무리 한탄해 봤자 아무것도 달라지지 않았다. 미르는 거칠게 겉옷을 의자 위로 뿌리쳤다. 의자가 미끄러지며 안정적으로 무거운 옷을 받아냈다. 그는 다리에 힘을 풀어 딱딱한 침대 위로 드러누웠다. 피로에 절여진 몸은 미르에게 호응하며 쉽게 힘을 덜어냈다. 의도와는 다르게 잠들어 버렸다. 외출복 차림이었지만 불편함조차 느끼지 못했다. 그것이 시작이었다. 어쩌면 미르의 오랜 짐들을 해방시켜 줄 수도 있었던 기회이기도 했다.

미르는 아직까지 그 시간을 기억했다. 머릿속이 핑 돈다는 느낌을 그때 처음 알았다. 사건은 미르의 방으로 뛰어 들어온 엄마로부터 시작되었다.

평소라면 미르가 잠을 잘 때 노크조차 하지 않는 엄마였다. 미르는 크게 당황하며 엄마의 표정을 보았다. 엄마의 표정은 잔뜩 일그러져 있었다.

"세상에 이게 무슨 일이니, 미르야!"

엄마의 소란에 잠에서 깬 미연조차 눈을 비비며 미르의 방을 기웃거렸다. 미르는 눈조차 제대로 뜨지 못하며 엄마가 손으로 쥐여준 핸드폰을 확인했다. 핸드폰 불빛이 너무나 밝아서 확인하기 어려웠다. 미르는 실눈을 뜨며 핸드폰에 적힌 글자들을 천천히 읽어나갔다.

글을 읽고 나서도 미르는 내용을 도통 이해할 수 없었다.

핸드폰이 밝아서가 아니었다. 정신이 몽롱해서도 아니었다. 오히려 화면을 보자 정신은 그 어느 때보다 선명해졌다. 핸드폰을 든 손이 떨렸다. 인생을 살면서 그 정도로 손을 떨어본 적이 없었다. 자연스럽게 탄식이 흘러나왔다. 흐느낌 또한 미르의 입을 통과했다.

새벽 3시 27분 미르는 하늘의 부고 소식을 전해 들었다.

장례식장 안은 어수선했다. 웅성웅성 대는 사람들의 목소리가 축축하게 늘어져 바닥으로 달라붙었다. 여러 소리가 뒤섞여 불쾌한 잡음이 만들어졌다. 그것들은 귀에 들어오지 못하며 장례식장 이곳저곳을 맴돌았다. 가관이었다. 며칠 전까지만 해도 입 하나 제대로 놀리지 못하던 사람들이 그가 오로지 이름만으로 이 세상에 존재하게 되자 기다렸다는 듯 입을 모아 수군거렸다. 무겁게 바닥을 쳐대는 느릿한 발자국 소리들마저 사람들의 벌레만 한 목소리들을 가리지 못했다.

바닥이 삐거덕대며 발끝에 달라붙었다. 이 이상으로 나아가면 안 될 것 같았다. 숨을 한 번 들이마셨다. 쾌쾌한 공기가 목구멍을 막았다. 목이 아팠다. 침을 삼키는 것조차 버거웠다. 목을 부여잡으며 그가 있을 곳으로 향했다. 무너질 것 같이 흔들리는 다리가 중심을 잃어버릴 듯이 움직였다. 사람들의 시선이 이쪽으로 쏠렸다. 그들은 어두운 검은색 옷을 걸치고 있었다. 곳곳에서 혀를 차는 소리가 들렸다. 몇몇은 날카롭게 찢어진 눈을 굴려 이곳을 바라보았다. 그 많은 사람들 사이를 뚫고 제일 먼저 눈에 들어온 것은 사진이었다. 검은 띠가 둘러진 그 사진 속에서 영원한 과거로 남아버린 한 소년이 보였다. 그는 단정한 미소를 짓고 있었다.

이곳을 찾은 수많은 사람들 중에서 이 소년을 알고 있는 이는 얼마나 될까. 아마 살포시 바닥 위로 떨어지는 하얀 꽃잎의 개수만큼도 되지 않을 것이다. 아무도 그를 몰랐다. 그조차도 그를 몰랐다. 그 무지함이 이러한 결과를 불러오리라곤 누구도 상상하지 못했다. 미르의 두 눈이 일그러졌다. 자신을 힐끔힐끔 훔쳐보는 사람들이 진정한 저승사자처럼 느껴졌다. 그들의 복장과 말 또한 그랬다.

"세상에 기어코 이런 일이 벌어졌네요."

"예전부터 불안해 보이긴 했는데…."

"솔직히 이렇게 될 줄 알고 있었어. 딱한 것. 부모 잘못 만난 죄지 뭐 어쩌겠어."

"알고 있었으면서 왜 말해주지 않으셨어요?"

미르가 투명하게 울리는 유리 같은 말을 깨버렸다. 그의 두 눈은 처음 보는 사람을 향한 원망으로 가득 차 있었다.

"그게 무슨 소리니?"

자신과 걸맞지도 않아 보이는 검은 정장을 완벽하게 갖추어 입은 한 남성이 미르의 말에 뒤를 돌았다. 성가신 꼬맹이 한 명을 상대하는 듯한 남성의 표정에 미르는 힘없이 늘어져 있던 주먹을 세게 말아 쥐었다.

"그렇게 잘 알았으면서 왜 입 하나 뻥긋하지 않으셨냐고요."

주위가 수군대는 것이 느껴졌다. 사람들은 그들 주위를 동그랗게 에워싸 고개를 이리저리 돌려가며 상황을 파악하기 위해 애를 썼다. 동물원에 갇힌 원숭이라도 되는 기분이었다. 미르는 눈을 부라리며 자신을 내려다보는 남성을 향해 고개를 치켜 올렸다. 누군가 본다면 버릇이 없다며 한마디라도 하고 지나칠 행동이었다. 남성은 짧게 한숨을 쉬며 표정을 굳혔다. 옆에 있던 남성의 일행이 그만 가보자며 사태를 수습하려 했다.

"죄송합니다! 애가 요새 좀 많이 힘들어서…."

미르는 갑작스러운 목소리에 놀라며 위를 올려다보았다. 어디에서 나타났는지 모를 우빈이 미르의 고개를 강제로 숙여 남성에게 사과하고 있었다. 그의 부들부들 떨리는 손이 미르의 등 뒤로 느껴졌다. 미르는 입술을 깨물었다. 흐른 피가 입안을 적셨다. 남성은 별걸 다 만났다며 금세 뒤를 돌아 자리를 떴다. 주위를 둘러싼 사람들 또한 흥미를 잃고 뒤를 돌았다. 우빈이 미르에게서 손을 떼었다. 미르는 덩그러니 남아 눈만 깜빡이고 있었다.

"갑자기 왜 그래!"

우빈이 미르를 다그쳤다. 우빈은 소리를 친 뒤 근처 의자에 주저앉으며 건조한 한숨을 내쉬었다.

"그러면 너는 저 사람들이 옳다고 생각해? 이제 와서 멋대로 지들 하고 싶은 말만 지껄이는 저 사람들이 이 장례식장의 진정한 조문객 같냐고!"

"그만해!"

미르의 언성이 높아지자 우빈이 그를 자중시켰다. 미르가 허탈하게 웃으며 우빈을 노려봤다.

"나도 싫어. 저런 사람들을 왜 어른이라 부르는지도 모르겠어."

우빈의 목소리가 잘게 떨렸다. 그는 당장이라도 울음을 터트릴 듯 위태롭게 말을 이어나갔다.

"그런데 우리가 여기까지 와서 이러면 안 되지."

미르의 얼굴이 일그러지며 투명한 눈물방울을 떨어트렸다. 모든 것이 끔찍하게 느껴졌다. 이곳에 없는 하늘도, 시끄러운 사람들도, 아무것도 못 하는 자신과 친구들도… 미르가 어린아이처럼 흐느꼈다. 소리를 내어 운 적이 얼마 만인지 가늠이 가지도 않았다. 우빈은 그 모습을 가만히 바라보며 입술을 입안으로 말았다.

장례식장 안은 추웠다. 눈물조차 얼어붙을 만큼 추웠다.

뜨겁게 달아오른 미르의 몸조차 바람에 식어 가는데 하늘은 얼마나 추워할지 예상이 가질 않았다. 안 그래도 추위를 많이 타는 아이인데, 여름밤조차 춥다며 겉옷을 챙기는 아이였는데. 그런 아이가 이 밤을 어떻게 버텨낼 수 있을지 걱정이었다. 이제는 그의 몸속을 지나다니는 따뜻한 피조차 움직임을 멈추어 버렸다. 그의 몸은 온기를 모르는 사람처럼 차갑게 식어가고 있을 테였다. 온몸이 부들부들 떨렸다. 사무치게 느껴지는 허망한 추위가 미르를 훑고 지나갔다. 주룩주룩 바닥으로 떨어지는 눈물이 미르의 온기를 뱉어냈다.

"김미르… 이제 그만 가자. 애들 기다려."

눈가가 붉게 물든 우빈이 미르에게 휴지 몇 장을 건네주었다. 미르는 몸을 잘게 떨며 휴지를 받아들였다. 새하얀 휴지가 눈물방울로 얼룩져 떨어지던 꽃잎들처럼 생기를 잃고 잘게 부서졌다. 아무리 닦아내고 또 닦아내 보아도 시야는 금세 흐려져 담기질 않았다.

차가운 바닥을 밟고 조문실을 지났다. 향이 피워져 있는 조문실은 사람 하나 없어 외로워 보였다. 차라리 없는 것이 나을 수도 있었다. 죽어서조차 사람들의 수군거림을 듣느니 밑에 놓인 국화꽃 여러 송이를 바라보는 것이 그에게 더 위로가 가는 선택일지도 몰랐다. 향에서 피어나오는 뿌연 연기는 천장에 막혀 더 이상 날아오르지 못했다. 하늘까지 가길 바랐건만. 결국에는 무엇 하나 닿질 못했다.

조문실 옆쪽에는 식사를 할 수 있는 공간이 마련되어 있었다. 사람들은 그곳에서 술병을 기울이며 이런저런 이야기를 했다. 그곳은 나름 활기를 띠었다. 장례식장이라고 무조건 우중충한 분위기를 유지해야 하는 것만은 아니었다. 미르는 뭐가 그리 기쁜지 수다를 떨며 작은 웃음소리를 내뱉는 사람들을 바라보았다. 어이가 없었다. 정작 썩어 문드러져 없어진 사람은 웃음 하나 보이질 못했는데. 그런 미르의 심정을 아는 듯 우빈이 미르의 어깨를 툭 치며 씁쓸하게 웃었다. 그에게서 시린 레몬 향기가 느껴졌다. 직진하자 화장실 옆 나란히 배치된 의자가 보였다. 차가운 의자 위에 먼저 도착한 친구들이 옹기종기 모여 앉아 있었다. 그들은 미르를 보자 어딘가 아파서 참을 수가 없는 사람 같은 표정을 지었다.

"김미르."

제일 먼저 말을 붙인 것은 성민이었다. 그는 미르의 어깨를 부여잡고 조문실에서 피어올랐던 연기처럼 긴 한숨을 쉬었다. 그는 울지 않았다. 그러나 종종 속이 울렁거린다며 화장실을 들락날락했다. 아이들은 그의 행동을 일일이 신경 쓰지 못했으나 의미는 대강 알고 있었다.

성민은 아무 말도 하지 못하며 우빈과 같이 미르의 어깨를 토닥였다. 본인도 마음이 찢길 듯 아프면서도 그는 내색하지 않았다. 말 한마디 꺼내지 못하고 망가져 버린 아이들을 위로하며 기꺼이 모든 울분을 받아주었다. 미르는 고개를 숙이며 간신히 눈물을 삼켜 냈다. 눈이 아팠다. 미르는 의자에 주저앉았다. 힘없이 뒤로 쏠린 몸은 남의 것처럼 멋대로 움직였다. 속이 텅 빈 사람처럼 앉아 있으니 옆쪽에서 들려오던 작은 울음소리가 귀에 울렸다. 다휜이었다. 보지 않아도 알 수 있었다. 그녀는 자신 때문이라며 두 손으로 얼굴을 가리고 흐느꼈다. 옆에 있던 혜인이 그런 다휜의 등을 토닥였다. 그 누구도 선뜻 위로를 해주지 못했다. 자신을 챙기기에도 바빴다. 미르가 주위를 둘러보자 말문이 막힌 듯 조용해진 아이들이 보였다. 그 사이에는 가람도 있었다. 그녀는 다른 아이들과 달리 담담했다. 그 모습이 불쾌했다. 가람은 장례식장에 온 사람처럼 보이지 않았다. 평소보다 조금 더 어두워졌을 뿐 울거나 자책하지도, 괴로워하지도 않았다. 다른 점이라곤 자신의 두 손을 만지작거린다는 것 하나였다.

 시간이 얼마나 지났을까. 미르는 슬슬 감겨오는 두 눈을 억지로 뜨며 다리를 떨고 있었다. 몇몇 아이들은 잠들어 조용했다. 우는 것은 체력 소모가 심한 일이었다. 성민 또한 눈을 감고 있었다. 그의 미약한 숨소리가 조용한 장례식장 안을 지나쳤다. 우빈은 화장실에 들른다며 자리를 비웠다. 한 번도 자리를 비우지 않고 서성였으니 그럴 법도 했다.

 미르는 자리에서 일어났다. 조금 전부터 시작된 갈증이 미르를 괴롭혔다. 물이라도 한잔 마시고 와야 조금 나아질 것 같았다.

 "미르야…!"

 뒤에서 자신을 부르는 소리가 들렸다. 미르가 느리게 뒤를 돌아보았다. 자리에서 일어나 안절부절못하고 있는 가람이 미르의 망막에 새겨졌다. 그녀는 미르의 눈을 마주치지 못하며 입을 달싹였다. 긴장감으로 가득 찬 그녀의 얼굴 뒤로 식은땀이 흘렀다. 미르는 자신을 애처롭게 부르는 소리에 굳이 답을 해주지 않았다. 가만히 서 가람이 무언갈 말하길 잠자코 기다렸다. 그런 미르의 태도에 멈칫한 가람은 떨리는 한숨을 쉬었다. 마음을 진정시켰는지 다시 그녀의 눈은 맑고 단아한 원래에 모습으로 돌아가 있었다.

 "너한테 할 말이 있어. 잠깐 나가서 얘기하자."


 둘은 장례식장 뒤편에 마련되어 있는 작은 벤치에 나란히 앉왔다. 앞은 주차장이었고 차들이 빼곡한 상태였다. 죽은 사람들이 참 많았다. 하늘 말고도 여러 명이었다.

장례식장을 나서며 여러 조문실들을 보았었다. 그곳에서는 통곡소리가 가득했다. 소름 끼칠 만큼 고요했던 하늘의 조문실과는 사뭇 다른 분위기였다. 밖을 나섰음에도 눈물을 보이는 유가족들과 지인들이 간간이 보였다. 그들은 자신의 가족, 또는 친구의 죽음을 진심으로 슬퍼하고 있었다. 알량한 안타까움을 내세우며 소곤대던 사람들과는 대단히 다른 모습이었다.

미르는 그 모습들을 천천히 눈에 새기다가 이곳으로 걸어왔다. 가람은 가끔씩 멈추어서는 미르를 가만히 기다려 주었다.

둘은 아무런 대화도 나누지 않았다. 겨울밤 차갑게 불어오는 바람만큼이나 서늘했다. 벤치에 앉은 가람은 땀으로 젖어 들어간 두 손을 말아 쥐었다. 그녀는 커다란 감정의 동요를 보이고 있었다.

"빨리 말해. 계속 여기 있을 생각이야?"

미르가 날을 세우며 말했다. 자신의 예상보다 차갑게 뱉어진 말에 당황한 미르는 고개를 반대쪽으로 돌려 수많은 가지를 뻗고 있는 나무를 바라보는 척했다. 가람은 미르를 잠시 쳐다보더니 고개를 끄덕였다.

"그, 있잖아. 조금 중요한 말인데."

말은 중간중간 떨리는 숨소리로 인해 끊어졌다. 미르는 다시 고개를 돌려 가람을 바라보았다. 그녀의 커다란 눈망울이 어두운 하늘을 비추었다. 하늘은 아무것도 모른다는 듯이 반짝이는 별을 실어 날랐다. 가람은 고개를 떨구며 차가운 두 손을 만지작거렸다.

"하늘이에 대해서 할 말이 있어."

말이 길어지면 길어질수록 가람은 침착해졌다. 그녀는 느리고 정확하게 말을 전달했다. 집중하지 않아도 충분히 들을 수 있을 정도의 말이었다. 미르는 그녀의 말에 몸을 일으켰다. 도저히 뿌리칠 수 없던 그 이름이 다시 새겨졌다. 미르의 뼛속 깊은 곳까지, 차곡차곡.

"우리는 서로 좋아해서 만난 게 아니야. 그런 건 너도 대강 알고 있었을 거라 생각해."

가람은 그날 버스에서 나누었던 이야기를 떠올렸다. 하늘이 말했던 모든 말들이 차가운 물결 위로 드리운다. 이제 다시는 그의 목소리를 들을 일이 없을 것이다. 처음으로 겪어본 누군가의 죽음에 가람은 평생토록 느껴본 적 없는 감정의 미묘한 어긋남을 마주했다.

"그걸 왜 지금 얘기하는데."

미르의 얼굴이 적대적이게 변했다. 책을 넘기다 날카로운 모서리에 찔리듯 손 언저리가 따가워졌다.

"하늘이는 그래야 모두가… 그리고 네가 괴로워지지 않을 수 있다고 말했어."

"그게 무슨 소리야?"

미르는 영문을 모르겠다는 듯이 언성을 높였다. 더 이상 하늘에 관한 이야기를 듣고 싶지 않았다. 자신을 실컷 괴롭혀 놓고 도망치듯 죽어버린 애 따위는 기억하고 싶지도 않았다. 미르의 두 눈이 일렁이는 물방울처럼 떨렸다. 일정하던 호흡이 어그러져 고요한 숲속을 뒤흔들었다. 나뭇가지가 살랑이며 그의 숨결을 받아내었다.

가람은 흐트러진 그의 모습을 외면하며 그날, 어둡고 습했던 버스 안에서 허공에다 손가락을 얽혔던 기억을 꾹 닫힌 입술 사이로 힘주어 말했다.

"내가 네 얼룩을 지워줄게. 그 대신에 너는 내가 하자는 대로 해주면 돼. 너에게 많은 걸 요구하지는 않을 거야."

그 말을 내뱉으며 하늘은 의미심장했던 대화의 진정한 목적을 가람에게 차근차근 알려주었다. 그의 태도는 이상하리만큼 침착해 듣는 사람의 마음을 안정시킬 정도였다.

"나 사실 이사가. 좀 먼 곳으로 갈 거야. 아마 웬만해선 마주칠 일 없을 만큼 먼 곳으로."

하늘이 눈꼬리를 접어 하늘 위로 피어오른 새하얀 구름 같이 미소 지었다.

"그런데, 아무리 생각해 봐도 하나 걸리는 게 있어."

하늘이 푸르게 세상을 둘러싼 하늘을 바라보았다. 모든 것을 포용하려 애쓰는 미련한 하늘이었다.

"내 생각에는 이별이란 게 아름다운 일이 아니거든. 이별은 새로운 이별을 낳고 남아 있는 상대방을 고통스럽게 해. 그게 여태까지 내가 겪어온 이별이야."

하늘은 아버지가 죽고 난 후 어머니의 삶을 떠올렸다. 그녀의 삶은 항상 고독과 외로움, 슬픔 등으로 칠해져 바닥 아래까지 서서히 흘러내리고 있었다. 이별은 항상 상대방을 망가트렸다.

"이대로 가면 나는 모두를 망칠 거야. 다들 내 어머니처럼 망가져 버릴지도 몰라."

가람은 그의 말을 들으며 덜컹거리는 버스 안에 기대어 앉았다. 느릿하게 말을 잇는 하늘의 태도는 가람을 답답하게 만들었다.

"그러니까 나는 더 이상 웃을 필요가 없어. 나는 최대한 나쁜 사람으로서 살아야 해."

"그게 무슨 말이야?"

가람이 하늘의 얼굴을 바라보았다. 그의 표정은 개학식 날, 가람이 처음 전학 오고 하늘을 마주했던 때와 다름없었다.

"나는 미움을 받아야 해. 그렇게 하기 위해서는 네가 필요하고."

"굳이 그런 짓을 하는 이유가 뭐야?"

하늘이 뜸을 들였다. 가람은 그의 답을 은근히 재촉하며 의미 없이 지나가는 시간을 멈추기 위해 노력했다.

"이래야지 김미르가 나를 기억해줄 수 있거든."

미소 짓는 걸 그만둔 하늘이 이어 말했다.

"그 애는 바보 같아서 내가 무슨 짓을 하든 나를 놓지 못할 거야."

하늘이 아이처럼 웃었다. 가람은 입을 벌리며 그 모습을 바라보았다.

"슬픔으로 뒤덮인 기억은 언젠가 왜곡되고 바스러지기 마련이야. 그래서 나는 그 애의 상처를 태워가며 남아 있어야 해. 그리고 이건…."

하늘이 순식간에 바뀌는 풍경을 담은 창가에 손을 댔다. 그의 손자국이 창가에 남아 풍경을 뒤덮었다.

"이 세상에 손바닥 자국이라도 남기려는 나의 발악이야."

그가 가람을 보며 말했다. 그는 지금 커다란 바다를 벗어나기 위한 몸부림을 치고 있었다. 그의 얼굴이 파랗게 물들며 천천히 조각났다. 기억의 끝이었다. 점점 뿌예지는 기억은 마침내 가람의 시선에서 벗어나 저 먼 하늘 위로 흩어져 사라졌다.

미르는 가람의 말을 들으며 덜덜 떨리는 손을 진정시키기 위해 노력했다. 그녀가 전해준 것은 오직 형태조차 없는 말 몇 마디뿐이었지만 그가 어떤 표정과 어떤 말투로 가람에게 꾸역꾸역 모든 것들을 쏟아부었는지 미르는 알 수 있었다. 점차 푸른빛으로 바래져 가는 그의 얼굴이 기나긴 세월을 인정하듯 미르의 앞에서 넘실거리며 그려졌다.

여태까지 미르가 손에 쥔 것은 흘러내린 따가운 모래들이었다. 그것들은 미르의 손에서 주르륵 쏟아지며 따스한 햇빛을 받아 태워졌다. 미르의 손은 모래에 긁혀 생긴 자그마한 상처들로 가득했다. 정작 모래는 진작에 사라져 보이지조차 않았다. 이제 와서 그를 향한 애도와 슬픔은 느껴지지 않았다. 그저 화가 났다. 무엇을 향한 분노인지는 짐작할 수 없었으나 미르는 자신이 손을 세게 말아 쥔 감정의 원인이 하늘을 향해 있지 않다는 것쯤은 쉽게 알 수 있었다.

그가 바보 같았다. 진정한 머저리는 자신이 아닌 하늘이었다. 무엇이 그리 억울했는지 가녀린 목을 매달아 발끝을 띄운 채 차가운 숨을 멈춘 그 아이가 바보 같아서 참을 수 없었다. 하늘은 그 순간까지도 끝내 진정한 하늘을 바라볼 수 없었다. 그의 눈앞이 흐려지는 순간까지도 하늘이 어째서 하늘인지 알지 못했다. 지금에서야 알았을까, 지금에서야 도달했을까. 그래, 애초에 자신이 문제였을지도 모른다. 괜히 새하얀 그 아이에게 억지로 웃는 법을 가르쳐준 자신이 문제였을지도 모른다. 미르는 고개를 숙이며 두 손으로 뜨거운 얼굴을 품었다. 도대체 무엇이 원인이었고 문제였는지 알 수 없었다. 그렇게나 오랫동안 그를 이해하고 알고 있다고 자만한 주제에 결국 아무것도 알지 못했다.

"왜 하필 너였을까?"

미르가 속삭였다.

"왜 하필 너한테 털어놓았을까…?"

그의 목소리가 물에 잠겨 잘 들리지 않았다. 가람은 미르의 말을 듣고 아무 말 없이 고개만 숙일 뿐이었다. 그녀의 눈에서 새빨간 장미꽃이 피어났다. 영원히 지지 않을 태양처럼 불타오르며 가람을 태우는 그 꽃은 비를 맞아 축축하게 늘어졌다.

새카만 하늘이 따뜻한 빗물을 떨궜다. 간만에 쏟아진 비였다. 미르는 하늘이 떠나가라 눈물을 쏟아냈다. 비에 젖어가던 바닥이 떨어질 듯 쏟아내었다. 자신의 위에서 천천히 흘러가던 하늘은 미르의 주위를 맴돌며 떨어지던 빗물을 거두어갔다. 어린 용이 하늘 위에서 포효하듯 울리는 흐느낌은 잔잔한 강물을 요동치게 할 만큼 애처로웠다.

# 가야 할 길

"이하늘, 잘 지냈냐?"

우빈이 고개를 들어 하늘을 바라보았다. 당연하게도 들려오는 대답은 없었다. 하늘의 사진만이 남아 묵묵히 자리를 지키고 있었다. 그는 사진에서조차 자신을 억누르고 있었다. 그 옆에 가지런히 놓인 그의 유골함이 보였다. 딱딱하게 쓰인 그의 이름이 그가 영원한 과거로써 존재한다는 사실을 되새기게 만들었다.

간만에 그가 잠들어 있는 곳을 찾았다. 우빈의 동네에서 차를 타고 3시간이나 운전해야 겨우 도착할 수 있는 곳이었다. 멀리 떨어져 있어 평소에는 잘 방문하지 못했다. 운전하는 걸 좋아하는 우빈만이 종종 방문할까 말까였다.

10년이 지났는데도 같은 공기를 머금고 있는 이곳은 그날과 같이 차갑고 서늘했다. 곳곳에서 유가족들의 울음소리가 메아리쳤다. 소름 돋을 만큼 익숙한 목소리들이었다. 기억이 희미해져 가는데도 감각은 여전히 살아나 움직였다. 우빈은 지끈거리는 머리를 누르며 허탈한 미소를 지었다.

"요즘 특이한 일들이 너무 많이 벌어진단 말이야. 김미르도 무슨 생각을 하는지 모르겠고."

우빈이 지나가는 사람이 없는 것을 확인하며 바닥에 주저앉았다.

"너도 들으면 깜짝 놀랄걸. 나도 머리가 아파 죽겠는데 너 같으면 오죽하겠냐. 아닌가, 너는 오히려 침착했으려나."

우빈이 두 눈을 감으며 당장 며칠 전에 있었던 일들을 떠올렸다. 그날은 오랜만에 친구들 모두가 모여 다 같이 식사를 했었다.

꽤 분위기가 있는 식당이었다. 그곳으로 친구들을 이끌었던 건 미르에게 연락을 준 가람이었다. 가람은 생각지도 못했던 순간에 갑작스럽게 미르에게 전화를 걸었단다. 미르가 당황하며 단체 톡 방에 다급히 그녀의 존재를 알렸었다. 미르가 문자에 낸 오타 개수를 보니 그의 감정을 대강 짐작할 수 있었다. 10년이 지나 다시 보게 된 가람은 그때와 똑같은 얼굴이었다. 말투와 성격마저 예전과 다름이 없었다. 유일하게 달라진 점은 그녀 특유의 괴리감이었다. 예전에는 학생답게 행동하지 않는 그녀를 보며 이유 모를 불쾌감을 느꼈던 우빈이었지만 이제는 행동과 몸이 어느 정도 맞아가다 보니 우빈이 품었던 생각은 쉽사리 날아갈 수 있었다.

"너무 오랜만이다."

얼굴을 보자마자 가람과 나누었던 인사였다. 다른 말은 나오지 않았다. 그 뒤로는 뭐, 굳이 말을 하지 않아도 알 것이다. 어떻게 살았는지부터 시작해서 하고 있는 일, 근황, 옛날이야기들을 주고받았다. 10년 만이라 그런지 만남은 쉽게 끝나지 않았다. 완전체로 다시 만나자 예전의 감정들이 새록새록 떠올랐다. 물론 여전히 한 명은 그곳에 없었지만 다들 그 사실을 의식하려 들지 않았다.

"할 말이 있는데 들어줄 수 있어?"

우빈이 가람에게 물었다. 가람은 화사하게 웃으며 고개를 끄덕였다. 이어진 말은 우빈이 다른 친구들에게 말했던 내용과 같았다.

"10년 전 우리가 겪었던 이야기를 책으로 쓰고 싶은데 협력해 줄 수 있어?"

계속 똑같은 이야기를 하다 보니 입에 담이 올 지경이었다. 그럼에도 말을 내뱉고 난 뒤에 긴장감은 사그라지지 않았다. 가람은 이 이야기에 큰 비중을 가지고 있었다. 그녀가 있다면 우빈이 머리를 쥐어짜며 적지 못했던 여러 글자들을 새하얗게 남은 종이에 새겨 넣을 수 있을 테였다. 우빈은 잘 모이지도 않는 침을 삼키며 그녀의 반응을 보았다.

이야기를 들은 가람은 표정에 동요조차 보이지 않았다.

예전과 같이 침착한 태도로 우빈을 바라보았다. 숟가락을 테이블에 내려놓은 그녀는 우빈에게 세세한 것들을 역으로 질문했다. 담고 싶은 이야기란 정확하게 무엇인지, 자신이 무얼 말하면 되는지, 다른 친구들도 동의한 일인지 등을 캐묻던 가람은 우빈의 깔끔한 대답을 들으며 만족했다는 듯이 웃었다.

"알겠어. 최대한 협력할게."

가람의 답을 들은 우빈은 쾌재의 미소를 지었다. 드디어 모든 친구들의 허락을 받는 데 성공했다. 이제 이야기를 완성하기만 하면 그만이었다. 우빈의 옆에 앉아 있던 성민은 우빈보다 더 큰 웃음을 지으며 자신이 이 이야기의 작가라도 되는 듯이 굴었다. 혜인은 그 모습을 보며 예전의 모습을 머릿속에 그려 넣었고 미르는 맑게 웃으며 성민을 진정시켰다. 모든 것이 우빈의 뜻대로 흘러가고 있었다. 우빈은 만족하며 흥분되는 마음을 가라앉혔다. 그럼에도 심장은 거세게 뛰었다. 우빈의 얼굴이 붉게 상기되었다. 적어도 거기까지는 나름 평화로운 분위기였다. 오랜만에 만난 친구를 반기는 화목한 분위기. 모두가 웃으며 이 분위기를 즐기고 있었다. 가람 또한 마찬가지였다. 감정을 잘 표현하지 않던 차가운 그녀 또한 다른 아이들과 같이 웃고 떠들며 시간을 보내었다.

"그건 그렇고 얘들아, 나 중요하게 할 말이 있어."

가람이 모두를 천천히 둘러보며 말했다. 아이들은 그녀의 말에 귀를 기울였다. 우빈은 이유 모를 긴장감을 느꼈다. 왜인지 모르게 이 분위기가 틀어질 것만 같은 두려움 또한 우빈을 잠식했다. 아니나 다를까. 그의 직감은 정확하게 들어맞았다.

"사실… 나 곧 결혼해."

가람이 가방 깊숙한 곳 넣어놓았던 청첩장을 꺼내었다. 그녀는 웃는 얼굴로 친구들에게 청첩장을 돌렸다. 시끄럽게 울리던 대화소리가 한순간에 잦아들었다. 어딘가에서 숨을 헉하고 들이마시는 소리마저 들렸다. 모두가 쥐고 있던 숟가락을 내려놓았다. 놓쳤다고 해야 옳은 표현이었다.

우빈은 자신의 오른편을 바라보았다. 다른 아이들도 마찬가지였다. 순간적으로 시선이 한 곳으로 집중되었다. 가람만이 평온하게 휴지를 뽑아 입을 닦아내고 있었다. 그의 오른편에는 예전에 하늘이 지었던 미소를 완벽하게 재연해내고 있던 미르가 보였다. 다들 숨을 죽이며 그의 반응을 살폈다.

"그래? 축하해."

미르는 이 말만을 뱉고는 다들 자신의 눈치를 보는 것이 이상한 일이라도 되는 양 고개를 갸웃거리며 두 눈을 반달처럼 접고 있었다. 우빈을 알 수 있었다. 저것은 위조된 평온함이었다. 당장 그의 손을 보아도 그 사실을 짐작할 수 있었다. 미르의 손이 잘게 떨리고 있었다. 안쓰러울 만큼 하얗게 질린 미르의 얼굴은 그의 감정을 고스란히 나타냈다. 우빈은 결국엔 깨져버리고 마는 평화로움에 대한 증오를 씹어 삼켰다. 되는 일이 하나도 없었다.

미르를 시작으로 다른 아이들도 하나둘씩 축하의 말을 남겼다. 어색함이 뚝뚝 흘러넘칠 듯 출렁였다. 우빈은 한시 빨리 이곳을 벗어나고 싶었다. 책이든 뭐든 중요하지 않았다. 자신만이라도 살아야 했다. 우빈은 억지로 웃으며 얼음장 같던 대화를 끝내버렸다.

그 일이 벌써 2주 전이었다.

"황당하지? 일이 이렇게 될 거라곤 누가 생각이라도 했겠냐."

우빈이 하늘의 사진을 향해 말했다. 하늘은 역시나 묵묵부답이었다.

"김미르 걔는 무슨 생각인지 모르겠어. 실실 웃기나 하고 아무렇지 않아 하는 척해."

우빈이 한숨을 쉬며 말했다. 말 그대로였다. 미르는 그날 이후로 평소와 다름없이 웃고, 먹고, 떠들었다. 그의 행동은 어딘가 어색했지만 아무도 그 사실을 입 밖으로 꺼내지 않았다.

"마치 너 같아. 너처럼 행동해."

우빈이 표정을 굳히며 고개를 떨구었다. 그는 양팔로 자신의 다리를 감싸며 쭈그려 앉았다.

"…그래서 무서워. 너처럼 될까 봐."

끝까지 말하고 싶지 않았던 자신의 솔직한 마음을 이 세상에 더는 존재하지 않는 거짓된 사람에게 털어놓았다. 한심한 짓이었다. 답이 들려오지 않는 대화에 공백이 생겼다. 우빈이 표정을 고치며 씁쓸하게 웃었다 여기까지 와서 어두운 소리나 하고 싶지 않았다.

창밖으로 새들이 지저귀는 소리가 들렸다. 하늘 위에 뜬 태양이 빛을 뿜어내며 우빈을 적셨다. 맑은 공기가 들어와 우빈의 숨을 트이게 했다. 햇빛에 비춰진 하늘의 사진이 노랗게 빛났다. 그의 쓸쓸해 보이던 얼굴이 햇빛을 받아 환하게 미소 지었다. 기분 탓이겠지만 그의 진정한 웃음이 우빈의 눈앞을 지나친 것 같기도 했다.

"그건 그렇고 나 책 준비하고 있잖아. 네가 말한 대로 작가 일이나 열심히 하고 있어."

우빈이 능숙하게 이야기를 밝게 띄웠다. 그는 예전 추억을 떠올리며 후련하게 미소 지었다. 우빈은 하늘이 흘러가듯 한 말을 아직까지 마음속 깊은 곳에 담고 있었다.

'정말이라니까? 넌 작가 하면 잘할 것 같아.'

그의 목소리가 귓가에 울렸다. 그 찬란했던 웃음마저 머릿속을 맴돌며 메아리쳤다. 우빈은 그때의 하늘을 기억했다. 유일하게 선명한 순간이었다. 멀리서 들려오는 새소리처럼 기분 좋은 기억이었다. 글이 써지지 않을 때면 항상 그 미소와 말을 곱씹었다. 남이 별생각 없이 내뱉은 말이 사람의 인생을 좌지우지할 수 있다는 사실을 이제야 처음 알게 되었다.

"그런데, 네가 스스로 하늘 속에 뛰어든 그 순간에 무슨 생각을 했는지는 전혀 모르겠더라고. 그래서 그 부분은 내 개인적인 견해를 좀 담았어."

어쩔 수 없는 일이었다. 이미 사라져 버린 사람의 말을 들을 수는 없으니 우빈의 주관적인 생각을 담을 수밖에. 우빈은 하늘의 마지막을 써내려가는 동안 여러 번의 수정을 반복했다. 아무리 쓰고 다시 써 봐도 끝내 마음에 들지 않았다. 겨우겨우 써 내린 결과물도 완전히 흡족하다고 말할 수는 없었다.

"미안해. 나도 결국 10년 전 그때 그 어른들이랑 똑같은 짓을 해버렸어."

장례식장에서 자신들의 생각을 멋대로 펼치던 사람들. 우빈은 그때 사람에 대한 역겨움을 처음으로 느꼈다. 미르의 고개를 숙여 대신 사과하는 중에도 부들부들 떨리는 손을 멈출 수가 없었다. 그때만 생각하면 아직도 치가 떨렸다. 그렇게 싫어했던 사람들이었건만, 우빈도 본질은 그들과 같은 사람이었나 보다. 우빈은 어쩔 수 없다는 말을 꺼내었지만 그 뒤로 숨고 싶지 않았다. 그는 끝까지 정직함을 택했다.

우빈이 사과하며 하늘의 사진을 바라보았다. 그의 미소는 어느덧 모든 것을 감싸 안으려 하는 자애로운 하늘의 미소를 띠고 있었다. 그 모습에 우빈은 활짝 웃으며 두 눈을 감았다.

미르는 아무도 없는 집에서 홀로 시간을 보내고 있었다. 그의 손에는 우빈이 완성한 이야기의 원고가 들려 있었다. 아직 책으로 출판되진 않았으나 우빈은 흔쾌히 미르에게 책의 원고를 넘겨주었다. 그에게 주어진 특혜였다. 우빈은 자신이 혼자서 이 이야기를 완성한 것이 아니라 말했다. 그는 이 이야기의 모든 문장들 하나하나가 친구들의 수많은 노력과 시간, 그리고 묻혀 있던 추억들로 만들어졌다며 만족스러운 미소를 지었다. 미르도 그 말에 동의했다. 누구 하나 도망치지 않고 최선을 다해 이야기를 완성해 주었다. 그러니 이 이야기의 작가는 7명 모두라고 할 수 있었다. 물론 하늘은 이곳에 없었지만 그가 아니었다면 이야기가 시작할 수조차 없었을 테니까. 여태까지 우빈과 이곳저곳을 돌아다니며 친구들을 찾아 헤매었던 기억들이 떠올랐다. 맨 처음 홀로 나선 공원에서 우연히 예전과 같이 싱그럽게 웃던 그 아이를 마주친 것과 운동장을 뛰어놀던 한 아이가 이제는 초등학교를 구성하는 한 명이 된 것, 그리고 멀리 떨어진 조용한 동네에 차려진 작은 카페와 마지막으로… 미르에게 걸려왔던 의문의 전화 한 통까지. 모든 것들이 반질반질 예쁘게 빛나는 조개껍질처럼 모래 속을 뒤덮고 있었다. 다들 놀라울 정도로 다른 모습을 지니고 있었다. 10년 전 학교를 울리는 종소리를 들으며 복도를 뛰어다니던 아이들이 아니었다. 과거의 일들은 이제는 점점 바래져 가 모두의 기억 속에서 사라지고 있었다.

  미르는 우빈이 쥐여준 얇다고도, 두껍다고도 할 수 있는 원고지를 한장 한장 넘겨 가며 눈에 새겼다. 글자를 눈에 담을수록 예전에 미르와 친구들을 중심으로 일어났던 많은 일들이 머릿속에서 다시금 펼쳐졌다. 이제는 너덜너덜해진 기억들이 약간이나마 선명해진 듯했다. 미르의 얼굴에 잔잔한 미소가 머금어졌다. 아직도 마음속에서 살아 숨 쉬고 있는 어린 시절의 자신이 미르의 눈앞을 지나쳤다.

조용히 글을 읽던 미르가 손을 멈추었다. 미르는 자신의 눈안을 비집고 들어오는 이야기를 천천히 읽어갔다. 10년 전 아직도 생생하게 떠오르는 그날이었다. 가람이 전학 온 날, 미르의 어리숙한 행동들이 그대로 이야기 속에서 드러나고 있었다.

소년은 물결처럼 들이닥치는 소녀를 사랑하게 될 수밖에 없었다. 소년에게 소녀는 영원한 첫사랑으로 남을 테였다. 소년의 가슴이 두근거림으로 가득 찼다. 소녀의 목소리, 얼굴, 빛나던 머리카락 등이 머릿속에서 지워지지 않았다.

미르는 그때를 표현하고 있는 문장들을 아주 오랫동안 바라보았다. 이야기 속에서의 자신은 영원한 소년으로 남아 있었다. 쓰디쓴 레몬 같은 미소가 피어났다. 잘게 부서진 사탕 조각에 혀를 베인 듯 따가웠다. 그러나 달콤했다. 사탕 조각들은 금세 녹아 혀에서 사라졌다. 결국 미르에게 남은 것은 아픔뿐이었다. 미르는 원고를 덮었다. 복잡해진 마음을 가라앉히기 위해 식탁에 올려놓은 물을 한 잔 들이켰다. 차가운 물이 목구멍을 타고 내려갔다. 흐릿했던 정신이 맑아졌다.

"사실… 나 곧 결혼해."

2주 전 울렁거리며 미르를 잠식했던 한마디가 물과 함께 온몸을 차갑게 만들었다. 생각만 해도 그때와 같이 두 손이 떨렸다. 우빈의 반응을 보아선 미르는 그다지 연기를 잘하지 못한 모양이었다. 자신만큼 새파랗게 질린 다른 아이들도 같은 이야기를 하고 있었다. 미르는 자신이 생각보다 더한 충격을 먹었다는 사실에 당황했다. 몸은 제멋대로 움직이며 미르의 생각을 따르지 않았다. 특히 청첩장에 적힌 두 명의 이름을 보고 나서는 더욱더 그랬다. 어찌 보면 당연한 일이었다. 미르의 주위 사람들도 슬슬 자신들의 짝을 만나 가정을 꾸리고 있었다. 미르는 단 한 번도 가람과 재회하고 싶다는 생각을 해본 적이 없었다. 다시 만나고 싶은 마음은 사실이었으나 그게 끝이었다. 둘은 영원히 그 이상의 관계로 발전할 수 없었다. 이미 어긋나버린 관계였다. 더 이상 돌이킬 수 없었다. 10년 전 그 날, 장례식장 뒤편에서 둘의 인연은 끝나버렸다. 그 후로 1년이 지나고 2년이 지나도 둘은 서로를 의식하거나 아는 척하지 않았다. 아무도 그런 행동에 이상함을 느끼지 않았다. 명백한 끝을 의미했다.

그럼에도 미르는 10년 동안 심장을 쿡쿡 찌르는 감각을 애써 무시하며 살아왔다. 상대방은 이미 그런 일 따위는 잊어버린 지 오래였지만 미르는 달랐다. 그는 벗어나지 못했다. 그래서 아직도 서성이고 있었다. 앞으로 나아가지 못하는 자신이 한심해 견딜 수 없었다.

미르는 덮어진 과거의 파편을 들여다보았다. 결국에는 끝까지 읽지 못했다. 미르는 항상 이랬다. 누구보다 과거를 그리워하면서 두려워했다. 항상 도망치는 것은 친구들이 아니라 자신이었다. 그래서 아직까지 이 모양이었다. 미르는 손을 뻗어 다시 원고지를 들어 올렸다. 읽지 못한 이야기들이 미르를 10년 동안 기다리고 있었다. 미르는 이 글을 끝까지 읽어야 될 책임이 있었다.

 미르는 꼬박 밤을 새가며 원고지를 읽고 또 읽었다. 이야기의 끝에 다다를수록 손이 떨려 페이지를 넘길 수조차 없었지만 기계적으로 움직이는 팔이 손을 무시했다. 그리고 이윽고 그 장면이 글자로 빼곡하게 적혀져 미르의 두 눈에 담겼다. 우빈이 몇 번을 지우고 쓰기를 반복한 장면이었다. 이 장면을 만들기 전 우빈은 이틀 정도 머리를 굴리며 고민했었다. 차라리 생략하는 것이 나을지도 모른다는 생각이 머리를 스칠 때도 있었다고 말했다. 그러나 그는 결코 숨기려 하지 않았다. 그렇게 쓰인 것이 지금 미르가 읽고 있는 이 장면이었다.


 하늘은 끝내 하늘의 색을 알 수 없었다. 하늘이 품은 의미조차 알 수 없었다. 그의 숨결이 막히고 눈앞이 흐려지는 순간까지 그는 자신이 살아온 이유를 알지 못했다. 하늘은 자신의 의미를 알고 싶었다. 죽는 순간까지도 바라고 또 바랐던 작은 소망이었다.

 그 뒤는 아무도 모르는 일이다. 그가 무엇을 알게 되었고 무엇을 바라게 되었는지는 유유히 구름을 실어 나르고 있는 하늘만이 알 뿐이다. 그러나 그는 끝까지, 그리고 지금까지 하나의 확실한 갈망을 품고 있을 것이다. 그는 이 세상에 작은 손바닥 자국이라도 남기길 원했다. 누군가 자신을 끝까지 기억해주며 자신이란 존재를 사라지지 않게 추억해 주길 바랐다. 뒤집어진 세상 속에서 하늘조차 구별하지 못했던 어린 소년의 처절한 몸부림이었다.

어느 순간부터 글자가 흐려지며 보이지 않게 되었다. 미르는 자꾸만 흐려지는 초점을 바로잡기 위해 노력했다. 그러나 미르의 구슬 같은 눈망울에서 쏟아지는 비는 기억 하나하나를 전부 다 적실 정도로 거세져 갔다. 미르는 확실하게 알 수 있었다. 하늘이 목을 매달며 떠올렸을 생각들은 허망할 정도로 쉽게 예상되었다.

"너는 이런 생각을 하고 있었구나."

미르의 떨리는 목소리가 방에 울려 퍼졌다. 하늘이 답 해주듯 열린 창문 사이로 부드러운 바람이 들어왔다. 미르는 따뜻한 바람결을 느끼며 페이지를 넘겼다. 미르가 끝까지 알아주지 못했던 그의 울분들이 이제야 풀리며 사라졌다. 바람결에 녹아 스며들어 하늘 위로 올라가는 그의 밤이 새하얀 구름이 되어 두둥실 떠올랐다. 포근한 구름들이 이리저리 뒤섞이며 모양을 잡아갔다. 빛을 반사하는 유리조각처럼 예쁘고 아팠다. 이제 미르가 과거에 얽매여 있을 이유들이 하나둘씩 사라져 가고 있었다. 미르가 아무리 괴로워한다 한들, 결국 그는 변덕이 심한 현재를 밟아가고 있는 사람이었다.

"이제 슬슬 보내줄 때가 온 것 같네."

그의 유리구슬 같은 눈물을 담은 잔잔한 속삭임이 공기 중에 퍼지며 미르를 감쌌다.

미르는 평소와 다른 모습으로 출근을 했다. 도로를 달리는 차 안에서 그가 자주 듣던 노래들이 울려 퍼지는 일은 없었고 출근할 때마다 걸치고 가던 단정한 겉옷들마저 옷장 속에서 숨을 죽이며 그를 기다렸다. 쓰디쓴 아메리카노는 미르의 목구멍을 넘어가지 않았고 핸드폰의 시간은 한 번도 경험해 본 적 없는 숫자를 가리켰다. 그는 출근 시간 30분 전에 사무실에 도착했다.

미리 도착해 작업을 마무리하고 있던 현우가 문을 넘어서는 미르를 보며 놀라 자빠질 뻔했다.

"너 미쳤어? 여기가 어디라고 지금 와?"

상황에 맞지 않는 말을 내뱉은 현우는 눈 하나 깜빡하지 않는 미르를 보며 기겁했다. 미르는 능숙하게 자신의 책상에 가방을 올려두고 의자를 끌었다. 고요한 사무실에 의자 끄는 소리가 대포처럼 울렸다.

"김미르 대답 좀 하라니까? 아, 진짜 어색해 죽겠네."

현우가 머리를 긁적이며 미르를 재촉했다. 평온한 미르와는 다르게 현우는 팔짝 뛸 노릇이었다. 미르가 먼지가 쌓인 컴퓨터를 작동시켰다. 느리게 화면을 비추던 컴퓨터조차 미르를 보고 놀란 듯 버벅거렸다.

"그건 그렇고…"

컴퓨터를 작동시키던 미르가 뒤조차 돌아보지 않으며 말했다.

"혹시 윤가람 알아?"

미르가 낮게 깔린 건조한 목소리로 그에게 물었다. 그는 이미 돌아올 답을 알고 있었다. 그녀가 내민 청첩장에 선명하게 적힌 그 이름이 누구를 지칭하는지도 전부 알고 있었다.

"윤가람…?"

현우가 미르의 말을 듣고 놀란 듯이 멈칫했다.

"네가 가람이를 어떻게 알아?"

현우가 의심스러운 얼굴로 미르의 뒤통수를 뚫어져라 쳐다보았다. 미르는 헛웃음을 지으며 뒤를 돌아봤다. 호기심으로 가득 찬 눈빛이 미르에게 닿았다. 갑작스럽게 휘몰아치는 감정에 미르는 잠시 동안 말을 잇지 못했다.

"…고등학교 동창이야. 결혼 얘기는 다 들었어."

미르는 가장 그럴듯한 답을 내놓으며 억지로 웃어 보였다. 입꼬리에 경련이라도 난 듯 잘 움직이지 않았다. 현우는 미르의 말을 귀 기울여 듣더니 이윽고 크게 웃으며 말했다.

"진짜? 대박이다! 세상 참 좁구나. 이건 운명이야 운명!"

환하게 웃던 현우가 미르에게로 다가왔다. 미르는 굳어지는 표정을 간신히 삼켜냈다.

"그러면 내 결혼식 당연히 와주는 거지? 설마 축가 불러준다고 하는 거 아니야?"

현우가 기대한다는 말투로 미르를 쏘아붙였다.

"당연히 가야지. 근데, 축가는 좀 힘들 것 같아."

미르의 표정이 급격하게 어두워지는 것을 느낀 현우는 그를 걱정하며 말을 아꼈다. 미르는 의자를 다시 돌려 책상에 팔을 걸쳤다.

"둘이 어떻게 만난 거야?"

미르가 떨림을 감추며 물었다. 아무것도 알지 못하는 현우는 내심 부끄러워하며 웃었다.

"넌 뭘 그런 걸 묻냐! 그냥 어쩌다 보니 소개로 만났지."

"그렇구나."

간신히 대답한 미르가 현우의 말을 끊어냈다. 냉담한 말소리가 사무실의 공기를 차갑게 했다. 현우는 상태가 좋아 보이지 않는 미르를 걱정하며 그 주위를 맴돌았다.

"나 일 그만두려고."

헛기침하며 주위를 맴도는 현우에게 미르가 따갑게 내뱉었다.

"뭐? 갑자기?'

현우가 크게 당황하며 조용하게 키보드를 두드리는 미르에게 바짝 다가섰다. 미르는 평소와 같은 얼굴로 돌아와 메일함을 확인하고 있었다.

"야, 너 어디 안 좋아? 갑자기 왜 그래…?"

현우가 조심스럽게 물었다. 그의 말투는 순수한 걱정으로 이루어져 있었다. 미르 또한 그것을 아주 잘 알았다. 그러나 이상하게도 울렁이는 마음은 현우에게도 향했다. 물론 일을 그만두는 이유가 그런 것은 아니었으나 미르는 지금 이 상황에서 그와 깊은 대화를 나눌 수 없었다.

"이제부터 내 길을 찾아가려고. 생각해 보니 나는 강물 안에서 벗어나 본 적이 없는 것 같아. 사람이 바다도 한 번 가보고 그래야지."

미르가 지은 미소는 거짓됨 하나 없이 밝았다. 현우는 그 미소를 보며 미르가 꺼낸 말이 장난이 아닌 이미 굳게 결심하며 나온 결과라는 사실을 깨달았다. 그는 아마 이 말을 꺼내기까지 아주 오랜 시간을 고민했을 것이다.

"…알겠어, 그래도 마음이 바뀌면 언제든지 이야기해줘야 돼?"

현우가 한숨을 쉬며 말했다. 미르는 절대로 자신이 말릴 수 없는 아이였다. 항상 그랬다. 그는 자신의 생각을 꺾는 법이 없었다. 아쉽지 않다면 거짓말이었다. 나름 오랜 기간 함께하며 울고 웃던 동료였는데 이렇게 갑자기 이별을 통보한다니 조금 서운하기도 했다. 그럼에도 현우는 미르를 순순히 보내주었다. 왜냐하면 현우가 알고 있는 미르는 자신이 선택한 결과를 번복하지 않으며 당차게 그 길을 걸어갈 수 있는 용감한 사람이었기 때문이다. 그가 어떠한 것을 선택하던 그것은 자신의 인생을 빛낼 수 있는 더 나은 길일 것이다.

"그러면 오늘 이별 파티하자! 다 같이 모여서 오랜만에 술도 마시면서 노는 거야. 그건 괜찮지?"

"응, 좋아."

미르가 아이처럼 웃으며 답했다. 사무실의 공기는 어느덧 그 어떤 순간보다도 따스하게 물들어 있었다.

소복하게 쌓인 눈조차 로맨틱하게 다가올 오늘, 미르와 아이들은 소중한 옛 친구의 결혼식을 축하해 주기 위해 이곳에 모여 있었다. 모인 사람들은 그들이 전부가 아니었다. 그들과 같은 목적으로 이곳에 발을 디딘 하객들로 인해 결혼식장은 금세 활기를 띠며 북적북적해졌다. 미르는 인파를 뚫고 지나다니며 주위를 두리번거렸다. 같이 온 친구들은 어느새 찢어져 각자 다른 곳을 향하고 있었다.

"김미르!"

자신을 부르는 소리가 들리자 미르는 까치발을 들고 고개를 움직여 목소리의 주인을 찾았다. 자신에게 손을 흔들고 있는 사람은 한때 같은 작곡 팀에 있었던 지훈이었다. 미르는 사람들 속을 뚫고 간신히 그곳에 다다랐다. 지훈이 쾌활하게 웃으며 미르를 반겼다.

"오랜만이다."

두 사람은 가볍게 악수를 나누었다. 지훈의 옆에는 하은과 승현이 나란히 서 있었다. 멀끔하게 차려입은 둘의 모습이 어색하게 다가왔다.

"네가 없으니까 작업이 안 돼! 다시 돌아와 줘~"

자신의 어깨를 잡고 이리저리 흔드는 지훈의 손은 단단해 뿌리치기 힘들었다.

"진정해, 결혼식까지 와서 이게 무슨 짓이냐?"

장난스럽게 말한 미르가 지훈의 손을 떼어냈다.

"그건 그렇고 왜 현우 오빠가 결혼을 제일 일찍 하는지 모르겠어. 신부분은 엄청 예쁘게 생겼는데 뭐가 좋다고 그런 사람이랑 결혼하는 거지?"

하은이 순수하게 의문을 표시하며 한숨을 내쉬었다. 지훈은 그녀의 말에 동조하며 고개를 끄덕였다. 승현만이 눈을 데구루루 아래쪽으로 굴리며 침묵할 뿐이었다. 미르는 그의 반응에 의문을 가지며 작게 웃었다. 가볍게 웃어넘긴 미르의 등 뒤로 어두운 그림자가 졌다. 하은과 지훈은 기겁하며 미르에게서 멀리 떨어졌다.

"너희 의견은 아주 자-알 들었어."

깔끔하게 예복은 차려입은 현우가 둘을 가리키며 말했다. 평소의 현우와 다른 모습에 모두들 입을 떡 벌리며 그를 바라보았다.

"나 이상해?"

현우가 묻자 승현이 격하게 고개를 내저으며 엄지를 들어 올렸다.

"진짜 잘 어울려. 평생 그렇게 하고 다녀라."

승현이 말하자 현우는 부끄러운 듯 웃었다.

"그건 그렇고 결혼 축하해."

"고맙다. 이따가 밥 실컷 먹고 가."

현우의 말에 지훈은 신나 하며 펄쩍 뛰었다. 그런 지훈을 도저히 못 보겠다는 듯 하은은 두 손으로 얼굴을 가리고 있었다. 성격 좋은 현우만이 지훈의 반응을 보며 포근한 미소를 지어주었다.

"근데, 김미르."

승현이 미르의 어깨를 툭툭 쳤다.

"저 사람 너랑 아는 사이야?"

승현이 의문스러운 표정으로 미르의 등 뒤를 가리켰다. 미르는 뒤를 돌아보았다. 사람이 워낙 많아 승현이 가리킨 상대를 찾기 힘들었다. 눈동자를 몇 번 굴리자 미르의 뒤에서 그를 빤히 쳐다보고 있는 사람 한 명을 발견할 수 있었다. 미르와 눈이 마주친 그는 당황하며 딴청을 피웠다. 그를 본 미르는 멋쩍게 웃으며 머리를 긁적였다.

"내 친구야. 나 저쪽으로 좀 갔다 올 테니까 네가 얘네들 좀 챙겨줘."

미르가 하은과 지훈을 보며 말했다. 승현은 피로감이 쌓인 얼굴을 찌푸리며 고개를 끄덕였다.

"최우빈!"

미르가 우빈의 이름을 부르며 그를 향해 다가갔다. 그의 이름이 불리자 사람들의 시선이 쏠렸다. 우빈은 그 시선에 어찌할 줄을 모르며 같은 곳을 빙빙 돌았다. 아마 우빈의 이름을 듣고 그가 작가라는 것을 알아본 사람이 몇몇 있는 모양이었다. 사람들이 종종 우빈을 신기한 외계인 보듯 바라보며 스쳐 지나갔다.

"왔으면 부르지 왜 여기서 음침하게 쳐다보고 있는 거야."

미르가 표정을 썩히며 말했다.

"아니 부를 틈이 없는데 어떻게 불러."

우빈이 해명하듯 말했다. 그의 절실한 태도에 미르는 아무 말 없이 한숨을 한 번 쉬는 것으로 넘어가 주었다. 우빈은 입을 몇 번 달싹이더니 끙, 거리며 입을 조개처럼 닫았다.

"나머지 애들은 어디 갔어?"

"신부 대기실 갔는데 꽤 오래전이라 지금은 어딘지 모르겠네."

우빈은 어깨를 으쓱하며 말했다. 미르는 신부 대기실이라는 말에 몸을 움찔하며 떨었다. 일부러 생각하지 않고 있었지만 오늘 가람이 결혼을 한다는 사실을 끝까지 변하지 않았다. 미르의 얼굴이 미소를 잃었다. 그런 미르의 반응을 본 우빈은 미르의 옆에서 신부 대기실을 가리켰다.

"안 만날 거야?"

우빈이 무심하게 물었다. 미르는 우물쭈물하며 답을 하지 못했다. 자신이 지금 가람을 만나봤자 좋은 것은 하나도 없었다. 차라리 청첩장을 받은 날을 마지막으로 그녀를 영원히 보지 않는 게 훨씬 나을 것이란 생각이 들었다. 미르는 주머니에 품어온 자그마한 물건을 손에 힘을 주어 감쌌다. 지금 멈추면 영원한 추억으로 남길 수 있을지도 몰랐다.

그런 미르의 생각을 읽었다는 듯이 우빈은 미르의 어깨를 세게 쳤다. 미르는 당황하며 눈을 깜빡였다. 우빈의 손은 보기와 다르게 매웠다.

"이번이 진짜 마지막이야. 이제 결혼까지 한 애랑 사적으로 단둘이 만날 수도 없잖아."

우빈이 미르를 타이르듯 말했다. 그 말에 미르는 주위를 둘러보며 사람들의 반응을 살폈다. 다행히 들은 이는 아무도 없어 보였다.

"미르야, 진짜 끝이라고 끝. 너 이대로 답답하게 아무것도 안 할 거야?"

우빈이 주저하는 미르를 보며 가슴을 주먹으로 쳐 쓸어내렸다. 허공에다 작게 소리를 지르는 우빈의 표정을 보니 자신이 얼마나 답답한 생각을 하고 있는지는 대충 짐작이 갔다.

"그래도…."

"그래도는 무슨 그래도야! 그냥 가라고!"

고민하는 미르의 말을 단칼에 자른 우빈이 미르를 신부 대기실로 끌고 갔다.

"이게 무슨 짓이야!"

미르가 몸부림을 쳐 우빈에게서 빠져나왔다. 계속 거부하는 미르를 보며 인내심이 한계까지 다다른 우빈은 숨을 깊게 들이마시다 멈추었다. 사람이 많은 곳에서 호통을 치긴 좀 그랬다. 호흡을 안정시키며 화를 눌러낸 우빈이 다시 애처로운 표정으로 미르를 바라보았다.

"너 이런 건 확실하게 끝내야 되는 거야. 안 그러면 너만 고생해. 윤가람은 잘 먹고 잘살고 너만 고생하는 거라고."

우빈의 말은 전부 다 옳았다. 미르는 이 관계를 확실하게 정리할 필요가 있었다. 그럼에도 무겁게 눌러앉은 몸뚱어리는 움직이질 않았다. 두려웠다. 미래를 향하겠다며 퇴사까지 결심한 미르였으나 고작 사람 한 명 보는 것에 극심한 긴장감을 느끼고 있었다. 그 애 앞에 서서 말을 제대로 할 수 있을지조차 의문이었다. 목이 메어 틀어막힐 것만 같았다.

"정 안되면 내가 입구까지 같이 가줄 테니까. 가보기라도 하자."

가만히 미르의 답을 기다리던 우빈이 미르를 재촉했다. 미르는 벌써부터 떨려오는 몸을 진정시키며 숨을 크게 한 번 내쉬었다.

"갈게, 가야지."

사람들 소리에 묻힐 만큼 가냘픈 소리였지만 우빈은 한 번에 그 말을 알아들었다. 우빈은 잘 생각했다며 미르의 등을 토닥여 주었다. 미르는 체한 사람처럼 창백한 얼굴로 대강 고개를 끄덕였다.

그는 정말로 신부 대기실까지 같이 가주었다. 자신은 이미 가람을 만나고 온 뒤라며 웃는 그의 모습은 어린 시절과 다름없었다. 우빈이 이런저런 이야기를 늘어놓으니 신부 대기실에 금방 도착할 수 있었다. 우빈의 말 덕분에 미르는 전보다 편안한 마음으로 이곳까지 걸어올 수 있었다. 그러나 막상 문이 눈앞에 다가오니 머릿속이 핑 돌았다. 그는 여기까지 와놓고선 머뭇거리며 문 주위를 초조하게 서성였다.

"나 진짜 어떡해?"

우빈은 울상인 채로 자신을 들여다보던 미르를 잠시 동안 안쓰럽게 바라보다가 금세 표정을 바꾸었다.

"어떡하긴 뭘 어떡해. 들어가야지."

평소에 짓던 장난스러운 표정으로 돌아간 우빈은 문을 열고 미르를 대기실로 밀어 넣었다. 순식간에 벌어진 일이라 저항할 틈도 없이 미르는 대기실로 밀어 넣어졌다. 미르가 갑작스럽게 바뀐 풍경에 적응하고 있을 때 우빈은 천천히 손을 흔들며 문을 닫았다.

'나중에 보자'

우빈이 입 모양으로 꺼낸 말을 마치자 어느새 문은 완전히 닫혀 있었다. 미르는 몸이 굳어버리는 것을 느끼며 그대로 서 있었다. 여기서 뒤를 돌아보면 가람이 있겠지. 미르는 두 눈을 질끈 감고 단번에 뒤를 돌았다.

"김미르…?"

자신을 부르는 가람의 목소리가 청아하게 울렸다. 미르는 천천히 눈을 뜨며 가람의 모습을 확인했다.

새하얀 드레스를 걸치고 있는 그녀의 모습은 숨이 막혀버릴 듯이 아름다웠다. 미르는 10년 전에 멈추어버린 심장이 다시금 요동치는 것을 느꼈다. 빌어먹게도 이 몸뚱어리는 아직도 과거를 찾아 헤매고 있었다.

그녀의 밤하늘 같은 새카만 머리카락이 화려한 조명을 받아 아름답게 빛났다. 두 뺨은 수줍은 복숭아빛으로 물들어 있었다. 미르를 빨아들일 듯이 반짝이는 두 눈조차 예전과 다름없었다. 그녀는 10년 전과 똑같은 모습을 지니고 있었다. 미르를 뒤흔들어 놓았던 그때 그 모습 그대로였다. 미르는 아무 말 없이 가람의 모습을 물끄러미 바라보았다. 웨딩드레스를 입은 그녀의 모습은 이상한 괴리감을 불러왔다.

미르가 가람을 바라보는 동안 두 사람의 눈동자가 예전과 같이 허공에서 얽혔다. 가람의 눈동자가 잠시 동안 온전히 미르를 비추었다. 미르는 가람에게서 시선을 뗐다. 그는 옷매무새를 정리하며 완벽한 하객으로서 가람의 앞에 존재했다. 더 이상 미르는 담장 너머 자라난 장미보다 붉은 두 뺨을 빛내던 어린 소년이 아니었다.

가람 또한 계산한 듯 적당히 사람의 기분을 좋게 할 정도의 미소를 짓는 미르를 보며 그가 더 이상 10년 전 자신을 몰래 흘겨보던 아이가 아니라는 사실을 느꼈다. 그는 가람을 오로지 친구로서 바라보며 예의를 차렸다. 그가 자신의 감정을 숨기지 못해 안달이 나 있던 시절은 머나먼 과거에 불과했다.

"결혼 축하해."

미르는 머릿속에서 떠오르는 가장 형식적인 말을 가람에게 전했다. 미르의 신사적인 미소가 가람에 망막에 비쳤다.

"고마워."

비슷한 미소로 화답한 가람은 미르의 축하를 기꺼이 받아들였다. 가람의 시선은 미묘한 거리감이 느껴졌다. 옛 친구이지만 지금은 그다지 친하지 않은 관계. 그들에게 딱 어울리는 말이었다.

"벌써 10년 전이네. 마지막으로 만난 게."

"그러게."

가람의 태도는 변함없었다. 그녀는 입꼬리를 끌어올리며 미르의 말에 화사하게 답해주었다. 대화를 나누는 사람의 기분이 좋아지는 미소였다. 그러나 미르는 이 모든 것이 그저 그녀가 남들을 대하는 일반적인 태도라는 것을 알았다. 가람은 이런 사람이었다. 태생부터 이렇게 태어난 사람. 미르는 상처를 받지 않았다. 그는 예전과 달라져 있었다. 어설프게 하늘이 하던 행동들을 따라할 수 있을 정도는 되었다.

"사실 이걸 주려고 여기까지 찾아왔어."

미르가 주머니 깊숙한 곳에 넣어놓았던 작은 인형 하나를 꺼내 보였다. 생글생글 미소를 짓던 가람이 멈칫하며 그 인형을 바라보았다. 가람은 그 인형을 알고 있었다. 그것은 자신의 것이었다. 어릴 때부터 달고 다니다 10년 전 갑작스럽게 잃어버렸던 토끼 모양의 키링으로 된 인형이었다. 하얀 인형은 세월에 흔적을 몰라볼 정도로 깨끗해져 있었다. 가만히 두어선 이렇게 깨끗해질 리가 없었다. 분명히 이 인형은 누군가의 손을 탔어야 했다. 인형을 멀뚱멀뚱 바라보던 가람이 미르의 손에 품어져 있던 인형을 다시 가져갔다. 인형은 10년 만에 그녀의 품으로 되돌아갔다.

"그거, 여태까지 내가 가지고 있었어. 졸업하고 나선 버리려고 했는데 도저히 그럴 수가 없더라."

평생 동안 말하지 못할 것이라 생각했던 마음은 너무나 쉽게 입 밖으로 내뱉어졌다. 미르는 떨지 않았다. 그는 침착한 태도를 유지하며 말을 이어나갔다.

"맞아, 나 너 좋아했어. 그래서 버릴 수가 없었어. 그게 유일하게 네가 남긴 거니까."

가람의 눈동자가 일렁이며 요동쳤다. 미르가 하고 있는 것은 설렘이 가득한 고백이 아니었다. 그는 끝까지 삼켜 왔던 사실들을 토해내듯 가람의 앞에서 말하고 있었다. 긴장감이 가득하던 그의 표정은 어느새 후련함으로 가득 차 한결 편해져 있었다.

"그 인형은 너한테 돌려줘야 할 것 같아서 가져온 거야. 나는 이제 그 인형이 어떻게 되든 상관없어."

단호하게 말한 미르가 가람의 손에 쥐어진 인형을 바라보았다. 새하얀 토끼인형을 씻긴 뒤 창틀에 널어놓고 한참을 바라보던 예전의 자신이 떠올랐다. 미르는 토끼인형을 지금까지 버리지 못했다. 상자에 깊숙이 넣어놓고 꺼내보지도 않았지만 아직까지 가지고 있는 이유는 확실했다. 도저히 놓아줄 수 없었다. 흔적조차 품고 싶을 만큼 절실했다. 그러나 이제는 상관없는 이야기였다. 그것은 언제까지나 과거의 일. 지금의 미르가 아니었다.

"하고 싶은 말이 엄청 많을 거라 생각했는데 막상 보니까 딱히 할 말이 떠오르질 않네."

미르가 씁쓸하게 웃으며 가람과 눈을 마주쳤다. 두 사람은 그렇게 한동안 서로를 응시했다. 한 마디도 오가지 않았으나 그 의미는 확실하게 알 수 있었다. 둘은 서로를 향한 얽히고설킨 감정들을 정리하고 있었다. 흔적은 앞으로도 남아 가끔씩 떠오를 테였지만 그것이 끝이었다. 앞으로 그리워하지도, 애타는 마음을 삼키지도 않을 것이다.

"…잘 살아."

미르가 지금까지 아껴두었던 마지막 말을 꺼내었다. 10년 전 그날 자신이 전하지 못했던 말은 허무할 만큼 간단했다. 손에 쥔 인형을 건네주는 일처럼 쉬운 말을 여태까지 하지 못해 끙 끙 앓고 있었다. 그럼에도 미르는 예전의 자신이 원망스럽지 않았다. 그때의 자신 덕분에 아름답다고 부를 수 있는 추억이 만들어졌다. 감사할 일이었다.

"응."

미르에게 답한 가람은 10년 전 그를 처음 본 날과 같은 환한 미소를 지어주었다. 가람 자신조차 알지 못했던 햇살 같은 미소였다. 가람은 자신이 그런 미소를 지을 수 있을 것이라 생각하지 못했다. 그때 당시에는 그저 다른 이들에게 짓는 형식적인 미소일 뿐이라고 생각했었다. 그러나 아니었다. 가람은 미르의 앞에서는 달랐다. 그녀는 전학 온 그날 그 어떤 때보다도 활짝 웃고 있었다. 지금처럼 햇살을 가득 받아 빛나는 웃음이었다. 그 웃음은 진심이었다. 가람이 처음으로 지어본 진실한 웃음이었다.

미르는 가람의 얼굴을 보며 먼 옛날 숨 막힐 듯 아름다운 소녀가 보여주었던 미숙한 웃음을 떠올렸다. 그때의 미르는 알아차리지 못했지만 지금은 알 수 있었다. 둘은 같은 마음이었다. 둘은 소름 돋을 만큼 꼭 닮아 있었다. 그래서 그렇게 엇갈린 것이었다. 자신을 상처 입히지 않으려 가까운 길을 빙 돌아가고 있었다.

한참 동안 서로를 바라보던 둘의 시간은 미르가 뒤를 돌며 끝이 났다. 처음과 같은 마지막이었다. 미르가 문고리를 잡아 돌렸다. 그는 가람에게서 점점 멀어져갔다.

"미르야!"

가람이 대기실을 나서는 미르를 붙잡았다. 미르는 뒤를 돌아보았다.

"잘 가."

가람이 손을 흔들며 그를 배웅했다. 미르는 그 모습을 보며 웃었다. 어린 소년처럼 웃었다. 그의 입꼬리 옆에 파인 보조개는 예전과 같이 매력적이었다. 반달처럼 휘어진 눈이 장미만큼 아름다웠다. 가람은 그 모습을 아주 오랫동안 바라보았다. 그가 다시 뒤를 돌아 대기실 문을 닫고 나갈 때까지.

대기실 문이 닫혔다. 방금 전까지만 해도 자신의 앞을 가로막았던 소년의 온기는 사라져 버린 뒤였다. 이상하리만큼 평온했다. 시끄러운 과거를 보내준 그녀였지만 그것은 중요하지 않았다. 가람은 앞을 보며 살아가는 사람이었다. 잠시 동안 굳게 닫힌 문을 뚫어져라 쳐다보던 그녀는 드레스로 인해 무거워진 몸을 뒤로 뉘였다. 무언가 걸리적거리며 가람의 몸 사이를 파고들었다.

그녀의 옆에 자리 잡은 물건 하나가 보였다. 미르가 이곳을 들리기 조금 전 우빈이 갑작스럽게 찾아와 쥐여주고 간 선물이었다.

'이건 결혼 선물이야. 꼭 읽어봐.'

우빈이 말하며 건네주었던 것은 책이었다. 표지부터 내용까지 사람의 정성이 가득 들어간 티가 났다. 가람은 책을 어루만져 보았다. 책이 조약돌처럼 반짝였다.

파아란

책의 앞표지에 제목이 대문짝만하게 적혀 있었다. 가람은 책을 대충 넘겨보았다. 넘기다 보니 정체 모를 무언가가 바닥으로 떨어졌다. 바닥에 떨어져 있는 것은 작은 용 모양 책갈피였다. 가람은 그것을 주워들고 책갈피가 꽂아져 있던 페이지를 확인했다. 아마 우빈이 이곳에 책갈피를 일부러 끼워 놓은 듯했다.

내용은 한 소녀가 전학을 간 날 자신의 옆자리에 앉아 있던 소년에게 처음으로 사랑을 느낀다는 진부한 이야기였다. 가람은 이유 모르게 떨리는 손을 부여잡으며 책에 적힌 글자를 눈으로 읽어 내렸다.

김미르, 김미르, 김미르….

몇 번이고 되새겨지는 그 이름은 소녀의 가슴속에 그 무엇보다 선명하게 새겨졌다. 작지만 빠르게 뛰어오는 심장은 소녀가 살아 있음을 느끼게 했다. 너무나 고요해서 죽어버렸을지도 모른다 생각하게 했던 심장은 소녀에게 너무나 확실한 방법으로 지금 느끼고 있는 감정에 대해 설명해 주었다. 그 아이가 처음이었다. 그 아이 앞에서 자신이 살아 있음을 느꼈다.

떨림이라 생각했던 감각은 점점 통증으로 변해갔다. 심장이 터질 듯 아파져 오고 작은 머리에서는 찌르는 듯한 통증이 동반되었다. 소녀는 자신이 고작 사람 하나 때문에 이런다는 사실이 한심했다. 너무나 한심해서 자꾸 헛웃음이 나왔다. 도저히 이해가 되지 않아서 그 아이가 자꾸 생각났다.

  가람은 책에 적힌 글자 하나하나를 눈에 담았다. 드디어 알 수 있었다. 이제야 확실하게 알 수 있었다. 가람이 10년 전 미르의 눈에 비친 자신을 들여다보지 못했던 이유를 이 책에서는 너무나 확실하게 표현하고 있었다. 가람은 그때 미르의 갈색빛 눈동자에 퍼진 자신의 얼굴을 기억했다. 두 뺨은 싱그러운 복숭아빛으로 물들어 있었고 눈동자는 맑게 빛나며 자신의 앞에 있는 소년을 빨아들일 듯이 굴었다. 그것은 영락없이 사랑에 빠진 소녀의 얼굴이었다. 누구에게나 보여주는 그런 모습이 아니었다. 가람은 텅 비어 있던 사람이었다. 오래전 혜인이 놀이공원에서 꺼낸 이야기처럼 그녀는 제일 중요한 것을 알지 못했다. 그녀는 불쌍한 사람이 맞았다.
  확연하게 느껴지는 자신의 변화를 인정하고 싶지 않았다. 그래서 일부러 밀어내고 차갑게 선을 그었다. 혹시라도 그 아이가 속삭이는 모든 것들이 거짓이라면 상처받게 될 자신이 두려웠다. 그 이기적인 마음이 이런 결과를 낳았다.
  가람의 얼굴이 순식간에 일그러졌다. 이제야 몰려오는 후회가 그녀를 내버려 두지 않았다. 가람은 심호흡을 몇 번 내뱉으며 얼굴의 긴장을 풀었다. 시간이 조금 지나자 그녀는 다시 원래의 모습으로 돌아와 있었다. 지금에서야 후회해 봤자 달라지는 것은 아무것도 없었다. 가람은 10년 전으로 돌아간다 해도 같은 선택을 했을 것이다. 그녀는 그런 사람이었다. 앞으로도 그렇게 살아갈 사람이었다. 그러므로 그녀는 더 이상 후회하지 않았다. 다가올 자신의 아름다운 결혼식을 위해 밀려오는 감정들을 무시했다. 과거는 과거일 뿐이었다. 모든 것들은 그저 허상일 뿐이었다. 가람은 인형 같은 신부의 모습으로 가만히 자리를 지켰다. 그녀의 모습은 고고하게 빛을 받아 일렁였다.

"김미르 벌써 가게?"
성민이 미르를 막아서며 말했다.
"가야지. 여기 있어 봤자 좋은 것도 없고."
"그래도 아직 식은 시작도 안 했잖아."
미르가 애써 웃으며 말하자 성민이 아쉬워하며 미르를 막아섰던 몸을 틀어 자리를 비켜주었다.

모두들 곧 펼쳐질 동화 같은 결혼식을 기다리고 있었다. 다휜은 벌써부터 뭐가 그리 슬픈지 눈물을 쏟아내고 있었다. 혜인은 열심히 휴지를 뽑아 다휜에게로 건네주며 그녀를 달래었다.

축가를 불러주기로 한 우빈은 손에 땀을 가득 쥔 채로 다리를 시끄럽게 떨고 있었다. 가람이 10년 전 일에 대해 말해주는 것을 대가로 축가를 불러주기로 했다 들었다. 우빈의 노래를 듣지 못하는 것만큼은 조금이나마 아쉬웠다. 그는 노래를 전혀 할 줄 모르는 음치였다. 성민에게 우빈의 동영상을 찍어달라고 부탁하길 잘한 것 같다는 생각이 들었다.

결혼식을 한 번 경험해본 성민은 은근히 도움이 되었다.

축가 준비를 어떻게 해야 하는지도 알려주었고 축의금을 내는 곳도 빠르게 찾아 알려주었다. 웬일로 이 녀석이 조금은 멋있어 보였다. 물론 금세 배가 고프다며 징징거리긴 했지만.

미르는 결혼식장을 나서기로 결정했다. 상당히 피곤하기도 했고 조금 전 있었던 일을 마지막으로 장식하고 싶었다. 자신을 열심히 뜯어말리던 친구들도 미르의 강한 고집을 꺾지 못하고 조용해졌다. 그래도 저런 애들이라도 식장에 남아 있어 다행이라는 생각이 들었다. 미르의 몫까지 대신해 열심히 박수를 쳐줄 것이라는 강한 믿음이 들었다.

"그럼 조심히 가고 다음에 봐."

산만하게 다리를 떨던 우빈이 하얗게 질린 얼굴로 인사했다. 미르는 그 꼴을 본 뒤 실컷 비웃고 나서야 그의 인사를 받아주었다.

"나 간다!"

미르가 걸음을 옮기자 친구들이 차례대로 손을 흔들며

"내일 보자!"

라고 인사했다. 미르는 안도감을 느끼며 식장을 나섰다. 자신에게는 언제든지 볼 수 있는 든든한 친구들이 곁에 있었다.

그 사실은 미르를 더 이상 외롭지 않게 만들었다. 발걸음을 옮기면 옮길수록 몸이 가벼워졌다. 미르는 찌뿌둥한 몸을 쭉 늘리며 간단하게 풀었다. 10년 동안 쌓아 온 짐을 이제야 두고 온 느낌이었다. 오랜만에 상쾌하게 웃은 미르는 해가 기울어져 빛나고 있는 밖으로 향했다. 참새 7마리가 지저귀며 나뭇가지에 걸터앉아 있었다. 미르는 그 모습을 흐뭇하게 바라보다 길을 나섰다. 파아란 하늘이 미르를 반기며 바람을 내보냈다. 미르는 시원한 바람을 느끼며 두 팔을 하늘 위로 뻗었다. 부드러운 바람결이 느껴졌다.

'김미르-'
'김미르!'
'미르야-'
'미르야!'
'야, 김미르!'
'김미르'

10년 전, 외진 골목길을 통해 학교에 가고 있을 때면 때때로 자신을 부르는 목소리에 뒤를 돌아보곤 했었다. 그의 뒤편에서는 영원하게 그곳을 지키며 서 있을 것 같았던 친구들이 있었다. 그 모습이 어제와 같이 생생했다. 완전히 과거와 멀어진 것은 아니었다. 미르는 그 사실을 알고 있었다.

강은 메말라 버린 지 오래였으나 금세 주르륵 흘러내리는 비가 강물을 푸른 빛으로 채워버릴 테였다. 먼 계절을 돌고 돌아 다시 찾아오고 마는 봄이 분홍빛 벚꽃 잎을 흩날리며 미르의 강물에 넘실대며 떨어질 테였다. 시간이 지나 새하얗게 떨어지는 눈송이들이 차가운 강물을 꽁꽁 얼려버릴 테였다. 매번 그 모습이 바뀐다 해도 강물 위에 비치는 파아란 하늘처럼 그것은 미르에게 영원함으로 자리 잡을 것이다.

미르의 길은 아직 그려지지 않았다. 무엇이 나타날지, 어떤 모습을 가지고 있을지조차 보이지 않았다. 그러나 새하얗게 비어 있는 앞으로 펼쳐질 그의 이야기는 무궁무진한 가능성을 비추며 반짝였다. 미르다운 모습이었다. 미르는 자신이 어디를 향해야 할지 누구보다 잘 알고 있었다. 작게 찢어진 낡은 종이 위에 끄적였던 나약한 소망의 답을 찾기 위한 그만의 몸부림이었다.

미르의 눈이 파아란으로 빛났다. 그의 파아란은 형태를 알아볼 수 없을 만큼 미약했으나 강하게 요동쳤다. 미르는 하늘을 누비는 자유로운 용처럼 당당하게 발걸음을 내디뎠다. 저 멀리 드넓은 강 하나가 보인다. 한 때 미르의 모든 것이었던 강은 가로등에 비추어져 노란빛을 띠었다.

미르는 고개를 올려 도시의 소음을 품은 하늘을 바라보았다. 푸른 하늘이 미르에게 따스한 미소를 건네주었다. 그의 모습 위로 새빨간 모자가 겹쳐진다.

아주 오래전, 그가 이 광경을 바라보며 무슨 생각을 했을까. 자신을 삼킬 듯 거세게 몰아치는 강과 당장에라도 비를 쏟을 듯 먹구름을 드리우는 하늘이 두려웠을까? 그건 그만이 알고 있는 작은 비밀이다. 그러나 지금은 중요하지 않다. 이제 그는 넓은 하늘에서 가장 빛나는 별 하나를 찾아 가리킬 수 있다. 깊은 강물에서 헤엄치며 그 추위를 받아낼 수 있다. 그 파아란 속에서, 그는 진정한 용으로 다시 태어나 이 세상을 누빌 것이다.

# 파아란

초판 1쇄 발행  2025. 12. 2.

**지은이** 이소미
**펴낸이** 김병호
**펴낸곳** 주식회사 바른북스

**편집진행** 임현정
**디자인** 최다빈
**마케팅** 송송이 박수진 박하연

**등록** 2019년 4월 3일 제2019-000040호
**주소** 서울시 성동구 연무장5길 9-16, 606호 (성수동 2가, 블루스톤타워)
**대표전화** 070-7857-9719 | **경영지원** 02-3409-9719 | **팩스** 070-7610-9820

•바른북스는 여러분의 다양한 아이디어와 원고 투고를 설레는 마음으로 기다리고 있습니다.
**이메일** barunbooks21@naver.com | **원고투고** barunbooks21@naver.com
**홈페이지** www.barunbooks.com | **공식 블로그** blog.naver.com/barunbooks7
**공식 포스트** post.naver.com/barunbooks7 | **페이스북** facebook.com/barunbooks7

ⓒ 이소미, 2025
ISBN 979-11-7263-695-1 43810

•파본이나 잘못된 책은 구입하신 곳에서 교환해드립니다.
•이 책은 저작권법에 따라 보호를 받는 저작물이므로 무단전재 및 복제를 금지하며,
 이 책 내용의 전부 및 일부를 이용하려면 반드시 저작권자와 도서출판 바른북스의 서면동의를 받아야 합니다.